国家社科基金项目成果
扬州大学出版基金资助

扉页书名由作者博士后合作导师童庆炳教授题签

博雅文学论丛

文类基本问题研究

陈军 著

北京大学出版社

图书在版编目（CIP）数据

文类基本问题研究 / 陈军著. —北京：北京大学出版社，2013.12
（博雅文学论丛）
ISBN 978-7-301-23681-9

Ⅰ.①文… Ⅱ.①陈… Ⅲ.①文学理论—研究 Ⅳ.①I0

中国版本图书馆 CIP 数据核字（2014）第 003468 号

书　　　名：文类基本问题研究
著作责任者：陈　军　著
责 任 编 辑：张文礼
标 准 书 号：ISBN 978-7-301-23681-9/I·2701
出 版 发 行：北京大学出版社
地　　　址：北京市海淀区成府路 205 号　100871
网　　　址：http://www.pup.cn　新浪官方微博：@北京大学出版社
电 子 信 箱：pkuwsz@126.com
电　　　话：邮购部 62752015　发行部 62750672
　　　　　　编辑部 62767315　出版部 62754962
印 刷 者：北京中科印刷有限公司
经 销 者：新华书店
　　　　　650 毫米×980 毫米　16 开本　22.5 印张　367 千字
　　　　　2013 年 12 月第 1 版　2013 年 12 月第 1 次印刷
定　　价：49.00 元

未经许可，不得以任何方式复制或抄袭本书之部分或全部内容。
版权所有，侵权必究
举报电话：010-62752024　电子信箱：fd@pup.pku.edu.cn

目 录

序　言 …………………………………………………………………… 1
引　言　文类问题的历史回顾 ………………………………………… 1
第一章　"文类"范畴探析 …………………………………………… 16
　第一节　西方语境中的文类范畴 …………………………………… 16
　第二节　我国文论界的文类范畴 …………………………………… 26
　第三节　"文类是审美策略"论的提出 …………………………… 48
　第四节　小结 ………………………………………………………… 54
第二章　文类等级论 …………………………………………………… 55
　第一节　文类等级产生原因及其实质 ……………………………… 55
　第二节　文类等级的历史意义 ……………………………………… 67
　第三节　文类等级与身份认同 ……………………………………… 77
　第四节　文类等级与身份认同的个案考察：
　　　　　以中国古代戏曲为例 ……………………………………… 100
第三章　文类界限论 …………………………………………………… 117
　第一节　文类界限的特征 …………………………………………… 117
　第二节　文类界限与文学创作 ……………………………………… 124
　第三节　文类界限与文学接受 ……………………………………… 134
　第四节　文类界限与文学批评 ……………………………………… 143
　第五节　"以 A 为 B"现象的考察与批评 ………………………… 148
　第六节　跨文类写作现象辨析 ……………………………………… 165

第四章　文类与文学经典论 …… 178
第一节　关于"文学经典" …… 178
第二节　压力与反抗：文类的规范诗学与文学经典 …… 179
第三节　位序与权力：文类等级区划与文学经典 …… 188
第四节　小结 …… 195

第五章　缺类现象论
——以"中国无悲剧"命题为例 …… 196
第一节　"中国无悲剧"命题百年 …… 196
第二节　"中国无悲剧"是个伪命题 …… 214
第三节　余论："中国无悲剧"命题的现代反思 …… 223

第六章　文类替代论 …… 226
第一节　文类与互文性 …… 227
第二节　文类与文本类型性 …… 251
第三节　文类与构建型式 …… 261
第四节　余论 …… 267

第七章　文类意识论 …… 272
第一节　文类意识与文学性内涵 …… 272
第二节　文类意识与文学性蔓延 …… 289
第三节　文类意识与策略选择 …… 302

结　语 …… 305

附　录　文学分类常用范畴使用状况举隅 …… 307

参考文献 …… 335

后　记 …… 345

Table of Contents

Preface ·· 1

Introduction   A Review of the History of Literary Genre ················ 1

Chapter One   Analysis on the Category of "Literary Genre" ·········· 16
Part One   Category of Literary Genre in Western Context ··········· 16
Part Two   Category of Literary Genre in Chinese Literary Theory ······ 26
Part Three   Theory Advancement-Literary "Genre
　　　　　　Is an Aesthetic Strategy" ··· 48
Part Four   Summary ·· 54

Chapter Two   Hierarchies of Literary Genre ······························ 55
Part One   Causes and Essence Underlying Literary Genre Hierarchies ······ 55
Part Two   Historical Significance of Literary Genre Hierarchies ·········· 67
Part Three   Literary Genre Hierarchies and Identity Recognition ······ 77
Part Four   Case Study on Literary Genre Hierarchies and Identity
　　　　　　Recognition-Exemplified by Ancient Chinese Operas ······ 100

Chapter Three   Boundaries of Literary Genre ···························· 117
Part One   Characteristics of Literary Genre Boundaries ············· 117
Part Two   Literary Genre Boundaries and Literary Creation ······ 124
Part Three   Literary Genre Boundaries and Literary Acceptance ··· 134
Part Four   Literary Genre Boundaries and Literary Criticism ··· 143
Part Five   Investigation and Criticism on "Representing B
　　　　　　in the Form of A" ··· 148
Part Six   Analysis on Cross-Literary Genre Writing ················ 165

Chapter Four　Literary Genre and Literary Classics ·············· 178
Part One　About "Literary Classics" ······························· 178
Part Two　Suppression and Opposition: Conventional Poetics
　　　　　of Literary Genre and Literary Classics ·············· 179
Part Three　Order and Power: Division of Literary
　　　　　　Genre and Literary Classics ························· 188
Part Four　Summary ·· 195

**Chapter Five　Genre Lacking: On the Theme of
　　　　　"No Tragedy in China"** ······························ 196
Part One　Proposition of "No tragedy in China" for 100 Years ······ 196
Part Two　"No Tragedy in China": A False Proposition ·········· 214
Part Three　Complementary Remarks: Modern Reflections
　　　　　　on "No Tragedy in China" ···························· 223

Chapter Six　Substitution of Literary Genre ···················· 226
Part One　Intertextuality of Literary Genre ······················· 227
Part Two　Literary Genre and Textual Genericity ················· 251
Part Three　Literary Genre and Constructive Types ·············· 261
Part Four　Complementary Remarks ····························· 267

Chapter Seven　Awareness of Literary Genre ·················· 272
Part One　Literary Genre Awareness and Literary Connotation ······ 272
Part Two　Literary Genre Awareness and Literary Pervasiveness ······ 289
Part Three　Literary Genre Awareness and Choice of Strategy ········ 302

Concluding Remarks ·· 305

**Appendixes　A List of the Uses of Common Categories
　　　　　in Literature Classification** ······························ 307

References ··· 335

Postscript ··· 345

序　言

　　目前,"文类"概念已然成为文学研究中的热词,据知网统计,近十余年来,以"文类"为题的论文已发表 150 篇左右,主要集中在新世纪以来,且呈逐年增加的趋势。不过总的说来,这些文章较多对于"文类"概念的静态分析,动态梳理相对薄弱。其实这一概念一直处于嬗变之中,而这种嬗变始终与文学理论的变动如影随形、息息相关。

　　对于中国人来说,"文类"是一个陌生的概念,中国人在同等意义上使用的是"文体"概念,主要是指体裁、体例、体式,属于文学形式范畴。如曹丕《典论论文》将广义的"文学"分为奏议、书论、铭诔、诗赋等四科八体,陆机《文赋》进一步分为诗、赋、碑、诔、铭、箴、颂、论、奏、说等十体,而刘勰《文心雕龙》则将"文之体制"分作 33 种,萧统《文选》更将"文之体"别为 38 种,而且赋又分子类凡 15 种,诗又分子类凡 23 种!明清之际出现过"文类"一词,但仍指文学形式意义上的体裁格式。①

　　"文类"概念有国外的学术背景,genre(文类)一词最初是法文词,它是指文学作品的类型、种类或形式。该词在英语中出现较晚,到 20 世纪初才在英语文学批评中得到确立。但在很长时间内,这一概念的含义并不确定,有人主张文类概念应依附于语言形态学,有人主张文类概念应依附于对宇宙的终极态度。韦勒克、沃伦综合这两种对立主张,概括为"外在形式"与"内在形式"两个方面,前者是指"特殊的格律或结构等",后者是指"态度、情调、目的等以及较为粗

---

① 如包世臣《与杨季子论文书》:"文类既殊,体裁各别,然惟言事与记事为最难。"

糙的题材和读者观众范围等"。① 很显然,上述两种主张中前者诉诸文学形式而后者诉诸文学内容。不过作为"新批评"的文论家,韦勒克、沃伦对于后一种方法仍心怀疑虑,担心一旦按照动机态度、情调意趣、题材选择、功能取向去给文学作品分类,可能导致像"政治小说""工厂工人小说""教师小说""海员小说"等文类的泛滥。为此他们的立场又有所退缩:"总的说来,我们的类型观念应该倾向于形式主义一边",而将"政治小说"等称为"社会学的分类法"并加以拒斥。② 但是依据题材和立意划分文类乃是不争的事实,不只国外有上述种种近现代小说类型,中国古代早就有田园诗、山水诗、边塞诗、游仙诗等诗歌类型,至于现当代所谓"公案小说""武侠小说""科幻小说""侦探小说",所谓"乡土文学""寻根文学""知青文学""新移民文学"等,都是人们常说常用的文类了。可见从"文体"概念走向"文类"概念,为将题材、主题等内容方面作为文学分类的重要依据打开了方便之门。

顺着这一逻辑往前走,晚近以来"文类"概念发生了不容忽视的后现代转折。乔纳森·卡勒曾描述了在文学研究中发生的这一异动,他指出,近来已有与日俱增的证据显示,文学理论的著作,都在一个未及命名但经常被简称为"理论"的领域内密切联系着其他文字。"这个领域不是'文学理论',因为其中许多最引人入胜的著作,并不直接讨论文学。它也不是时下意义上的'哲学',因为它包括了黑格尔、尼采、伽达默尔,也包括了索绪尔、马克思、弗洛伊德、高夫曼和拉康。它或可称为'文本理论',倘若文本一语被理解为'语言拼成的一切事物'的话,但最方便的做法,还不如直呼其为'理论'。这个术语引出的那些文字,并不意在孜孜于改进阐释,它们是一盘叫人目迷五色的大杂烩。"他引用理查德·罗蒂评价那种始于19世纪的混合类型的理论文字时使用的说法,称之为"新的文类":"自打歌德、麦考莱、卡莱尔和爱默生的时代起,有一种文字成长起来,它既非文学生产优劣高下的评估,亦非理智的历史,亦非道德哲学,亦非认识论,亦非社

---

① 韦勒克、沃伦:《文学理论》,刘象愚等译,三联书店1984年版,第263页。
② 同上书,第265页。

会的预言,但所有这一切,拼合成了一个新的文类(new genre)。"①卡勒后来在《文学理论》一书中沿用了"文类"概念来界定"理论"的各种类型,他说:"这种意义上的理论已经不是一套为文学研究而设的方法,而是一系列没有界限的、评说天下万物的各种著作,从哲学殿堂里学术性最强的问题到人们以不断变化的方法评说和思考的身体问题,无所不容。'理论'的文类(The genre of 'theory')包括人类学、艺术史、电影研究、性研究、语言学、哲学、政治理论、心理分析、科学研究、社会和思想史,以及社会学等各方面的著作。"②

在这里卡勒开了将"理论"文字称为"文类"的先例,而他所说"文类"又分为两个层次:一是指"理论"本身,一是指"理论"的各个流派或各种类型。这显然已与以往的"文类"概念相去甚远,它不是指文学形式层面上的体裁格式,也不是指文学内容层面上的题材和主题,而是指诉诸思考、预测、判断、解释,运用理性思维考察事情、探究学理的各种著作或流派了。卡勒将其称为"新文类"并揭扬了它的种种内涵,从而将"文类"概念大大扩充了。

首先,"理论"这一新文类表现出显著的异质性,它包括结构主义、解构主义、话语理论、精神分析、新历史主义、女性主义批评、族裔文化批评、后殖民批评、东方学批评等,还有最近受到关注的理论伦理学、人—动物间互研究、生态批评、后人类理论等新潮理论。它们通往各个知识领域和思想空间,这是一个包罗万象、无所不及的文类,一个层出不穷、永无止境的文类。它们涉及民族、种族、阶级、性别、年龄、出身、职业、地域、生态等方面文化权力的博弈,将文化政治问题推进了当今的学术视野,成为迅速趋热的学术焦点。其思想利器恰恰就是韦勒克、沃伦所顾忌的"社会学的分类法",从而彰显了"文类"概念从文学形式到文学内容再到"理论"的发展逻辑,从形式走向了内容,从文学走向了文化,从文本走向了社会、历史、政治、实践。

其次,"理论"作为新文类,显示了思想学术的后现代旨趣。它往

---

① 乔纳森·卡勒:《论解构》,陆扬译,中国社会科学出版社1998年版,第2页。
② 乔纳森·卡勒:《文学理论》,李平译,辽宁教育出版社1998年版,第4页。

往另辟蹊径、剑走偏锋,将从局部领域、边缘地带获得的经验和观点推向一般,以解决更为普遍、更为根本甚至是划时代的重大问题。例如德里达的文字学研究就迥异于一般语言学家而大有深意在。德里达用文字学来颠覆语言学,将矛头指向了索绪尔。在索绪尔看来,作为不同的符号系统,文字唯一的存在理由在于表现语言,语言是心灵的直接表达,而文字只是语言的从属,从语言派生出来。因此在逻各斯中心主义主宰的时代,语言总是备受抬举,文字则遭到贬斥。德里达对此不予苟同,他认为文字比语言更具本源性、原发性,因而文字并不从属于、派生于语言,而是更高于、更优于语言。德里达花费这么大力气来为文字学正名,将文字从以往受贬低、遭排斥的境地中超拔出来,与其说体现了对于索绪尔的传统语言学的解构,毋宁说更是对于秉持逻各斯中心主义的传统形而上学的颠覆。再如福柯,他总是关注那些边缘性、局部性的话语,那些通常遭到排斥、被人忽视因而也不广为人知的话题,如精神病、诊疗所、监狱、刑罚、性经验等。在他看来,这些边缘性的经验更切近历史的多元性、断裂性和零散性,因而更有利于揭示历史现象和历史过程的复杂性和具体性。福柯借此显示了对于启蒙现代性的一种批判姿态,启蒙现代性通过对于历史过程的一元论、连续性和总体性的诉求、通过对于历史研究中目的论和中心论的预设来张扬一种理性主义,而这正是福柯意欲拆解和和摧毁的。

再次,"理论"这一新文类往往突破固有的学科框架,挑战划定的专业边界,逾越人们熟知的学术规范和操作规程,在原本不属于自己的知识领域落地生根、开花结果,为其他学科领域、专业范围提供理论依据,这也就使其自身具有一种横断性和交叉性,成为知识生长点和思想创新力的渊薮。卡勒这样评价:"它们之所以成为'理论'是因为它们提出的观点或论证对那些并不从事该学科研究的人具有启发作用,或者说可以让它们从中获益。成为'理论'的著作为别人在解释意义、本质、文化、精神的作用、公众经验与个人经验的关系,以及大的历史力量与个人经验的关系时提供借鉴。"[①] 其实个中道理也不难

---

① 乔纳森·卡勒:《文学理论》,李平译,辽宁教育出版社1998年版,第4页。

理解：知识增长和学术创新的动力来源不外乎两条途径：一是从本学科、本专业的延传继承之中获得直接效用，二是从其他学科、专业的借鉴启发之中获得参照效用。不过就"理论"新文类对于当今知识领域的影响看，其参照效用无疑更胜于直接效用。值得注意的是，文学理论恰恰从种种"理论"新文类中获益匪浅，后者往往成为当今文学理论革故鼎新、与时偕行的重要动力。以福柯为例，晚期福柯实际上对于文学并不待见，甚至不屑一顾，但这并不妨碍福柯的学说在文学理论中的影响，卡勒就说："虽然福柯在这里对文学只字未提，但已经证明他的理论对文学研究人员非常重要。"① 譬如福柯对于知识与权力、身体与政治之关系的分析，已然成为文学理论研究相关问题的重要依据。那么，福柯何以对文学理论非常重要呢？其原因之一就在于，福柯之论对于追索文学的历史背景和权力关系特别有用，而这一点恰恰是文学理论不容忽视的大关节目。

第四，如果说"理论"新文类的参照效用仅仅是由于它与某一学科、专业中的某一具体问题存在关联性，这可能还不够，毋宁说"理论"新文类的魅力更在于它勇猛精进、永在革新的前冲力。卡勒说："我们归入'理论'的那些著作，都有本事化陌生为熟识，使读者用新的方式，来思考他们自己的思想、行为和惯例。虽然它们可能依赖熟悉的阐发和论争技巧，但它们的力量——这正是它们被置于上述文类的缘由——不是来自某个特定学科的既定程序，而是来自其重述中洞烛幽微的新见。"② 这样一种追新逐异的冲劲使得"理论"新文类更像一种青年文化——其实后现代文化在很大程度上就是一种青年文化。年轻而又不安分的学者总是在重估前辈们的成就，总是在催促新的理论学说的诞生，搅动得学术界成为纷扰不宁、争端四起的是非之地。自1970年代至今延续了数十年的"文学经典之争"就是一个显例。不过这种不甘寂寞、不甘停顿，永在仰望、永在进取的劲头恰恰能够使事物永葆青春活力。也许是受到感染，卡勒对此表达期许时也变得有点学生腔了："如果承认了理论的重要性就等于让自己处于一个要不断

---

① 乔纳森·卡勒：《文学理论》，李平译，辽宁教育出版社1998年版，第9页。
② 乔纳森·卡勒：《论解构》，陆扬译，中国社会科学出版社1998年版，第2—3页。

地了解、学习重要的新东西的地位。然而，生活本身的情况不正是如此吗？"①

最后，"理论"新文类与文学理论的不解之缘还在于文学理论往往成为推介和传播"理论"新文类的重要载体和最佳途径。正如卡勒所说："近年欧洲哲学——海德格尔、法兰克福学派、萨特、福柯、德里达、塞瑞、利奥塔、德勒兹——是通过文学理论家而非哲学家而入口到英美。就这一意义而言，正是文学理论家，在建构'理论'这个文类中，作出了最大的贡献。"② 文学理论往往在学术界领风气之先，其他学科往往是从文学理论中获得"理论"新潮的前沿信息，接触和吸收种种新理念、新学术、新话语，而"理论"也由于文学理论的发明而得到广为传扬。文学理论能有如此担当自有其道理，卡勒总结出以下三条理由：其一，文学理论富于人文色彩。文学以全部人文经验为题材，重视种种人文经验的整理、解释和连接，它关心男人和女人之间的关系、人类心理复杂万状的表现形式以及物质条件对个人经验产生的影响，而这一切都在文学理论的视野之中，受到文学理论的整合和提升，从而"诸色纷呈的理论工程之受益于文学，其结果亦有似于关于文学的思考，便非事出偶然。"其二，文学理论富于反思性质。文学是充满智慧的，它崇尚理性、反思以及理论穿透，文学理论作为文学的理性提升，以标举反思精神为要义，"文学理论因此趋向于在它的轨道中，纳入关于交流的框架及交流问题的形形色色的思考，以及其他无尽无涯的反思形式。"其三，文学理论富于探索精神。卡勒认为，文学理论家特别容易接受其他知识领域中的新理论发展，他们专注于自己的专业研究，同时也对心理学、人类学、精神分析学、哲学、社会学，以及历史学中的新潮理论抱有浓厚的兴趣，而且对于这些新潮理论也不乏大胆怀疑的精神，"这使理论，或者说文学理论，成了一块热闹非常的竞技场。"综上所述，卡勒给出了一个与通常理解迥然不同的结论："由文学理论在行将确定的'理论'文类中来出演中心角色，并非不合适。"③ 由此可见，在"理论"新文类与文学理论之间那种

---

① 乔纳森·卡勒：《文学理论》，李平译，辽宁教育出版社1998年版，第17页。
② 乔纳森·卡勒：《论解构》，陆扬译，中国社会科学出版社1998年版，第4页。
③ 同上书，第4—5页。

"剪不断、理还乱"的天然联系乃是渊源有自，而这一点，正是"理论"新文类在文学理论中特别受到青睐，以至大行其道的根本原因。

陈军在博士论文基础上完成的《文类基本问题研究》即将付梓，我感到十分欣慰。当年我将这一题目交他去做，是抱有很高期待的，甚至我还希望他博士毕业后继续将中国古代文论和西方文论中的文类问题这两条线索做下去，最终将这一问题从"论"和"史"两个方面一网打尽。目前陈军正沿着这一构想往前做，状态不错，值得鼓励。但是"文类"这一问题是否有终点？最近我的想法又有些改变。晚近以来"理论"新文类的出现，使得"文类"概念成为开放的、生生不息的、无止境的，展现出无限的空间。想来这也在情理之中，《周易·系辞》曰："日新之谓盛德，生生之谓易。"任何事物都是生生不息、日新月异的，"文类"问题也理应如此。文学无尽期，文学理论无尽期，"文类"问题亦无尽期，"一网打尽"只是一种理想境界，像地平线一样可望而不可即，但只要有追逐地平线的勇气和韧劲，就有希望，就能成功。

是为序。

姚文放

引　言　文类问题的历史回顾

　　文类（literary genre）是文学理论的古老范畴之一，也是文学研究的基本问题之一。柏拉图（Plato）的《理想国》《斐德若篇》《斐利布斯篇》《法律篇》诸篇就从政治伦理学、客观唯心主义哲学的立场出发，对文类划分及其本质特征、审美接受等方面发表了一系列开创性的观点。特别是亚里士多德（Aristotle）的名著《诗学》，开篇就表明自己的目的是把"关于诗的艺术本身、它的种类、各种类的特殊功能，各种类有多少成分，这些成分是什么性质"① 等问题作为首要考察对象。从模仿的媒介、对象和方式出发，把诗分为史诗、抒情诗和戏剧三大类，并就它们之间在模仿媒介、对象、方式方面的复杂体现进行了详细甄别，文类的发展及其之间（主要是史诗和戏剧）的异同、等级等问题第一次得到了集中性的专门阐述，奠定了后世文类问题的基本理论框架，影响巨大，意义深远。随后贺拉斯（Horace）在《诗艺》中也表达了自己的文类观，如"每种体裁都应该遵守规定的用处"②。古希腊罗马开创的史诗、抒情诗和戏剧的文类划分观，史诗悲剧位高誉重的文类等级观，恪守自我、不相逾越的文类界限观，萌芽到成熟的封闭的文类发展观等文类理论传统，经中世纪、文艺复兴、新古典主义，直至18世纪末19世纪初才受到真正的动摇。在启蒙主义，尤其是浪漫主义时期，对创造、天才、个性、主观等范畴的高度强调，"文类"被指漠视文学作品的独特性，从而成为一切真正文学作品的公敌。所以在标举非理性的直觉主义的柏格森（H. Bergson）看来，文

---

　　① ［古希腊］亚里士多德：《诗学》，《诗学·诗艺》，罗念生、杨周翰译，北京：人民文学出版社1962年版，第3页。
　　② ［古罗马］贺拉斯：《诗学》，《诗学·诗艺》，罗念生、杨周翰译，第142页。

学艺术的目的"总是在于个性的东西","清除传统的社会公认的类概念"。① 克罗齐（B. Croce）的反抗态度更为极端，他说："就各种艺术作美学的分类那一切企图都是荒谬的。……讨论艺术分类与系统的书籍若是完全付之一炬，并不是什么损失。"② 克罗齐等人的偏激姿态，在某种程度上，大大唤起了人们重新反思和研究文类的兴趣和热情。凯瑟尔（W. Kayser）对此曾说道："刚好克罗齐尖锐的否定发生了肯定的作用。几十年以来，种类的问题，这个千年古老的，我们可以说，最古老的文艺学的问题直接地被推进科学兴趣的中心。"③

的确，面对冷遇与排斥，文类非但没有被简单地取消存在的价值和合理性，反而唤起了人们进一步关注和研究文类的兴趣。在现代西方文论界从俄国形式主义经英美"新批评"，再到结构主义、接受文论等一系列蔚为壮观的文论大潮中，文类再次成为诗学不可回避的重要范畴之一，文类理论也顺利完成了从古典向现代的嬗变与转型。

俄国形式主义以探讨文学作品之所以是文学作品为宗旨，把研究焦点投向使事物"陌生化"，从而增加感受的难度和时延的作品结构方式和文学技巧、手法，所以在俄国形式主义看来，"艺术是一种体验事物之创造的方式，而被创造物在艺术中已无足轻重"④。作品结构方式和文学技巧、手法与文类的关系在于，作品采取的结构方式、文学技巧手法等对作品的产生，会体现出一定的程序系统特征。这样的程序又可分为规范程序和个性化的自由程序。每一个文类都是以规范程序为主导兼具自由程序的统一体。不过，俄国形式主义之于现代文类理论发展的重要性在于，它认为规范程序和自由程序之间的关系处于运动变化中，规范程序会因为反复使用而遁身传统之间，眼前文本就由新颖性陷入机械性，由陌生化滑向习惯化，生生不息的文学要求曾经

---

① 伍蠡甫等编：《西方文论选》（下卷），上海：上海译文出版社1979年版，第280、278页。

② ［意］克罗齐：《美学原理·美学纲要》，朱光潜等译，北京：外国文学出版社1983年版，第124页。

③ ［瑞士］沃尔夫冈·凯塞尔：《语言的艺术作品——文艺学引论》，陈铨译，上海：上海译文出版社1984年版，第439页。

④ ［俄］维克多·什克洛夫斯基：《作为手法的艺术》，维克多·什克洛夫斯基等：《俄国形式主义文论选》，方珊等译，北京：三联书店1989年版，第6页。

的自由程序由附属跃变为作品的主导，于是随着新作品的诞生，文学作品史也就这样诞生了，对于文类而言，它凸现出发展、运动的本色，亦如托马舍夫斯基所说的那样："体裁的生命是发展的。"由此带来的另一后果就是，既然文类本身是发展的，那么文类划分也只能是历史的，像古典文类理论恪守的一成不变的文类划分不存在："体裁的划分永远是历史的划分，换句话说，只有针对一定的历史时期，这种划分才合理"，"要对体裁进行逻辑的、准确的分类是绝不可能的"。① 俄国形式主义自觉开展的对文类历史性的系统说明，正式宣告了古典文类本质传统的衰微，现代文类理论在此正式奠基。

兴起于 1930 年代的新批评派属于典型的"细读"（close-reading）批评，蜷伏于孤立文本，主张切断文本与作者、世界、读者及其他文本的外在联系，反对将文类纳入自己的考察范围。艾伦·退特（A. Tate）主张："我们得回到诗本身，绝不能离开诗。"② 维姆萨特（W. K. Wimsatt, Jr.）也说："艺术作品是一个单独存在的，并就某种意义上说是自足的或有目的的实体。"③ 这一对待文类的旗帜鲜明的否定态度构成了"新批评"派与其他形式主义学派经常发生争论的焦点之一。作为对形式主义的反动，尤其对于绝对文本中心的不满，1940 年代，在芝加哥共事的一批批评家，如克兰（R. S. Crane）、基斯特（W. R. Keast）、麦凯恩（R. McKeon）、麦克莱恩（N. Maclean）等，重新找回了亚里士多德诗学传统的当下有效性，正如其代表人物克兰在一篇序言中所说：他们主要探讨的是"亚里士多德诗学方法……的现代发展和运用"④。他们强调对人的重视，强调文学批评应该提倡采取"多元"方法，反对新批评派的"一元批评论"。这就引起了克兰等芝加哥学派与新批评派之间的大争论，核心论题就是文类问题，因此，芝加哥学派又被新批评派和后世批评家称之为新亚里士多德派

---

① ［俄］鲍里斯·托马舍夫斯基：《主题》，维克多·什克洛夫斯基等：《俄国形式主义文论选》，方珊等译，北京：三联书店 1989 年版，第 144、147 页。
② ［美］艾伦·退特：《作为知识的文学》，赵毅衡编选：《"新批评"文集》，卞之琳等译，天津：百花文艺出版社 2001 年版，第 147 页。
③ ［美］维姆萨特：《推敲客体》，赵毅衡编选：《"新批评"文集》，第 570 页。
④ 转引自［美］威尔弗雷德·L. 古尔灵等《文学批评方法手册》，姚锦清等译，沈阳：春风文艺出版社 1988 年版，第 339—340 页。

或"文类批评派"(generic criticism)。尽管芝加哥学派没有达到其反对者那种影响力,但是对于文类理论研究在 20 世纪的复兴却功不可没。沃尔特·萨顿(W. Sutton)曾有一段非常公允中肯的历史评价:"克兰和他的同事们发展起来的新亚里士多德派观点在强调理论、历史观点和学科性方面是很有价值的。不过,它却没有激发出多少实用批评的成就。这个学派的领袖们所企望的生气勃勃的运动始终没有发展,不过,他们的著作无疑促动了人们对类型批评重新发生兴趣。"[1] 事实的发展也确如萨顿所评价的那样:韦勒克(R. Wellek)、沃伦(A. Warren)在合著《文学理论》(1942)中首次把"文学类型"设立专章进行论述;影响最大的莫过于诺思罗普·弗莱(N. Frye)第一次自觉从文类视角开展文学批评研究,出版专著《批评的剖析》(1957),借"剖析"来超越和纠正古希腊以来文类术语及区分方法。在东欧,波兰的洛兹大学于 1958 年出版了波兰语期刊《文类问题》(*Problem of literature genre*);1960 年代末,美国芝加哥依利诺斯大学英语系创办《文类》(*genre*)季刊,专门期刊的出现大大推动了文类问题研究的新进程。此外,文类问题也日渐引起一些国际性会议的重视,如 1939 年在法国里昂召开的第三次国际文学史大会;1967 年在芝加哥召开的现代语言协会讨论会;同年由美国学术团体理事会中国文明研究委员会在伯姆达召开首届中国文学批评与理论大会,专题讨论了中国的文学类型,会议论文收入白之(C. Birch)主编的《中国文学类型研究》(1974)一书;1979 年在法国斯特拉斯堡举行的"'文类'国际研讨会",会议论文刊登在《雕像》(1980 年第 7 号),等等。

  文类问题一方面受一定文学理论流派的制约,反过来,文类问题的起伏还会影响文学理论流派的新动向。在上述两派围绕文类的论争的推动下,发生在 20 世纪下半叶的结构主义诗学、接受文论不再把研究的重心仅仅停留在孤立的文本之中,而是实现了从文本到读者的重心转移。文类构成了读者一极不容忽视的重要内涵之一。文类实现了从规范性、目的论以及描述性、构成论向阐释性、工具论的功能递变。

---

[1] 转引自[美]威尔弗雷德·L·古尔灵等:《文学批评方法手册》,第 340—341 页。

结构主义诗学以索绪尔（Ferdinand de Saussure）语言学研究作为自身方法论参照，借用乔姆斯基（A. N. Chomsky）"能力"与"表现"概念，提出"文学能力"（literature competence）这一范畴，全力探讨"使文学之所以成为文学的程式"。它不关心意义，而是关心产生意义的条件。出于研究之便利，"文学能力"的考察主要停留在读者方面，是读者自身掌握的阅读程式把文本视为诗歌、小说、戏剧等具体文类。而文本的文类归属则构成了读者阅读程式的主要内容之一，成为联结文本与读者两极的纽带。在这方面，卡勒（J. Culler）作了非常详细的阐述。他说："体裁不是语言的特殊分类，而是不同类别的期待"，一种文类理论"必须试图解释，主宰文学的阅读和写作的功能性类型特征是什么。喜剧之所以存在，正是因为把某作品当作喜剧来阅读的这种期望与读悲剧或史诗不相同"；"文学类型的划分应该建立在一种阅读理论的基础之上。因此，恰当的分类只是那些用于解释作品对读者提供可接受意义的范围的分类"。① 所以这时的文类已经彻底从原初的定义性、规则性角色转化为一个阐释性、中介性范畴。文类划分不再是最高目的。重生的文类开始走向务实。

以姚斯（H. R. Jauss）、伊瑟尔（W. Iser）等为代表的接受文论，有意融合俄国形式主义和结构主义文类思想，把历时性读者对于作品的接受视为作品历史生命之关键。姚斯说："一部文学作品的历史生命如果没有接受者的积极参与是不可思议的"，"一部文学作品，并不是一个自身独立、向每一时代的每一读者均提供同样的观点的客体。它不是一尊纪念碑，形而上学地展示其超时代的本质。它更多地象一部管弦乐谱，在其演奏中不断获得读者新的反响"。他针对此前传统文类理论以及结构主义对于文类的或重于个别性，或重于群体性的不良情形，认为"似乎有必要发展出一种新的文学类型理论，其研究领域处于个体性与群体性之间、文学的艺术特征与它的直接目的或社会特征之间的地带"。于是接受文论从读者是历史的读者，是"具有接受能力的读者"这一立场出发，提出读者积累的与世传承的文学经验传统

---

① ［美］乔纳森·卡勒：《结构主义诗学》，盛宁译，北京：中国社会科学出版社1991年版，第193、205页。

积极发挥着一种期待视野的功能，实施对文学文本的消费接受。对象文本因为打破或顺应这种期待视野而获得不同文学价值。"每一部作品都属于一种类型。"在对读者进行作用的文学经验传统之中，与结构主义诗学相似，文类同样构成了读者期待视野之一维，同样发挥了联结同属特定文类的先在文本与后续文本的中介功能，并通过这种由文类搭建的关系实现重新认识和定义文类的反作用，从而形成迥异于传统文学伪史的真文学史。姚斯这样说道："一个相应的、不断建立和改变视野的过程，也决定着个别本文与形成流派的后继诸本文间的关系。这一新的本文唤起了读者（听众）的期待视野和由先前本文所形成的准则，而这一期待视野和这一准则处于不断变化、修正、改变，甚至再生产之中。变化和修正决定了它们的范围，而改变和再生产则决定了类型结构的界限。"作者通过创作出来的作品文本发出的对读者接受的期望，即使没有明显的信号，也可以借三个一般前提因素来获知，其中之一就是文类属性："通过熟悉的标准或类型的内在诗学。"①

20世纪，流派纷呈、风潮多变。按杰姆逊关于后现代主义和文化特征的理论，西方资本主义社会经历了帝国主义阶段以后，在20世纪中叶开始步入晚期资本主义阶段，社会文化也实现了从现代主义向后现代主义的转型。崇尚深度消失、边界融合的后现代主义各家，如伊哈布·哈桑（Ihab Hassan）、林达·哈奇（Linda Hutch）、查尔斯·纽曼（Charles Newman）等，认为文类在今天开始走向浑整难分的杂糅状态，文类界限日益变得暧昧不清。文类理论传统中，文类曾经扮演的定义、评判和阐释作品的重要角色功能被彻底颠覆，并且在文化研究这一学术新潮的冲击之下，文学及其研究本身的合法性首先成为一个必须直面的问题，这势必又增添了文类处境之尴尬。因此，以"互文性"、"构建型式"、"文本类型性"为代表的范畴逐渐闯入人们的视野，掀起了继克罗齐之后的又一场反文类运动。同时，受韩礼德（Halliday）系统功能语言学、巴赫金（M. M. Bakhtin）对话理论、社会行为理论等理论风潮的影响，修辞学上的言语类型日渐活跃：走

---

① ［联邦德国］H. R. 姚斯等：《接受美学与接受理论》，周宁等译，沈阳：辽宁人民出版社1987年版，第24、26、97、100、29、31页。

出文学作品,施展拳脚于语言学、教育学、写作学、政治学、大众传媒研究以及宗教、体育、商务、医药等诸多文化行为领域内的文化文本之中。文类有被言语类型取代之虞。不过,在为文类大唱哀歌之际,我们又注意到问题的另一方面:晚期资本主义的典型文化特征或标志是文化工业的诞生,为了追逐尽可能高的商业利润和资本积累,文化产品在机器大工业条件下,无限复制滋生"类像"(simulacrum)充斥。异军突起的市民大众阶层占据了文化市场的巨大消费份额,引起了文化产品生产制造者的高度重视。消费决定生产,针对大众消费而形成的属于特别类型的大众文化读物应运而生,侦探小说、情色故事、连载小说等文类迅速兴起。故而,文学生产上采取的针对性策略,裹挟机械复制的淫威,结果是当代大众审美文化对特征鲜明的众多文类不可小觑。对文类抑扬态度共存的状况,表明文类又走到了令人为之深思的命运关口。

  文类问题在中国也有着相当深厚悠远的传统根基。其发展阶段大概可以分为这样几个主要时期:先秦——萌芽期,汉魏六朝——奠立期,隋唐宋元——发展期,明清——高潮期,近代——集大成期。

  先秦时期,随着文字使用的日益频繁,人们开始逐渐意识到不同的文章在写作、运用等方面的差异,并且注意积累了一些日常使用的文章类型,以供他人模仿和参考。这段时期文类发展的特点是:文类探讨处于一种零散状态,且基于杂文学作品与应用文于一体的状态下进行,文类是一种广义上的文章类型;杂文学的基础特征显示出文类早期产生动机与日常实用的紧密关系。《尚书》根据文章的用途和特点,形成了诸如典、谟、誓、诰、训等不同类型。著名的有"六辞"、"六诗"之说。《周礼·春官·大祝》说:"作六辞,以通上下亲疏远近,一曰祠,二曰命,三曰诰,四曰会,五曰祷,六曰诔。"① 《周礼·春官·大师》:"(大师)教六诗:曰风,曰赋,曰比,曰兴,曰雅,曰颂,以六德为之本,以六律为之音。"② 两者都是就文字交流的实用功能所作的区分。此外还有"九能"说。《毛诗·鄘风·定之方

---

  ① (清)孙诒让:《周礼正义》(第八册)卷四九,王文锦、陈玉霞点校,北京:中华书局1987年版,第1992页。

  ② (清)孙诒让:《周礼正义》(第七册)卷四五,第1842、1846页。

中·传》:"建邦能命龟,田能施命,作器能铭,使能造命,升高能赋,师旅能誓,山川能说,丧纪能诔,祭祀能语,君子能此九者,可谓有德音,可以为大夫。"① 可见"九能"也如同"六辞"、"六诗",着眼于文字与日常生活紧密的实用程度(占卜、夏猎、制器、出征、祭祀、出使等)进行的区分。《礼记》中也有一些涉及文章类型方面的记述,如:《曾子问》中"贱不诔贵,幼不诔长"的撰写诔文的原则。《祭统》中论"铭"的本质特征:"夫鼎有铭,铭者,自名也,自名以称扬其先祖之美,而明著之后世者也。为先祖者,莫不有美焉,莫不有恶焉。铭之义,称美不称恶,此孝子孝孙之心也。唯贤者能之。"《乐记》中论述风、雅、颂等诗歌分类与个体特征之间的审美接受关系:"宽而静,柔而正者,宜歌《颂》;广大而静,疏达而信者,宜歌《大雅》;恭俭而好礼者,宜歌《小雅》;正直而静,廉而谦者,宜歌《风》;肆直而慈爱者,宜歌《商》;温良而能断者,宜歌《齐》。"②

进入刘汉时期,因为对于文学作品独立性的重视,逐渐把文学作品从实用型的应用文章中单列出来,基础的变化,带来了文类存在的新面貌。汉魏六朝时期文类发展的特点是:文学作品的独立,使得开展真正意义上的文类研究成为可能;文类研究存在的零散性逐渐转向规模化、集中性,不再拘囿于日常实用,文类研究的理论自觉性增强。《毛诗大序》据此前"六诗"说提出诗歌"六义"说。孔颖达对此疏曰:"风雅颂者,《诗》篇之异体,赋比兴者,《诗》文之异辞耳。"③ 这里的风、雅、颂是对纯文学的最早分类。班固在刘歆《七略》基础上撰写《汉书·艺文志》,除六艺、诸子、兵书、术数、方技各类图书外,特立"诗赋略",并序诗赋为五类:屈原赋之属、陆贾赋之属、荀卿赋之属、杂赋、歌诗。梁萧统在《文选》序言中也表达了"事出于沈思,义归乎翰藻"的选文标准,注意到了文学作品与实用性文章的区分。"文笔说"、"诗笔说"、"辞笔说"的兴起正是此时文学寻求走向

----

① 《四库全书·经部·毛诗注疏卷四》(69册),(汉)毛亨传、郑玄笺、(唐)孔颖达疏、陆德明音义,上海:上海古籍出版社1987年版,第238页。
② 分别见《礼记译解》(上下册),王文锦译解,北京:中华书局2001年版,第259、723、562页。
③ 《国风·周南·序》,《四库全书·经部·毛诗注疏卷一》(69册),(汉)毛亨传、郑玄笺,(唐)孔颖达疏、陆德明音义,上海:上海古籍出版社1987年版,第120页。

自觉和独立过程的集中反映。同时，此期经过蔡邕、李充、挚虞等人对先秦时期文章类型讨论的总结提高，皇皇大著《文心雕龙》应运而生。全书近一半篇幅是对文章类型的专门论述，结构之规整、内容之系统，盛况空前。《文心雕龙》之于文类发展的重要历史意义在于：海纳百川式的精心梳理总结，从此奠立了后世源远流长式的文类意识。这一时期另外两篇值得注意的成果是：曹丕《典论·论文》和陆机《文赋》。他们开文类风格论、风格论文类之先河，影响至为深远。前者写道："夫文本同而末异，盖奏议宜雅，书论宜理，铭诔尚实，诗赋欲丽。此四科不同，故能之者偏也；唯通才能备其体。"① 后者论及诗赋风格时说："诗缘情而绮靡，赋体物而浏亮。"②

隋唐宋元时期，尽管《文薮》、《文苑英华》、《唐文粹》、《元丰类稿》、《元文类》等各种诗文选集仍杂当时实用文章在内，但是对于文类问题的探讨则与前代不同，步入了比较纯粹的文学研究范畴。这段时期文类问题发展的特点是：在前期对文章类型进行系统整理和分析的基础上，研究中心的纯文学化倾向显著，诗、文、词三种文类成为理论探讨的焦点对象；反映在探讨深度上，文类之间界限与越界成为理论批评家们始终关注的核心问题。文类问题开始由性状的简单描述走向本质的理论思辨。以杜甫为代表的"以诗为文"、韩愈为代表的"以文为诗"、秦观为代表的"以词为诗"、苏轼为代表的"以诗为词"（后世出现的"以诗为曲"、"以词为曲"亦此余脉）一时成为当时及后来文学理论批评的集中话题，一大批文人学士，沈括、王正仲、黄庭坚、陈师道、吕惠卿、陈善、王灼、王若虚、李清照以及明清时期的陆时雍、李开先、李东阳、俞彦、何文焕、吴衡照、吴乔等等，纷纷加入到了对此文类界限与越界问题的大讨论，观点之悖异，立场之相左，人数之众多，实属稀见，蔚为盛事。受此影响，其他间接讨论诗、文、词三文类异同的人数更是不可枚举。例如：关于"以文为诗"，沈括就和吕惠卿发生了一次面对面的直接交锋，场面相当尴尬——"沈

---

① （魏）曹丕：《典论·论文》,《典论》（及其他三种），（清）孙冯翼辑，北京：中华书局1985年版，第1页。
② （晋）陆机：《文赋》，（清）严可均辑《全晋文》（中）卷九七，何宛屏等审订，北京：商务印书馆1999年版，第1025页。

括存中、吕惠卿吉父、王存正仲、李常公择，治平中，同在馆下谈诗。存中曰：'韩退之诗乃押韵之文尔，虽健美富赡，而格不近诗。'吉父曰：'诗正当如是，我谓诗人以来未有如退之者。'正仲是存中，公择是吉父，四人交相诘难，久而不决。"① 陈师道也认为："退之以文为诗，子瞻以诗为词，如教坊雷大使之舞，虽极天下之工，要非本色。"② 文类之间界限与越界的立场态度，带来的另一个不可避免的、可能更为重要的副产品，则是对于自身立场的进一步阐释，亦即文类本体论的揭示。这一副产品不仅于文类理论发展有深远影响，而且对整个文学理论发展起着重要的推动作用。例如李清照正是基于批判苏轼、王安石、曾几的"以诗为词"，即"句读不葺之诗尔"，促使其深入思考词作为一文类的本质特点，提出了词"别是一家"的著名观点。而王若虚、元好问等人则在反思人们批判"以文为诗"、"以诗为文"、"以诗为词"的基础上，提出了诸文类本同而用异的观点。元好问就认为："诗与文，特言语之别称耳。有所记述之谓文，吟咏情性之谓诗。其为言语则一也。"③ 这里把不同文类归于同是语言文字的使用，颇有现代西方文论的色彩。

　　文类问题的讨论带来了文类本体论的热潮。这股热潮在涌入明清之后，产生了两大影响：一是大量诗文选本的出现。《元诗体要》、《明文衡》、《唐宋十大家类选》、《六朝文絜》、《金文最》、《古文辞类纂》等相继问世，其数量占据了中国古代选本的大半壁江山。这是古代对文类意识再次强调的重要体现。二是继挚虞《文章流别志论》、刘勰《文心雕龙》集中专论文类的著作之后，再次出现了类似的专论著作：明代吴讷的《文章辨体》和徐师曾的《文体明辨》。此二书不仅在研究对象范围上，大大超越了前二者，分别为 59 种和 127 种；而且明确把文类意识提高到了历史的最高点。他们继承了前代理论传统，如倪思、王安石对于文类的强调，倪思说："文章以体制为先，精工次之；失其

---

① （宋）魏泰：《临汉隐居诗话》，（清）何文焕辑《历代诗话》（上），北京：中华书局 1981 年版，第 323 页。此条亦见（宋）释惠洪著《冷斋夜话》。

② （宋）陈师道：《后山诗话》，（清）何文焕辑《历代诗话》（上），第 309 页。

③ （金）元好问：《遗山先生文集》卷三六《杨叔能小亨集引》，《四部丛刊初编集部》（第 222 册）·遗山先生文集》（二），上海：上海书店 1989 年影印版，第 17 页。

体制，虽浮声切响，抽黄对白，极其精工，不可谓之文矣。"① 吴讷和徐师曾也自觉地把"文辞以体制为先"、"夫文章之有体裁，犹宫室之有制度，器皿之有法式也"奉为全书的核心指导思想，以正变发展观描述文类源流的历史轨迹。于是，文类之于创作、批评的首要地位日益成为人们的共识，引领时代之风潮。例如，谢榛说："诗赋各有体制。"② 王世懋说："作古诗先须辨体。"③ 顾尔行也提出类似吴、徐两人的观点："文章之有体也，此陶冶之型范，而方圆之规矩也。"④ 孙麟趾也提出："近人作词，尚端庄者如诗，尚流利者如曲。不知词自有界限，越其界限，即非词。"⑤ 与此同时，一种认为文类之间同异兼具的辩证观点也日渐成熟，引起不少共鸣，比如陈善、王世贞、查礼、刘体仁等人。王世贞主张创作之妙在于文类的活用，文类规范是创作的起点而非终点："诗有常体，工自体中。文无常规，巧运规外。"文类之间界限，"合而离，离而合，有悟存焉"。⑥ 查礼提出文类关系的"不即不离"观："词不同乎诗而后佳，然词不离乎诗方能雅。"⑦ 其中尤以李渔为代表。在《窥词管见》一文中，他对于文学范围内诗、词、曲三大文类及其关系进行的辩证分析，意识清晰、立论公允、视角全面、见解独到，构成了这一时期，乃至中国古代文类认识论的高峰。李渔此文虽着眼于论词，实是基于诗词曲三大文类辩证统一的整体观，自始至终贯穿着同异共存的客观、科学的研究态度。一方面从差异出发，坚持"词之关键，首在有别于诗固已"；另一方面又指归类同，主

---

① 转引自（明）吴讷《文章辨体序说·诸儒总论作文法》，吴讷、徐师曾：《文章辨体序说·文体明辨序说》，北京：人民文学出版社1962年版，第14页。

② （明）谢榛：《四溟诗话》卷四，《四溟诗话·姜斋诗话》，宛平、舒芜校点，北京：人民文学出版社1961年版，第99页。

③ （明）王世懋：《艺圃撷余》，《四库全书·集部九》第1482册，上海：上海古籍出版社1987年版，第511页。

④ （明）顾尔行：《刻文体明辨序》，吴讷、徐师曾：《文章辨体序说·文体明辨序说》，北京：人民文学出版社1962年版，第75页。

⑤ （清）孙麟趾：《词径·词自有界限》，唐圭璋编：《词话丛编》（三），北京：中华书局1986年版，第2544页。

⑥ （明）王世贞：《艺苑卮言》卷一，丁福保辑：《历代诗话续编》（中），北京：中华书局1983年版，第964页。

⑦ （清）查礼：《铜鼓书堂词话·施岳词》，唐圭璋编：《词话丛编》（二），北京：中华书局1986年版，第1482页。

张"诗词未论美恶，先要使人可解"。① 在论述的具体层面上，小至字词，大至取意，创作与接受兼顾，叙述与腔调并举，多发前人之所未发，充分体现出他丰富的实践经验和深厚的理论学养。

中国古代上下几千年的文类意识传统以及理论资源是一笔重要的历史财富。在如此丰润的土壤之上，在中西风气交相激荡的时代氛围中，进入近代范畴的文类问题研究出现了几许亮色，奠定了20世纪中国文类问题的基本框架。这一时期的基本特点：一是文类数量空前繁多。诗歌、小说、散文、戏剧、杂文、小品文、报告文学、特写、速写、连环图画小说、科幻小说，等等，古今中外的文类实现了历史大汇合。文类研究对象的爆发与突破，必将带给文类理论发展和成熟的重要契机。二是参与人数空前鼎盛。一大批耳熟能详的大家、名家纷纷加入到了文类问题的探讨之中，如梁启超、陈独秀、蔡元培、郭沫若、王国维、鲁迅、叶圣陶、郑振铎、胡风、朱光潜、何其芳、老舍、曹禺等，他们都自立新说，就文类划分、文类特质、文类发展史等方面提出富有建设性的独特观点，积极推动文类理论的向前发展，从而基本构成了后世四大文类的主导划分模式。三是理论思考与实践功用的高度结合。古代的文类讨论基本上有两个重心：文类发展源流、文类特征及其相互关系。文类与创作的实用关系研究自进入近代以后，才日益成为研究的重中之重。这一特征的表现之一是文类问题研究中一批重要作家的出场。鲁迅、老舍、柳青、杨朔、魏巍等都紧密联系自身创作实践表达了文类之于创作的复杂关系。比如鲁迅就说："有了小感触，就写些短文，夸大点说，就是散文诗……得到较整齐的材料，则还是做短篇小说"。② 另一表现是，文类问题作为文学理论基本问题，成为众多文学理论类著作、教材不可或缺的章节。文类问题正式确立了文学研究基本问题的地位。

通过以上我们对于中西文类问题发展脉络的梳理和回顾，不难见出，中西方都非常重视文类问题，各自都有关于文类问题的深厚历史传统，在关于文类划分、文类关系、文类发展史等方面都贡献了独特

---

① （清）李渔：《窥词管见》，唐圭璋编：《词话丛编》（一），北京：中华书局1986年版，第549、554页。

② 鲁迅：《〈鲁迅自选集〉·自序》，合肥：安徽人民出版社2012年版，第2页。

的理论观点，指导各自的文学研究和批评实践。其次，各时期文类理论的存在都是辩证的，在上述回顾过程中，我们都是就每一时期的主导历史倾向而言的，但这并不代表与之相逆的潜流，我们可以视而不见、置若罔闻。最典型的莫如浪漫主义时期，一方面是鲜明的反文类的主导立场，而另一方面，麦考莱（T. B. Macaulay）在1831年时，仍在坚持亚里士多德文类理论传统，强调摹仿说的重要，并以模仿媒介和对象为基础，进行种类区分。再有，新批评派反对文类似乎众所周知，然而事实是，有文学观存在的地方，就会有相应的文类划分的存在。瑞恰兹（I. A. Richards）把诗分为"包容诗"与"排它诗"一组对立的种类概念，兰色姆（J. C. Ransom）提出诗分"物质诗"、"柏拉图诗"、"玄学诗"三种的主张，艾略特（T. S. Eliot）和肯尼思·勃克（K. Burke）等人也都是文类的认同者。理论潜流的客观存在，正是文学传统的魅力使然。但文类问题在中西方的发生、发展也显现出各自不同的特征和思路，这可以从以下三个方面见出：

第一，闭与开。西方文类问题的探讨，起点是基于亚里士多德的三分封闭模式，史诗、抒情诗和戏剧构成了文学理论研究的绝对主导的对象文类。古典的文类三分法也主导了对三分法实施不同现代解读的对象文类。通过小说"是资本主义的史诗"（黑格尔）的中介，封闭的文类三分模式才逐渐丧失它的历史有效性，三分的封闭模式才走向开放，而此时历史已经跨越了两千多年。在中国，文类探讨一开始就是坚持开放态势，"文变染乎世情，兴废系乎时序"①的观念伴随文类的发展而生，并成为指导文学进步的主导意识。文类探讨由诗、文、词、曲、小说等这样的一个发展顺序构成，最后到近代，构筑起一个由诗歌、小说、散文、戏剧四大文类为代表的文类探讨框架。如果说西方采取的是由合到分的路径，那么中国则表征了一个由分到合的规程；如果说西方遵照的是共时到历时的文类研究结构，那么中国遵照的则是历时到共时的研究结构。在这一点上，我们的终点，恰恰形成了西方的起点。

---

① （梁）刘勰著，陆侃如、牟世金译注：《文心雕龙译注（下）·时序》，济南：齐鲁书社1982年版，第331页。

第二，合与分。此处的合与分不同于第一点中的文类探讨的模式，而是指文类探讨的内容导向。西方从古希腊罗马起，文类界限的守持是绝大的原则问题。从文艺复兴时期到启蒙运动时期，新兴的或杂交文类的诞生总会遭遇来自古典传统势力的压制、冷嘲和抨击，总会用事实印证马克思关于一个事物在历史中第一次出现时的不可避免的悲剧命运。与这种强调文类与文类关系之"分"相反的是，中国古代的文类理论传统在注意文类之间"分"的同时，更加注重文类之间"合"的一面。这主要体现在由汉儒及刘勰等所开辟的"宗经"一路在文学中的反映。换言之，在宗经意识形态的影响下，《诗》为后世诸如骚、赋、诗、词、曲等文类的共祖，后者都吸收或遗传了《诗》的文化血统和美学精神。这就为文类之间"合"命题的存在提供了重要的研究平台。

第三，内与外。西方传统文学观以摹仿说为基础，文类特质的确定亦自然取之于外。例如把摹仿对象的不同作为悲、喜剧区别之所在、等级之所系，从摹仿生活广度之大来显示小说之于此前文类的优越性。文类发展史上新文类的诞生也首先是因为摹仿对象的突破。虽也不乏强调接受效果之例，但只是作为摹仿对象突破带来的一个重要附加值。只是在浪漫主义时期，才出现诗歌、小说等文类转向主体内部寻找创作动机的一股洪流，即如"诗是强烈感情的自然流露"之类，甚而由主观之极，反对文类自身的合法性。到了20世纪的俄国形式主义、结构主义诗学、接受文论等流派那里，文类和接受的关系才日益占据主导位置，文类之于主体的作用才逐渐凸显。在中国，文类探讨则有着极强的主体参与性。不管是文类本身性质，还是文类划分，文类之于接受主体的内在情感体验是重要的作用因素。"奏议宜雅，书论宜理，铭诔尚实，诗赋欲丽"、"诗缘情而绮靡，赋体物而浏亮"等从风格论文类的传统就基于归属一定文类的文学作品与接受主体的审美体验关系这一层面。再如，关于文类发展观这一问题，王国维提出："盖文体通行既久，染指遂多，自成习套。豪杰之士，亦难于其中自出新意，故遁而作他体，以自解脱。一切文体所以始盛终衰者，皆由于此。"[①]

[①] 王国维：《人间词话》卷上，上海：上海古籍出版社1998年版，第13页。

还是把审美主体的接受反应作为考查文类更替的重要标尺。如果说，中国强调的审美接受主体也是一种"外"的话，那么，西方是客体性质的"外"，而中国则是属于主体性质的"外"；前者是机械的，而后者是能动的。

第一章 "文类"范畴探析

作为文学理论的古老范畴之一,"文类"一词来自有着拉丁词根的法语 genre。颇出人意料的事实是,迄今,中外古今对于文类的认识却始终存有模糊、分歧甚至淆乱之处,尚无比较集中统一的意见和结论。作为本书的关键词,本章拟在综述和批评已有中西文类范畴研究的基础上,试对文类范畴作出自己的判断和诠解。

第一节 西方语境中的文类范畴

对于广大英语国家来说,"文类"这个法语的外来词,在使用和研究中的分歧或模糊主要体现在以下三个方面:

一、本土语与外来语的同化或对译问题

这是文化交流事件中常见的彼此格义的现象。请看下列诸条关于"文类"的引文:

R. 福勒(Fowler)编《现代批评术语辞典》:"此词在英语批评词汇中尚无意见一致的对应词,'kind'、'type'、'form'都与文类(genre)混杂地使用。单单这一事实就揭示出围绕文类理论

发展的某些混乱。"①

M. H. 阿伯拉姆（Abrams）著《简明外国文学词典》：文类（Genre）"这是一个法语词。在文学批评中指文学的类型、种类或现在常说的'文学形式'。文学作品的类型划分向来为数众多，划分的标准也各自悬殊。……"②

C. 波尔蒂克（Baldick）编《牛津文学术语词典：英文》："表示作品的 type、species、class 的法语词。"③

《牛津高阶英汉双解词典》："种类；类型；（尤指按形式或主题划分的文艺作品的）风格（style），体裁（kind）。"④

由以上几本收录"文类"的词典不难看出，genre 的英文对译问题，即与 kind、type、form、species、class 以及在具体论著行文中出现的 variety 等词的关系问题，构成了文类范畴使用中最先遇到的一个基础性技术障碍。

二、以文类为中心的分类序列的术语问题

苏联美学家卡冈（M. C. Каган）在 1970 年代指出：文艺划分"问题的实质及其理论重要性完全不在于术语的选择和标签"，"首先是制定这种术语系统的必要性，这种必要性在自然科学界中早已被认识，而在人文科学范围内还遗憾地未受到承认"。⑤ 文类划分，理论上可以无休止地进行下去，那么，不同层次的分类因对象不同，应该以有所差别的术语表示之，而这恰恰构成了分类序列术语的难题。正如波尔蒂克认为的那样，文类范畴混乱原因在于其同时被下列三种情况

---

① Roger Fowler, *A Dictionary of Modern Critical Terms*. London, 1973, p. 104.
② ［美］M. H. 阿伯拉姆：《简明外国文学词典》，曾忠禄等译，长沙：湖南人民出版社 1987 年版，第 134 页。
③ ［英］波尔蒂克编：《牛津文学术语词典》（英文版），上海：上海外语教育出版社 2000 年版，第 90 页。
④ ［英］A. S. 霍恩比：《牛津高阶英汉词典》（第四版），A. P. Cowie 主持修订，李北达编译，北京：商务印书馆 1997 年版，第 614 页。
⑤ ［苏］莫·卡冈：《艺术形态学》，凌继尧、金雅娜译，北京：三联书店 1986 年版，第 180—181 页。

所用：最基本的文学艺术的模式（抒情的、叙事的、戏剧的）；最广泛的作品分类（诗、散文、小说）；根据许多不同的标准进行的最专业的次分类。① 在文类范畴具体所指对象上，以三分法（史诗、戏剧、抒情诗）为参照，西方语境中的分歧，具体表现在以下四种代表性观点：

第一种观点是文类可泛指三分法及其下各级划分。如 W. L. 古尔灵（Guerin）、厄尔·雷伯尔（E. Labor）、李·莫根（L. Morgan）、J. R. 威灵厄姆（Willingham）、沃尔夫冈·凯塞尔等人，他们认为文类不但可以指史诗、戏剧、抒情诗等，还可以指诸如戏剧中的悲剧和喜剧等。

第二种观点是文类专指三分法，另立范畴表示其下各级划分。如鲍里斯·托马舍夫斯基、理查德·泰勒（R. Taylor）等人，他们认为文类主要用来指西方传统三分法中的史诗、戏剧和抒情诗等，三分法以下的继续划分，有其他范畴专指。

第三种观点是文类指三分法以下的各级划分。如乌尔利希·威斯坦因（Ulrich Weisstein）、费多尔（K. Viëtor）、雷·韦勒克、达维德·方丹、莫·卡冈等，他们认为用文类来指称西方三分法这样的终极范畴不太合适，应当用种类（kind）来称呼；文类则用来表示"历史上的种类"（韦勒克），如悲剧、喜剧等。方丹另外还提出"次文类"（sub-genre）的范畴，用来表示诸如喜剧之下的三级划分。

第四种观点是文类指三种叙述方式。这是一种比较特殊的用法，认为文类是指柏拉图所说的模仿叙述、叙事方式、混合方式，或亚里士多德所说的叙事的、抒情的、戏剧的等三种方式。如中世纪的狄俄墨得斯（Diomedes）就把柏拉图的三种方式称为"文类"，其中的模仿方式可以包括悲剧、喜剧等"类型"（species）。厄尔·迈纳（E. Miner）则显得有点犹豫不定，一方面他认为西方三分法一般称呼为文类，但同时又认可文类这一范畴并非唯一，也可以冠之以包括表述的基本方式在内的其他名称，等等。热拉尔·热奈特（Gérard Genette）、克劳斯·亨普菲尔（K. W. Hempfer）等人则反对文类指称叙述方式的

---

① 波尔蒂克编：《牛津文学术语词典》（英文版），上海：上海外语教育出版社 2000 年版，第 90 页。

做法，主张应该严格区分二者，他们用"方式"来表示所谓的叙述方式。不过两人又有些差异：热奈特对于西方三分法，认为"方式"与"文类"皆可指称，只不过内涵不同——在"方式"名称中，抒情诗可以包括哀歌、讽喻诗等诸多文类；而在"文类"的称呼里，抒情诗只是和讽喻诗等并列的单个文类。亨普菲尔在"方式"和"文类"之中又多出两个层次，在"方式"之下、"文类"之上增设"类型"（typen），具体表示如叙事方式之内的第一人称叙事等；在"文类"之下添置"子文类"一层，表示诸如小说文类下面的骗子无赖小说等。

  文类范畴具体所指的差异情形，其源头可追溯至亚里士多德。这句话的含义包括两层：一是指在亚里士多德《诗学》中表示三分文类的词语本身就是多指而非专指的。众所周知的《诗学》开篇中的"种类"（罗译本）或"类型"（陈译本）一词原文系 eidē（单数 eidos），它在代表史诗、戏剧和抒情诗的同时，又被用来指悲剧的各种"类型"（复杂悲剧、"性格"悲剧等）和悲剧的"部分"或"成分"（情节、性格等）。而后者"部分"、"成分"又有 ideai、merē 等词表示。类似今天文类范畴的"种类"或"类型"在《诗学》中并没有固定所指。二是指借鉴生物学开展文类划分的尝试，在《诗学》中已初露端倪。作者亚里士多德出身于医学名家，其父尼格马可斯（Nicomachus）任职宫廷，出版过医学著作。亚里士多德本人自幼跟随父亲，受其影响，也曾经从事过生物学研究，著作丰富，涉及学科门类众多，其中就有《动物的分类学》（四卷）等，① 且有从事植物学的学生瑟俄弗拉斯托斯（Theophrastus）。所有这些生物学背景不可避免地要对其从事的诗学研究施加一定的影响，如其诗学中借用生物学范畴"有机"就是一个典型。在分类方面，《诗学》21 章中分解隐喻字构成方式时，亚里士多德也出现用 eidos 指"属"，与"种"形成对比的事例。② 此后，特别是在达尔文（C. R. Darwin）1859 年发表《物种起源》之后，生

---

  ① 参见［美］梯利：《西方哲学史》（增补修订版），葛力译，北京：商务印书馆 1995 年版，第 80—81 页。

  ② 此段范畴原文参考陈中梅《诗学》译注本，北京：商务印书馆 1996 年版，第 29 页，注释 3。

物学影响术语建设的冲动更加强烈，上述四种代表性观点可为证。①另外像阿伯拉姆在谈论文类时，也透露出受此影响的类似痕迹："从文艺复兴时期到十八世纪的大部分时间里，已确认的体裁——或按照当时的说法：诗歌的'种类'——普遍被认为是固定的文学类型，就象自然界生物学种类中的物种一样。"②这一线索为我们尝试解决上文列出的两大问题提供了重要启示。

然而，文学作品分类与生物学分类不可类比，两者存在根本差异，每一部文学作品的诞生与归类，不同于生物归类过程。这是因为生物演化是极其漫长的一个历史过程，在一定的时空集中，特定生物都会保持住自己相对较稳定的体态生命特征，所以其归属亦由此而稳定；但是任何一部文学作品都将是一个凸现鲜明个性特征的有机体，它随时可能突破既有的文类划分秩序。所以即使存在这样一组术语序列，它也只能说极其不稳定的。正像托多罗夫（Tzvetan Todorov）认为的那样，文类与动物学分类，甚至语言学分类是根本不相关的。在文学中，"每一部作品都能改变整体可能性；每一部新作品都能改变其种类"③。R. 科恩也从文类的历史性指出说："无论文类流传的时间是多么短，它都是历史的，它的文本存在于时间之流。一种文类的稳定性总是暂时的，因为一种文类中的不同样本或范例就可以改变它的目的。"④最极端者莫如浪漫主义时期中的弗·施莱格尔（F. Schlegel）、克罗齐等人，他们提出每一文学作品都自成一类，"每一个真正的艺术作品都破坏了某一种已成的种类"⑤。虽然他们强调的宗旨是反对划分

---

① 其实科学技术的发展对文学研究的影响非常大，达尔文进化论只是其中之一。笔者曾梳理和反思了科学理性影响下的20世纪文论发展中的文学批评科学化潮流，参见拙文《科学理性的反思与马克思主义文学理论的重建》，载《学术论坛》2005年第10期。

② ［美］M. H. 阿伯拉姆：《简明外国文学词典》，曾忠禄等译，长沙：湖南人民出版社1987年版，第135页。

③ 引自［美］罗伯特·肖尔斯：《结构主义与文学》，孙秋秋等译，沈阳：春风文艺出版社1988年版，第191页。

④ Cohen, Ralph, "Genre Theory, Literary History, and Historical Change," In *Theoretical Issues in Literary History*, Ed. David Perkins, Cambridge (MA): Harvard UP, 1991, p. 98.

⑤ ［意］克罗齐：《美学原理·美学纲要》，朱光潜等译，北京：外国文学出版社1983年版，第45页。

文类，但在某种意义上，也是文学个体和生物学个体之间差异的放大。南朝刘勰也指出了具体文学作品与文类之间变与不变的辩证关系，他说："夫设文之体有常，变文之数无方。"①

虽说生物体（特别指动物）也会偶尔发生突然性变异，但这种生物体的生理性畸变与文学作品的推陈出新迥异：因为后者仍然以内在和外在层面的和谐统一（美）为最高追求，而前者则是以破坏和谐和统一（丑）为征兆。同时，由于生物学与文学在恒定与变化上的巨大差异，带来的另外一个不同是，生物的归类力求纵向上的严格与确定，而文学作品的归类则更多体现出横向上的灵活与多维。最令人注意的是，在文学作品分类与生物学分类不可类比的问题上，日本现代著名美学家竹内敏雄比较集中性地给予了专门论述。他认为文艺作品类型与逻辑学、生物学上的分类至少在下面三点上存在质的区别：首先是"具象性"，即后者的分类是"从许多个别事物中舍去其相异点，抽取其相同点，产生出类的概念"，分类的概念是抽象性的；而前者是"作为具象的统一"，"一切类型都是作为一定的可以直观的存在形态的整体形象而成立的"。其次是"相对性"，即后者的分类"在每个场合，都是要么属于它，要么不属于它，二者必居其一；但是，在类型的区别和对立中，个别事物的所属关系不一定都很明确"。就是在生物界的变种和异种情况下，"构成较大单位的各生物群还是可以清楚地互相区别的"。最后是"与价值的相关性"，即后者的分类关注的是最显现类型特征的典型形态，并且标举这种典型形态的理想来判定各种现实作品，"断定它们是适合于它呢，还是在某种程度上接近于它或背离了它"。而前者分类则是"仅仅作为'平均型'来把握的"。②

因此，文学作品分类欲仿效生物学分类而进行术语序列建设的尝试是不明智的，也是不必要的。韦勒克、沃伦在建议"文类"应当用来指像悲剧、喜剧之类"历史上的种类"而非小说、戏剧、诗这三个无法再分的"终极的种类范畴"时，这样说道："要给前者确定一个术

---

① （梁）刘勰著，陆侃如、牟世金译注：《文心雕龙译注（下）·通变》，济南：齐鲁书社1982年版，第119页。
② ［日］竹内敏雄：《艺术理论》，卞崇道等译，北京：中国人民大学出版社1990年版，第80—83页。

语是困难的，在实践中也可能往往是不需要的。"① 苏联学者季摩菲耶夫同样尝试用"文类"指西方三分法、"型"指其下二级分类时，认为"再下则太细琐而不必要"②。这些实例无不透露出分类术语序列建设计划的有心无力。另外，我们还注意到，作为生物学分类序列，长期以来它们有着相对固定的学科规定和普遍认同，在英语中也有相对固定的称呼，即：门（phylum）、纲（class）、目（order）、科（family）、属（genus）、种（species）。那么，genre 与它们之间的 class、species 混用现象进一步提示我们如何解释繁多的术语使用中的混杂：一是术语移植导致的混乱再次说明了生物学分类对文类划分的巨大影响，也再次证明了文学与生物学之间在学科对象上的明显差异。这种混乱在英语世界正式确立 genre（Irving Babbitt 认为是在 1910 年）之前，有其历史必然性和合理性；但是，此后再对这种不一致听之任之，则是不必要和略显盲目的。所以第二点就是，既然术语移植产生了迄今难以根绝的排异性，就为我们正式认可和采用文类（genre）在文学中扮演分类术语的角色提供了某种合理性。

三、文类范畴的本质或内涵问题

在文学研究中，文类可以说是一切诗学绕不开的基本范畴。在"什么是文类"或"文类是什么"的范畴界定问题上，也呈现出比较复杂的分歧格局。总体来说，可以概括为以下几种观点：

第一，契约论。这种观点认为，文类在作者、文本、接受者之间建立起一种契约关系，连接创作与接受，使得文本的创作、解读、批评等文学活动成为可能。其中又可以分为读者与文本、作者与文本、批评者与文本等系列契约关系。如热拉尔·热奈特、E.D. 赫施（Hirsch）、姚斯、乔纳森·卡勒、S. 利文斯通（Livingstone）等人就从文本与读者关系角度提出："不同文类详细说明文本与读者之间达到的不

---

① ［美］雷·韦勒克、奥·沃伦：《文学理论》，刘象愚等译，北京：三联书店 1984 年版，第 258 页。
② ［苏］季摩菲耶夫：《文学原理第三部：文学发展过程》，查良铮译，上海：平明出版社 1954 年版，第 133 页。

同'契约'。"① 文类引导并限定读者的期望域，进而影响读者对于文本的解释和接受。安尼斯·巴沃什（A. Bawarshi）、莫·卡冈等人则从文本与作者关系角度出发，认为文类作为一个修辞生态系统，是"艺术创作的选择性"（卡冈），构成作家创作的起点，以保证作家之意有被传达的可能，同时作家又以其个性赋予文类归属下的文本以特殊性，这样，文类就在文本与作家之间担当着一种共性与个性的中介角色。托多罗夫提出文类就是文本种类，本质在于"话语属性的制度化"（the codification of discursive properties）。其功能可以从文本与读者、作者两方面理解，即文类为作者提供了"写作范例"，为读者提供了"期待域"。② 与此同时，托多罗夫还从文本与文本之间的契约关系出发，认为"文类就是这些清晰的中继点（relay-points），作品因此与文学世界建立关系"③。A. 罗斯马林从文本与批评家关系出发，认为文类是批评家为服务批评实践而构造的"阐释工具"（explanatory tool），由此"可以最好地证明某一文本的价值"④。黑泽尔·杜博（H. Dubrow）则着眼于读者与作者关系，把她的"文类契约"（generic contract）紧紧限于文学语境中的读者与作者之间⑤。T. O. 比彼基于文类对于创作和阅读的重要关系，提出"文本的类型就是它的使用价值（use-value）"⑥，是文类赋予单个文本参与交流、实现价值的历史语境。R. 科恩似乎认为上述视角过于单一，主张文类是作者、读者以及批评家等诸方达成的共识：分类"是由作者、观众和批评家为着满足交往、美学目的共同建构的历史性的假设"⑦。

---

① Livingstone, Sonia, and Lunt, Peter, *Talk on Television*, London: Routledge, 1994, p. 252.

② Duff, David, ed., *Modern Genre Theory*, Harlow: Pearson Education-Longman, 2000, pp. 198-199.

③ Todorov, Tzvetan, *The Fantastic: A Structural Approach to a Literary Genre*. Trans. Richard Toward. Ithaca: Cornell UP, 1975, p. 8.

④ Rosmarin, Adena, *The Power of Genre*, Minneapolis: U Minnesota P, 1985, pp. 50-51.

⑤ Dubrow, Heather, *Genre*, London: Methune, 1982, pp. 342-343.

⑥ Beebee, Thomas O., *The Ideology of Genre*, Pennsylvania State UP, 1994, p. 14.

⑦ Cohen, Ralph, "History and Genre," New Literary History 17 (1986), p. 210.

契约论的提出,侧重文类外在文学功能,充分考虑到了文类为文本、作者、读者、批评家营造的对话氛围和互动语境,俨然编织了一张错综复杂的网络,布满文本之于读者、作者、批评家及自身等在内的诸多纽结,颇具现实指导意义。但同时带来的问题是,外围讨论的热闹难掩对于文类范畴内在考察的缺场,文类自身所指等现实问题依然没有得到应有的重视和回应。

第二,公共机构论。这是一个类比,根本上与契约论有紧密关联,可视为契约论的延伸。这是因为文类以文本为中心,与作者、读者、批评家等方面缔结的契约性关系,不禁昭示了文类的公共性:文类提供了一个集创作、欣赏、交流、批评等功能于一体的公共区域。在这一点上,F. 詹姆逊的态度清晰而明确,他说:"本质上,文类是文学的'公共机构'(institution),或一个作家和特定团体之间的社会契约,作用是去详细说明一定的文化制品的正确用途。"① 在此之前的美国学者 H. 列文(Levin)、韦勒克、沃伦等人也表示赞同此说,认为"文学的种类是一个'公共机构',正像教会、大学或国家都是公共机构一样。它不像一个动物或甚至一所建筑、小教堂、图书馆或一个州议会大厦那样存在着,而是像一个公共机构一样存在着。一个人可以在现存的公共机构中工作和表现自己,可以创立一些新的机构或尽可能与机构融洽相处但不参加其政治组织或各种仪式;也可以加入某些机构,然后又去改造它们"②。如果说詹姆逊、列文等人是公共机构论的直接提倡者,那么巴赫金、达维德·方丹则是这一观点的详细阐释者。巴赫金认为文类的本质在于其"反映着较为稳定的、'经久不衰'的文学发展倾向"。在这样一个公共性、普遍性之下,每一部作品都使得文类获得重生和更新,因此,文类总是表现为"既老又新",其生命力"就在于它在各种独具特色的作品中,能不断地花样翻新"。③ 方丹同样指出了文类身份的"中间"性或公共性,它是"文学和普遍性之

---

① Jameson, Fredric, *The Political Unconscious: Narrative as a Socially Symbolic Act*, Ithaca: Cornell UP, 1981, p. 106.
② [美]雷·韦勒克、奥·沃伦:《文学理论》,刘象愚等译,北京:三联书店1984年版,第256—257页。
③ 《陀思妥耶夫斯基诗学问题》,《巴赫金全集》(五),白春仁等译,石家庄:河北教育出版社1998年版,第140、186页。

间的桥梁","无论从哪方面讲,体裁都处于中间地位,介于文学的普遍性和作品的特殊性之间,介于可进行历史定位的文化传统和永恒的语言类型之间,介于写作要求和解读契约之间"。①

公共机构论作为契约论形象化的升华,超越了诸对关系层面,突出了文类自身性质特点,在这点上而言,公共机构论有其一定合理性,但同样未能迈出外围功能论的疆界。

第三,互文论。这种观点认为文类是对文本之间关系的一种揭示。例如托多罗夫在契约论中对文本之间关系的论述。其他代表有 K. 威尔斯、J. 哈德利(Hartley)、D. 博金斯、达维德·方丹(Fontaine)等学者。威尔斯直截了当地指出:文类是"一个互文的(intertextual)概念"②。博金斯则说:"我们必须分类,否则我们就会陷入一堆没有关联的文本(details)中而无法去理解它们。"③ 方丹也认为:文类"恰好把可以在时间之外进行分析的单个作品与所有已存在的作品之过去联系起来"。所有这些都是对于文类是一种互文的观点的肯定。特别是在法国符号学家克里斯特瓦于1960年代末推出"互文性"范畴之后,以热奈特和方丹为代表的一批学者甚至有借此取代"文类"之意。方丹就认为,由于文类都有将某一作品与过去作品进行比较的使命,所以把互文性看成是思考文类的最后阶段似乎是合理的。④

互文论准确地把握住了文类范畴存在的文本关系基础,为我们认识文类范畴奠定了现实条件,但这只是一个最初步的基础,文类也非文本之间的关系这样一语就可蔽之。就是从契约论来看,文本之间关系也只是其中一维。且"互文"是一个语言符号学范畴,形式主义倾向是其不可避免的先天不足,因此,用互文论来诠释文学理论中的基本术语,有把文类范畴简单化、机械化之忧。

---

① [法]达维德·方丹:《诗学:文学形式通论》,陈静译,天津:天津人民出版社2003年版,第107页。

② Wales, Katie, *A Dictionary of Stylistics*, London: Longman, 1989, p. 259.

③ Perkins, David, "Literary Classifications: How Have They Been Made?" In *Theoretical Issues in Literary History*, Ed. David Perkins, Cambridge (MA): Harvard UP, 1991, p. 252.

④ [法]达维德·方丹:《诗学:文学形式通论》,陈静译,天津:天津人民出版社2003年版,第115、129页。

第四，共同程序论。这是俄国形式主义提出的重要观点，他们认为文学作品的本质"在于词语材料的艺术构成"①。诗学的任务是研究文学作品的结构方式，即用以唤起审美情感的"特殊程序"，这些程序的同异导致了文学作品的分化，从而形成不同的文类。每一文类都由一些组织作品结构的主导程序支配其他自由程序而成。这些主导程序相对于同属一文类的文学作品而言，就是该文类的共同程序。所以文类可以定义为"具有共同程序系统（该系统含有主导的、起联合作用的特征程序）的文学作品在发生学角度上的聚合"。② 与俄国形式主义类似的还有波兰学者米哈伊·格洛文斯基提出的文类是"文学的语法"说，即文类具有如同语言学中语法的功能，规范和指导不同文学作品中语言的组织、使用技巧等；以及 N. 莱斯提出的"文类是文本成分的'组织者'"，等等。③

共同程序论或文学语法论等都突出了文类对于文本语言材料的制约性和结构方式的主导性，对于我们深入认识在一定文类空间下文本内部的运行机制有非常重要的启示意义。问题在于，它片面排斥了不同文类之间在组织结构、情节等因素或成分方面存在共性的可能，文类之间区别也绝不是仅仅停留在共同程序这一形式层，于此我们也不难发现形式主义的文本信仰存在无法弥补的漏洞。

第二节　我国文论界的文类范畴

"文类"范畴登陆并引起我国文学研究界注意的时间较晚，一直要到 1980 年代。我国较早的比较文学专著《比较文学导论》④ 就专设了

---

① ［俄］鲍里斯·托马舍夫斯基：《艺术语与实用语》，维克多·什克洛夫斯基等：《俄国形式主义文论选》，方珊等译，北京：三联书店 1989 年版，第 84 页。

② ［俄］托马舍夫斯基：《主题》，维克多·什克洛夫斯基等：《俄国形式主义文论选》，方珊等译，北京：三联书店 1989 年版，第 147 页。

③ Lacey, Nick, "Theory of Genre (1 and 2)," In Lacey, *Narrative and Genre*. Houndmills: Macmillan, 2000, p. 134.

④ 卢康华、孙景尧：《比较文学导论》，哈尔滨：黑龙江人民出版社 1984 年版。

"文类学"一节；刊授大学《文学概论自修教程》（成立等编）① 是较早使用"文类"概念的文学概论教材之一。其后逐渐被文学研究界借鉴吸收和使用。然而从词源学来看，中译词"文类"在我国亦有着比较悠长的历史，最早出现于南朝梁代。刘昭在《后汉书注补志序》说："求于齐工，孰曰文类"。② 不过这里的"文类"乃文章类同相似之意。此后历代文集也有多标以"文类"字样的，如《梁苑文类》、《东汉文类》、《西汉文类》、《汉唐文类》、《三苏文类》，等等，不胜枚举，"文类"乃文章汇聚之旨。真正与"文类"范畴意义相近的则分别来自于明清两代的徐师曾和包世臣。徐师曾说："盖自秦汉而下，文愈盛；文愈盛，故类愈增；类愈增，故体愈众；体愈众，故辨当愈严。"③ 这里文之"类"是文之"体"的上级范畴、一级区分。包世臣说："文类既殊，体裁各别，然惟言事与记事为最难。言事之文，必先洞悉所事之条理原委，抉明正义，然后述得失之所以然，而条画其补救之方。记事之文，必先表明缘起，而深究得失之故，然后述其本末，则是非明白，不惑将来。凡此二类，固非率尔所能。"④ 这里是比较完整的文学分类意义上的"文类"，与西方语境中的"文类"也最接近，只是包世贞所说的"文类"还仅限于与"诗"相对的"文"范畴，视阈不免狭隘；而徐师曾则又似乎太广，把文学与非文学作品都概括殆尽了。

迄今为止，"文类"在中国文学研究界的替代词异常众多，如式样、样式、形式、种类、体裁、文体、类型、体类等，其中尤以体裁和文体为代表。范畴混用反映出文类范畴认识上的差异。在当前中西范畴传播必经的同化过程中，我国文论界围绕文类范畴的混乱现象主要有：

第一，文类是否文学类型的简称？一种意见认为，文类就是文学类型的简称或缩称。代表有曹顺庆、王一川、陶东风、周发祥、秀陶、林骧华、吕志敏等人。曹顺庆、周发祥态度最为鲜明：文类，genre，

---

① 刊授大学编《文学概论自修教程》，1983年内部印行。
② （晋）司马彪撰，刘昭注补《后汉书·志二》，北京：中华书局1965年版。
③ （明）徐师曾：《文体明辨序说》，罗根泽校点，《文章辨体序说·文体明辨序说》，北京：人民文学出版社1962年版，第77页。
④ （清）包世臣：《艺舟双楫》卷一《与杨季子论文书》，舒芜等编选：《近代文论选》（上），北京：人民文学出版社1959年版，第119页。

"文学类型"的简称。① 陶东风说："文类文体则是对某一文学类型（如诗歌）区别于其他文学类型（如小说）的文体特征的概括。"② 由此推知，文类亦为文学类型的缩称。王一川则解释说："文类（genre）原是一个法语词，在文学批评中指文学的类型或种类（type or species of literature），也就是现在常说的'文学形式'（literature form）。"③ 也有把文类当作文学类型之意。台湾学者秀陶在文章中索性直接把 genre 翻译为文学类型。④

另外一批学者，如乐黛云、刘象愚、陈惇、李心峰、鲍昌等人，则持否定态度，认为文学类型的全称是对文类的误解，把范畴狭隘化了。乐黛云认为："在中文里，'文类'这个词很容易被误解为'文学类型'的缩写，从而使人们对文类学的理解趋于狭隘。其实，文类学除了研究文学类型之外，还要研究文学体裁和文学风格，研究各国和各民族文学中的文学类型、体裁、风格的异同及其相互关系。"⑤ 陈惇、刘象愚也认为，文类学"是对于文学形式的各个种类（Kind）和类型（genre）以及对于文学风格的比较研究"⑥。可见同样是在比较文学领域，理解上的分歧却如此巨大。李心峰虽也认可文类非文学类型缩称，但在理解内容上却和乐黛云等人存有较大差异。李心峰认为文类大致等同于文学种类或文学体裁，它只是文学类型学（type of literature）的构成部分之一。⑦

另有不少学者把"文学类型"赋予了相对较特别的用法，与通常的"文学体裁"相区分，亦从侧面否定了文类为文学类型简称的说法。例如鲁枢元等人在新编《文学理论》（2006）中这样定义其"文学类型"的概念："这里所说的文学类型，既不是指文体模式、结构模式，

---

① 参见曹顺庆等著《比较文学论》（成都：四川教育出版社 2002 年版）、曹顺庆主编《比较文学学》（成都：四川大学出版社 2005 年版）二书中《文类学》一节；周发祥：《西方文论与中国文学》（南京：江苏教育出版社 1997 年版）之《文类学研究》一章。
② 陶东风：《文体演变及其文化意味》，昆明：云南人民出版社 1994 年版，第 7 页。
③ 王一川：《文学理论》，成都：四川人民出版社 2003 年版，第 153 页。
④ 秀陶：《简论散文诗》，《新大陆诗》1996 年第 35 期。
⑤ 乐黛云主编：《中西比较文学教程》，北京：高等教育出版社 1998 年版，第 207 页。
⑥ 陈惇、刘象愚：《比较文学概论》，北京：北京师范大学出版社 2000 年版，第 179 页。
⑦ 李心峰主编：《艺术类型学》，北京：文化艺术出版社 1998 年版，第 284 页。

也不是指主题模式、题材模式,而是指艺术形象塑造的模式",其涵义具体包括原始意象、模式形象、原始形象。① 曾耀农认为:"如果说文学体裁主要从形式的角度对文学作品进行分类,那么,文学类型主要从内容的角度对文学作品进行分类。"从而有通俗文学、先锋文学和严肃文学三种类型。② 其他如欧阳友权主编《文学理论》(2006)、杨春时著《文学理论新编》(2007)、赵慧平主编《文学概论》(2010)等一批著作(教材)中亦都赋予"文学类型"以专指。

第二,文类是否等于文体、体裁?一种在目前占据主导地位的意见是认为西方文类范畴就是我们常见常用的文体或体裁范畴,代表人物有褚斌杰、赵宪章、周发祥、曹顺庆、陈惇、刘象愚、南帆、钱仓水、鲍昌、吕志敏等人。褚斌杰指出:文体指文学体裁,"现代西方有所谓文类学(genre)的兴起,文类也就是文体"③。所以三者可通用。赵宪章同样指出:"中国古代的'文体'概念主要是指文章和文学的类别、体式,而这一意义实际上是西方的 genre 或 style,即'文类'或'体裁'概念。"④ 南帆认为,文类即文本的分类问题,然而在"许多时候,人们将文学的不同类别称之为'体裁'",但又认为文类不同于文体,"文体学可以看作文类研究的一种分支"。⑤ 周发祥、曹顺庆等人承认文类就是文学类型,同时又说:"现代所谓的'文类',在古代一般称作'体'、'体裁'或'文体。"⑥

另一部分人则认为文类和文体、体裁并非一回事,不能等同,如童庆炳、陶东风、秀陶、乐黛云、陈平原、李心峰、杨旭、任翔等人。童庆炳在著作中写道:"本文研究的文体不单是指那种被狭隘化了的文

---

① 鲁枢元、刘锋杰、姚鹤鸣主编:《文学理论》,上海:华东师范大学出版社 2006 年版,第 54—56 页。
② 曾耀农:《试论文学类型》,《沈阳教育学院学报》2000 年 4 期,第 53 页。
③ 褚斌杰:《中国古代文体概论·前言》(增订本),北京:北京大学出版社 1990 年版。
④ 赵宪章:《文体与形式·中国文艺学的现在和未来(代前言)》,北京:人民文学出版社 2004 年版。
⑤ 南帆主编:《文学理论》(新读本),杭州:浙江文艺出版社 2002 年版,第 55 页。在南帆著《文学批评手册:观念与实践》(北京师范大学出版社 2011 年版)一书中,又指出说体裁即文学类型:"许多时候,与体裁同义的另一个概念是文学类型。"(第 127 页)
⑥ 周发祥:《西方文论与中国文学》,南京:江苏教育出版社 1997 年版,第 286 页。

类,也不单是指文学的风格,我们试图从更丰富的意义上来探讨它。"① 陶东风在行文中明确区分文类与文体,诸如"每一种文类都有其特殊的文体特征,甚至可以说,文体特征是文学的类型划分的主要依据"② 等句,两范畴之间区别是一目了然的。秀陶也是如此,比如在对散文诗所下定义中就可见出:散文诗作为一个文学类型(Genre),是以散文文体(Style)作为工具所写的诗。散文文体是相对于韵文(Verse)而言的。乐黛云和李心峰都是从不同角度反对文类就是文学类型的,在此处的三个范畴关系上面,前者认为文学体裁和文体则是文类研究的下级范畴;后者认为文类就是文学体裁,而文体或者表示文学风格,或者包括了文类和文学风格。总之,三者不是等同关系。由上述分歧不难见出,这些混乱不一现象首先来自于对我国文学范畴中既有的"文体"与"体裁"关系的不同理解:文体作为文学作品体裁说法的缩称,与体裁相通,从而与文类等同呢?还是体裁与文类相通,文体另有它义?还是狭义的文体等于文学体裁,与文类相通?也许杨旭的观点更是与众不同:"文体"涵括了"文类"、"体裁"、"篇体"以及前三者各自的"风格"四个层次的意思。其中,前三者层级渐降,假如文类指诗、词、文、小说、戏曲,那么体裁则指上述文类的二级划分,如诗有律诗、绝句,文分赋、颂等;篇体则是指作品的组织形式,如诗之格律、文之骈俪、小说之章回、戏曲之套数等。③

第三,西词中译问题。在围绕 genre、style 等词的中译上,也同样可以见出对于文类、体裁、文体等范畴使用的不同态度。正如上述,赞同文类与体裁、文体可以通用的一方在中译 genre 时就会弃用文类,转而采用传统的体裁等词。如朱光潜在 1940 年代的一篇文章中谈到体裁问题时,说道:一般人所谓的"形式",不是传统的"类型";而是法国 genres 或英国人的 kinds,只该称为"种类"、"体裁"。④ 童庆炳主编的文学理论教材中就把 literary genre 译为"文学体裁"。徐岱这样解释

---

① 童庆炳:《文体与文体的创造·导言》,昆明:云南人民出版社 1994 年版。
② 陶东风:《文体演变及其文化意味》,昆明:云南人民出版社 1994 年版,第 8 页。
③ 杨旭:《论"文体"涵义的四个层次》,《西南交通大学学报》(社会科学版)2012 年 3 期,第 77—81 页。
④ 朱光潜:《文学与语文(中):体裁与风格》,《谈文学》,桂林:广西师范大学出版社 2004 年版,第 69 页。

"体裁":"体裁"法文为 genre,来源于拉丁文 genus,意思是"类"。①《社会科学新术语词典》也把 genre 翻译为我国的"体裁"一词②。

还有一部分人假文类之名,行体裁之实,例如《世界诗学大辞典》中"文类(Genre)"词条,这样写道:亦译"体裁"、"样式"。③ 褚斌杰也是如此,虽把 genre 译为文类,但最终还是过渡到了文体、体裁一路。赵宪章一方面指出西方的 genre 或 style,即"文类"或"体裁"概念;一方面又把它们归之于中国古代的"文体"概念。正如曹顺庆指出的那样:文类(genre)在许多书中译做"体裁",我国历史上常称为"文体"。④ 不过一个值得注意的现象是,尽管许多人主张文类就是我国历史上的文体,但在翻译时,把文体翻译为 genre 的例子却并不多见,更多的是 style 一词。如童庆炳、郭英德、陈平原、秀陶、吕志敏等人皆如此。这也就成为坚持文类不同于文体这一观点的学者们范畴使用的区别标志之一。

西词中译问题还集中体现在一批外来著作的中译本上,如译者在翻译让·贝西埃等主编《诗学史》、M. H. 阿伯拉姆《简明外国文学词典》、乌尔利希·威斯坦因《文学体裁研究》、乔纳森·卡勒《文学理论》、浜田正秀《文艺学概论》、布吕奈尔等《什么是比较文学》、贝尔纳·瓦莱特《小说:文学分析的现代方法与技巧》等著作中的 genre 一词时都是采用"体裁"一词。不过也有一些例外的,如韦勒克著《批评的概念》、韦勒克和沃伦著《文学理论》、弗莱《批评的剖析》等著作中的 genre 译者都使用了"文类"或"类型"一词。术语翻译上的混乱可以仿照一些学者(如周发祥)的做法直观地列表如下:

  genre——文类、文体、体裁、样式、类型、体式、风格、文类学

---

 ① 徐岱:《小说形态学》,杭州:杭州大学出版社 1992 年版,第 6 页。
 ② 刘仲亨、陆象淦主编:《社会科学新术语词典》,北京:社会科学文献出版社 1995 年版,第 326 页。
 ③ 乐黛云、叶朗、倪培耕主编:《世界诗学大辞典》,沈阳:春风文艺出版社 1993 年版,第 568 页。
 ④ 曹顺庆等:《比较文学论》,成都:四川教育出版社 2002 年版,第 280 页。

> genology——文类学、文体学、体裁学、样式学、体类学、文志学、文学类型学
> style——风格、文体、体裁、语体
> stylistics——风格学、文体学、修辞学
> type——体裁、类型
> typology——类型学

上述从三个方面对文类范畴混乱现状的梳理，可以小结如下：

第一，关于文类是否是文学类型缩称的问题，尽管肯定这个缩称或简称确有望文生义之嫌，但未必就预示不合理。实质上，文类范畴无论在比较文学学科，还是在文学理论中的出现，都是针对于过去常用的文学体裁或文体一词的替代行动。这也是为什么我们在翻译外来比较文学著作时，习惯把 genre 翻译为文学体裁、文体之故。同时在解释"文类学"时也在不自觉之间透露出上述信息，如《比较文学导论》认为："文类学专门研究某种文体如何从一国流传到他国及流传过程中的种种变异。"① 吕志敏主编《文艺学新概念辞典》对"文类学"词条这样解释："亦称体类学、文学类型学，比较文学影响研究的一个方面。它研究一种文学体裁如何从一国流传到他国以及在流传过程中发生的变异。"② 表面是解释文类学，内里却都已转向以文学体裁为对象。

文学体裁、文体、文学类型与文类学如此紧密的关系不是偶然的，更多是人为的，它反映出文类范畴移植过程中所处的杂糅状态。台湾学者使用文类一词比较自然和自觉（大陆也有王一川、陶东风、南帆等人），如上面提及的秀陶，还有张静二、沈谦、林秀玲等。例如"《文心雕龙》的文体学"的说法在大陆是占绝对主导地位的话语格式，"文类"几乎没有生存的空间，如相关的博士论文题目都是《〈文心雕龙〉文体论研究》（2001）、《历时与共时：〈文心雕龙〉与〈诗学〉体裁理论比较研究》（2002）等，台湾学者沈谦的博士论文《文心雕龙之

---

① 卢康华、孙景尧：《比较文学导论》，哈尔滨：黑龙江人民出版社1984年版，第170页。
② 吕志敏主编：《文艺学新概念辞典》，北京：文化艺术出版社1990年版，第128页。

文学理论与批评》（台北华正书局1981年版），中间有一章讲的就是大陆所谓的文体论，不过他的章名是"文心雕龙之文学类型"。它如林秀玲在硕士论文《〈沧浪诗话〉"兴趣"研究》① 中，非常自然、一致地区别使用文类、文体等范畴，绝无交叉或含混之处。

再从乐黛云等人否定"文类是文学类型"来看，焦点在于文类学研究对象和范围上。这一问题在比较文学界至今尚无一致看法。例如：

  乐黛云主编《中西比较文学教程》：文类学研究包括：文学类型研究；体裁研究；文学风格研究。

  乐黛云、叶朗、倪培耕主编《世界诗学大辞典》：文类（Genre）亦译"体裁"、"样式"。

  文类学（Genology） 研究文类划分（如分类标准、分类法）和文类演变（如形成、变异或消亡的情况与原因）的学问。

  陈惇、刘象愚著《比较文学概论》：文类学，指的是对于文学形式的各个种类（kind）和类型（genre）以及对于文学风格的比较研究。（北京师范大学出版社2000年版）

  曹顺庆等著《比较文学论》：文类学研究文学的类型和种类，探讨按照文学特点如何对文学作品加以分类，研究文类的演变和文类间的相互关系。（四川教育出版社2002年版）

  叶绪民、朱宝荣、王锡明著《比较文学理论与实践》：文类学研究范围和对象：文类、文学的分类、文学体裁的研究、文学风格的研究、文类理论批评。（武汉大学出版社2004年版）

我们仔细审视一下乐黛云的态度不难发现：她否定文类就是文学类型的本质并没有从原则上超越"文类是文学类型简称"的观点。因为这里还是术语细节上的分歧："文学类型"在她那里只是指涉三分法或四分法的专名，其下二级区分她使用的是"文学体裁"，所以自然得出文类非文学类型简称的结论。其实，"文类是文学类型简

---

① 林秀玲：《〈沧浪诗话〉"兴趣"研究》（硕士学位论文，2000年），指导教授：徐信义，台湾中山大学中国文学系。

称"的说法摆脱了术语上的逻辑层次，不管是三分法、四分法，还是其下的二级划分，都处于"文学类型"这一全称的范围之内，当然还包括风格类型之类。因为一个文本可以同时分属不同文类几乎已是我们的共识。正如比彼所说："每一个作品都属于不止一种文类，即使仅仅只是暗示。"[①] 而且我们还注意到，乐黛云等人主编的《世界诗学大辞典》中对"文类学"的界定恰恰是统一使用了"文类"一词。在比较文学界，还有一种情形：即便认为"文类是文学类型的简称"、体裁是文类的二次划分范畴，仍然造成了不小的混乱。例如尹建民主编《比较文学术语汇释》中词条：

  体裁 Genre　指文本的话语系统和结构体式，它既包括文本外在的体制表现和语言修辞风格，也包括内在的体裁表现方式和审美精神。这一术语往往与类型、种类相混用。这是由于体裁一词有广义、狭义之分。比较文学中的体裁研究的对象是指与文类相对的，即某一文学类型更为具体的分类。

  体裁研究 Study on Genre　研究文学的种类或类型特点及其相互关系，以及不同国家、不同民族文学风格的学问。体裁（Genre）往往与类型、种类相混用。

  文类 Literary Genre　文学类型的简称。在传统文学中有两层意思：（1）指体裁或体类范畴的类别……；（2）指体派，指文学作风、风格与西方文体学之"文体"合并，对应英文的 style。

  文体 Style　指独立成篇的文本体裁（或样式、体制）……

  文体学 Stylistics　即文学体裁学，一译风格学，现在大都译为文体学。……文体学研究的课题既包括文体本身性质、特点的研究，也包括某种体裁的产生、发展、定型、流传、衍变、衰落和消亡的历史，同时还包括文学体裁在国外的变异及变异的环境、条件以及某种体裁在文学史上的地位等。文体学与文类学有很多

[①] Beebee, Thomas O., *The Ideology of Genre*, Pennsylvania State UP, 1994, p. 28.

方面的一致，但只是在文学体裁、样式分类方面的一致。①

设若我们仔细比较上述词条间关系，不难发现：文类包括体裁和文体（风格），体裁研究包括文类和风格，文体学即文学体裁学（风格学），那么，试问：文类、体裁、文体之间究竟为何关系呢？着实不易回答。

我们不是唯名论者，既然引入并开始使用"文类"一词，不妨在实践中做到系统、统一和一致，这也是一切学术研究的基本要求和原则。所以，文类不妨望文生义，理解为文学类型的简称或缩称。

我们也注意到，自新世纪以来，以文学理论类著作（教材）为例，已经越来越广泛地使用文类或文学类型范畴，除了上面我们提到的王一川、陶东风、南帆等人外，另外还有杨春时、袁鼎生、王确、黎跃进、葛红兵等。"文类是文学类型的简称"的认识正日益被更多的研究者所接受。另外，联系西方话语语境，我们认为这一认识在范畴实际使用中需要注意之处在于：genre 一词不仅在文学中，而且在电影、电视、商务、医药、体育等众多领域扮演"类型"的角色，因此，"文类"一词在一般场合可以简译为 genre，但严格意义上，应当译作 literary genre 才恰当。

第二，关于文类与文体、体裁范畴之间关系问题。文体和体裁在我国古代是两个比较典型的意义复杂多变的范畴，这种影响一直延续至现代文论。例如吴承学就指出："在中国古代，'文体'一词，内容相当丰富，既指文学体裁，也指不同体制、样式的作品所具有的某种相对稳定的独特风貌，是文学体裁自身的一种规定性。"② 他曾经初步排列出了我国古代语境中文体之"体"的六种意义，如体裁或文体类别；具体的语言特征和语言系统；体格、章法结构与表现形式；体要或大体；体性、体貌；文章或文学之本体等，并特意注明："我们对'文体'的疏解也未必完备和精确，重要的是表明中国古代文体学内容

---

① 尹建民主编：《比较文学术语汇释》，北京：北京师范大学出版社 2011 年版，第 309—310、347、349—350 页。

② 吴承学：《中国古代文体形态研究》，广州：中山大学出版社 2000 年版，第 322 页。

的丰富性、复杂性与模糊性。"① 所有这些情况特别引起了西方的一些汉学家的不解和苦恼。宇文所安在谈到中国术语使西方读者感到晦涩的缘由时,认为其中之一就是因为"这些术语不像西方读者所了解的那样,是与现象相一致的。例如,'体'得以运用于文体、文类以及所有的形式,这对于西方读者来说,其广泛程度简直不可思议";"在中国的传统中,概念的精确性并非是一种价值"。② 王靖献也指出:"中国文学批评的一个特点就是其含糊界定的概念所特有的复义性。"③

意义如此丰富的文体或体裁,在表示作品类别之意确有与文类近似之处,只是前者所指范围上有时比后者广,包括了非文学作品。这就使得三个范畴之间的混用成为可能,如"盖文体通行既久,染指遂多,自成习套"(《人间词话》卷上);"因情立体,即体成势"(《文心雕龙·定势》);"若子桓之品藻人才,仲治之区判文体"(《南齐书·文学传论》)等句。但这不能成为拒绝范畴统一的借口:首先,文体和体裁两范畴自身的歧义性,增添了阅读、交流中的不必要的辨别程序,不利于文学理论学科建设和中西文论交流的正常进行,诚如有学者所言:"诚然,在很多场合下,只要借助上下文,还是能够分辨出来上述易混术语的真正涵义的,然而,即使在那种场合下,要求译有定名,名有定指,应该说也是学术研究不可或缺的一环。"④ 而"文类"作为一个新生词,则相对比较明确,"种类"也好,"类型"也罢,万变不离其宗。其次,从中西视野出发,西方从 1960 年代起就从语言学中兴起了一门"文体学"(stylistics),有普通文体学(语体学)和文学文体学两大分支,自成学科体系。在韦勒克《文学理论》中也有专章介绍。设若仍坚持同时使用"文体"或"体裁"来称指西方"文类",定会造成理解上的混淆和麻烦。

---

① 吴承学、沙红兵:《中国古代文体学学科论纲》,《文学遗产》2005 年 1 期,第 25—27 页。
② Stephen Owen, *Readings in Chinese Literary Thought*, Cambridge, Massachusells: Harvard University press, 1992, pp. 5-6.
③ C. H. Wang, "Naming the Reality of Chinese Criticism." in *Journal of Asian Studies*, 38, No. 3, May 1979.
④ 周发祥:《西方文论与中国文学》,南京:江苏教育出版社 1997 年版,第 288—289 页。

在目前国内论文成果的检索中,此"文体"非彼"文体"的尴尬已经显现,理当引起我们的高度重视。部分学者在实际研究中也意识到和遭遇到了类似的不便。童庆炳在自己著作开头部分不得不预先交代:"本文研究的文体不单是指那种被狭隘化了的文类,也不单是指文学的风格,我们试图从更丰富的意义上来探讨它。"① 钱仓水在界定自己"文体"一词意义时也不得不作出说明:"它和西语'文体'(style)并不是一回事。"② 赵宪章在谈到"文体"一词时也不得不为它们分别加上"中国古代"和"西方"的定语。由此可见,规范范畴的工作势在必行。吴调公的一段颇具时代印记的话倒算是概括出此中关键一二:"在对文学种类的看法上,我们和资产阶级学者有根本的分歧。我们是针对着结合了内容和形式的文学种类加以研究,而资产阶级学者却硬是把形式孤立起来,专在文体上兜圈子。如果能结合内容和形式来进行研究,不称'文学种类'而称'文体',本来也没有什么不可以。不过问题却在于,资产阶级学者心目中的'文体'是与内容无关的东西。"③

再次,也就是我们第三个要谈的术语翻译问题。这个问题的根结在于三个主要范畴之间在意义上交叉和重叠。因为"在西方文论中,'文类'、'风格'与'形式'词义各异,在理论上,分工明确,但在中国古代却统一在'文体'之上。中国古代文体学的综合性极强,包括了文类学、风格学与相关审美形式等理论"④。目前国内学界对于我国古代的"文体"的解释,存有两种主导意见,迄今为学术界广泛采用:

一是王运熙提出的,他认为"'体'有时仅指作品的体裁、样式,那比较简单;但在不少场合是指作品的体貌,相当于我们现在所谓风格,它的含义就丰富了"。于是他根据文本的话语系统和结构体式所指涉的范围的不同,从风格角度把文体区分为作家文体、时代文体、民族文体、文类文体等。⑤ 第二种是由童庆炳提出的,他认为"从文体

---

① 童庆炳:《文体与文体的创造·导言》,昆明:云南人民出版社1994年版。
② 钱仓水:《文体分类学》,南京:江苏教育出版社1992年版,第3页。
③ 吴调公:《文学分类的基本知识》,武汉:长江文艺出版社1985年版,第2页。
④ 吴承学、沙红兵:《中国古代文体学学科论纲》,《文学遗产》2005年1期,第27页。
⑤ 王运熙:《中国古代文论中的"体"》,《中国古代文论管窥》(增补本),上海:上海古籍出版社2006年版,第23—34页。

的呈现层面看,文本的话语秩序、规范和特征,要通过三个相互联系又相互区别的三个范畴体现出来,这就是(一)体裁(genre,引者注),(二)语体,(三)风格"①。

王运熙的意见不是对"文体"内涵的解释,而是对内涵的外在表现形式的揭示。与之类似的如《普林斯顿诗歌和诗学新百科》"风格"(stylistics)词条内容就是:"风格"可以是"习惯性"的,又分成两类:一群人共有的,个别作家独特的语言习惯,而群体的习惯可再分为:时代,国家,文类。② 这里说的就是王运熙关于文体(风格)的表现层面。童庆炳的意见实质上说的还是文体的三个内涵,即古代文体范畴的多义性。如郭英德指出的那样:古代"文体"一词,义有多端,或指体裁,或指风格,或指语体。③ 而古代体裁范畴除了狭义文体所指的文章类别之意外,也包括广义文体中的风格内涵,如《宋书·谢灵运传论》中"灵运之兴会标举,延年之体裁明密"以及《颜氏家训·文章》中"文章当以理致为心肾,气调为筋骨,事义为皮肤,华丽为冠冕。今世相承,趋末弃本,率多浮艳。辞与理竞,辞胜而理伏,事与才争,事繁而才损。……必有盛才重誉,改革体裁者,实吾所希"是也。

所以,"文体"或"体裁"内涵的主要内容不外乎类别和风格。此认识在当前学术界也很盛行,如罗根泽、詹鍈、张少康等认为:"中国所谓文体,有两种不同的意义:一是体派之体,指文学的格(风格)而言,如元和体、西昆体、李长吉体、李义山体……皆是也。二是体类之体,指文学的类别而言,如诗体、赋体、论体、序体……皆是也。"④ 《辞海》对"体裁"的解释是"文章的风格"和"文学的类别"。⑤ 《中国大百科全书》索性把"体裁"解释为文学作品的不同种类。⑥ 两处"体裁"分别扮演着广义和狭义的角色:前者相当于"文

---

① 童庆炳:《文体与文体的创造》,昆明:云南人民出版社1994年版,第103页。
② Alex Preminger and T. V. F. Brogan, *New Princeton Encyclopedia of Poetry And Poetics* (Princeton University Press, 1993), p. 1126.
③ 郭英德:《中国古代文体学论稿》,北京:北京大学出版社2005年版,第1页。
④ 罗根泽:《中国文学批评史》(一),上海:上海古籍出版社1984年版,第146页。
⑤ 《辞海》(彩图本)(1),上海:上海辞书出版社1999年版,第625页。
⑥ 《中国大百科全书》(简明版)(9),北京:中国大百科全书出版社1998年版,第5077页。

体",后者则相当于"文类"。其他如褚斌杰著《中国古代文体概论》(增订本)、秦秀白编著《文体学概论》、何镇邦著《文体的自觉与抉择》、张毅著《文学文体概说》、叶绪民、朱宝荣、王锡明著《比较文学理论与实践》、朱志荣著《中国文学艺术论》等著作中也都作如此解。

  基于上述"风格学与文类学的结合"这一中国古代文体观念的重要特征①,不妨把"文类"与"文体"、"体裁"中的类别之义等同,把"风格"与文体学之"文体"合并。前者统一标以 genre,后者统一译作 style(stylistics 为学科名)。在研究实践中一律称呼为"文类"和"风格"(风格学)。这样一来,两个范畴之间界限要分明得多,也尽可能地兼顾到当前最新发展动态和传统使用习惯,文类可以谈文类的风格,也可以进行风格类型或种类的区分,各得其所。

  对此,有些学者是颇有共鸣的。关于体裁与文类之间的亲缘,上面多有举证,此不赘述。文体与风格与 style,李心峰指出说,狭义上的"文体"(style),一是指理解为文类,即体裁,已经少见;二是指理解为风格,更常见。② 乐黛云、叶朗、倪培耕主编的《世界诗学大辞典》中,就把 Stylistics 直接命名为风格学,并称:亦即旧称的"文体学"。语言学家丁往道也说:"英文 style 一词涵义颇多,既可指某一时代的文风,又可指某一作家使用语言的习惯;既可指某种体裁的语言特点,又可指某一作品的语言特色。它包含文体(或语体)和风格两方面的意思。因此 stylistics 这个词便可以译为'文体学'、'语体学'或'风格学'。"③ 马仲殊著《文学概论》(上海现代书局 1930 年版)、李幼泉、洪北平编《文学概论》(上海民智书局 1930 年版)这两本著作中,style 在"文体"和"风格"之间是通用的。陶东风也提出:"西方 style 既可以译为'文体',也可以译为'风格',在我国后者更为流行。"④ 姚爱斌的观点富于系统,别具特色,引人关注。他也

---

  ① 张方:《中国诗学的基本观念》,北京:东方出版社 1999 年版,第 161 页。
  ② 李心峰主编:《艺术类型学》,北京:文化艺术出版社 1998 年版,第 114 页。
  ③ 丁往道:《文体学概论·序》,秦秀白编著:《文体学概论》,长沙:湖南教育出版社 1986 年版。
  ④ 陶东风:《文体演变及其文化意味》,昆明:云南人民出版社 1994 年版,第 2 页注②。

认为"体裁"即 genre，宜译作"文类"，但中国古代"文体"一词建议译作 literary entity，不是 style，亦非"文类"；建议将 style 译作"语体"；并进一步探讨了中国古代"文体"与"文类"的差异在于：前者基于具体作品作为完整有机的个体而言，后者则是指涉具体作品之间关系的范畴。① 诸如此类，不一而足。

另外需要进一步交代的是，童庆炳建议"风格"与"文体"分别作为 style 的广义和狭义的中译，② 表面上好像是不同的中译，而根本上来说，这不同恰恰是以 style 既可译为"文体"、又可译为"风格"的认识为基础的。陈伯海指出，"'文体'的内涵决非体裁与风格所能穷尽"，于是把"文体"划分为"体貌"、"体式"、"体格"三个由浅及深的层次内涵。但从他的具体阐述文字看，"外在风貌"、"组合方式"以及组合依据的"内在规范"的三者解说似与童庆炳"风格"、"语体"、"体裁"的三范畴序列有异曲同工之处，而且我们也注意到，在陈伯海早期《说"文体"》一文中，就是把"文体"释作体裁和风格的。不同在于后期在总体观点上作了进一步的明确与深化。③

国内目前对于文类范畴本质的界定上，文学体裁深厚的理论和实践传统，一方面使我们比较轻松和容易地接受和理解西译的"文类"，另一方面又使得我们难以从沉重的体裁传统惯性下抽身，于是就造成了今日文类范畴的普及和推广亟待加强的尴尬局面。尽管如此，统观文论界对传统"体裁"范畴的使用上，也还存在一个严重对立的分歧点，即体裁究竟是属于形式层，还是形式和内容的统一层。例如蔡仪、以群、夏之放、蒋孔阳、钱中文、顾祖钊、姚文放、唐正序、郑国铨、周文柏、陈传才、钱建平等一大批学者在他们编（著）的文学理论类著作（教材）中，均将文学体裁置于文学作品形式范畴。以群说："文

---

① 姚爱斌：《中国古代文体论思辨》，北京：北京大学出版社 2012 年版，第 144—159 页。
② 童庆炳：《文体与文体的创造》，昆明：云南人民出版社 1994 年版，第 52 页。
③ 参见陈伯海《"体"与"式"——中国诗学的文本范型论》，《南京师范大学文学院学报》2006 年 1 期，第 42—52 页；《说"文体"》，《文艺理论研究》1996 年 1 期，第 62—65 页。

学体裁是指文学作品的具体样式,它是文学形式的因素之一。"① 蒋孔阳也说:"文学的种类和样式,是构成文学作品的形式的手段或因素,属于形式的范围。"② 钱中文谈到文学体裁时也说:"文学作品的形式具体为体裁。"③

而易健、王振铎、鲁枢元、王元骧、张孝评、樊篱等学者则认为文学体裁应是作品形式与内容的统一体。如易健认为:"文学作品的各种体裁,通常是根据文学作品在内容和形式方面的不同特点进行分类的。它是文学作品的特定内容与特定形式的统一所构成的一种具体样式。"④ 王元骧也指出:"文学作品虽然是内容与形式的统一体,但由于作家所要表达的具体内容和采取的具体形式不同,这决定了这种统一的形态是千差万别、面貌各异的。这种统一的具体形态,就是我们所说的文学作品的体裁(亦可称之为样式)。"⑤

造成这种状况的原因何在?个中缘故恐怕还是要归结到体裁范畴的多义性上去。因为在许多文学研究者眼中,文体和体裁在现代是可以互用的,所以文学类别、语体或风格等义在使用中就会出于不自觉而杂糅于笔下。这样一来,如果不加辨别和限定地使用体裁或文体,原本内涵上的形式与内容的区分自然会造成研究中学术立场的迥异。例如赞同把体裁视为形式层的夏之放这样说:"文学体裁是文学作品形式方面的一个要素。更具体一些说,是关于语言、结构以及篇幅等外表方面的形态,是作品的具体样式。"⑥ 蔡仪可能讲得更明白些:"体裁是文学作品的属于形式方面的一个因素。更具体地说,是关于语言和结构以及作品篇幅所形成的外表形态。……它不规定表现什么题材和主题,而是规定用什么样的语言、结构等去表现这种题材和主

---

① 以群主编:《文学的基本原理》(修订本),上海:上海文艺出版社1980年版,第349页。
② 蒋孔阳:《文学的基本知识》,北京:中国青年出版社1957年版,第188页。
③ 钱中文:《文学原理:发展论》,北京:社会科学文献出版社1989年版,第153页。
④ 易健主编:《文艺学原理》,西安:陕西人民教育出版社1990年版,第66页。
⑤ 王元骧:《文学原理》,桂林:广西师范大学出版社2002年版,第197页。
⑥ 夏之放:《文学体裁分类的三分法和四分法》,夏之放主编:《文学理论百题》,济南:山东文艺出版社1985年版,第277页。

题。……不能完全说明文学作品的主要差别。"① 吴调公讲得最干脆：体裁就是"文学的语言形式类型"②。三者的共同之处在于都强调语言形式之于体裁的重要性，这不禁使人联想到同样是基于语言形式考虑的"语体"或"风格"的取义倾向。而主张体裁是统一体的如易健、王元骧等人的解释则更接近于我们上面谈及的"文体"涵义中的类别倾向，或文类范畴。

对于这种分歧的原因剖析，个别文学研究者是有意识的。例如刘麟生就说，"所谓文体，就是一切文章的体裁。换言之，便是文学的分类。然而文学的分类，与文体的分类，不免小有出入。前者是兼形式与功用而言；后者偏重形式，不免狭义一点"③。梁仲华、童庆炳则认为体裁可作两解："从文学作品的构成来说，体裁是表现作品的主体的文学样式，从文学作品的分类来说，体裁是文学作品的特定内容与特定形式的统一所构成的一种类型。"④ 前者属形式层，与内容相对；后者则是统一体。王臻中也指出说："体裁是指表达作品内容的具体文学样式。体裁的概念包含两方面的意义：一是就作品自身的形式与内容的关系而言，体裁属于形式因素，是作品形式的最外层。从这个意义上说，任何文学作品都有一定的体裁，自从有了文学作品，就有了文学体裁。第二种是作为不同文学作品形态的分类概念，体裁是划分文学作品种类的第一级概念。在这个意义上体裁概念产生于最早的对文学种类的划分，它不是一个纯形式的概念，而是特定种类文学内容与形式的统一体。"⑤ 三者明确把体裁作为形式的分类和我们所要讲的作为文学分类的类型概念"文类"作了区分，避免了形式与内容关系上的不必要的分歧。从中，我们可谓是再次感觉到了使用"文类"范畴的便利之处。因为文类的划分可以是作品形式上，也可以是内容上的划分，如《简明不列颠百科全书》认为文学类型（literary genre）是

---

① 蔡仪主编：《文学概论》，北京：人民文学出版社1984年版，第172页。
② 吴调公主编：《文学学》，天津：百花文艺出版社，1987年版，第170页。
③ 刘麟生：《中国文学概论》，刘麟生主编《中国文学八论》，北京：中国书店1985年版，第13页。
④ 梁仲华、童庆炳：《文学理论基本读本》，北京：北京广播学院出版社1988年版，第170页。
⑤ 王臻中主编：《文学学原理》，南京：江苏古籍出版社2001年版，第158—159页。

"文学作品的一种范畴,这些作品具有相似的主题、文体、形式或者目的"①。陶东风说:"在国外,对于文学类型的划分一直是既考虑到内容、题材,又考虑到形式、文体";"当文类的划分以形式规范或结构方式为依据时,它与文体概念就非常接近了;但当它是以题材为依据时,情形就不是如此了"。②姚文放在经过认真辨析之后,也认为"'文学类型'不宜仅仅理解为文学形式的类别,也不宜简单理解为文学风格的类别,而应理解为文学体例的类别,其中既包括语言形式的体例,又包括题材内容的体例"③。韦勒克、沃伦尽管主张"类型概念应该倾向形式注意一边",但最终还是表达了要寻找一个"以便从外在与内在两个方面确定文学类型"的这一"关键性的问题"的方案。④因此,以文类替代体裁作作品分类术语也就不存在什么内容与形式上的矛盾与对立了。

最后,在文类范畴所指范围上,国内学界也显得异常混乱。这里要分两种情况:一种是明确使用"文类"范畴来谈划分范围的,一种是我们将计就计,就"体裁"一词来看的。以中西方的三分法和四分法为参照,前一种情形相对比较简单,如童庆炳、陶东风、王一川等人倾向于文类范畴的范围就是三分法和四分法中的基本类型;而姚文放、周发祥、陈兰村等人则倾向于泛指一切文学作品的类型。南帆甚至把文类扩展到了一切文学与非文学作品的类型范围,例如,他说:"根据统计,《文心雕龙》所涉及的文类已经达到178种。"⑤至于"体裁"范畴层次的情况,则要明显复杂得多。

在详述之前,不妨先回顾一下苏联文论界关于这方面的情况,因为从1950年代开始,直至80年代,苏联文学理论著作的译介对新中

---

① 《简明不列颠百科全书》(八),北京:中国大百科全书出版社1986年版,第267页。
② 陶东风:《文体演变及其文化意味》,昆明:云南人民出版社1994年版,第9、43页。
③ 姚文放:《当代性与文学传统的重建》,北京:人民文学出版社2004年版,第216页。
④ [美]雷·韦勒克、奥·沃伦:《文学理论》,刘象愚等译,北京:三联书店1984年版,第263—265页。
⑤ 南帆:《文学的维度》,上海:上海三联书店1998年版,第272页。

国文学理论学科建设产生了巨大影响。因此把他们对于"体裁"范畴所指范围的各种情形先予以说明,可以为归纳和说明我国情况起到对比异同之效。

苏联对于"体裁"使用范围一般包括两种情形:或指三分法,或指三分法下面的二级划分。主导倾向是后者,但也有个别特殊情形,详见下表例证:

	三分法	二级划分	三级划分	备注
季摩菲耶夫	类	型	(不必要)	
谢皮洛娃	文学创作形式/类	体裁/型		
格·尼·波斯彼洛夫	类	体裁		
莫·卡冈	种类	体裁		
维·波·柯尔尊	种类	形式	体裁	
维诺格拉多夫	种类	形式		

我国的情形不妨也用表格列出,更方便直观对照:

	三分/四分法	二级划分	三级划分	备注
以 群	体裁			
郑国铨、周文柏	体裁、文体、样式	种类、品种	样式	
唐正序	体裁			
夏之放	体裁			
蔡 仪	种类、性质/体裁、形态			
巴 人	形态(性质/体裁)			
朱 星	(种——)类	体	式	
闵开德、黄书雄	体裁			
林焕平	体裁/			
易 健	体裁、文体			
童庆炳	类型/体裁、样式			新三分法
童庆炳	体裁、文学类型			
梁仲华、童庆炳	体裁			
王振铎、鲁枢元	体裁、形态、样式			

(续表)

	三分/四分法	二级划分	三级划分	备注
张孝评	体裁			
蒋孔阳	种类/样式	体裁		
钱中文	类/体裁			
刘安海、孙文宪	种类/体裁、样式			类型(新三分)
陈文忠	体裁	种类		
钱建平	类型/体裁、文体			新三分法
王元骧	体裁、样式	类型、体裁、品种		
姚文放	体裁、形态、样式	体裁		
顾祖钊	类型/体裁、文体			新三分法
毕桂发	体裁	类型		
罗中起、李万武	文体形态、体裁			
唐正序、冯宪光	类型	体裁		
孙耀煜、郁沅	体裁、文体	类型		
张怀瑾	种类/体裁			
吴调公	类(新二分法)	型	亚型	一亚亚型等
吴调公	类型/种类、文体	体裁/种类		
闵开德	种类/体裁			
任 翔	体裁	类型		
乐黛云	文学类型	体裁		
南 帆	话语类型/文类			
吴中杰	体裁、文体、类型			
曹顺庆	文类/	亚类		
杨文虎	体裁、样式、文体	体裁、样式		
王一川	文类	种类		
葛红兵	类型/体裁			新三分法
王 确	文学类型			
杨春时	文学类型			

(续表)

	三分/四分法	二级划分	三级划分	备注
袁鼎生	/类型、体裁、文体			
王臻中	体裁、样式			
陈传才、周文柏	类型/	体裁		
曾庆元	样式、体裁			
王纪人、徐缉熙	体裁、样式	样式		
钱仓水	类	型	体	一式一项一目
张乃彬、谢常青	体裁、文体			
王向峰	体裁	类型、种类		
黄世瑜	体裁			
冉欲达、李承烈	类型/种类	体裁		
周文柏	体裁			
刘树成	体裁			
吴立昌、蒋国忠	/体裁、样式			
十四院校	体裁			
湖南师院	体裁			
吉林大学	体裁			
樊篱	种类/体裁、样式	样式、种类		
刘衍文	种类、体裁、式样	种类、类别、形态		
霍松林	种类、样式	体裁		
李树谦、李景隆	体裁	种类	样式	
鲁枢元、刘锋杰	文体、体裁	样式		
汪正龙等	狭义文体（文类）			
欧阳友权	体裁	样式、种类		
杨春时	体裁	样式		类型(新二分)

〔说明：①"/"号表示与上下或前后的对应；没有则表示共用。②新二分法指再现性和表现性文学；新三分法指象征型、写实型或现实型、抒情型或理想型文学。③重名表示编（著）的不同著作或教材；单位名表示文艺理论教研室集体编著。④编（著）者众，概略以前二。〕

通过比较我们发现：我国围绕体裁所指对象范围的术语建设，受苏联文论模式影响，非常注意根据所指对象不同而使用术语的差异，在部分区分细节和术语使用上，还留有比较明显的模仿学习的痕迹；但也出现了许多方面的不同：

首先，基本突破了苏联模式中体裁少指三分法的传统，恰恰好像是走到了另一个极端；其次，我国对于中西三分法和四分法能做到权衡兼顾，并注意从术语层面来进行异同辨析，而且在术语使用上，能积极吸取苏联相关术语及其序列层次为我所用；再次，在以体裁为中心的分类术语序列的探索上，撇开合理性、必要性不谈，我国表现出了更高的热情和创造性；最后，我们的术语建设和苏联相比，还存在一个明显的不足之处，那就是术语建设的积极性和严肃性之间的不和谐性。苏联术语虽量小层次少，但优点是统一性、系统性强；而反观我们自身，在量多层次多之余，对使用语境的依赖性高，统一性和系统性要逊色得多。这种情况又从另一方面再次说明了某种混乱模糊的不利现状。因为即使否定了这种术语序列的必要性，也不能证明混乱模糊的合理性，我们必须要找到出路。而对目前现状承认者寥寥，且愈来愈表现出一种默认姿态，各行其是。以下是从林林总总的文学理论类著作（教材）中爬梳出来的三段话：

> 需要指出，在目前的文学理论与文学教学中，对有关文学体裁、种类和样式的术语的使用，是很不一致的，在这里只能选用我们认为比较恰当的部分。①

> 在文学理论的论著中，对文学分类还是有分歧的，对种类、体裁、样式等术语的取决与确立，也未得到明确的统一。……希望在学习中，对异名同实或同名异实的各种术语得到正确的了解，进而促成这些名词涵义的统一。②

---

① 李树谦、李景隆编著：《文学概论》，长春：吉林人民出版社1957年版，第303页。
② 冉欲达、李承烈等编著：《文艺学概论》（修订本），沈阳：辽宁人民出版社1984年版，第424页。

在对于文学类型的理解和使用上的混乱状况必须得到扭转，必须形成一个确切的、人们普遍认同的概念，否则就无法对它作进一步的探讨。①

这三段话可谓空谷传音，发人深省，非常巧合地代表了三个不同时期：从建国初到改革开放初，再到新世纪初，从侧面反映出 60 多年来我国文论界关于文学分类研究的孱弱与滞后，正如有学者由衷感言："在中国，受到苏联的影响，文学类型虽有专章论述，但给人的印象不仅萎缩，而且也是个依附，它很少吸收新鲜的东西，似乎例行惯例而已，这不能不说是一个不足。"② 此论良是。

第三节 "文类是审美策略"论的提出

俄国形式主义学派代表之一尤·迪尼亚诺夫在 1920 年代曾经指出："文学类别的问题是最困难的，最缺乏研究的问题。"③ 在新旧世纪之交，英国学者 D. 达夫再次强调说："在现代文论中，几乎没有一个概念像文类那样令人充满疑问和不稳定。从亚里士多德开始，即作为一个西方文论的基本假设在起作用……文类的含义、妥当性、目的等问题已在过去两百年间反复追问。"④ 综上所述的中西历史语境中文类生存状况也再次证明了这一点，无论是文类本质特征，抑或是所指对象，诸如此类的相关问题，都还值得我们做出进一步的思考和探索。问题是挑战，也是机遇，更是责任，因为尽管"揭示文类可能很难，

---

① 姚文放：《当代性与文学传统的重建》，北京：人民文学出版社 2004 年版，第 215 页。
② 钱仓水：《文体分类学》，南京：江苏教育出版社 1992 年版，第 20—21 页。
③ ［俄］尤·迪尼亚诺夫：《论文学的演变》，［法］茨维坦·托多罗夫编选：《俄苏形式主义文论选》，蔡鸿滨译，北京：中国社会科学出版社 1989 年版，第 105 页。
④ Duff, David, ed., *Modern Genre Theory*, Harlow: Pearson Education-Longman, 2000, p. 1.

但即使理论家们准备放弃概念，人们在日常生活中也会继续把文本分类"①。

为此，在分别扫描和检视了中西方围绕"文类"范畴问题的已有成果及其不足的基础上，本书认为，"文类"作为对文学作品进行分类时的命名，其本质是基于文学作品自身及其存在时空的多维性而秉持的审美策略。其主要内涵有：第一，文学作品置身的社会文化环境是多维的，它和作者、读者、世界、其他作品等众多因素之间存在着剪不断、理还乱的错综复杂的关系。在文学分类过程中，分类标准最终究竟着眼于哪一个或几个维面，这是"策略"之一；第二，由于文学作品的多维性，必然导致一部文学作品的类属性处于诸多文类的交叉点上，那么，文学作品在不同时空究竟该分别优先划属哪种文类，这是"策略"之二。

提出"文类是审美策略"的本质论，其理论背景在于文学的逻辑和混沌理论，台湾学者周庆华对此有比较系统、深入的专题论述，值得重视。众所周知的一个事实是，我们对于各种文学现象的认知总结都是从感性的文学现象出发，继而进行逐步推导，从而最终得出一些原则性、规律性的文学知识。这样的一个过程其实体现的就是人类认知的逻辑思考过程。例如，因为文学作品使用的物质媒介是语言，所以我们一般把文学称之为语言艺术，和其他诸如造型艺术、表演艺术等相区别。由此可见，包括文学理论知识在内的任何知识体系都无法离开逻辑思维，而且在知识构成过程中，逻辑性体现得越显著越缜密，知识的可靠性也就越高。总之一句话，"逻辑是有关理论建构的（反过来理论建构是有逻辑性的）"②；"然而，当这种理论建构的向度不只有一个时，原逻辑的坚持就会遭遇被瓦解的命运而形成一个混沌的局面。这个混沌的局面，所征候的是理论解构的不可避免性。而相对既有的理论建构来说，这一理论解构的出现，将暗示着理论建构的无限性。也就是说，混沌所含容的多元取向，正是单一逻辑的'无限单一化'（合众多的单一逻辑就变成混沌现象）"。也正因为如此，这里的混沌不

---

① Chandler, Daniel (1997): 'An Introduction to Genre Theory' [WWW document] URL http://www.aber.ac.uk/media/Documents/intgenre/intgenre.html [2013—03—19]

② 周庆华：《文学理论》，台北：五南图书出版股份有限公司2004年版，第108页。

是一般线性系统显现出来的无序、杂乱,"而是更高层级的秩序"。①

文学的逻辑和混沌理论反映在文学分类之中则是如下情形:一方面我们可以依据确定的具体标准来进行文学作品世界的逻辑划分,即秩序化工作;另一方面,我们会同时发现:文类划分的标准实在是纷繁多样,例如据语言特点可以有格律诗、自由诗、五言诗、七言诗、散文、骈文等文类,以题材内容为标准则可以有咏物诗、田园诗、哲理诗、言情小说、侦探小说、知青文学等文类,若再以风格为标准则又会有古典主义文学、现实主义文学、浪漫主义文学、婉约词、豪放词等文类,委实众多,不胜枚举。于是就会带来不小的混沌:同一文学作品从不同标准来观照,可能会穿梭于不同文类名下,也就实难对一部文学作品作出文类归属唯一性的结论。更大的混沌在于,依据一定标准分类后,文类仍然出现界限不清的状况,此刻的混沌"已经不是一个'技术'的问题,而是更根本的分类是否有意义的问题"。② 例如散文诗、诗性小说等文类在诗歌、小说、散文这三者中间的明确位置迄今言人人殊,莫衷一是。又如一些文类名称本身就横跨多项分类标准,自然也就无法简单地归之于单一的标准分类了。例如"学人之词"、"才人之词"、"词人之词"三者,既体现了语言形式的特点,是词(长短句),非律诗、非曲、非文;又揭示了词作者创作观念的差异。

那么,如何对待上述文学的逻辑和混沌的对立、理论建构与理论解构的对立这场"势不可免"的"危机"呢?周庆华进一步指出:

> 文学的逻辑是人所造成的,文学的混沌也是人所造成的,而为了不使文学的混沌影响到文学的逻辑的"正常运作",所以有必要把文学的混沌暂时隔离开来。这样做,并不是要漠视文学的混沌的存在,而是基于保障各自的文学的逻辑的实践需求所不得不有的权宜作法。③

---

① 周庆华:《文学理论》,台北:五南图书出版股份有限公司 2004 年版,第 110—111 页。
② 同上书,第 129 页。
③ 同上书,第 151—152 页。

又说：

> 论者所以要那样分类，不是那样分类更"真实"或更"客观"，而是那样分类更"理想"或更"高超"，从而冀望它成为一种支配论述。①

这两段文字中强调的逻辑和混沌的人为性、暂时隔离混沌的权宜性以及分类服务论者需要的理想性等，无不隐隐浮现出一个词：策略。如果说这里只是隐隐约约，"犹抱琵琶半遮面"，那么当著者围绕文学现象罗列出文体类型存有式、形式类型存有式、技巧类型存有式、风格类型存有式等几种情况之后，认为所有这些对于文学现象所进行的不同类型的划分，"也不过是一种策略运作；它仅由权力意志和文化理想作保证，并没有什么客观性或绝对性"② 之时，我们提出文类是把握文学作品类别属性的一种策略的观点也就势在必行、水到渠成了。

相对于已有研究成果而言，"文类是审美策略"论的特点在于：

首先，审美策略论有效避免了范畴定义中功能取向的窠臼。同样是以文学作品为中心，已有的契约论、公共机构论，或是启发式构造论、"创作的选择性"，这些表面上是对范畴的定义，实质上都还是明显集中于范畴在实践中的使用层面。这固然可以帮助我们了解文类范畴，但距离真正意义上的范畴定义尚需质的跨越，因为范畴的体、用毕竟不是同一，也不能同一。策略论没有一味地或过多地停留在功能层次，更加接近范畴的本质区域。上述诸种观点或"用"，都可以顺理成章地作为策略论这一"体"的合理的实践衍生，策略说作为文类定义核心，可以很自然地推衍到作家与文本、读者与文本、批评家与文本、文本与文本等诸种实用关系之中。因此，策略论难能可贵地着力揭示出了文类之于文学世界的生存本态。

其次，审美策略论的理论基点紧扣住了文类存在的现实条件。人

---

① 周庆华：《故事学》，台北：五南图书出版股份有限公司2002年版，第47页。
② 周庆华：《文学理论》，台北：五南图书出版股份有限公司2004年版，第78页。

类文学创作的繁盛积累到了一定量从而产生了对于文类范畴的吁求，一大批带有各种各样内在或外在类似性的作品正是文类范畴诞生的首要前提条件。台湾学者张静二指出说："文类术语基本上是分类的标签。"① 其中暗示出的正是文类范畴或意识的产生与文本创作数量之间的互动关系，因为一旦实践创作的数量达不到一定的度，尚处于人们可以直观感性地把握的范围的时候，类的意识就缺乏催生的动力；相反，如果人们有了比较健全成熟的文类感，那么，一方面，随着文学作品的与日俱增，在艺术对于人类的"完整化的功能"② 的推动下，人类亦会借逐步增加的文类来不断试验和突破自我的创造性；另一方面，借鉴理论研究的前瞻性特点，文类也可能通过命名先于作品的途径引导和促进文学创作的追求。策略论准确且紧密地把握住了这个基点，将策略说构筑在文学分类的基础之上。这是一切文类使用者无法回避和否认的，而这一点恰恰在功能性定义中被直觉性地忽视了。如果没有文学分类的潜在影响力，作品之"类"就无从谈起，更甭说什么文类作为作者与读者之间的契约等诸如此类的大用了。

再次，审美策略论有效地解决了文学分类标准的矛盾与分歧。不论是英伽登（R. Ingarden）曾经把文学作品精心划分的声音、意义单元、表现事物、观点以及形而上性质等五个层面，还是韦勒克在此基础上所作的增改和创新，都陷于作品的内部研究，并不能全面反映出文学作品的生存状态。事实是，文本自问世之后，便融入进了整个社会文化背景之中，置身复杂错综的网络关系。一切文类划分都会不自觉地触动诸条文化神经，改变既有文化秩序，所谓"分类绘制文化世界的地图"（David Perkins）是也。如此一来，文类划分的标准便变得五彩缤纷、光怪陆离。传统的内容与形式之争，究其本质还是非此即彼的旧形而上学的认识思维在暗中作祟。作为把握文学作品属性的审美策略，正是看到了传统分类标准认识思维上的欠缺，因而赋予把握作品属性以更加自由、广阔的发挥空间，赋予把握作品属性以更加深厚、全面的文化张力，这样也就使得文类范畴的研究和认识更具时代

---

① 张静二：《中西比较文学中的文类学研究——兼论文类移植的问题》，《中外文学》1991年4月19卷11期，第16页。
② ［英］马凌诺斯基：《文化论》，费孝通译，北京：华夏出版社2002年版，第96页。

感和当代性。一言以蔽之，这个策略不是二元对立指导下的策略，而是身临文化场的策略。T.O. 比彼把文类解释为文本使用价值，认为文类使得文本"现实化"（Philippe Gardy），使之意识形态化的观点，则从问题的另一端反证了我们的论述。

最后，审美策略论是对文类认识成果的科学总结和升华。目前人们对于文类的认识主要可以概括为两个关系密切的方面：一个是经验性，如科恩认为："分类是经验的，不是逻辑的。它们是由作者、观众和批评家为着满足交往、美学目的共同建构的历史性的假设。"① 一个是实用性，亦如罗斯马林所说的："文类是开放的系统；它们是被批评家用来实现目的文本集团。"② 申言之，经验性即文类是审美活动而非逻辑科学的产物。不是说文类的由来不需要逻辑，而是说这种逻辑相对于逻辑科学更多显现为一种临时性假设。因为我们不可能穷尽文本的所有文化纽带来作为分类标准，也不可能在搜罗全部作品之后再进行分类尝试。正像 C. 贝弗托所指出的那样，文学作品分类所需要的上述众多理想条件，"在任何分类领域都是不可能的"③。经验性色彩必然带动文类实用性功能，即既然分类标准或分类对象在实际操作中都是一种从无限中选有限，从有限中见无限，那么"有限"的设定就必然要和分类主体的实用目的同命运、共呼吸了。众所周知的后续事实是，实用背后必然存有动机的选择，亦即策略的问题。所以无怪乎有学者这样说："文学不是一个分类学的系统，而是一个从不同角度而得来的分类重叠的混乱的集合体"；"文学分类的过程是意外的，结果是无理性的"。④ 其中指出的正是由于策略的非定向性带来文类多样性这样一个事实。由此可见，从经验性到实用性，再到策略论的提出，这一过程绝非横面上简单的范畴平移，而是纵向上可贵的理论提升。策略论是我们层层掰开经验性和实用性两理论之果孜孜寻觅而收获的精

---

① Cohen, Ralph, "History and Genre," *New Literary History* 17 (1986), p. 210.
② Rosmarin, Adena, *The Power of Genre*, Minneapolis: U Minnesota P, 1985, p. 210.
③ Clare Beghtol, "*Bulletin of The American Society for Information and Technology*," Vol. 27, No. 2, 2001.
④ Perkins, David, "Literary Classifications: How Have They Been Made?" In *Theoretical Issues in Literary History*, Ed. David Perkins, Cambridge (MA): Harvard UP, 1991. p. 253.

致内核。

总之,"文类是审美策略"论,反映的不是旨在对文学作品类型属性作机械、静态归纳的现成论思维模式,而是以富于动态、多变性的文学分类为现实基础的生成论认识方法的显现。它不仅是对文类自身特质的核心提示,也是对文学作品与文类之间复杂关系的本体建构。

第四节 小结

通过对文类范畴在中西语境中的现状回顾与批评,我们得出了下列几点主要结论:

第一,照顾到中西范畴使用传统以及现状分歧,文类(genre)可以看作是文学类型的简称或缩称,并指我国古代"文体"和"体裁"范畴之义中的种类或类别,他义如语体、风格之类一律称之为"风格"(style)。西方所谓"文体学",也为避免中西范畴混淆,转译为"风格学"(stylistics)。

第二,以文类为中心的分类术语序列问题的提出,在源头上主要是受到理论探讨主体和自然科学这两个主客观因素的影响所致。我们提出,这种尝试和努力是不必要的,最终也不可能产生定论。文类划分来自于文本置身的由作者、世界、接受者、文本等多重维面构筑的复杂文化背景。它们在空间上是平面布列的关系,可以"文类"一词来统称。以选择的不同标准进行分类排序,是一种模仿性的、人为的纵向设定。

第三,针对西方文类定义的功能性倾向以及我国研究现状不力的情形,我们原创性地提出新说并作为全书研究的基本理论起点:"文类是审美策略"论,即"文类"作为对文学作品进行分类时的命名,其本质是基于文学作品自身及其存在时空的多维性而秉持的审美策略。它不仅是对文类自身特质的核心提示,也是对文学作品与文类之间复杂关系的本体建构。

第二章　文类等级论

"文类是审美策略"论的提出，为我们提供了一个纷繁复杂的文类世界。然而，文类之间的关系花样繁多，千姿百态，如包含（诗与抒情诗）、组合（诗、散文与散文诗）、对比（喜剧与悲剧），等等；而文类等级（genre hierarchy）则构成了文类之间"最活跃的关系"之一。① 文类等级为什么会产生，它有哪些具体的现实表现，文类等级在文论史上有什么样的意义，诸如此类的问题，是本章所需要回答的中心所在。

第一节　文类等级产生原因及其实质

创作完成的文学作品，作为一种客观物质存在，它是无机的，文学作品自身既没有分类、更没有等级的自我指示。本质而论，文类谈不上什么高下优劣之分。既如此，为什么展现在我们面前的文论史中，金字塔式的文类等级现象却比比皆是呢？这一矛盾如何解释？国内外一些学者已经做了初步探索，如韦勒克、沃伦认为："种类的等级应该说是一个社会的、道德的、审美的、享乐的和传统的性质的混合

---

① Fowler, Alistair, "Genre and the Literary Canon", *New Literary History* 11.1 (1979): 100.

体。"① 钱仓水也说:"把文学类型分出高下贵贱的议论,究其原因,恐怕主要是一种社会等级制度、等级观念在文体领域内的反映。"② 但大多言简意赅,缺乏充分而必要的深入阐述。总体而言,文类等级产生的原因可以从文类之外的以下三个方面去探寻。

  第一,文类等级来源于社会等级意识的折射。自人类结束蛮荒的原始社会,私有制的出现破坏了此前存在的人与人之间朴素的平等关系,在社会形态向前发展前进的同时,人类付出了承受阶级奴役和压迫的痛苦和代价。奴隶社会、封建社会以及资本主义社会,无论中西,都经历了漫长的阶级统治的岁月。于其中,阶级因人而存在,人因阶级而生活。阶级让人类社会在不充分发达的发展阶段,通过等级化实现秩序化。阶级成为褪不去的身份构成符号之一。社会现实是人类意识行为的基础,因为"在过去的各个历史时代,我们几乎到处都可以看到社会完全划分为各个不同的等级,看到由各种社会地位构成的多级的阶梯"③。故而,人类意识中不可避免地会被深烙上等级的印痕。也正如马克思、恩格斯所说的那样:"观念的东西不外是移入人的头脑并在人的头脑中改造过的物质的东西而已"④。思想"只是现实生活的表现"⑤。可见,等级观念不是人类思想意识的固有之物,而是社会现实等级关系的投射。

  等级意识化的结果就是人们掌握了又一个认识世界的范畴工具,从人类到世间万物从此以后都置于等级的视野之中,接受人为的秩序建构,使客观世界成为人化之物。具体到文学中,文学创作的成熟与频繁,带来的是作品的丰富和文类的众多。客观无序的文类世界作为人的认识和把握的对象,首要工作就是重建人类视野中有序的文类世

---

  ① [美]雷·韦勒克、奥·沃伦:《文学理论》,刘象愚等译,北京:三联书店1984年版,第262页。
  ② 钱仓水:《文体分类学》,南京:江苏教育出版社1992年版,第37页。
  ③ 马克思、恩格斯:《共产党宣言》,《马克思恩格斯选集》(第1卷),北京:人民出版社1972年版,第251页。
  ④ 马克思:《〈资本论〉第一卷第二版跋》,《马克思恩格斯选集》(第2卷),北京:人民出版社1972年版,第217页。
  ⑤ 马克思、恩格斯:《德意志意识形态》,《马克思恩格斯全集》(第3卷),北京:人民出版社1965年版,第525页。

界，进而服务于对整个文学世界的认识和把握。人类社会学研究表明："最初的逻辑范畴就是社会范畴，最初的事物分类就是人的分类，事物正是在这些分类中被整合起来的。因为人们被分为各个群体，同时也用群体的形式来思考自身，他们在观念中也要对其他事物进行分门别类的处理。"① 在这里，社会充当着文类等级的原型。社会人群等级观念通过人的中介扩展到了文学的文类世界。而文类的描写对象以及使用对象等诸多方面与"人"割不断的联系则为文类参照社会等级提供了具有共性的前提条件。

当然这种扩展可以分为两种情形：一种是间接法，即通过行为方式体现出文类等级。例如我国先秦《尚书》中，已经生产了包括典、谟、诰等在内的文章类型，表面上似乎并没有言及等级之分，而实质在使用过程中，类型之间的等级却是明确的，即："典"的适用对象只是停留于古帝圣君尧、舜这样的有限之人，且在全书的目录上，"典"也是一律排在当朝文章类型的第一位的。尽管大禹是与"谟"连在一起，但在夏代文章中，仍名列首位。又如汉代蔡邕《独断》中，天子言群臣之用的文章类型有策书、诏书、制书、戒书等，公卿百官上天子之用的文章类型有章、奏、表、驳议等。前后两者涉及君臣上下关系，也预示着决不可以交叉使用，否则就会犯下僭越不臣之罪，身遭不明不白的文字冤狱。正所谓"文章者，所以宣上下之象，明人伦之叙"② 是也。一种是直接法，即通过文字表达的方式体现出文类等级。例如古希腊罗马的文类传统中，对于悲剧崇尚有加，而对喜剧等则不屑一顾：柏拉图《理想国》中就说："除掉颂神的和赞美好人的诗歌以外，不准一切诗歌闯入国境。"③ 亚里士多德也说："悲剧的演变以及那些改革者，我们是知道的，但喜剧当初不受重视，没有人注意。"原因即在于前者所描写的对象的社会阶层高于后者，即"喜剧总是模仿

---

① [法]爱弥尔·涂尔干、马塞尔·莫斯：《原始分类》，汲喆译，上海：上海人民出版社 2000 年版，第 89 页。
② （晋）挚虞：《文章流别论》，（清）严可均辑：《全晋文》（中）卷七七，何宛屏等审订，北京：商务印书馆 1999 年版，第 819 页。
③ [古希腊]柏拉图：《理想国》，郭斌和等译，北京：商务印书馆 1986 年版，第 407 页。

比我们今天的人坏的人，悲剧总是模仿比我们今天的人好的人"。① 后者如帝王将相，前者则是马夫、工匠、奴隶等人。晋代挚虞也是从五言诗使用对象的地位之低——"于俳谐倡乐多用之"——从而得出四言高于五言的结论的，他说："雅音之韵，四言为正，其余虽备曲折之体，而非音之正也。"② 由此不难看出，文类等级是文学作品世界人化的组成部分之一。在文类等级的产生过程中，人类社会等级观念是其重要的意识之源。

第二，文类等级离不开统治阶级意识形态的作用。文学与社会、政治之间的互动影响，在中西方文学中都有着深厚而悠远的历史传统。

在古希腊，柏拉图正是看到了文学艺术对人具有的认识作用，才反对那些模仿地位下等之人的文类，原因在于害怕"模仿丑恶，弄假成真，变为真的丑恶了。你有没有注意到从小到老一生连续模仿，最后成为习惯，习惯成为第二天性，在一举一动，言谈思想方法上都受到影响吗"③？贺拉斯更是提出了"寓教于乐"的著名观点。我国早在先秦时代的《诗》、《礼》等典籍中就出现了"兴观群怨"、"声音之道与政通"之类的文学社会学观点。而连接文学与社会、政治这两端的则是人的审美经验具有的"自愿"、"难以驾驭"的"特异性"，即"对于审美意义的理解是一种自愿的活动。艺术不能将其有效性强加于人，其真理既不可能用教条来驳斥，也不可能用逻辑来'否证'"。因此，文学的这种特殊审美效应及其功能不能不引起统治阶级的重视和注意，总是试图把文学艺术纳入统治阶级意识形态需要的范围之内，"利用艺术的诱惑力以及美化功能来为他们的目的服务"。④

故而，文学的由审美滋生的社会功能担当了联系文类等级和统治阶级意识形态作用的桥梁，个别文类由此在统治阶级意识形态的选择

---

① ［古希腊］亚里士多德：《诗学》，《诗学·诗艺》，罗念生、杨周翰译，北京：人民文学出版社 1962 年版，第 16、8 页。

② （晋）挚虞：《文章流别论》，（清）严可均辑：《全晋文》（中）卷七七，何宛屏等审订，北京：商务印书馆 1999 年版，第 820 页。

③ ［古希腊］柏拉图：《理想国》，郭斌和等译，北京：商务印书馆 1986 年版，第 98 页。

④ ［德］汉斯·罗伯特·耀斯：《审美经验与文学解释学》，顾建光等译，上海：上海译文出版社 2006 年版，第 13—14 页。

下日益占据较高等级。这一点在中国古代表现得尤为显著和突出。翻开中国古代文论史，我们不难发现，诗、文的探讨远远超过了对于词、曲、小说的关注，换言之，在中国古代文类传统中，诗、文等级是较高的，词、曲、小说等只能名之曰文章"小道"、"末技"、"小技"，处于文类等级底层，甚至置于禁毁行列，命运可想而知。钦定《四库全书》总目代表着中国封建社会所倡导的正统的文学批评观念，集部五十一"词曲类"中云："词曲二体在文章、技艺之间，厥品颇卑，作者弗贵，特才华之士以绮语相高耳。"① 明清两代的俞彦、冯煦等人也指出说："词于不朽之业，最为小乘"②、"词为文章末技"。③ 最典型的例子莫如南宋陆游之于词这一文类的自我忏悔："予少时汩于世俗，颇有所为，晚而悔之。然渔歌菱唱，犹不能止。今绝笔已数年，念旧作终不可掩，因书其首，以识吾过。"④ 个中原因即在于"诗无邪"、"兴观群怨"的文学审美功能被以儒家思想为主导的封建统治阶层片面地解读为"发乎情，止乎礼义"⑤的"温柔、敦厚"⑥的儒家诗教，把文学置于儒家思想的规整之下，鼓吹文学的伦理化，使诗成为宣传封建伦理纲常的适合统治阶层品位的主要文类，"故正得失，动天地，感鬼神，莫近乎诗。先王以是经夫妇，成孝敬，厚人伦，美教化，移风俗"⑦。

文亦如此，自唐代明确提出"文以载道"的文学功能以反对六朝浮艳靡弱的文风之后，此"道"转至宋明道学家手中，就变身为彼"道"了，即封建统治阶级宣称的三纲五常之道。诗、文两大文类因为自身审美功能的被故意偷换和狭隘解读，封建社会的上层建筑于是找到了

---

① 《四库全书总目》卷一九八，北京：中华书局1995年版，第1807页。
② （明）俞彦：《爰园词话·词得与诗并存之故》，唐圭璋编《词话丛编》（一），北京：中华书局1986年版，第399页。
③ （清）冯煦：《蒿庵论词·论史达祖词》，唐圭璋编《词话丛编》（四），北京：中华书局1986年版，第3587页。
④ （宋）陆游：《长短句序》，《陆放翁全集（上）·渭南文集》卷一四，北京：中国书店1996年版，第80页。
⑤ 《毛诗大序》，《四库全书·经部·诗序卷上》（69册），（汉）毛亨传、郑玄笺，（唐）孔颖达疏、陆德明音义，上海：上海古籍出版社1987年版，第4页。
⑥ （清）孙希旦：《礼记集解》（全三册）卷四八《经解第二十六》，沈啸寰等点校，北京：中华书局1989年版，第1254页。
⑦ 《毛诗大序》，《四库全书·经部·诗序卷上》（69册），第4页。

封建伦理道德嫁接诗文的绝好入口。既然如此，诗、文岂有不被抬高地位之理呢？它们的等级越高，影响越大，统治阶层的江山就会越发稳固。柳冕曾说："文章之道，不根教化，则是一技耳。"① 周敦颐说："文，所以载道也。……不知务道德而第以文辞为能者，艺焉而已。"② 从中透露的以文为名、行封建教化之实的用心是显见的：一旦文章不听封建统治阶级的意识使唤，自行其是，地位就会一落千丈。而词、戏曲和小说，因为它们深厚的民间生活的渊源和根底，常常扮演着一种异端的角色，对所谓的"发乎情，止乎礼义"和三纲五常之"道"置若罔闻，把封建教化性的诗文斥之为"假诗文"，转而以"借男女之真情，发名教之伪药"③ 为职责，对人性情感进行激情讴歌、真挚表现和高度强调，使得"存天理，去人欲"④ 这一虚伪的封建社会的指导原则，深感"山雨欲来风满楼"之忧。在这种危及封建统治阶级统治基础的关键时刻，一大批封建卫道士们展开了对于《西厢记》、《牡丹亭》、《水浒传》、《红楼梦》等优秀戏曲、小说的无端攻击和恶意压迫。它们对人情的正常揭示到道学家眼中，变成了"诲淫""诲盗"的代名词，列入禁毁行列。⑤ 于此可见，文类等级与统治阶级意识形态是息息相关的。

第三，文类等级又是一定文学观念的必然反映。任何文学观念是由文本经文类而来的。离开具体的特定文学文本及其归属的文类，文学观念只能是虚幻的。所以，文类对于文学观念的这种不可或缺的基础性作用，必然会导致一定的文学观念对支撑它的某一种或几种文类格外垂青，从而把它们推向文类等级的顶端。

---

① （唐）柳冕：《谢杜相公论房杜二相书》，董诰等编《全唐文》（六）卷五百二十七，北京：中华书局1983年版，第5354页。

② （宋）周敦颐：《周子通书·文辞第二十八》，《周子通书》，上海：上海古籍出版社2000年版，第39页。

③ （明）冯梦龙：《山歌·叙山歌》，南京：江苏古籍出版社2000年版。

④ （明）王守仁：《阳明传习录》卷一，《象山语录·阳明传习录》，上海：上海古籍出版社1992年版，第9页。

⑤ 可参考王利器辑录《元明清三代禁毁小说戏曲史料》（上海古籍出版社1981年版），下文还将涉及此问题，且有例证；禁毁现象在一些文学作品中也有反映，如《红楼梦》之第二十三回《西厢记妙词通戏语　牡丹亭艳曲警芳心》和第四十回《史太君两宴大观园　金鸳鸯三宣牙牌令》可参见。

例如，西方文学在"摹仿说"影响下，到启蒙主义运动的漫长世纪里，由于强调文学对象等级带来的社会教化作用，摹仿英雄和帝王将相的史诗、悲剧一直是主导文类，三次"古今之争"中，前两次集中探讨的文类对象都是戏剧；但丁（A. Dante）认为悲剧最高贵；斯伽里格（J. C. Scaliger）、锡德尼（P. Sidney）等人则把史诗称作最优美最完美的诗歌类型，是任何诗体的源头；狄德罗（D. Diderot）也认为："我不知道有什么行业比戏剧要求更优美的形式，更廉正的品行。"① 而抒情诗、小说等则不受重视，甚至还遭到无理的非难。在柏拉图那里，抒情诗就是因为"激励、培育和加强心灵的低贱部分毁坏理性的成分"而被拒绝进入"理想国"，② 一直等到12世纪，抒情诗中的爱情诗才腼腆地溜进哀歌的属性范畴。小说在文艺复兴时期的遭遇更甚，若代尔（E. Jodelle）就指出："众所周知，我习惯于以怎样美丽的辞藻命名这些交织着万千既不逼真又不真实之奇遇的勇敢文字：经常把它们叫做父辈的幻想、青年之堕落、浪费时间、商店雇员的叫卖声、我们的愚蠢的见证。"其他的诋毁还有什么充满谎言、为女人写的、仅满足于消遣和娱乐、低级下流有伤风化、不遵循任何规则和秩序等，而小说的价值得到认可要等到17世纪。③ 但在"摹仿说"之后的浪漫主义时期，文学观念发生了逆转，"摹仿"被视为天才、创造的敌人，"表现说"高举"诗是强烈感情的自然流露"（W. 华兹华斯）的大旗，以直接给人情感愉悦为最高追求代替了"摹仿说"曾经强调的文学教化功能，于是抒情诗被推上了文类等级的顶峰，"史诗和悲剧自亚里士多德以来第一次失去了它们在各种诗歌类型中的主导地位，抒情诗起而代之，成了一般诗歌的原型和惟一最有代表性的形式"④。穆勒（J. S. Mill）就认为抒情诗是最高的，因为它"比之其它类的诗

---

① ［法］狄德罗：《狄德罗美学论文选》，北京：人民文学出版社1984年版，第66页。
② ［古希腊］柏拉图：《理想国》，郭斌和等译，北京：商务印书馆1986年版，第404页。
③ 转引自［法］让·贝西埃等主编《诗学史》（上下册），史忠义译，天津：百花文艺出版社2002年版，第282页。
④ ［美］M. H. 艾布拉姆斯：《镜与灯——浪漫主义文论及批评传统》，郦稚牛等译，北京：北京大学出版社2004年版，第97页。

更富有诗意，更具有诗歌独特的气质"①。华兹华斯在《〈抒情歌谣集〉序言》(1800)这一篇浪漫主义宣言中，对歌谣这类抒情诗表现出的感情真切深挚、语言纯净自然等特征、优点和性质等作出了集中解说和大力肯定：

> 我通常都选择微贱的田园生活作题材，因为在这种生活里，人们心中主要的热情找着了更好的土壤，能够达到成熟境地，少受一些拘束，并且说出一种更纯朴和有力的语言；因为在这种生活里，我们的各种基本情感共同存在于一种更单纯的状态之下，因此能让我们更确切地对它们加以思考，更有力地把它们表达出来；……因为在这种生活里，人们的热情是与自然的美而永久的形式合而为一的。我又采用这些人所使用的语言……，因为这些人时时刻刻是与最好的外界东西相通的，而最好的语言本来就是从这些最好的外界东西得来的；因为他们在社会上处于那样的地位，他们的交际范围狭小而又没有变化，很少受到社会上虚荣心的影响，他们表达情感和思想都很单纯而不矫揉造作。……②

随着现实主义在19、20世纪的兴盛，需要找到尽最大可能反映现实生活广度和深度的文类来为现实主义文学理论服务，这时小说又被作为时代主导性的文类，一跃而为最高等级。左拉（E. Zola）就说："各个世纪的进步都必然体现在某一特定的文学门类之中"，"如果17世纪曾经是戏剧的世纪，那么19世纪将是小说的世纪"。③ 别林斯基也说："长篇和中篇小说现在居于其他一切类别的诗的首位"，"把文学的一切其他类别不是整个排挤掉，就是推到了末位"；"现代长篇小说的任务是复制出全部赤裸裸真实的现实。因此，很自然地，长篇小说

---

① ［美］穆勒：《诗是什么》，［美］戴维·洛奇编：《二十世纪文学评论》（上），葛林等译，上海：上海译文出版社1987年版，第33页。
② 刘若端编：《十九世纪英国诗人论诗》，北京：人民文学出版社1984年版，第5页。
③ ［法］左拉：《戏剧中的自然主义》，周靖波主编：《西方剧论选》（上下），北京：北京广播学院出版社2003年版，第436页。

超过一切其他种类的文学,独赢得社会的垂青"。①

我国也是如此。明中叶以降,随着陆王心学的传播渐广,表现于文学观念上,李贽提出"童心说","公安三袁"倡导"性灵说",纷纷强调"物真则贵"②,真文学都是个人性情的自然流露,反对封建统治者对文学施加的教化功能以及对诗、文等文类的特别推举,认为戏曲、小说等文类都是真性情的流露,才是真文学,所以它们的文学地位得到了空前提高,甚至盖过了一切其他文类。王骥德就说:"诗不如词,词不如曲,故是渐近人情。"③ 祁彪佳也说:"盖诗以道性情,而能道性情者莫如曲。"④ 李贽、袁宏道等人对《西厢记》、《水浒传》等之前不值一哂的戏曲和小说给予了极高赞誉。袁宏道就说,在《水浒》面前,《六经》、《史记》等经典也黯然失色,自愧弗如:"少年工谐谑,颇溺《滑稽传》。后来读《水浒》,文字益奇变。《六经》非至文,马迁失组练。"⑤ 李贽则把戏曲和小说抬高到和诗、文同样的高度,以为都是"古今至文"⑥。金圣叹的态度最具情绪色彩,推重戏曲、小说文类到无以复加的地步,他说:"《西厢记》不同小可,乃是天地妙文"⑦;"天下之文章,无有出《水浒》右者;天下之格物君子,无有出施耐庵先生右者"⑧。

以上我们只是从文学思潮的总体而观,具体到各个文学派别或个人,文学观念带来的文类等级更是不胜枚举,令人眼花缭乱。可以毫

---

① [俄]别林斯基:《别林斯基论文学》,别列金娜选辑,梁真译,上海:新文艺出版社1958年版,第200页。
② (明)袁宏道:《丘长孺》,《袁宏道集笺校》(上)卷六,钱伯城笺校,上海:上海古籍出版社1981年版,第284页。
③ (明)王骥德:《曲律》,《中国古典戏曲论著集成》(四),北京:中国戏剧出版社1959年版,第160页。
④ 《孟子塞五种曲序》,吴毓华主编:《中国古代戏曲序跋集》,北京:中国戏剧出版社1990年版,第290页。
⑤ (明)袁宏道:《听朱生说水浒传》,《袁宏道集笺校》(上)卷九,钱伯城笺校,上海:上海古籍出版社1981年版,第418页。
⑥ (明)李贽:《童心说》,《焚书·续焚书》,北京:中华书局1975年版,第99页。
⑦ (清)金圣叹:《贯华堂第六才子书西厢记》卷二,《金圣叹全集》(三),曹方人等标点,南京:江苏古籍出版社1985年版,第10页。
⑧ (清)金圣叹:《贯华堂第五才子书水浒传·序三》,《金圣叹全集》(一),第9—10页。

不夸张地说，一定的文学观念总会产生一种文类等级。例如瓦莱利（P. Valéry）等象征主义派诗人，强调描写内心真实，故而提出"纯诗"概念，认为"纯诗"才是真正的诗，在等级上自然远远高于其他一切非"纯诗"。英美新批评派的主将兰色姆则从"张力说"出发，认为"物质诗"太偏于写实，"柏拉图诗"太偏于理想，而"玄学诗"才真正达到内涵和外延的统一，才是最好的诗歌类型。老舍则从戏剧中情理关系出发，认为情理交融的一类戏剧优于情胜于理或理胜于情的戏剧类型。如此等等，不一而足。总之，文学观念的革故鼎新，也是文类等级产生的不可忽视的文学因素之一。

文类等级产生原因的揭示和阐述，促使我们进一步思考这样一个问题：既然文类等级不在文类自身，等级观念也非人类天生所具，那么文类等级究竟是什么呢？它的实质何在？正如前述，文类作为基于文学作品自身及其存在时空的多维性而秉持的审美策略，而上述文类等级皆由于文类外在原因而产生，都涉及各自的批评标准或价值取向，都紧密服务于各自的实用目的和批评实践。正像有学者指出的那样：文类等级化"并非由于作者，而是源自批评家对于新作品的认可"，"一个文类的关注度和声誉与某个人成就的评价不是一回事儿，因为在这种情况下，策略性的标准要优先于美学的标准"。[①] 一言以蔽之，等级的生成自然也会涉及策略选择的问题，如此一来，文类等级的实质就关乎两个方面的策略：对已经作为一种策略的文类自身而采取的策略，对此，我们不妨称之为一种"策略间性"（inter-strategic）。

"策略间性"作为文类等级实质的提出，主要是基于：确立文类等级的标准的多样性，从而带来文类等级对象的开放性，并最终决定了文类等级的历史性、策略性。下面试分述之。

按照艾布拉姆斯的文学要素结构图，文学作品自身及其与世界、作者、读者等多维关系网络中，每一层都可以作为我们进行文学批评的依据，也就是说，每一层皆有可能作为我们进行文类等级构建的立足点，这就造成了文类等级的标准的多样性特点。例如，文学作品的

[①] Adrian Marino, "*A Definition of Literary Genres*," in *Theories of Literary Genre*, ed. Joseph P. Strelka (PA: Pennsylvania State University Press: 1978), p.54.

情节、结构、篇幅、主人公、题材、风格、主题等因素，文学作品反映世界的广度、深度、真实性等方面，文学作品之于作者的创作难易程度，文学作品之于接受者的审美效果、参与程度，等等，都可以作为文类等级的确定标准，而且在文学理论批评史上也都可以找到相应的例证。标准的多样性就为考虑文类等级的设置提供了广泛操作的活动空间，在特定的文学批评实践时空中，我们可以任意选择某一项或几项标准来确立文类等级。文学批评的目的决定其中标准选择的策略。

标准多样性带来的一个直接后果就是，能够摄入文类等级讨论的文类对象是不可确定的，具有一种开放性特点。例如，亚里士多德从戏剧情节中，提出悲剧可以根据不同的情节设置区分四种不同悲剧类型，即"知道对方是谁，企图杀他而又没有杀"；知道对方是谁且最终把他杀了；"不知对方是谁而把他杀了，事后方才'发现'"；"执行者不知对方是谁而企图作一件不可挽救的事，及时'发现'而住手"。其中，最后一种情节安排的悲剧类型最好。同时亚里士多德还从结构布局的特点入手，认为，"完美的布局应有单一的结局"，"才能产生技巧上最完美的悲剧"。① 爱伦·坡（E. A. Poe）则从诗篇给人"刺激的程度"出发，提出因为篇幅长的诗篇，刺激难以持久，所以"诗篇的长短就是衡量诗的价值的尺度"，短诗高于长诗。② 姚鼐则从风格立论，认为阳刚类型的作品高于阴柔风格类型的作品："文之雄伟而劲直者，必贵于温深而徐婉。"③ 朱禄建从戏曲文类的本质特征出发，认为戏曲当是一门表演性艺术，所以案头阅读型的戏曲不如舞台观赏型的戏曲："原夫今人之词曲有二：有案头，有场上。案头多误曲，博矜绮丽，而于节奏之高下不尽叶也，斗笋之缓急未必调也，脚色之劳逸弗之顾也。若场上则异是，雅俗兼收，浓淡相配，音韵协畅，非深于剧

---

① ［古希腊］亚里士多德：《诗学》，《诗学·诗艺》，罗念生、杨周翰译，北京：人民文学出版社1962年版，第44—46、39页。
② ［美］爱伦·坡：《诗的原理》，伍蠡甫主编：《西方文论选》（下卷），上海：上海译文出版社1979年版，第496—497页。
③ （清）姚鼐：《海愚诗钞序》，沈云龙主编：《惜抱轩文集》卷四，台北：文海出版社1979年版，第101页。

者不能也。"① 而其中又明显透露出案头之作与场上之作的创作难易程度。关于此，莫里哀（Moliere）在肯定喜剧在文类等级上的高位时，也认为喜剧创作难度要高于悲剧，所以认为喜剧胜于悲剧："因为说到最后，发一通高贵感情，写诗斥责恶运，抱怨宿命，咒骂过往神祇，比起恰如其分地表现人的滑稽言行，在戏台子上轻松愉快地搬演每一个人的缺点，我觉得要容易得多了。……在正经戏里面，想避免指摘，只要话写的美，合情合理就行；但是临到滑稽戏，这就不够了，还得诙谐；希望正人君子发笑，事情并不简单啊。"② 罗兰·巴特（R. Barthes）则从作品与读者之间关系着眼，认为存在着两大类作品："作家的文学"和"读者的文学"。后者赋予读者一种角色和功能，具有较高参与性，从而获得审美上的"极乐"；而前者使读者的参与性相对差得多，获得的只是普通的"快乐"。③ 瓜里尼（B. Guarini）、博马舍（Beaumarchais）等人从戏剧反映世界的真实性以及观众接受反应出发，认为悲喜混杂剧、严肃戏剧这些新兴文类要远胜于纯粹的悲剧、喜剧，混杂剧"是悲剧的和喜剧的两种快感糅合在一起，不至于使听众落入过分的悲剧的忧伤和过分的喜剧的放肆。这就产生一种形式和结构都顶好的诗，……而且比起单纯的悲剧或喜剧都较优越，……悲喜混杂剧可以兼包一切剧体诗的优点而抛弃它们的缺点；它可以投合各种性情，各种年龄，各种兴趣，这不是单纯的悲剧或喜剧所能做到的，它们都有过火的毛病"④；"一些悲剧人物的高贵地位并不是增加了，而是减少了我对他们的兴趣。受苦难的人离我的身份越近，他得到我们的同情就越多。"⑤ 如此众多的例证无不说明这样一个事实：文类等级的对象是由一个个封闭的等级体构成的开放性格局。

---

① （清）朱禄建：《缀白裘》七集序，吴毓华编著：《中国古代戏曲序跋集》，北京：中国戏剧出版社1990年版，第501页。

② ［法］莫里哀：《〈太太学堂〉的批评》，伍蠡甫主编：《西方文论选》（上卷），上海：上海译文出版社1979年版，第284页。

③ 转引自［英］特伦斯·霍克斯《结构主义和符号学》，瞿铁鹏译，上海：上海译文出版社1987年版，第116页。

④ ［意］瓜里尼：《悲喜混杂剧体诗的纲领》，周靖波主编：《西方剧论选》（上），北京：北京广播学院出版社2003年版，第78页。

⑤ ［法］博马舍：《论严肃戏剧》，周靖波主编：《西方剧论选》（上），北京：北京广播学院出版社2003年版，第205页。

文类等级对象的开放性自然验证了文类等级的历史性特征。我们通过上面论述看到，在中西方文学史上，随着时代更替和文学观念变易，戏剧、抒情诗、小说等众多文类都曾占据过等级之巅，一成不变的文类等级秩序是不存在的，任何一种文类都没有固定永恒的等级标记。因此，厄尔·迈纳这样说道："我们必须接受这么一个事实：从历史的角度说，文类总是有等级的。当然，无法保证一个时代的选择也将是下一个时代的选择。"①

　　综上所述，文类等级确定的标准的多样性为"策略间性"提供了不可或缺的前提条件，开放性的等级对象是"策略间性"的现实证明，而文类等级的历史性则是"策略间性"的必然结论。借用《庄子》的一句话在这里作注脚倒是非常合适："以道观之，物无贵贱；以物观之，自贵而相贱；以俗观之，贵贱不在己。"② 如果我们把其中的"道"理解成各种文类客观存在的合理性，那么它们是绝没有高下优劣的等级标志的，都是人们把握和认识文学世界的独特方式；如果从文类自身（"物"）而论，也都因各自存在的理由和特征，而不会自甘人后；如果我们从文类置身的多维文化背景而言（"俗"），那么众多文类作为人类把握文学作品世界过程中的对象，在复杂多变的来自文学、社会各方的外在因素作用下，它们遭遇各种人为施加的等级命运就不可避免了，故"贵贱不在己"，而是在策略，或用完整的说法，在"策略间性"。

第二节　文类等级的历史意义

　　通过以上论述，文类等级作为一种"策略间性"，它在文学史、文论史长河中的普遍存在不可否认、难以磨灭。那么，这样一种积极、

---

①　[美]厄尔·迈纳：《比较诗学：文学理论的跨文化研究札记》，王宇根等译，北京：中央编译出版社1998年版，第333页。
②　《庄子·外篇·秋水》，《庄子今注今译》，陈鼓应注释，北京：中华书局1983年版，第420页。

频繁、广泛的文学行为在文学及其理论发展进程中到底起着什么样的作用、扮演着什么样的角色呢？文类等级的历史意义有着复杂的两面性。

一、文类等级的正面功能表现在以下几个方面：

第一，文类等级有助于历史性地围绕个别文类展开集中、深入的研究和探讨，推进整个文学理论与批评的建设。文学理论与批评建设总是和一定的文类对象联系在一起的，一段时期内的文类等级，就会把某文类置于文学研究和讨论的中心，汇千钧于一点，在文学研究的深度上自然会更加出色，在对此文类的认识上也会较其他文类更胜一筹。同时，因为此文类的存在是一种多维的关系存在，所以以其为核心，牵一发而动全身，自然又会带动其他方向的文学研究，产生研究行为上的辐射效应。

例如前浪漫主义时期，戏剧，尤其是悲剧，占据着文类等级的高端，几乎没有一部论著不涉及戏剧这一最高文类，各种诗学、诗艺、诗辩且不论，仅从西方文论界诸多文献命名都与戏剧有关就可见一斑，例如瓜里尼《悲喜混杂剧体诗的纲领》、维加（Vage）《当代编剧的新艺术》、高乃依（P. Corneille）《论戏剧的功用及其组成部分》和《论悲剧以及根据必然律与或然律处理悲剧的方法》、艾弗蒙（Saint-évremond）《论古代和现代悲剧》、狄德罗《论戏剧诗》、博马舍《论严肃戏剧》，等等，实在是琳琅满目，极大丰富和拓展了戏剧（尤其是悲剧）研究；在研究内容上，涉及语言、情节、结构、人物、风格、美感、功能等诸多方面，并且由戏剧的文本研究延伸到戏剧舞台、演员、观众等表演层面的研究，建立起一个立体性的文类研究框架。可以说，正是文类等级使戏剧研究在西方早早地就取得了令人瞩目的成就，奠定了深厚的理论研究基础。之后的浪漫主义时期，抒情文学得到空前重视，主体心理成为文学研究的关注重点，文学研究的视角得到调整和丰富，对文学的认识又增加了新的扇面，由此引发的唯美主义、直觉主义、象征主义、意识流、印象派等文学流派更是如雨后春笋，显示出旺盛的活力。现实主义文学思潮的来临，文学进入了以小说文类为主体的研究时期，人物塑造之典型、心理刻画之细致、反映时代之广阔等文类优点，再次充实着文学理论学科的知识体系。文类等级的历史性构筑起一个个坚实的基点，一点一滴地支撑起文学理论研究之大厦，一步步促进现代文学理论学科由雏形向成熟的跨越。

第二，文类等级从源头上来说是影响一个国家或民族文学理论传统的决定性因素之一。在文学发展初期，文类等级中主导文类的特性必将对此后的文学发展和研究产生重要作用。可以说，它在文学史上扮演着一个标尺、榜样、标准、参照之类的功能角色。

例如西方从古希腊罗马起就高度重视史诗、悲剧等文类，叙事性强，与外在世界的关系紧密，所以诞生了摹仿说，之后的表达说、客体说、接受文论，诗学的重心由世界，转到了作者、文本以及接受者，而这一转移过程都是从摹仿说开始的，是在摹仿说基础上有的放矢地进行的反动和改造工程。如果不是史诗、悲剧等叙事性文类占主导，西方诗学的起步不会是摹仿说，上述变易转换的过程也绝不会如此，西方诗学呈现在世人面前的就会是另一副面孔。

我国的情况则不然，"诗言志"（《尚书·尧典》）这一后世历代诗论的"开山的纲领"[①] 奠定了抒情诗在我国文类等级中的主导性地位，于是我国文学理论传统走上了另一条表达说的发展道路，其特点是高度强调主体的内在修为与文学创作之间的密切关联，把文学创作作为"诚于中，形于外"（《大学》）的一种手段。孔子《论语》中的"思无邪"（《为政》）、"有德者必有言"（《宪问》）、"兴观群怨"（《阳货》），孟子的"以意逆志"（《万章上》）、"知人论世"（《万章下》）诸说，到汉代就出现了司马迁的"发愤著书"说，唐代韩愈的"不平则鸣"说，宋代陆游的"必有是实，乃有是文"说[②]，金元时期元好问的"不诚无物"说[③]，杨维桢的"诗品即人品"说[④]，明代袁宗道的"先植其

[①] 朱自清：《诗言志辨·序》，《朱自清说诗》，上海：上海古籍出版社 1998 年版，第 4 页。

[②] （宋）陆游：《上辛给事书》，《陆放翁全集（上）·渭南文集》卷一三，北京：中国书店 1996 年版，第 71 页。

[③] （金）元好问：《遗山先生文集》卷三六《杨叔能小亨集引》，《四部丛刊初编集部（第 222 册）·遗山先生文集》（二），上海：上海书店 1989 年影印版，第 17 页。

[④] （元）杨维桢：《赵氏诗录序》，《中国历代文论选》（第二册），上海：上海古籍出版社 1979 年版，第 475 页。

本"说①，清代沈德潜的"有第一等襟袍，第一等学识，斯有第一等真诗"说②，等等，都是继承、发扬"诗言志"表达说传统的一条红线。由表达说产生的情理矛盾，如所谓的"发乎情，止乎礼义"的创作和评价要求，更是成为中国文学发展几千年的律令，不仅束缚了诗歌本身的全面发展，更是对于出身民间的词、曲、小说等文类的健康发展构成了巨大障碍，产生了严重的负面效应。文学发展早期的文类等级是窥探中西文学发展不同风貌的有效途径之一。

第三，文类等级可以为文学创作、文学接受和批评提供有益向导或某种典范。书画创作和批评讲究"取法于上，仅得为中；取法于中，故其为下"③的道理，文学亦然，如严羽就曾指出："夫学诗者以识为主：入门须正，立志须高；以汉、魏、晋、盛唐为师，不作开元、天宝以下人物。若自退屈，即有下劣诗魔入其肺腑之间；由立志之不高也。行有未至，可加工力；路头一差，愈骛愈远；由入门之不正也。故曰：学其上，仅得其中；学其中，斯为下矣。"④而文类等级往往会在比较中担当起"取法于上"的向导或批评的范例，包括某文类及其代表性作品——经典。福勒说："事实上，文学经典的变化常和经典文学作品代表的文类的重估和贬值有关"；"在决定我们文学经典的众多因素中，文类肯定是当中最具决定性的。不但是特定文类乍看之下比其他的更权威，而且是因为个别作品或片断的评价高下是根据它们的文类的地位的"。⑤ 这里就清晰地揭橥出这样一个事实，即文学史上，对文学创作或批评而言的文类典范或经典性文本的选择，在很大程度上取决于文类等级影响下的此种文类的崇抑。一旦某文类在特定时期居于等级之首，那么该文类就会吸引众多文学创作者的更多重视和注

---

① （明）袁宗道：《士先器识而后文艺》，《白苏斋类集》卷七，钱伯城标点，上海：上海古籍出版社1989年版，第92页。

② （清）沈德潜：《说诗晬语》卷上，叶燮等：《原诗·一瓢诗话·说诗晬语》，霍松林等校注，北京：人民文学出版社1979年版，第187页。

③ （唐）李世民：《帝范后序》，吴云、冀宇校注：《唐太宗全集校注》，天津：天津古籍出版社2004年版，第620页。

④ （宋）严羽：《沧浪诗话校释》，郭绍虞校释，北京：人民文学出版社1983年版，第1页。

⑤ Fowler, Alistair, "Genre and the Literary Canon", *New Literary History* 11.1 (1979): 100.

意，后世在对文学经典的选取和评定上，亦大多会首先把目光投向它。

在西方文学史上，于古希腊罗马，我们都会大谈特谈其辉煌的史诗和悲剧成就，于此后文艺复兴、古典主义、新古典主义，直到启蒙运动，莎士比亚、维加、高乃依、莫里哀、伏尔泰、狄德罗等都是耳熟能详的剧作家，《哈姆雷特》、《罗密欧与朱丽叶》、《熙德》、《太太学堂》、《欧仁尼》等更是不可忽略的代表性作品。明代前后七子喊出了"文必秦汉，诗必盛唐"（李梦阳）的复古口号，他们把盛唐诗这一时代性诗歌类型推至极致，作为文学创作的标准和评价的尺度。李东阳认为："六朝、宋、元诗，就其佳者，亦各有兴致，但非本色。只是禅家所谓小乘，道家所谓尸解仙耳！""宋诗深，却去唐远；元诗浅，去唐却近。顾元不可为法，所谓取法乎中，仅得其下耳。"① 个中原因不能不说是受到了此前对于初、中、盛、晚唐四个阶段诗歌类型高下评价的影响。例如严羽就指出说："汉魏晋与盛唐之诗，则第一义也。大历以还之诗，则小乘禅也，已落第二义矣。晚唐之诗，则声闻辟支果也。"② 其他如叔本华对于悲剧划分的等级评定，他说悲剧根据情节类型可以划分为三类，即悲剧的发生或由于某个特别邪恶的人物，或由于盲目的命运，或由于剧中人物彼此间所处的相互对立的地位。叔本华认为第三种悲剧类型是最好的。管同从文章风格出发，指出偏于阴柔之美或阳刚之美皆有所短，文章之至境在于具有刚柔相济之美。不难想见，是非分明的文类等级从实践中来，也必定对以后的文学创作和批评实践产生较大影响，引导和激励广大文学创作者积极朝至高至美的境界迈进。

第四，文类等级是文学理论观点、文学批评标准的必要强化、合理延伸，有加深认识、促进传播、画龙点睛之功。文类等级的基础是文类划分，不仅文类划分涉及标准问题，而且等级的确定同样有标准的问题，这也是"策略间性"立论之根本所在。美国文化学家霍尔（E. T. Hall）指出："事实上，每一种分类系统中都潜隐着关于被分

---

① （明）李东阳：《怀麓堂诗话》，《李东阳集》（第二卷），周寅宾点校，长沙：岳麓书社1985年版，第531页。

② （宋）严羽：《沧浪诗话校释》，郭绍虞校释，北京：人民文学出版社1983年版，第11页。

类的事件或生物的性质的一种理论。"① 文类等级的每一标准实质上都是事物性质之一维。

最典型的例子莫过于明清两代影响甚巨的戏曲论争——"汤沈之争"。临川汤显祖说:"笔懒韵落,时时有之,正不妨拗折天下人嗓子。"② 吴江沈璟针锋相对:"宁协律而不工。读之不成句,而讴之始叶,是曲中之工巧。"③ 那么戏曲究竟是该以律为先,还是以辞为先呢?于是批评家们就以此为标准区分出三类戏曲作品,即场上之曲、案头之曲以及场上案头皆宜之曲。前两者互有短长,而第三类则是最佳最理想的戏曲类型。这样一来,场上、案头就形象地取代了辞、律的抽象标准,扩大了参与面和接受层,更有利于论争的推进以及共识的达成。

又如,戏曲本质上是一门综合性极强的表演艺术,演员的表演水平直接决定着剧本能否顺利、完满地实现期望的艺术效果。因此演员对于剧本的角色、人物、情节等方面的深刻理解和准确把握就显得异常重要。为此,中国古代曲论提出"有情之曲"和"无情之曲"加以分别,即"曲有曲情,即曲中之情节也。解明情节,知其中为何如人,其词为何等语,设身处地,体会神情而发于声,自然悲者黯然魂消,欢者怡然自得,口吻齿颊之间,自有分别矣。观今之度曲者,大抵背诵居多,有一生唱此曲,而不知所言何事,所指何人者,是口中有曲,心内无曲,此谓无情之曲,与童蒙背书无异。纵令字正音和,终未能登峰造极"④。前一种类型自然高于后者,因为它较好地履行了理解和把握的职责,做到心口同声,表里如一,他用自身表演加速和配合了、而非延缓和阻碍了观众对于剧本的审美欣赏。言简意赅而不乏精到的类型等级表述,把头绪复杂的表演要求一言以蔽之,四两拨千斤,目

---

① [美] E. T. 霍尔:《超越文化》,韩海深译,重庆:重庆出版社1990年版,第146页。

② (明) 汤显祖:《答孙俟居》,《汤显祖全集》(二),北京:北京古籍出版社1999年版,第1392页。

③ 转引自 (明) 王骥德:《曲律》,《中国古典戏曲论著集成》(四),北京:中国戏剧出版社1959年版,第165页。

④ (清) 王德晖、徐沅澂:《顾误录》,《中国古典戏曲论著集成》(九),北京:中国戏剧出版社1959年版,第59页。

击而道存，也更符合我们自身传统中所擅长的直觉感悟式思维特征。

当然，文类等级的存在也非全然正面的，因为"分类既给出定义和秩序，也是一种贫乏和约束"①。其负面影响主要体现在：

第一，文类等级产生的"强权政治"掩盖了文学史中某些次要文类及所属作品的生存常态，严重影响到它们的发展与传播，甚至造成文学史上无法弥补的缺憾。众多文类处于文类等级之中，都受到不同势能的作用。底部的文类因为人为不重视而基本处于自生自灭的游离状态。它们应有的生存权利被扭曲甚或被剥夺，常使得我们只能在泛黄的历史卷册的罅隙里读到它们只剩空壳的孤独背影。

例如在古希腊戏剧文学的黄金时代，我们今天可以晓知的埃斯库罗斯（Aeschulus）、索福克勒斯（Sophocles）、欧里庇得斯（Euripides）三大悲剧家一生共创作悲剧300多部，其中流传至今共32部，另有79部仅留其名；而当时的喜剧，尽管作家众多，但是现在能够完整见到的唯有阿里斯托芬（Aristophanes）的11部作品。而整个古希腊喜剧也只有阿里斯托芬和米南德（Menandros）两人有完整作品传世。无论从作家，还是作品流传数量，我们都可窥见当时文类等级影响悲、喜剧发展传播之一斑。特别是文类等级通过文学史的教育影响，更易给人一种虽繁盛而又颇感单调的文学发展错觉，从而形成不免畸形的文学发展观。似乎浪漫主义之前只有戏剧，似乎浪漫主义只有抒情诗，而无其他文类的生存和发展。我国明前七子之代表李梦阳一心复古，唯秦汉文、盛唐诗是瞻，在这种文类等级的时代观念支配下，李梦阳发出了"汉后无文，唐后无诗"、"不读唐以后书"等偏激之辞，肆意抹杀各时代文类的真实存在，恶意篡改文学发展之路，所以引起了包括茅坤、王世贞、李贽、袁宏道、叶燮、袁枚、钱谦益、黄宗羲等人在内的强烈反对。叶燮就说：盛唐诗和晚唐诗如花之春秋，各有其美，"非在前者之必居于盛，后者之必居于衰也"②。钱谦益更是毫不客气地指出："天地之运会，人世之景物，新新不停，生生相续，而

---

① "分类"词条，[英]奈杰尔·拉波特、乔安娜·奥弗林：《社会文化人类学的关键概念》，鲍雯妍等译，北京：华夏出版社2005年版，第27页。

② （清）叶燮：《原诗·内篇上·一》，霍松林校注，北京：人民文学出版社1979年版，第3页。

必曰汉后无文,唐后无诗,此数百年之宇宙日月尽皆缺陷晦蒙,直待献吉而洪荒再辟乎?"① 文类等级带来的这一认识缺陷,后果严重,它阻碍我们正确合理地理解真实客观的文学发展史,特别是文学史上文类更替现象背后的从萌芽、发展到成熟这样一个完整的过程。所有这一切都被高等级文类的光芒所遮蔽。

再如我国在明代中后叶,东南沿海经济的繁荣,启蒙哲学思潮的涌动,市民文艺获得了飞速发展的历史土壤。但是在诗文等级观念的作用下,一大批流淌着鲜活民间气息的山歌民谣难登大雅之堂,非常可惜地随着歌唱者一起永久地在历史中消散。我们今天只能在"但有假诗文,无假山歌"(冯梦龙)、"真诗只在民间"(李开先)等抽象的结论里想象当时的热闹场景。冯梦龙两本薄薄的《山歌》、《挂枝儿》愈显得弥足珍贵。一切历史都是接受史,歌德曾经说过:"既然文库的任务是保存一个时代的特色,那么它也有责任使该时代的糟粕留传后世。"② 况且次要文类及所属作品并非全然糟粕。但是文类等级就是通过对接受者施加的"强权"而残割了原本饱满的历史之躯。

第二,文类等级影响了文学研究的重心,厚此薄彼的研究现状使得一些次要文类陷入了对自身严重不利的恶性循环。在封建社会里,森严的社会等级制度不仅仅是一种形式,而且还实实在在地规定内容。处于低层等级的文类的研究是和有一定社会地位的儒者不相协调的,高等级文类的研究似乎也会给予它的研究者以工作的自信和可见的未来。在他们眼中,诗文研究才是正统大道,戏曲小说只能算作谑浪游戏,不必认真。所以虞集在分析元代曲坛理论研究不足之缘故时,不由感慨地说:"余尝恨世之儒者,薄其事而不究心。"③ 故而我国古代文论中诗文研究是文学研究之重镇,占据了极其显赫的地位和分量。就是今日,不论研究戏曲的论著数量或是戏曲类专门性学术期刊数量,都是无法同诗文类相比拟的。又如明清两代,除了我们耳熟能详的

---

① (清)钱谦益:《列朝诗集小传(上)·丙集·李副使梦阳》,上海:古典文学出版社 1957 年版,第 311 页。
② [德]歌德:《莎士比亚纪念日的讲话》,《西方文论选》(上),上海:上海译文出版社 1979 年版,第 458 页。
③ (元)虞集:《中原音韵·序》,《中国古典戏曲论著集成》(一),北京:中国戏剧出版社 1959 年版,第 173 页。

《水浒传》《三国演义》《西游记》《红楼梦》《聊斋志异》、"三言"、"二拍"等之外，还有更多的世情通俗小说受制于传统文类等级观念而默默无闻，散落在历史长河中，研究状况更是不容乐观。如此之类，在文学史上就形成了这样一个怪圈：起初的文类不受重视，导致了文学研究的薄弱，而文学研究的薄弱，反过来又会加深文类不受重视的印象，于是薄者愈薄，低者越低，于文学研究在广度上的开拓和深度上的挖掘这两方面都相当不利。

第三，文类等级产生的"意识渗透"形成了主导文类对次要文类独立性的威胁和殖民。文类等级中的次要文类，等级低但不意味着没有独立品格，因为设若没有这些独立身份的次要文类的存在，文类等级也就无从谈起。高等级文类正是因为次要文类的存在才得以显现的。但是在实践中，高等级文类的品格特性凭借自身等级上的优越性，在人们认识过程中产生巨大的势能，常常使得一些次要的文类丧失独立性，沦为主导文类的附庸。

例如汉代扬雄区分的"诗人之赋丽以则，辞人之赋丽以淫"①，扬雄认为以屈原为代表的前者在追求词藻华丽艳美之时，知道以儒家倡导的诗教为归；而以宋玉、枚乘等人为代表的"辞人之赋"则不然。所以扬雄认为"诗人之赋"要优于"辞人之赋"，当以前者为创作典型。侈丽闳衍、铺张夸目本为形式倾向极强的赋这一文类的自然本色，作为人类艺术地把握世界的一种方式类型，都是情感的物化，都是词义统一体，因为只要是人的创造物，就不会存在只是纯粹形式的性质。然而在诗这一强大的高等级文类传统面前，赋的本色成了最大的不幸和自我的否定，只有经过诗这一文类传统同化后的"诗人之赋"才获得人们的认可。于是陆机一方面说"赋体物而浏亮"，本没有突出强调赋需要继承劝谕之职，但另一方面还是额外加上了"禁邪而制放"的总则。②刘勰也是如此，提出"丽辞雅义"方为"立赋之大体"，因为

---

① （汉）扬雄：《法言注·吾子》卷第二，韩敬注，北京：中华书局1992年版，第27页。

② （晋）陆机：《文赋》，（清）严可均辑《全晋文》（中）卷九七，何宛屏等审订，北京：商务印书馆1999年版，第1025页。

"繁华损枝，膏腴害骨；无贵风轨，莫益劝戒"。①

又如在明清有所谓"词人之词"、"文人之词"、"诗人之曲"、"才士之曲"等说法，如李开先在分析诗与词不同时就说："用本色者为词人之词，否则为文人之词矣。"② 王骥德也正确地指出："词之异于诗也，曲之异于词也，道迥不侔也。诗人而以诗为曲也，文人而以词为曲也，误矣，必不可言曲也"；"世所谓才士之曲，如王弇州、汪南溟、屠赤水辈，皆非当行"。③ 其中反映出的就是文类等级产生的"意识渗透"在实践中的表现，即诗、文创作传统对低等文类如词、曲的渗透和殖民。他们不顾词、曲本质特征，以诗文的要求、思维肆意打乱和破坏次要文类的创作规范和原则，显示出"收编"的野心。次要等级的文类不仅要为高等级的文类而产生，而且也要为它们而毁灭，这就是高等级文类"意识渗透"的历史本质。

第四，文类等级的历史封闭性构成了文学进一步发展以及文类不断新生的巨大障碍。正如前述，文类等级的对象是一个开放系统，但这个开放系统是由阶段性的封闭性系统构成的，这个阶段性封闭系统一旦由过去文学发展所建立，其随即产生非常巨大的历史惰性，而文学要想获得继续进步和发展，就必须打破此前建立的这一文类等级传统，为新兴文类的发展、壮大开辟出一片广阔天地，从而为新的文类等级做好准备。因此，在某种程度上，文类等级的建立、维持、打破这一系列历史过程，也是整个文学发展过程的一个缩影和写照，而且这种打破往往预示着文学发展过程中的不小震动。例如瓜里尼、维加、狄德罗、博马舍、哥尔多尼（C. Goldoni）等人大力推崇悲喜混杂剧、严肃戏剧、正剧等期图糅合悲剧与喜剧的新兴文类，认为它们的审美效果远超单纯的悲剧或喜剧，但在古希腊罗马由悲剧和喜剧构筑起的文类等级的封闭系统作用下，他们举步维艰，悲喜混杂的戏剧类型被

---

① （梁）刘勰著，陆侃如、牟世金译注：《文心雕龙译注（上）·诠赋》，济南：齐鲁书社1981年版，第96页。
② （明）李开先：《西野春游词序》，《中国历代文论选》（三），上海：上海古籍出版社1980年版，第89页。
③ （明）王骥德：《曲律》，《中国古典戏曲论著集成》（四），北京：中国戏剧出版社1959年版，第159、180页。

诋毁攻击为"人身牛首的怪物"①，因为它破坏了亚里士多德、贺拉斯等人早已制定的戏剧成规。博马舍的一段记载可为证：

> 我曾看见人们真正而且诚意地为了"严肃戏剧"的不断增加同党而悲叹。他们宣称它是"一个暧昧的形式"。"你说不出它是什么东西。没有一句台词能令你发笑的剧本，算是哪种剧本？用噜苏的散文拉成冗长的五幕，没有插诨的调剂，没有道德反省，没有人物性格——看这样的戏，我们是被悬在一种既非相似、亦非真实的浪漫环境的情节之中！……谁都知道我们的名作家们所作出的判断是什么，而他们乃是权威！他们就排斥这个戏剧形式……我替这个杂种起不出名字来。别让任何不要脸的作者为了公众一时的赞扬而得意，其实那赞扬是对演员的刻苦和才能而发的！"②

虽然悲喜混杂剧、正剧等类型到了黑格尔、别林斯基获得正式承认，新兴文类的身份获得正式确立，但黑格尔仍然坚持正剧"这个剧种没有多大的根本的重要性"③ 这一等级传统，把悲剧作为文类等级之王。文类等级是横亘在新生文类面前的一座高峰，文学发展的本性告诉我们，新生文类会有足够的生命活力突破封锁，飞得更高，走得更远。

第三节　文类等级与身份认同

迄今为止，我们一直在强调文类等级的既定现实性，但那些处于次要地位的文类对这种等级秩序的态度并非完全是消极被动。它们在

---

① ［西班牙］维加：《当代编剧的新艺术》，《西方文论选》（上），上海：上海译文出版社 1979 年版，第 220 页。

② ［法］博马舍：《论严肃戏剧》，《西方文论选》（上），上海：上海译文出版社 1979 年版，第 397—398 页。

③ ［德］黑格尔：《美学》（第三卷下），朱光潜译，北京：商务印书馆 1981 年版，第 294 页。

文学与时俱进的历史惯性下，不断提出身份认同的客观需要和情感吁求，担负起解构既有文类等级、拓展文学新天地的历史使命和神圣职责。

一、文类身份认同的必要性与可能性

所谓身份认同，是指在一定文类等级体系中，处于低位的文类对肯定和实现自我价值的吁求。这种肯定与等级赋予的否定价值形成强烈对比，必然构成对既有文类等级的一种挑战姿态。因而，次要文类的身份认同带有明显的破坏性。那么，这种破坏性为什么会存在，亦即其背后有着什么样的现实必要性呢？认同的可能性又何在呢？

（一）文类身份认同的必要性

第一，文类身份认同是文学发展本性的需要。文学作为人类创造物，与人类的存在相始终，所谓"物之理无穷，而诗之为道亦无穷也"①。人类在文学中追求最高度的自我实现和情感升华，从而在短暂的精神休息之后获得更大的改造世界的动力。英国著名文化学家马凌诺斯基（B. Malinowski）指出："文化即在满足人类需要当中，创造了新的需要。这恐怕就是文化最大的创造力与人类进步的关键。"② 文学对于人类精神需要的满足亦典型地体现出这样一种特殊性，即需要自我衍生性。这就揭示了文学发展的本性，也揭示了文学在人类生活中能够保持长盛不衰的秘密所在，而次要文类的身份认同正是文学向前发展的方式之一。原因主要在于身份认同所具有的对传统的破坏性。申言之，没有这种身份认同，既有的文类等级的堡垒就无从攻破；无从攻破，文学理论的进步和创新就缺乏关键的媒介载体，文学发展的前进步伐就会自然迟缓。文学的发展本性需要和呼唤次要文类的身份认同，原因还在于通过次要文类身份认同的斗争，旧有等级秩序得到动摇，新兴文类也才能找到生机和希望。所以，对于文学发展本身而言，身份认同就好像密闭球体扎开的一个小孔，文学借此补充发展的

---

① （明）李东阳：《怀麓堂诗话》，《李东阳集》（第二卷），周寅宾点校，长沙：岳麓书社1985年版，第532页。

② ［英］马凌诺斯基：《文化论》，费孝通译，北京：华夏出版社2002年版，第100页。

新鲜气息来保证新生球体的存在。试想如果没有瓜里尼、维加、狄德罗、博马舍等人对悲喜混杂剧类型的认同证明，恐怕我们至今仍是停留在亚里士多德时期的悲、喜剧两种纯粹戏剧类型的阶段。正是通过身份认同、等级破坏，戏剧才获得长足的发展，文学世界才获得新的充实，我们才有机会欣赏到丰富多彩的戏剧世界，获得多层次的审美感受。

　　第二，文类身份认同是文学观念推陈出新的需要。我们把文类等级的实质定义为"策略间性"，其中也暗示了次要文类身份认同的策略性。正像等级的设定不是无的放矢一样，文类的身份认同也是有的放矢的。这就告诉我们：身份认同离不开新文学观念的支撑，而新文学观念的出现也有赖于身份认同提供的契机。例如早在古罗马时期的斐罗斯屈拉塔斯（F. Philostratus）就对想象进行过高度的歌颂，说"它比模仿是更为巧妙的一位艺术家。模仿仅能塑造它所看到过的东西，而想象还能塑造它所没有看到过的东西，并把这没有看到过的东西作为现实的标准。模仿常常为恐惧所阻挠，而想象则不为任何东西所阻挠，因为它无所恐惧地上升到它自己理想的高度"[①]。但是一直隐伏在占主导地位的模仿论背后。等到启蒙主义的降临，想象和创造才第一次被推至极致，从而极度推崇"天才"说，强调文学本质在于由内而外的个性抒发，认为模仿是创造、天才的敌人，天才才是文学的主人，模仿只是奴才。在这样一种新文学观念的时代气氛里，旧有的以客观模仿性为特征的文类身居高等级的状况就必须得到改造，否则新文学观念就会缺乏文类的现实基础而虚幻化。于是，以往不足为人道的高度重视主体性的文类——抒情诗找到了身份认同的历史契机，在浪漫主义思潮中开始攀登至等级之巅，文学观也就顺利完成了由摹仿说到表达说的嬗变。

　　第三，文类身份认同是次要文类自我实现的需要。如果上述两个方面是文类身份认同的外在因素，那么这里我们需要讲的是关乎文类自身的因素。身在等级低层的文类由于高等级文类的光辉而往往使人"不识庐山真面目"，自身的价值、特性等方面得不到应有的认识和确

---

① ［古罗马］斐罗斯屈拉塔斯：《狄阿娜的阿波洛尼阿斯的生平》，《西方文论选》（上），上海：上海译文出版社 1979 年版，第 134 页。

定。通过身份认同,改变其以往在人们心目中的不良印象,从而吸引更多的研究和关注的目光。同时,身份认同工作的最终完成也必将自加压力,促使人们打破偏见,深入次要文类内部,努力挖掘其与众不同之处,积极贡献文学理论成果。可以说,身份认同最直接的后果就是该文类自我价值的实现。例如针对以诗为词、以文入词的不良现象,李清照斥之为"句读不葺之诗"、"人必绝倒,不可读也",郑重主张词"别是一家"说,强调词这一文类相对于诗、文的独立性。为加强文类身份认同的力度,李清照还进一步论说了词与诗、文在音律上的严格差别以作佐证,促进人们形成对词的正确认识:"诗文分平侧,而歌词分五音,又分五声,又分六律,又分清浊轻重。且如近世所谓《声声慢》、《雨中花》、《喜迁莺》,既押平声韵,又押入声韵;《玉楼春》本押平声韵,又押上去声,又押入声。本押仄声韵,如押上声则协,如押入声则不可歌矣。"①

第四,文类身份认同是文类等级这一结构形式得以长久存在的需要。这是一个带有明显悖论色彩的命题。因为一定的文类等级必定反对次要文类的身份认同,因为后者力图打破这种等级秩序;而另一方面,如果一定的文类等级不加改变地恒态存在,长此以往下去,必然不符合文学发展事实,沦为逆时代潮流而动的消极存在。到那时,这种文类等级就会自动丧失其历史合理性,蜕变为无用的符号垃圾。言下之意就是固守不变的文类等级必定成为自己的掘墓人,把自己送上不归路。如同蚌病成珠一般,从文类等级的结构形式长久存在这一需要出发,必须痛苦地承认次要文类身份认同工作的必要性。破坏意味着重建的活力。身份认同是一定的文类等级生存发生危机的外在体现,它通过破旧而为立新积极做好准备。文类等级凭借内容对象的更新实现着形式的常存。马克思曾就人类社会发展特征指出过:"黑格尔在某个地方说过,一切伟大的世界历史事变和人物,可以说都出现两次。他忘记补充一点:第一次是作为悲剧出现,第二次是作为笑剧出

---

① (宋)胡仔纂集:《苕溪渔隐丛话》后集卷三三,廖德明校点,北京:人民文学出版社1962年版,第254页。

现。"① 文类等级世界也颇有几分相似之处，当新兴文类或次要文类艰难地、不无"悲剧"色彩地实现身份认同，顺利屹立于等级之巅的那一刻，它又开始一步步地建构属于旧的历史了，又仿佛回到了它矢志推翻的那个曾经高踞于等级之首的那种文类的昨天，虽然未必如旧式的人类社会形态"笑剧"般地彻底退出历史舞台。新一轮身份认同又在开始慢慢酝酿了。

(二) 文类身份认同的可能性

第一，文类等级的实质"策略间性"提供了身份认同的可能性。策略意味着机智合理的取舍。面对确立等级的多样性标准，既然有取舍，就一定存在化解等级的奥秘和玄机。这往往就是次要文类寻求身份认同的关键切入点。因此文类等级本身的策略性是一把双刃剑，既成就了文类等级，又埋下了解构的隐患。就抒情诗而言，当我们从柏拉图的理论出发，就会因为抒情诗强烈的情感色彩之于理性的对立矛盾而鄙视之；而当我们从情感裸露的程度而论，抒情诗无疑是最直接、最真挚、最动人的。又如中国古典戏曲离诗文载道讽喻传统可能会稍远一些，是所谓的"小道"、"余事"，不足挂齿；但是在感受力方面，戏曲的当场表演，现身说法，声情并茂，诗文之诵读可能难以望其项背了。

第二，"文类"自身特性提供了身份认同的可能性。文类是建立于一定数量的文学作品基础上的，是对它们在某方面表现出的共同特征、属性的抽象概括。因此，就文学作品整体而言，有多少种共同特征或属性的可能，就会有多少种可能的文类。可见每一种文类的命名都是现实而具体的。如果没有某种强烈的命名迫切性，强大的文类传统也不会随意允许新文类的出现来形成对传统秩序和系统的冲击。所以，文类之间的界限或是区别就构成了不同文类存在的合理性、正当性。这种合理性和正当性一旦得到重视、放大，就会赋予处于等级低层的文类的身份认同以充足的自信力，推动它走向文类等级的王座。例如在古希腊罗马，悲剧和喜剧分别因为模仿对象人物的社会等级高低而处于文类的上下等级。对象等级上的区别带给创作的影响就是，悲剧

---

① 马克思：《路易·波拿巴的雾月十八日》，《马克思恩格斯选集》（第一卷），北京：人民出版社 1972 年版，第 603 页。

的对象是众所周知的个别人物,写作时需要更多地偏向"实",否则难以令人信服;而喜剧的对象是下层黎民百姓,取材广阔,没有悲剧对象人物"个别"的约束,更多是人物类型的自由选择,所以写作时"虚"的余地相当大。这种"虚"到了启蒙主义和浪漫主义时期,就为崇尚天才、创造的文学观念提供了巨大的发挥和实现的空间。喜剧借此赢得了身份认同。正如狄德罗所说:"喜剧诗人是最地道的诗人。他有权创造。"①

二、中西文类等级构成及身份认同策略的异同比较

基于以上对于文类身份认同的必要性和可能性论述,我们不妨首先从宏观上考察一下文类等级以及文类身份认同的总体情形。中西比较的研究视角可能会使我们的考察显得更富意义和价值。

(一)等级构成策略的异同比较

中西文类等级构成策略的相同方面主要表现在以下两点:

第一,文类等级的构成策略紧密围绕文学作品的众多维面。总体上来说,这些维面包括作者、世界、读者、作品;具体而观,包括作者创作的难易程度、反映对象的社会地位高低、反映世界广度的宽窄、接受者的审美效果、批评家的理论基点、作品的社会功能以及作品的情节特点、结构布局、篇幅大小、艺术风格等。这些方面是中西方文类等级构成策略的主体部分,在以上论述文类等级实质等诸处文字中,多有例证,此不赘述。

第二,文类等级的构成策略有赖于"正—反—合"的对立统一的辩证思维。这一思维主导的文类等级模式认为,属于"正"或"反"命题范畴的文类都因偏于一端而存有片面之处,只有合"正"与"反"两方面的特征、长处于一炉方是最高等级的文类。

在西方,黑格尔(G. W. F. Hegel)、施莱格尔兄弟(A. W. von Schlegel & K. W. F. Schlegel)、雨果(V. Hugo)、别林斯基等人都把哲学上的辩证法运用到文类等级的区分上,他们认为抒情诗是主观

---

① [法]狄德罗:《狄德罗美学论文选》,北京:人民文学出版社1984年版,第155页。

性的，史诗是客观性的，而戏剧是主观和客观的统一，所以戏剧是最高等级的文类。别林斯基就这样说道："叙事诗歌和抒情诗歌是现实世界的两个完全背道而驰的抽象极端；戏剧诗歌则是这两个极端在生动而又独立的第三者中的汇合（结晶）"；"戏剧诗歌是诗歌发展的最高阶段，艺术的冠冕"。① 瓜里尼、维加、狄德罗、博马舍等人则在悲剧和喜剧这两大对立文类之间，大力推崇悲喜混杂剧、严肃戏剧、正剧之类的糅合了悲剧和喜剧的新兴文类，并把它推向文类等级至高点。如瓜里尼就说悲喜混杂剧"是悲剧的和喜剧的两种快感糅合在一起，不至于使听众落入过分的悲剧的忧伤和过分的喜剧的放肆。这就产生一种形式和结构都顶好的诗……而且比起单纯的悲剧或喜剧都较优越……悲喜混杂剧可以兼包一切剧体诗的优点而抛弃它们的缺点；它可以投合各种性情，各种年龄，各种兴趣，这不是单纯的悲剧或喜剧所能做到的，它们都有过火的毛病"②。

　　这种思维在中国的体现亦比较丰富。例如关于场上之曲与案头之曲的优劣等级区分，一个偏于律协，一个偏于辞意，各有所长，亦各有所短，因此提出所谓"双美"（吕天成）、"兼美"（虞集）、"辞、调两到"（张琦）、"词律兼优"（欧阳玄）诸说，皆是认为只有既合场上又宜案头方为最高境界。王骥德认为，对于戏曲而言，"其词格俱妙，大雅与当行参间，可演可传，上之上也；词藻工，句意妙，如不谐里耳，为案头之书，已落第二义"③。吕天成的"双美"说认为："倘能守词隐先生之矩矱，而运以清远道人之才情，岂非合之双美者乎？"④ 沈宠绥也主张戏曲作品"求乎雅俗惬心，既惊四筵。亦赏独座，庶几极则"⑤。王骥德还从戏曲语言角度提出本色类戏曲作品和文词类戏曲

---

① ［俄］别林斯基：《诗歌的分类和分科》，《别林斯基选集》（第三卷），满涛译，上海：上海译文出版社1980年版，第5、76页。
② ［意］瓜里尼：《悲喜混杂剧体诗的纲领》，周靖波主编《西方剧论选》（上），北京：北京广播学院出版社2003年版，第78页。
③ （明）王骥德：《曲律》，《中国古典戏曲论著集成》（四），北京：中国戏剧出版社1959年版，第137页。
④ （明）吕天成：《曲品》，《中国古典戏曲论著集成》（六），北京：中国戏剧出版社1959年版，第213页。
⑤ （明）沈宠绥：《絃索辨讹》，《中国古典戏曲论著集成》（五），北京：中国戏剧出版社1959年版，第19页。

作品，皆非理想类型，一有过俗之弊，一有过雅之病，雅俗共赏才是最佳戏曲作品类型："至本色之弊，易流俚腐；文词之病，每苦太文。雅俗浅深之辨，介在微茫，又在善用才者酌之而已。"① 管同则从风格出发，提出文章"偏焉而入于阳，与偏焉而入于阴，皆不可为文章之至境"②。认为最佳文章的风格类型正在于刚柔相济之美。拜一也认为小说有"冷"、"热"两种风格类型，"二者各有所长，然亦各有所短"。所以必须"热而济之以冷，冷而益之以热，不偏于热，不偏于冷，二者互相连续，而使人读之，不失之烈，不失之柔，而得其中"。③

在不同的方面，中国在文类等级构成策略上更趋多样化，更富民族文化特色。主要体现在：

第一，我国文类等级的构成策略比西方更加重视创作主体因素。我国是个文类大国，数量众多，更替频繁，在强调文类界限之余，创作者身份的区别成为影响文类等级构成的重要因素之一。

其源头有二：一是由"诗言志"奠定的作者与作品之间的关系传统，认为作者修养素质对文学创作具有重要影响，诗如其人。如叶燮区分的"才人之诗"、"志士之诗"是也。叶燮说：

> 古今有才人之诗，有志士之诗。事雕绘，工镂刻，以驰骋乎风花月露之场，不必择人择境而能为之，随乎其人与境而无不可以为之，而极乎谐生状物之能事，此才人之诗也。处乎其常而备天地四时之气，历乎其变而深古今身世之怀，必其人而后能为之，必遭其境而后能出之，即其片语只字，能令人永怀三叹而不能置者，此志士之诗也。才人之诗，可以作，亦可以无作；志士之诗，即欲不作，而必不能不作。才人之诗，虽履丰席厚，而时或不传；

---

① （明）王骥德：《曲律》，《中国古典戏曲论著集成》（四），北京：中国戏剧出版社1959年版，第122页。
② （清）管同：《与友人论文书》，《中国历代文论选》（三），上海：上海古籍出版社1980年版，第517页。
③ 拜一：《读母大虫小说》，转引自王运熙、顾易生主编《中国文学批评史》（下），上海：上海古籍出版社1985年版，第662页。

志士之诗，愈贫贱忧戚，而决无不传。①

可见，"才人之诗"有学识但无实情，为文而造情，故流于形式技巧之工；而"志士之诗"乃实情积于中而不得不发，为情而造文，故比前者具有更高的艺术感染力。杜濬也从诗人与作品关系的紧密程度出发，认为诗可分为"真诗"和"佳诗"两大类。前者高于后者，因为前者"人即是诗，诗即是人"，作诗"如自写小像"，格韵气质宛然目前，人与诗天然合一；而后者则是"人与诗犹为二物"，难见其人。②

二是涉及作者与文类之间的独擅与兼长的问题，中西方于此都有较早的明确意识。柏拉图在论述作诗"并非凭技艺的规矩，而是依诗神的驱遣"时说，诗人们"各随所长，专做某一类诗，例如激昂的酒神歌，颂神诗，合唱歌，史诗，或短长格诗，长于某一种体裁的不一定长于他种体裁"③。我国早在曹魏时期也认识到了这个问题。曹丕说："文非一体，鲜能备善。"④ 南朝梁刘勰也说："然诗有恒裁，思无定位；随性适分，鲜能通圆。"⑤ 他们都从作者个性品格与文类关系出发，指出了创作中兼长之不易。刘勰、钟嵘、苏辙、张戒、王国维等人在批评实践中也指出了作者与文类之间难以兼长的客观现象。刘勰说："孔融气盛于为笔，祢衡思锐于为文：有偏美焉。"⑥ 苏辙说："白乐天诗，词甚工，然拙于纪事，寸步不遗，犹恐失之。"⑦

这就带来一个问题，即擅长某文类的作家在尝试创作其他文类时，

---

① （清）叶燮：《密游集序》，王运熙、顾易生主编：《清代文论选》（上），北京：人民文学出版社1999年版，第258页。
② （明）杜濬：《与范仲暗》，周亮工辑：《尺牍新钞》（一）卷二，北京：中华书局1985年版，第47页。
③ ［古希腊］柏拉图：《文艺对话集·伊安篇》，朱光潜译，北京：人民文学出版社1963年版，第8—9页。
④ （魏）曹丕：《典论·论文》，《典论》（及其他三种），（清）孙冯翼辑，北京：中华书局1985年版，第1页。
⑤ （梁）刘勰著，陆侃如、牟世金译注：《文心雕龙译注（上）·明诗》，济南：齐鲁书社1981年版，第69页。
⑥ （梁）刘勰著，陆侃如、牟世金译注：《文心雕龙译注（下）·才略》，济南：齐鲁书社1982年版，第357页。
⑦ （宋）苏辙：《苏辙集·栾城集》三集卷八《诗病五事》，陈宏天、高秀芳点校，北京：中华书局1990年版，第1239页。

就可能出现此文类对彼文类不禁然的影响和渗透，从而发生违反该文类本质特点之事，这也就是常言的"辨体"问题。例如凌廷堪就十分强调诗文词曲等文类之间创作上的差异，他说："若夫南曲之多，不可胜计，握管者类皆文辞之士。彼之意以为，吾既能文辞矣，则于度曲何有？于是悍然下笔，漫然成编，或诩称艳，或矜考据，谓之为诗也可，谓之为词也亦可，即谓之为文也亦无不可，独谓之为曲则不可。"① 我们经常见到的诸如"学人之诗，才人之诗，诗人之诗，文人之诗"（章学诚）；"伶工之词"与"士大夫之词"（王国维）；"作家之文"、"才士之文"、"儒者之文"（魏禧）；"诗人之文"、"文人之文"、"文人之诗"、"诗人之诗"（吴乔）等文类称谓，都是在文类等级中，着重考虑文类创作者身份的集中体现。所以在王骥德看来，无视戏曲特有艺术规定性而创作的"才士之曲"绝非最佳的戏曲类型，他说："世所谓才士之曲，如王弇州、汪南溟、屠赤小辈，皆非当行。"② 李开先认为填词不同于作诗，必须紧扣词这一文类的艺术规范要求，因此他得出两类词："用本色者为词人之词，否则为文人之词矣。"③ 前者自然要高于后者。如果说西方文类等级中也讲究主体因素，那么它们的主体是客观世界中的表现对象，即表现主体，如悲、喜剧模仿的对象，不是我们所讲的创作主体。钱穆在比较中西方文学的总体特征时，说中国文学是"内倾型"，而西方文学是"外倾型"。④ 于此亦可为一证。

第二，我国文类等级的构成策略比西方更加重视学科间的交互性。这主要体现为我国文学与哲学、书画、宗教等文化类型之间的互通交融，彼此影响，共同提高。在西方，尽管柏拉图在《文艺对话集》中也广泛涉及政治、伦理、宗教、哲学、文学、音乐、雕塑等方面，西摩尼德斯（Simonides）、达·芬奇（Da Vinci）等人也提出了"诗为瞎

---

① （清）凌廷堪：《校礼堂文集》卷二十二《与程时斋论曲书》，王文锦点校，北京：中华书局1998年版，第193页。

② （明）王骥德：《曲律》，《中国古典戏曲论著集成》（四），北京：中国戏剧出版社1959年版，第180页。

③ （明）李开先：《西野春游词序》，《中国历代文论选》（三），上海：上海古籍出版社1980年版，第89页。

④ 钱穆：《中国文化与中国文学》，《中国文学论丛》，北京：三联书店2002年版，第33—34页。

子画，画为哑巴诗"① 的观点，但更多的时候是强调文学与哲学、历史等学科之间的分野，文学的独立自主意识较强。例如亚里士多德曾经指出："衡量诗和衡量社会道德正确与否，标准不一样；衡量诗和其它艺术正确与否，标准也不一样。"又认为诗和历史的差别不在语言，而是在于"一叙述已发生的事，一描述可能发生的事。因此，写诗这种活动比写历史更富于哲学意味"。② 古罗马朗加纳斯（Longinus）注意分别诗与演说之间的不同，他说："诗的形象以使人惊心动魄为目的，演说的形象却是为了意思的明晰。"③ 中世纪的阿奎那（T. Aquinas）开始分辨美与善、艺术与道德之间的区别，他说："对于一个艺术品和一个道德的情况，我们所采取的态度是不同的。在前一场合，我们要体味一种特殊的目的；在后一场合，我们面对整个人生的一般目的。"④ 从但丁开始，提出诗本质的"虚构"说来作为文学与哲学、历史分而治之的界碑。卡斯特尔维屈罗（L. Castelvetro）就认为诗人"处理的故事是由他自己想象出来的，是关于本来不曾发生过的事物的，但是同时在愉快和真实两方面，却并不比历史减色"；诗人的任务就在于"通过这种逼真的描绘，使读者得到娱乐。至于自然的或偶然的事物之中所隐藏的真理，诗人应该留给哲学家和科学家去发现"。⑤ 法国启蒙主义主将狄德罗比较集中、自觉地论述了诗与哲学、诗与历史的差别，例如他认为戏剧与历史比较而言，"真实性要少些，而逼真性却多些"⑥，等等。

而我国的文化传统是文学、政治、哲学、宗教、书画、音乐、舞

---

① ［意］达·芬奇：《笔记》，《西方文论选》（上），上海：上海译文出版社1979年版，第182页。
② ［古希腊］亚里士多德：《诗学》，《诗学·诗艺》，罗念生、杨周翰译，北京：人民文学出版社1962年版，第92、28—29页。
③ ［古罗马］朗加纳斯：《论崇高》，《西方文论选》（上），上海：上海译文出版社1979年版，第128页。
④ ［意］圣·托马斯·阿奎那：《哲学著作》，《西方文论选》（上），上海：上海译文出版社1979年版，第153页。
⑤ ［意］卡斯特尔维屈罗：《亚里斯多德〈诗学〉的诠释》，《西方文论选》（上），上海：上海译文出版社1979年版，第192—193页。
⑥ ［法］狄德罗：《论戏剧艺术》，《西方文论选》（上），上海：上海译文出版社1979年版，第354页。

蹈等杂糅共处，既强调"声音之道与政通"（《礼记·乐记》），努力把文学艺术社会伦理化，又积极注意沟通各文化类型之间的共性，这种学科界限模糊的文化特色，在"实践理性"（李泽厚）的原则指导下，长盛不衰。反映到文类等级构成策略上，我们看到：凌濛初借鉴《庄子·内篇·齐物论》中的天地人"三籁"说把戏曲按等级高低划分为三类，即"曲分三籁：其古质自然，行家本色者为天；其後（当为俊）逸有思，时露质地者为地；若但粉饰藻缋，沿袭摩词者，虽名重词流，声传里耳，概谓之人籁而已"①。吕天成、祁彪佳等人吸取古人以"品"论人（九品中正制）、论画（谢赫《古画品录》）、论书（庾肩吾《书品论》）、论棋（沈约《棋品》）的等级传统，将众多的戏曲作品归类，分别以妙品、雅品、逸品、艳品、能品、具品等高下等级顺序加以轩轾点评。严羽、俞彦、郑燮等人则借用佛教禅宗中的家数派别来评定文类及其等级。郑燮就说：文学作品可以分为大、小乘两种类型和等级，前者"理明词畅，以达天地万物之情，国家得失兴废之故"；而后者则流于"取青配紫，用七谐三，一字不合，一句不酬，拈断黄须，翻空二酉"。②焦循受古代道家阴阳学说的影响，指出词、曲之所以不如诗文等级高，原因在于词曲与诗文所赖以生成的"气"的类型和品性不同："人禀阴阳之气以生，性情中所寓之柔气，有时感发，每不可遏。有词曲一途分泄之，则使清纯之气，长流行于诗古文。"③综上所述，中国文类等级的构成策略颇具跨学科气质，显示出比较浓郁的民族文化特征。

第三，中国文类等级的构成策略比西方更加强调历时因素。《诗》在我国文学史上扮演着非常特殊的角色。一方面它是我国诗学的文类之基，亦即迈纳所说的中国"原创诗学"是以抒情诗为"基础文类"的，影响了我国诗学的基本性质和面貌，如"诗言志"、"思无邪"等是也。另一方面，在孔子说《诗》的巨大推动下，加之我国社会意识

---

① （明）凌濛初：《南音三籁·凡例》，吴毓华编著：《中国古代戏曲序跋集》，北京：中国戏剧出版社 1990 年版，第 183 页。

② （清）郑燮：《与江宾谷、江禹九书》，《郑板桥集·补遗》，上海：上海古籍出版社 1962 年版，第 191 页。

③ （清）焦循：《雕菰楼词话·词非不可学》，唐圭璋编《词话丛编》（二），北京：中华书局 1986 年版，第 1491 页。

形态是以孔子开创的儒家思想为主导的，所以其释《诗》的诸多观点，如"兴观群怨"、"文质彬彬"等日益成为整个文学创作和评价的准绳。《诗》成为文学史、文学研究进程中不倒的历史坐标。尤其到汉代，罢黜百家，独尊儒术，《诗》更是跻身"经"的圣坛。继之南朝刘勰《文心雕龙》中设《宗经》一章，认为"经也者，恒久之至道，不刊之鸿教也"；所以"赋颂歌赞，则诗立其本"，《诗经》成为众多文类的不竭泉源和不朽典范，所谓"百家腾跃，终入环内"。北齐颜之推继承了刘勰宗经思想，提出"文出五经"论，认为："夫文章者，原出《五经》"，"歌咏赋颂，生于《诗》者也"。① 明代徐师曾、袁宗道等人也指出"骚、赋、乐府、古歌行、近体之类，则源于《诗》"②。

正是上述这些背景和因素的作用，不仅奠定了诗在我国文类等级中的至高地位，更是规划好了《诗》与其他文类的源流关系，于是，楚骚"乃《雅》、《颂》之博徒，而词赋之英杰也"③；"赋自《诗》出"，"受命于诗人，拓宇于《楚辞》也"；④ "填词者，文之余也"⑤、"诗余"也；曲为"词余"、"词家之支流也"⑥，正所谓从诗三百、骚、乐府、诗到词、曲，"其体屡变而不穷，其实皆古诗之流也"⑦。因此，在《诗》为众文类之源和众文类历时性产生的相互参照下，文类等级的构成策略中注重历时性因素，以时代先后顺序区分文类等级就不足为奇了。

这种历时性等级观念深深影响着批评家们的叙述，哪怕他们持反

---

① （北齐）颜之推：《颜氏家训集解》卷第四《文章第九》，王利器集解，上海：上海古籍出版社1980年版，第221页。
② （明）袁宗道：《白苏斋类集》卷七《刻文章辨体序》，钱伯城标点，上海：上海古籍出版社1989年版，第81页。
③ （梁）刘勰著，陆侃如、牟世金译注：《文心雕龙译注（上）·辨骚》，济南：齐鲁书社1981年版，第48页。
④ （梁）刘勰著，陆侃如、牟世金译注：《文心雕龙（上）·诠赋》，第88页。
⑤ （清）嵇永仁：《〈续离骚〉引》，吴毓华编著：《中国古代戏曲序跋集》，北京：中国戏剧出版社1990年版，第384页。
⑥ （清）睿水生：《〈祭皋陶〉序》，吴毓华编著：《中国古代戏曲序跋集》，第385页。
⑦ （清）石韫玉：《〈沈氏四种〉序》，吴毓华编著：《中国古代戏曲序跋集》，第523页。

对态度,如孟称舜说:"诗变为辞,辞变为曲。其变愈下,其工益难。"① 黄宗羲也说:"诗降而为词,词降而为曲,非曲易于词、词易于诗也。其间各有本色,假借不得。"② 尽管他们都肯定词、曲并非真正的"余技"、"小道",而是别有讲究,但"变愈下"、"降"等词无不透露出历时性等级的信息。相比而言,王骥德的观点可能更趋明朗,他说:"后三百篇而有楚之骚也,后骚而有汉之五言也,后五言而有唐之律也;后律而有宋之词也,后词而有元之曲也。代擅其至也,亦代相降也,至曲而降斯极矣。"③ 我们还可以从反面印证这种观念的存在,茅坤说:"世之操觚者,往往谓文章与时相高下,而唐以后且薄不足为。噫!抑不知文特以道相盛衰,时非所论也。"④ 王世贞认为盛唐与中晚唐的七绝"各有至者,未可以时代优劣也"⑤。汪森也指出:"古诗之于乐府,近体之于词,分镳并骋,非有先后;谓诗降为词,以词为诗之余,殆非通论矣。"⑥ 如此反复强调的否定态度,足见我国文类等级构成策略中的历时性主流。

与我国宗经类似,西方也有伟大的古希腊文学传统,所谓"言必称希腊",但为什么没有出现像我国这种历时性等级构成策略呢?主要原因在于戏剧对于古希腊文学传统而言,尽管是主导的高等级文类,但并没有取得如同《诗》一般的源头地位,抒情诗、史诗和戏剧在当时是并存共生的,历时性体现为你方唱罢我登场,各领风骚数百年。而诗在中国却从来没有真正丧失过等级之王的地位。所以中西方虽然都显现为"总—分"的模式,差异在于:"总"在我国具有"源"和

---

① (明)孟称舜:《新镌古今名剧柳枝集·古今名剧合选序》,《续修四库全书·集部·戏剧类》(第1763册),上海:上海古籍出版社2002年版,第207页。
② (清)黄宗羲:《胡子藏院本序》,沈善洪主编:《黄宗羲全集(十一)·南雷杂著稿》(增订版),杭州:浙江古籍出版社2005年版,第61页。
③ (明)王骥德:《〈古杂剧〉序》,吴毓华编著:《中国古代戏曲序跋集》,北京:中国戏剧出版社1990年版,第137页。
④ (明)茅坤:《唐宋八大家文钞总序》,《中国历代文论选》(三),上海:上海古籍出版社1980年版,第78页。
⑤ (明)王世贞:《艺苑卮言》卷四,丁福保辑:《历代诗话续编》(中),北京:中华书局1983年版,第1007页。
⑥ (清)汪森:《词综序》,(清)朱彝尊、汪森辑:《词综》,北京:中华书局1975年版,第1页。

"一"的性质，而在西方则具有"集"或"多"的特点。这就决定了西方不可能出现历时性的文类等级构成策略。钱穆在论述中西文学、文化差异时指出说："西方文学尚创新，而中国文学尚传统。……故西方文学之演进如放花炮，中国文学之演进如滚雪球。"① 从此处中西方文类等级构成策略的差异上亦可见一斑。

(二) 身份认同策略的异同比较

中西文类身份认同策略的相同方面主要表现在以下两点：

第一，中西文类身份认同策略都注意围绕文学作品的众多维面。因为构成策略主要是围绕文学作品置身的众多维面，所以使得认同策略也必须以它们为实施认同的主要对象。认同过程中将计就计的归谬、自相矛盾的推论，最具说服力。不过与构成策略稍有差异的是，尽管认同策略的维面从总体上来说，也是包括了作者、世界、读者、作品；具体而观，包括作者创作的难易程度、反映对象的社会地位高低、反映世界广度的宽窄、接受者的审美效果、批评家的理论基点、作品的社会功能以及作品的情节特点、结构布局、篇幅大小、艺术风格，等等。但终究不是构成策略，所以就存在一个策略错位的现象，这也正是文学作品多维性的一个侧面证明。

例如在古希腊时期，从反映对象的社会地位来看，悲剧高于喜剧。但莫里哀从创作难易程度入手实施喜剧的身份认同，提出了喜剧要难于悲剧的结论。小说在我国古代难登大雅之堂，《水浒传》、《红楼梦》等名著都被斥为"诲盗"、"诲淫"、有伤风化，被禁毁查封，这是封建统治者从自身统治需要出发，对小说内容的片面认识；如果我们从小说的通俗性，它与大众情感的紧密性而言，那么小说的审美感染力则是巨大无穷的，因此狄葆贤、梁启超、陶曾佑等人都把小说奉为"文学之最上乘也"②，"其熏染感化力之伟大，举凡一切圣经贤传诗古文

---

① 钱穆：《中国民族之文字与文学》，《中国文学论丛》，北京：三联书店2002年版，第17页。

② 梁启超：《论小说与群治之关系》，《饮冰室合集 (2) ·饮冰室文集之十》，北京：中华书局1989年版，第7页。

辞皆莫能拟之"①。又如文章字数的等级标准，爱伦·坡和中国古代的欧阳修、尹师鲁等人都曾经以篇幅之简短为贵，如《湘山野录》中曾记载：

> 谢希深、尹师鲁、欧阳永叔各为钱思公作《河南驿记》，希深仅七百字，欧公五百字，师鲁止三百八十余字。欧公不伏在师鲁之下，别撰一记，更减十二字，尤完粹有法。师鲁曰："欧九真一日千里也。"②

陈骙、令狐德棻、王若虚、谢榛、顾炎武等人则从表达的实际需要、文章气韵格调等方面出发，认为只要表达得当，篇幅短长繁简各有千秋。王若虚就说："论文者求其当否而已，繁省岂所计哉？"③ 文章短长"惟适其宜而已，岂专以是为贵哉"④。谢榛说："诗文以气格为主，繁简勿论"；"作诗繁简各有其宜"。⑤ 顾炎武也认为"辞主乎达，不论其繁与简也"⑥。如此之类，不一而足。

第二，中西文类身份认同策略都善于借鉴外在客观事实作比附与譬喻。因为比附与譬喻要求在对等事物之间进行，所以这种认同策略本身就包含有认同意味。在这种策略中，文类立足外在客观事实的既定性、科学性、公正性、公信力等因素的作用，借比附与譬喻的中介，求得身份认同的顺利实现。

例如戏曲、小说两种文类在我国古代处于等级低层，那么它们就经常通过与《诗》、《离骚》、《庄子》、《史记》、李白、杜甫等公认的经典作品、作家的比附或譬喻，从而抬高文类自身价值，达到身份认同

---

① 梁启超：《告小说家》，《饮冰室合集（4）·饮冰室文集之三十二》，北京：中华书局1989年版，第67页。
② 转引自（金）王若虚著《滹南遗老集》（四）卷三六《文辨三》，北京：中华书局1985年版，第228页。
③ （金）王若虚：《滹南遗老集》（三）卷三四《文辨一》，第214页。
④ （金）王若虚：《滹南遗老集》（四）卷三六《文辨三》，第228页。
⑤ （明）谢榛：《四溟诗话》卷一，《四溟诗话·薑斋诗话》，宛平、舒芜校点，北京：人民文学出版社1961年版，第4页。
⑥ （清）顾炎武：《日知录集释·文章繁简》，《日知录集释》（外七种）（中）卷一九，（清）黄汝成集释，上海：上海古籍出版社1985年版，第1465页。

之目的。王骥德、毛声山都把戏曲和《诗经》相联系，"《西厢》近于风，而《琵琶》近于雅"①。祁彪佳在评价孟称舜戏曲作品时这样说道："今之曲即古之诗"，"以先生之曲为古之诗与乐可；而且以先生之五曲作《五经》读，亦无不可也"。② 何良俊、胡应麟等人则把戏曲和以李杜为代表的唐诗相譬喻，如胡应麟就说："《西厢》主韵度风神，太白之诗也；《琵琶》主名理伦教，少陵之作也。"③ 狄葆贤（楚卿）抬高小说、戏曲的等级地位更是不遗余力，他说："吾以为今日中国之文界，得百司马子长、班孟坚，不如得一施耐庵、金圣叹；得百李太白、杜少陵，不如得一汤临川、孔云亭。"④ 其他还有如孟称舜把戏曲等同于《文选》、陈继儒推戏曲胜过《离骚》，等等，皆是此类。今天看似简单的比附或是譬喻现象，实质在当时高度推崇诗文而极力贬斥戏曲小说的时代氛围中，这样的举动着实令人瞠目结舌、胆战心惊，在道学家眼中不啻是疯狂异端、世风日下和大逆不道之征：禁毁对象《西厢记》岂能与位居六经之首的《诗》相提并论、携手共舞呢？

再如骈文和散文，随着唐中叶韩、柳倡导的古文运动的兴起，骈文因为艳词丽藻这一不良的形式主义倾向而使其价值、地位日益遭到削弱和否定。白居易就说："淫辞丽藻生于文，反伤文者也"，"为文者必当尚质抑淫，著诚去伪"。⑤ 裴度也指出："多偶对俪句，属缀风雪，羁束声韵，为文之病甚矣。"⑥ 入清，骈文再度兴盛，身份认同也随即展开。例如袁枚就从天道之奇偶来比附文章骈散的合理性，他说："一

---

① （清）毛声山：《〈第七才子书〉自序》，吴毓华编著：《中国古代戏曲序跋集》，北京：中国戏剧出版社1990年版，第469页。
② （明）祁彪佳：《孟子塞五种曲序》，陈多、叶长海选注：《中国历代剧论选注》，长沙：湖南文艺出版社1987年版，第240—241页。
③ （明）胡应麟：《少室山房草丛》卷二五《庄岳委谈》（下），《四库全书·子部》第886册，上海：上海古籍出版社1987年版，第445页。
④ （清）楚卿：《论文学上小说之位置》，阿英编：《晚清文学丛钞·小说戏曲研究卷》卷一，北京：中华书局1960年版，第31页。
⑤ （唐）白居易：《策林四·议文章》，《白居易集笺校》（六），朱金城笺校，上海：上海古籍出版社1988年版，第3547页。
⑥ （唐）裴度：《寄李翱书》，《中国历代文论选》（二），上海：上海古籍出版社1979年版，第159页。

奇一偶,天之道也;有散有骈,文之道也"①;"文之骈,即数之偶也。而独不近取诸身乎?头,奇数也;而眉目,而手足,则偶矣。而独不远取诸物乎?草木,奇数也;而由蘤而瓣鄂,则偶矣。山峙而双峰,水分而交流,禽飞而并翼,星缀而连珠,此岂人为之哉!"②

西方亦然,如以悲喜混杂剧的身份认同为例,瓜里尼从社会学、生物学和自然科学三方面来进行比附。他说悲喜混杂剧允许两个差异很大的社会等级的人同台演出,从社会学来看,"既然政治可以让这两个阶层的人混合在一起,为什么诗艺就不可以这样做呢?"再从生物学和自然科学来看,既然马和驴可以杂交生出骡这一新品种、黄铜和锡可以熔冶出青铜这种新金属,那么悲、喜剧就为什么不可以混合,从而产生新的戏剧类型呢?③ 斯卡利格(J. C. Scaliger)与瓜里尼的社会学参照相似,他认为悲剧对象的知名人物和喜剧对象的下层人物一起出现在悲喜混杂剧中是应该给予认可的,因为他们的共处"便构成一个社会,就会具有所谓有机体的性质"④,才最接近社会生活的原貌。

除了以上两点相同外,中西文类身份认同策略上也会因为各自文学传统的差异而表现出细微不同,主要表现在:

第一,中西文类身份认同策略上表现为两种不同的"真",即性情之真与现实之真。前者内收,后者外取,殊途而同归。这集中体现在戏剧文类的身份认同上。中国的"原创诗学"因为以抒情诗为"基础文类"之故,文学传统的气质构成深受主体性影响,即比较注重作品与个人性情之间的亲疏远近,也即"诗言志"中的"志"是否在诗中比较好地得到了灌注与彰显,由此对接受主体产生巨大审美效果,这就构成了文类身份认同策略之一。所以王骥德在比较诗词曲时认为:

---

① (清)袁枚:《书茅氏八家文选》,沈云龙主编:《小仓山房文集》卷三〇,台北:文海出版社1981年版,第18页。

② (清)袁枚:《胡稚威骈体文序》,沈云龙主编:《小仓山房文集》卷一一,第16页。

③ [意]瓜里尼:《悲喜混杂剧体诗的纲领》,《西方文论选》(上),上海:上海译文出版社1979年版,第196—198页。

④ [意]斯卡利格:《诗学》,周靖波主编:《西方剧论选》(上),北京:北京广播学院出版社2003年版,第44页。

"诗不如词,词不如曲,故是渐近人情";"曲则惟吾意之欲至,口之欲宣,纵横出入,无之而无不可也。故吾谓:快人情者,要毋过于曲也"。① 祁彪佳也说:"盖诗以道性情,而能道性情者莫如曲,曲之中有言夫忠孝节义、可欣可敬之事者焉,则虽骚骏童愚妇见之,无不耻笑而唾詈,自古感人之深而动人之切无过于曲者也。"②

而西方传统戏剧是在摹仿说熏陶下成长起来的,比较强调外在客观因素,故而现实之真是其主要的认同策略之一。例如我们上面提到的斯卡利格就是用社会有机性来证明悲喜混杂剧在反映社会生活上比单纯的悲剧或喜剧更具合理性和真实性。约翰孙(S. Johnson)也是如此,他说:"不能否认混合体的戏剧可能给人以悲剧或喜剧的全部教导",因为它"较二者之一更接近生活的面貌"。③ 别林斯基在评论和肯定正剧时也从现实之真的角度说:"生活本身应该是正剧的主人公。"④ 其他如哥尔多尼(C. Goldoni)、狄德罗、博马舍、莱辛(G. E. Lessing)等人则从现实之真产生的自然风格入手,认为悲剧与喜剧之间的中间类型,悲喜混杂剧或正剧等模仿的对象与我们的现实距离远近适当,更能唤起我们的感动和同情。如哥尔多尼就说:"悲剧英雄的不幸,在一个距离之外使我们发生兴趣,而那些与我们同等的人的不幸,则可以预料会更亲切地感动我们。"⑤

第二,中国文类认同比西方更加强烈、执著,更富特殊性。这一点典型地体现在对于场上曲与舞台曲的等级区分上。中西方尽管都从戏剧作为一门表演性艺术入手,认识到场上曲与案头曲之不同以及之间的等级。如歌德(J. W. von Goethe)说:"一部写在纸上的剧本算不得什么回事。……为舞台上演而写作是一种特殊的工作,如果对舞

---

① (明)王骥德:《曲律》,《中国古典戏曲论著集成》(四),北京:中国戏剧出版社1959年版,第160页。
② (明)祁彪佳:《孟子塞五种曲序》,陈多、叶长海选注:《中国历代剧论选注》,长沙:湖南文艺出版社1987年版,第240页。
③ [英]约翰孙:《〈莎士比亚戏剧集〉序言》,杨周翰编选:《莎士比亚评论汇编》(上),北京:中国社会科学出版社1979年版,第43页。
④ [俄]别林斯基:《诗歌的分类和分科》,《别林斯基选集》(第三卷),满涛译,上海:上海译文出版社1980年版,第83页。
⑤ [意]哥尔多尼:《回忆录》,《西方文论选》(上),上海:上海译文出版社1979年版,第556页。

台没有彻底了解，最好还是不写。"① 英国当代戏剧理论家阿·尼科尔（A. Nicoll）也间接地指出："现在有一点必须继续强调：我们决不可以认为戏剧只是作为一部写好的，或印出来的文学作品而存在的"；"任何戏剧，只有通过舞台演出才能使它达到完美的地步"。② 言下之意，戏曲必须以适合场上演出为最高追求。鲁迅也持同样意见："我只有一个私见，以为剧本虽有放在书桌上的和演在舞台上的两种，但究以后一种为好。"③

但问题在于，西方戏剧批评界对于这种等级的态度是暧昧、温和的，甚至是自相矛盾的；而我国则恰恰相反，对待场上曲与案头曲的态度是坚决明确、一以贯之的。

例如，西方从亚里士多德开始，就有"不论阅读或看戏，悲剧都能给我们很鲜明的印象"④ 之论；钦齐奥（G. Cinthio）从取悦和娱乐观众出发，分悲剧为结局悲惨和结局快乐两类，后者优于前者；由此他表达了场上曲与案头曲各有所用的中庸态度，他认为："因结局悲惨而显得恐怖的情节（如果它似乎引起观众的反感），可以用于书斋剧；快乐收场的情节却适合于舞台。"⑤ 即便其中还存在等级，那只是观众审美的快感或痛感取向上的分歧。案头曲在这里似乎还充当着一种勇敢的补救者角色，那些结局悲惨型的戏剧可以顺利分流到书面阅读中。阿·尼科尔的态度也是如此，他认为："大多数读者受到纯文学概念的影响，不可能在想象中领会某个场面在舞台上产生的效果。有一些戏剧家的剧本'**读起来**'比'**演起来**'好；另外一些戏剧家，如，本·

---

① 《1829 年 2 月 4 日》，爱克曼辑录：《歌德谈话录》，朱光潜译，北京：人民文学出版社 1978 年版，第 181 页。

② [英] 阿·尼科尔：《西欧戏剧理论》，徐士瑚译，北京：中国戏剧出版社 1985 年版，第 31、73 页。

③ 鲁迅：《致窦隐夫》，《鲁迅全集》（第十卷），北京：人民文学出版社 1958 年版，第 250 页。

④ [古希腊] 亚里士多德：《诗学》，《诗学·诗艺》，罗念生、杨周翰译，北京：人民文学出版社 1962 年版，第 105 页。

⑤ [意] 钦齐奥：《〈狄多〉辩》，周靖波主编：《西方剧论选》（上），北京：北京广播学院出版社 2003 年版，第 55—56 页。

琼生，他的剧本则是'**演起来**'比'**读起来**'好。"① 其中非常平静地肯定了案头曲之于场上曲的合法性、平等性。

　　就歌德来说，态度之暧昧，甚至矛盾更是显著。他在肯定场上曲高于案头曲之同时，却对在他眼中"并不是一个适合在舞台上演的剧体诗人"莎士比亚钟爱有加："他从来不考虑舞台。对他的伟大心灵来说，舞台太窄狭了，甚至这整个可以眼见得世界也太窄狭了。"② "我读到他的第一页，就使我这一生都属于了他"；"任何重要的戏剧家……都不容许不注意莎士比亚的作品，都不能不去研究莎士比亚的作品"。③ 所以黑格尔在这个问题上如此评说歌德："只拿戏剧作品来阅读和朗诵是否可以收到实际上演的效果，仿佛很难确定。就连歌德在晚年有那样少有的极丰富的舞台经验，对这个问题也没有定见。"④ 其他如约翰孙、穆勒、莱辛、波德莱尔（C. P. Baudelaire）、黑格尔、马克思、恩格斯等对莎士比亚也都毫不吝惜自己的溢美之词。相对以上各家，兰姆（C. Lamb）的态度可能更趋极端。他在评论莎士比亚时，强烈反对将莎剧舞台化，认为舞台演出是对莎剧艺术性的严重损害，案头阅读方是莎剧的真正归宿。他如此说道："说起来好象矛盾，但是我还是不得不认为莎剧比起任何其他剧作家的作品来，都更不适宜于舞台演出。其原因在于莎剧有其独特的卓越之处。""莎剧一搬上舞台给予观众的乐趣，在我看来同其他作家的剧本没有任何区别；既然莎剧本质上大大地不同于其他一切作家的作品，那么我只能得出这样的结论，即演出，就其性质来说，具有拉平一切区别的作用了。"⑤

　　而在我国经常作为案头曲代表的汤显祖就没有那么幸运了，且不论场上曲代表沈璟对其不遗余力的否定："宁使时人不鉴赏，无使人挠

---

　　① ［英］阿·尼科尔：《西欧戏剧理论》，徐士瑚译，北京：中国戏剧出版社1985年版，第69页。
　　② 《1825年12月25日》，爱克曼辑录：《歌德谈话录》，朱光潜译，北京：人民文学出版社1978年版，第93页。
　　③ ［德］歌德：《莎士比亚纪念日的讲话》，《西方文论选》（上），上海：上海译文出版社1979年版，第453页。
　　④ ［德］黑格尔：《美学》（第三卷下），朱光潜译，北京：商务印书馆1981年版，第273页。
　　⑤ ［英］查尔斯·兰姆：《论莎士比亚的悲剧是否适宜于舞台演出》，杨周翰编选：《莎士比亚评论汇编》（上），北京：中国社会科学出版社1979年版，第162、169页。

喉捩嗓，说不得才长，越有才越当着意斟量"；"纵使词出绣肠，歌称绕梁，倘不谐律吕，也难褒奖"。① 辞律"双美"说的提出更是标志着对案头曲不足的定论，如卓珂月说："大才大情之人，则大愆大谬之所集也，汤若士、徐文才两君子其不免乎？"② 孟称舜指出："沈宁庵专尚谐律，而汤义仍专尚工辞，二者俱为偏见。"③ 笠阁渔翁也认为："能文而毁裂宫调，与好音而束杀文章，皆误也。"④ 王骥德等人更是仔细挑拣出了《牡丹亭》中"衩"等字的音误问题。⑤

为什么以莎士比亚和汤显祖为代表的案头曲类型会在中西方遭遇不同呢？这里就反映出了中国文类认同更加强烈、执著的特殊性。西方戏剧受摹仿说影响，更多关注模仿对象，而案头曲和场上曲属于剧本价值实现方式的差异，尽管重要，但至少是第二位的，不可能上升到超越模仿对象区别的高度。因此西方虽也认识到案头曲之不足，但态度上不明朗。而这一问题在我国则关系重大，决定着戏曲身份认同能够成功实现的关键。这是因为：案头曲和场上曲在我国文学传统语境中，不只是剧本价值实现方式的纯粹形式方面的问题，而是涉及诗文和戏曲之间的文类界限问题。戏曲身份认同的目标就是戏曲审美价值独立性的肯定，从而获得与诗文等文类同等的文学史地位。加之"诗人之曲"、"文人之曲"、"学人之曲"、"才士之曲"等以诗为曲、以赋为曲、以文为曲、以词为曲的现象的客观存在，戏曲的独特艺术规定性有被忽略之险，所以设若我们也如同西方对案头曲的暧昧态度，那么无疑是默认上述高等级文类对低等级文类一味渗透甚至取代的不良状况，进一步助长这种恶劣风气，对戏曲艺术的健康发展和身份认同造成更大的负面影响。一句话，文类等级的压迫有多大，身份认同

---

① （明）沈璟：《词隐先生论曲》，蔡景康编选：《明代文论选》，北京：人民文学出版社1993年版，第241—242页。
② （明）卓珂月：《〈残唐再创〉小引》，转引自（清）焦循《剧说》，《中国古典戏曲论著集成》（八），北京：中国戏剧出版社1959年版，第170页。
③ （明）孟称舜：《新镌古今名剧柳枝集·古今名剧合选序》，《续修四库全书·集部·戏剧类》（第1763册），上海：上海古籍出版社2002年版，第210页。
④ （清）笠阁渔翁：《笠阁批评旧戏目》，《中国古典戏曲论著集成》（七），北京：中国戏剧出版社1959年版，第310页。
⑤ （明）王骥德：《曲律》，《中国古典戏曲论著集成》（四），北京：中国戏剧出版社1959年版，第119页。

的反抗就会有多强,这就是投射在古代戏曲身上的中国文类身份认同的独特色调。

除此而外,中国文类认同策略的特殊性还体现在文字学的介入:释名。我国有释名的比较悠久的历史文化传统,如"诗者,持也,持人情性"①;"'赋'者,铺也,铺采摛文,体物写志也"②,等等。文类身份认同语境中的释名,则基于汉字的独特构造和丰富内涵,巧妙地把一定的文学观念灌注于对文类之名的诠解过程之中,从而有助于文类的身份认同。词、曲皆然,这里且以词为例说明。张惠言、刘熙载等都借《说文解字》,偷梁换柱,把作为文类之一的"词"等同于普通语言学中的"词",说:"《说文》解'词'字曰:'意内而言外也。'徐锴《通论》曰:'音内而言外,在音之内,在言之外也。'故知词也者,言有尽而音意无穷也。"③ 钱穆曾经指出:"若专就中国文学史言,则显有此上下层之别,而且上层为主,下层为附。下层文学亦必能通达于上层,乃始有意义,有价值。"④ 凭借释名,就把词这种文类顺理成章地附着在非常讲究言意关系的诗文传统之上,连接起词与诗文等高级文类的内在联系,从而抬高词的文类地位。另一种释名的重心在"余"(古为餘)字,因为不管是"诗余"、"文余",抑或是"词余",都是一种诗文对于词、曲表现出来的居高凌下的姿态。"余"者,末技、剩技、小道等之谓也。然而"余"字随语境之异而并非只此一义可尽,它既可解作少、小、末;亦可释为丰裕、超出,如游刃有余、盈余等。况周颐即着意于此,肯定词的艺术价值当高于诗,他说:"诗余之'余',作'盈余'之'余'解";"词之情文节奏,并皆有余于诗,故曰'诗余'。世俗之说,若以词为诗之剩义,则误解此'余'字

---

① (梁)刘勰著,陆侃如、牟世金译注:《文心雕龙译注(上)·明诗》,济南:齐鲁书社1981年版,第58页。
② (梁)刘勰著,陆侃如、牟世金译注:《文心雕龙译注(上)·诠赋》,第87—88页。
③ (清)刘熙载:《艺概》卷四《词曲概》,上海:上海古籍出版社1978年版,第106页。
④ 钱穆:《中国文学史概观》,《中国文学论丛》,北京:三联书店2002年版,第65页。

矣"。① 释名，或就文类本名，或就外加贬号，独出心裁，别有旨趣，虽仅为文字技巧，实不愧为我国文类身份认同策略之一大特色也。

第四节　文类等级与身份认同的个案考察：
　　　　以中国古代戏曲为例

以上都是在宏观和全局的角度，或可谓之横向上论述了文类等级及身份认同的相关问题，下面试从具体而微观的角度，也可谓之纵向上深入剖析以中国古代戏曲为典型的文类个案，以期揭示文类等级与身份认同理论更富于个性魅力的一面。

一、戏曲等级形成之由

相对于西人纷纷把戏剧褒赞为"诗乃至一般艺术的最高层"（黑格尔）、"艺术的冠冕"（别林斯基），我国古代戏曲却长期处于文类等级之末。钱穆说："小说戏剧之在中国，终为文学中之旁支末流，而不得预于正统之列。"② 朱光潜也指出："戏剧在中国从未享有象在欧洲那样高的声望。"③ 那么形成这种等级现象的原因何在呢？对此有学者认为："孔子贬斥郑声新乐的思想，是中国长期封建社会中看不起民间新文艺，把戏曲、小说视为不登大雅之堂的低贱之作的重要根据。"④ "放郑声"固然是原因之一，不过内里可能要更复杂得多，非一语所能概尽。戏曲等级形成之由主要有以下几点：

第一，情之放肆。这是等级形成的接受之因，主要是指戏曲文类

---

① （清）况周颐：《惠风词话》卷一，《惠风词话·人间词话》，徐调孚注，北京：人民文学出版社 1960 年版，第 3—4 页。
② 钱穆：《中国文化与文艺天地》，《中国文学论丛》，北京：三联书店 2002 年版，第 159 页。
③ 朱光潜：《悲剧心理学》，张隆溪译，北京：人民文学出版社 1983 年版，第 217 页。
④ 张少康：《中国文学理论批评史教程》，北京：北京大学出版社 1999 年版，第 17 页。

对于儒家思想影响下的"温柔敦厚"、"文艺道实"等诗学传统的悖逆和突破。一方面,"温柔敦厚"诗教主张的本质是中庸观,要求"发乎情,止乎礼义"、"怨而不怒"①、"乐而不淫,哀而不伤"②,即以封建之理节制个人真情之抒发。如果书面阅读的诗歌、散文因为效果实现方式之局限而尚可以较好地遵守的话,那么戏曲本质上作为一门"悖谬的艺术"③就无望再像诗文那样规规矩矩的了。因为书面阅读您可以像大海一般,内心惊涛骇浪,外表风平波静;但对于既是文学作品更是表演艺术、既是个人著作更是集体合作和经验的戏曲而言,诗文阅读者的内心强烈体验必须经由演员高超精湛的技艺传达给观众,使得进入剧场前的松散之众在表演感染力面前凝聚成为一体。这样一个复杂的价值实现的效应过程,必须要求演员在深入细致地体验角色情感、生活环境、人物关系等方面的基础上通过外在语言、动作等表现出来,即要求演员必须把阅读时内心的惊涛骇浪准确而逼真地外在化、可视化,"闻即相思见即真"④,如此方可使观众在感受之真、心理之切、情绪之炽的接受氛围中忘我投入、尽情享受,只有这样,戏曲方可达到完美至高的境界。这种对于"温柔敦厚"的反动力、破坏力是巨大的。不光是因为戏曲的表现方式违背了中庸之规,更是在于这种违背产生的后果上,即书面阅读必须以识字为基,而戏曲表演则老少皆宜,妇孺共晓:"堂上之高客解颐,堂下之侍儿鼓掌。"⑤ "人快欲狂,人悲欲绝"、"欢则艳骨,悲则销魂"⑥ 诸如此类的戏曲审美效果

---

① 语出《国语集解·周语上第一》,徐元诰撰,王树民、沈长云点校,北京:中华书局 2002 年版,第 15 页。其在汉代开始论文艺,《毛诗序》有"乱世之音怨以怒,其政乖"句,实质是对"怨而不怒"的肯定和反映。朱熹注《论语·阳货》"可以怨"条曰"怨而不怒",直接论述文学。

② 《论语集注·八佾第三》,(宋)朱熹撰:《四书章句集注》,北京:中华书局 1983 年版,第 66 页。

③ [法] 安娜·于贝斯菲尔德:《戏剧符号学》,宫宝荣译,北京:中国戏剧出版社 2004 年版,第 1 页。

④ (明) 潘之恒:《赠吴亦史》,汪效倚辑注:《潘之恒曲话》,北京:中国戏剧出版社 1988 年版,第 210 页。

⑤ (清) 丁耀亢:《赤松游题辞》,陈多、叶长海选注:《中国历代剧论选注》,长沙:湖南文艺出版社 1987 年版,第 266 页。

⑥ (明) 屠隆:《章台柳玉合记叙》,陈多、叶长海选注《中国历代剧论选注》,第 141—142 页。

是为"温柔敦厚"的诗教所坚决不容的，其只会在戏曲带来的集体狂欢中散落无遗。

另一方面，就戏曲作品层次论，创作也异于诗文，必须从舞台最大表演效果出发，以情之至真、情之至切、情之至深、情之至厚连接起舞台与观众，如《牡丹亭》中杜丽娘之生而死、死而生，不如此不足以感动观众、揭示主旨；而干瘪抽象的说教宣传只会让观众厌恶眉皱。所以徐复祚就说："风教当就道学先生讲求，不当责之骚人墨士也。"并以"陈腐臭烂，令人呕哕"严斥《龙泉记》、《五伦全备记》等流于说教之作。① 故而，余秋雨曾经就此郑重指出："在中国戏剧发展的全过程中，按照儒家观念写出来的戏也有不少，但是，它们大抵不是上乘之作，即便仅仅从艺术角度看也是如此。相反，那些使戏剧美得到发挥的作品，却大多与儒家思想格格不入。"② 这就势必造成戏曲审美与封建上层建筑所宣传的"存天理，去人欲"的统治权谋相龃龉，与"文艺道实"的偏狭文艺观相抵牾。周敦颐说："文辞，艺也；道德，实也。"③ "实"者为何？乃三纲五常之类维护封建统治秩序的政教也。

由此可见，以至情真情为实的戏曲触动了封建统治者的意识底线，注定难逃被贬抑、边缘化的厄运，可谓"乃今眩惑人耳目、而涤荡人心志，以蛊害吾先王礼乐之教者，莫甚于俳优之习"④。于是，倡情之戏曲被诬为"淫戏"、"邪戏"，乃蛊惑人心、伤风败俗之贱类。如清康熙帝就说："淫词小说，人所乐观，实能败坏风俗，蛊惑人心。……宜严行禁止。"⑤ 清江苏巡抚汤斌在严禁私刻淫邪小说戏文的告谕中描述说："小说传奇，宣淫诲诈，备极秽亵，污人耳目。"⑥ 同治七年巡抚

---

① （明）徐复祚：《曲论》，《中国古典论著集成》（四），北京：中国戏剧出版社1959年版，第236页。

② 余秋雨：《中国戏剧文化史述》，长沙：湖南人民出版社1985年版，第22页。

③ （宋）周敦颐：《周子通书·文辞第二十八》，《周子通书》，上海：上海古籍出版社2000年版，第39页。

④ （明）陈昭祥：《〈劝善记〉叙》，吴毓华编著：《中国古代戏曲序跋集》，北京：中国戏剧出版社1990年版，第82页。

⑤ 王利器辑录：《元明清三代禁毁小说戏曲史料》，上海：上海古籍出版社1981年版，第25页。

⑥ 同上书，第99—100页。

丁日昌在查禁淫词小说的名单中,《西厢记》、《牡丹亭》等作品赫然在列。情之放肆不仅深深应合明中叶以降的社会和哲学风潮,吹响了人性觉醒的人文号角,同时也对戏曲作者的人生观产生了重大影响。例如创造出杜丽娘、柳梦梅等"情痴"的"情痴"(潘之恒评语)汤显祖,在晚年曾说:"士之有志于千秋,宁为狂狷,毋为乡愿。"① "狂"正与其戏曲中情之放肆相同步,"狂"使得他无视封建"天理"的束缚,并使得这种反抗强力地渗透到了艺术领域,祭出"不妨拗折天下人嗓子"的偏激大旗。

第二,身份低微。这是等级形成的作者之因,主要意指由作者之微推演至文类之劣。有元一代,外族掌权,汉人儒子屈居下僚。汉人(北方汉人等)和南人(南方汉人等)位在蒙古人、色目人之后。反映在政治上,"'官有常职,位有常员,其长皆以蒙古人为之,而汉人、南人贰焉。'(《元史·百官志序》)故一代之制,未有汉人、南人为正官者"② 。而儒子则在十类社会职业中,更是倒数第二:一官、二吏、三僧、四道、五医、六工、七匠、八娼、九儒、十丐。国家政治变故带来的身份地位空前巨大的逆转,造成了精神世界的严重断裂,诗"穷者而后工"(欧阳修),文学发展恰恰迎来了元杂剧为代表的古典戏曲的成熟与兴盛。关汉卿、马致远、郑光祖、白朴等为代表的书会才人,把个人的才华、志向、抱负,即一颗不甘落寞平庸的心,奉献给了闪烁着耀人的平民主义光辉的戏曲事业,巍巍然一代之文学!但是戏曲创作者遭遇的"高才博艺"与"门第卑微,职位不振"③ 之间的共同矛盾与时代悲剧,不能不深刻影响着恰恰在元代这个特殊社会形态里走向成熟兴盛的戏曲文类的历史影像,诸如"厥品颇卑,作者弗贵"之类,都把文类等级与作者地位高低紧密相联,似乎两者之间有着不可挣脱的因果关系。再加上戏曲与诗文创作要求不同,戏曲因为是一门表演性艺术,作者常常、也必须要和娼妓艺人杂处交游,人以

---

① (明)汤显祖:《合奇序》,《汤显祖全集》(二),北京:北京古籍出版社1999年版,第1138页。
② (清)赵翼:《二十二史劄记》卷三〇,北京:中国书店1987年版,第433页。
③ (元)钟嗣成:《录鬼簿(外四种)·序》,上海:上海古籍出版社1978年版,第2页。

群分，物以类聚，这一客观事实导致戏曲作者相对于诗文作者独立性的丧失，而创作作为戏曲由创作到表演的基础环节之一，戏曲作者非常容易、也非常自然地被归入梨园艺人之列，而非传统的文士集团。这样一来，传统以诗文自命的儒者必然会划清身份界限，放大对于戏曲作者的偏见，由作者之低微不禁扩展为戏曲文类等级之下等。所以虞集、罗宗信都说世之儒者于戏曲，"薄其事而不究心"。邹漪也指出："近世诗学大兴，选家竞出，而南北九宫，弃置不讲，以为此优伶之能事，非儒雅之兼长。"① 其中无不透露出传统儒者身份与戏曲作者及戏曲文类的截然距离。即使传统儒者偶涉其间，也会异常清醒地守持住自己的文士身份，正如胡寅所述的那样："文章豪放之士，鲜不寄意于此者，随亦自扫其迹，曰谑浪游戏而已也。"② "谑浪游戏"为何？诗文之末技、剩技、小道、小技是也。

身之低微的创作主体因素导致戏曲文类等级形成还可以从另外一个侧面见出：元明清三代的封建意识形态，在禁毁大量戏曲作品的同时，自然也对戏曲创作实行苛政。如元代中央法令规定："诸妄撰词曲，诬人以犯上恶言者处死。"③ 郑太和《郑氏规范》家训中也规定：词曲之类"皆足以蛊心惑志，费时败家，子孙当一切弃绝之"④。明清时期更是对于王实甫、关汉卿、汤显祖、李渔等戏曲作者诬蔑造谣有加，说什么王实甫、关汉卿、李渔"当堕拔舌地狱"；汤显祖入冥狱，"人间演《牡丹亭》一日，则笞二十"⑤，等等。在如此恶劣的生存环境下，戏曲文类要想获得宽松自足的发展空间和认可环境，谈何容易！

第三，生之晚起。这是等级形成的本体之因，主要意指宗经意识指导作用下，《诗》等成为后世一切文类产生之源，故而生之愈晚而等级愈低。关于这点，我们在讲解中西方文类等级构成策略不同时多有论

---

① （清）邹漪：《〈杂剧三集〉跋》，吴毓华编著：《中国古代戏曲序跋集》，北京：中国戏剧出版社1990年版，第461页。
② （宋）胡寅：《题酒边词》，《中国历代文论选》（二），上海：上海古籍出版社1979年版，第360页。
③ 王利器辑录：《元明清三代禁毁小说戏曲史料》，上海：上海古籍出版社1981年版，第3页。
④ 同上书，第170页。
⑤ 同上书，第371、372、375页。

及，主旨已明，不重复之。

二、戏曲身份认同之路

文类身份认同的结果包括"思齐"和"出类"两种，即次要文类之于主导文类的并重或者超越的关系。这两种情形在我国古代戏曲中并行不悖。一般而言，认同之路具体表现为：戏曲通过与诗文求同策略达到"思齐"之旨，而凭借与诗文求异策略达到"出类"之归。

（一）"思齐"的身份认同之路

一是正情论。这是针对等级构成中"情之放肆"而言的，认为封建统治意识所反对的戏曲中的"情"，恰恰是人间至正之情，从而揭示出封建礼教虚伪的本质。"温柔敦厚"要求"发乎情，止乎礼义"，封建统治阶级眼中的"情"是为礼义而存在的，情只是一副空壳，填塞以礼义，或可谓情就是礼义的别称，遵照三纲五常的言行就是最大最正的情。戏曲身份认同者则将计就计，既然"发乎情"，那么，男女之情不是人间最基本的么？袁枚就说："情所最先，莫如男女。"① 金圣叹在点评《西厢记》时也说："自古至今，有韵之文，吾见大抵十七皆儿女此事。""有人谓《西厢》此篇最鄙秽者，此三家村中冬烘先生之言也。夫论此事，则自从盘古至于今日，谁人家中无此事者乎？"② 对男女真情的讴歌赞颂，对社会环境的移风励俗而言不正是可以起到一种正面的宣传、积极的表彰和强烈的呼吁么？而且歌之愈深，励俗之力就愈大。这不就是"止乎礼义"的正常内涵么？经过这样一个釜底抽薪式的重释，以彼之矛攻彼之盾，戏曲言情的毒瘤摇身变成了无法替代的护身符。所以王思任就说，《牡丹亭》中杜丽娘之于柳梦梅为了爱而死、又为了爱而复生，这种坚贞和心灵感应的内在精神正与六经之《易》相通，所以此情和儒家经典精神之间不是悖逆和对立，恰恰是儒家经典宗旨之体现，故得情之至正。他说："其感应相与，得《易》

---

① （清）袁枚：《答蕺园论诗书》，沈云龙主编：《小仓山房文集》卷三〇，台北：文海出版社1981年版，第4页。

② （清）金圣叹：《贯华堂第六才子书西厢记》卷七，《金圣叹全集》（三），曹方人等标点，南京：江苏古籍出版社1985年版，第162—163页。

之咸；从一而终，得《易》之恒。则不第情之深，而又为情之至正者。"① 吴吴山在评点此剧时也说，杜丽娘身上体现出来的矢志不渝、忠贞不二，正是夫妇楷模，人伦典范，并非反对者攻击之邪情，他说："若士言情，以为情见于人伦，伦始于夫妇；丽娘一梦所感，而矢以为夫，之死靡忒，则亦情之正也。"② 如此一来，戏曲虽和传统诗文身处二途，内在精神实则一脉相承。戏曲应当拥有与诗文同等的文类地位。

正情论的历史意义是值得高度肯定的。它使我们窥见到封建教化对文学，尤其是产生自民间的文学，所施加的巨大阻力和压迫，更使我们洞察了这种外在阻力和压迫的虚伪性。正情论的认同策略对戏曲文类而言，作用和意义无疑是巨大的。这种认同策略对封建统治意识而言，也是无情和致命的。但不可否认的是，戏曲囿于强大的世俗力量，在对情的控制和表现上难免有庸俗甚或低级趣味的现象存在，给社会民风造成一定的负面影响，这也客观上给予了封建统治阶级和正统文人以恶评、抨击的理由。

二是同源论。这一点着眼于历时性、作者身份的等级构成策略，认为产生之时异，只是表面现象，其实，等级中的诸多文类都有一个共同源头，所以应当承认它们具有同等价值和地位。同源论的提出把不同等级的文类一下子拉回到了共时性层面，化解了此前文类历时性等级带给戏曲的不利环境。

同源论可以分为几种情形：一是同出之作者之情。代表有孟称舜、李贽、邹式金、息机子、彭翊等人。孟称舜说："盖词与诗、曲，体格虽异，而同本于作者之情。"③ 李贽从童心说出发，认为"天下之至文，未有不出于童心焉者也"。诗、文、词、曲等文类之前后产生，只要出自于作者之真情诚心，"皆古今至文，不可得而时势先后论也"。④ 二是同出于《诗》。这是宗经思想在戏曲领域的反映。代表有王骥德、

---

① （明）王思任：《批点玉茗堂牡丹亭叙》，陈多、叶长海选注：《中国历代剧论选注》，长沙：湖南文艺出版社1987年版，第197页。
② （清）吴吴山：《还魂记或问》，陈多、叶长海选注：《中国历代剧论选注》，长沙：湖南文艺出版社1987年版，第333页。
③ （明）孟称舜：《〈古今词统〉序》，吴毓华编著：《中国古代戏曲序跋集》，北京：中国戏剧出版社1990年版，第203页。
④ （明）李贽：《童心说》，《焚书·续焚书》，北京：中华书局1975年版，第99页。

李渔、石韫玉、榖旦主人等人。王骥德说:"《西厢》,风之遗也;《琵琶》,雅之遗也。"① 闵光瑜明确指出:"曲之意,诗之遗也。则若曲者,正当与三百篇等观,未可以雕虫小视也。"② 三是同出于气。代表有李渔、焦循等。李渔认为诗赋词章曲等诸多文类皆来自于"天地英华之气",故无等级之别;它们发生先后的原因则在于时运之不同:上古为六经之运、汉为史之运、唐为诗之运、元为曲之运,③ 等等。四是同出于"不平则鸣"的文论传统。"不平之鸣"源自韩愈,是文学发生论继"诗言志"、"发愤著书"之后的又一影响深远的经典之论。戏曲借以表示与诗文等主导文类具有同样的理论素养和文学史位置。代表有吴伟业、尤侗、洪炳文、周乐清等人。尤侗说:"古之人不得志于时,往往发为诗歌,以鸣其不平。顾诗人之旨,怨而不怒,哀而不伤,抑扬含吐,言不尽意,则忧愁抑郁之思,终无自而申焉。既又变为词曲,假托故事,翻弄新声,夺人酒杯,浇己块垒。于是嬉笑怒骂,纵横肆出,淋漓极致而后已。"④ 吴伟业也指出:"盖士之不遇者,郁积其无聊不平之慨于胸中,无所发抒,因借古人之歌呼笑骂,以陶写我之抑郁牢骚,而我之性情,爱借古人之性情而盘旋于纸上,宛转于当场。"⑤

同源论反映了我国文学研究中对于文学传统的高度重视和强调,这也就给戏曲身份认同以无法辩驳的理论和事实根据。但是强调文学传统之至的缺陷在于,自我封闭和良莠不分。自我封闭容易导致把文学史简单化,忽略文类历时性产生的复杂过程,忽略众多因素的合力作用产生文类的事实,如"同出于《诗》"说中,对如何出的问题却语焉不详。良莠不分容易导致对传统的过分迷信,甚或牵强附会,有时

---

① (明)王骥德:《西厢记评语》,陈多、叶长海选注:《中国历代剧论选注》,长沙:湖南文艺出版社1987年版,第160页。
② (明)闵光瑜:《〈邯郸梦记〉小引》,吴毓华编著:《中国古代戏曲序跋集》,北京:中国戏剧出版社1990年版,第164页。
③ (清)李渔:《〈名词选胜〉序》,《李渔全集(第一卷)·笠翁文集卷一》,杭州:浙江古籍出版社1991年版,第34页。
④ (清)尤侗:《〈叶九来乐府〉序》,吴毓华编著:《中国古代戏曲序跋集》,北京:中国戏剧出版社1990年版,第348页。
⑤ (清)吴伟业:《〈北词广正谱〉序》,吴毓华编著:《中国古代戏曲序跋集》,第319页。

会严重妨碍对文学事实的努力探究,如"同出于气"一说。

三是更替论。这种观点认为文学史上文类之间并无等级之分,只是一种与世推移的正常更替,各有其存在理由。其分两种情形:一是"文变染乎世情,兴废系乎时序"(《文心雕龙·时序》)式的更替论。如尤侗就认为"文者,与世变者也"。"天地变而世变,世变而文变"①,所以诗、赋到词、曲的发展更替只是再自然不过的文类变化,并无所谓等级高下。茅一相也认为时变事移,才人代出,故各有代表性的时代文类,不可妄加轩轾,他说:"夫一代之兴,必生妙才;一代之才,必有绝艺……唐之诗,宋之词,元之曲,是皆独擅其美而不得相兼,垂之千古而不可泯灭者。"② 二是"穷则变,变则通,通则久"(《周易·系辞下》)式的更替论。这种观点比第一种更具辩证色彩。代表有袁宏道、冯梦龙、胡应麟、王国维等人。例如冯梦龙以为当一种文类不足以自然而充分表达人的感情时,此种文类即产生存在危机,需要一种新兴文类取代它:"文之善达性情者无如诗,三百篇之可以兴人者,唯其发于中情,自然而然故也。自唐人用以取士,而诗入于套;六朝用以见才,而诗入于艰;宋人用以讲学,而诗入于腐;而从来性情之郁,不得不变而之词曲。"③ 胡应麟也表达了同样的意思,他说:"诗至于唐而格备,至于绝而体穷。故宋人不得不变而之词,元人不得不变而之曲。"④ 另外如王国维也指出:"盖文体通行既久,染指遂多,自成习套。豪杰之士,亦难于其中自出新意,故遁而作他体,以自解脱。"⑤

更替论紧紧把握住了文学与社会之间的互动影响,揭示了文类发展中的社会性因素,在立论上拥有比较坚实的文艺社会学基础,显得

---

① (清)尤侗:《己丑真风序》,《清代文论选》(上),北京:人民文学出版社1999年版,第143页。
② (明)茅一相:《题词评〈曲藻〉后》,吴毓华编著:《中国古代戏曲序跋集》,北京:中国戏剧出版社1990年版,第74页。
③ (明)冯梦龙:《太霞新奏序》,吴毓华编著:《中国古代戏曲序跋集》,北京:中国戏剧出版社1990年版,第279页。
④ (明)胡应麟:《诗薮·内编卷一·古体上》,上海:上海古籍出版社1979年版,第1页。
⑤ 王国维:《人间词话》卷上,上海:上海古籍出版社1998年版,第13页。

较有说服力。但它误解了感情表达与文类之间的关系，不是感情表达遇到障碍而促使文类变化更替，而客观事实是应该根据感情需要恰当地选择文类。这种选择并不一定非要产生新型文类，况且就是产生了新型文类，也并不预示着此前文类就失去了表达效力。

（二）"出类"的身份认同之路

一是作至难。这种观点认为戏曲文类有着其他文类所不具的特殊之处，非一般文类的作者所能为之，故而歧视戏曲等级是不合理的。尽管在戏曲身份认同策略中，也存在通过创作之同来反驳对于戏曲不屑一顾的鄙视态度，如徐渭、许之衡、张简庵等人，他们提出诸如"填词如作唐诗"①、"作曲之法，与作文之法无异"② 等观点，但是"作至难"的认同策略更为主导。其代表人物众多，有罗宗信、臧懋循、孟称舜、杨恩寿、徐之村、陈沆、碧桃花馆主人、尤侗、李渔、陈栋、黄周星等人。例如，李渔从接受特点指出，戏曲不同于诗文之处在于诗文的对象是读书人，而戏曲的接受对象要广泛得多，这就使得戏曲创作要大大难于诗文。他说："传奇不比文章；文章做与读书人看，故不怪其深；戏文做与读书人与不读书人同看，又与不读书之妇人小儿同看，故贵浅不贵深"；"能于浅处见才，方是文章高手"。③ 罗宗信、陈栋则从作者素质角度提出戏曲创作之难，他们说："盖文章一道，均可以学力胜，惟曲子必须从天分带来"④；"迂阔庸腐之资无能也，非薄之也；必若通儒俊才，乃能造其妙也"⑤。臧懋循、孟称舜、杨恩寿、徐之村等人则就戏曲创作本身过程和要求方面，如语言、声律、角色等，详尽叙述了创作之难的表现。最典型的莫如孟称舜、杨

---

① （明）徐渭：《南词叙录》，《中国古典戏曲论著集成》（三），北京：中国戏剧出版社 1959 年版，第 243 页。

② 许之衡：《剧曲之文学》，秦学人、侯作卿编著：《中国古典编剧理论资料汇辑》，北京：中国戏剧出版社 1984 年版，第 436 页。

③ （清）李渔：《李笠翁曲话》，陈多注释，长沙：湖南人民出版社 1980 年版，第 48 页。

④ （清）陈栋：《北泾草堂曲论》，陈多、叶长海选注：《中国历代剧论选注》，长沙：湖南文艺出版社 1987 年版，第 369 页。

⑤ （元）罗宗信：《中原音韵·序》，（元）周德清：《中原音韵》，《中国古典戏曲论著集成》（一），北京：中国戏剧出版社 1959 年版，第 177 页。

恩寿和黄周星三人的相关论述。孟称舜从创作者想象、体验的角度论说了"作至难":

> 吾尝为诗与词矣,率吾意之所到而言之,言之尽吾意而止矣。至于曲,则忽为之男女焉,忽为之苦乐焉,忽为之君主仆妾金夫端士焉。其说如画者之画马也,当其画马也,所见无非马者。人视其学为马之状,筋骸骨节,宛然马也。而后所画为马者,乃真马也。学戏者不置身于场上,则不能为戏;而撰曲者不化其身为曲中之人,则不能为曲。此曲之所以难于诗与辞也。①

杨恩寿、黄周星都从戏曲本体出发论说"作至难"。黄周星提出"曲之三难"说:"曲之难有三:叶律一也,合调二也,字句天然三也。"② 杨恩寿的论说似乎是对这"三难"的分解:

> 填词诚足乐矣,而其搜索枯肠,撚断吟髭,其苦其万倍于诗文者。曲词一道,句之长短,字之多寡,声之平、上、去、入,韵之清浊、阴阳,皆有一定不移之格,长者短一句不能,少者增一字不可。又复忽长忽短,时少时多,当平者用仄则不谐,当阴者换阳则不协。尽又新奇之句,因一字不合,便当毅然去之;非无捏凑之词,为格律所拘,亦必隐忍留之。调得平仄成文,又虑阴阳反覆;分得阴阳清楚,又与声韵乖张。作者处此,但能布置得宜,安顿极妥,已是万幸之事,尚能计词品之低昂,文情之工拙乎?……③

二是乐至最。这种观点认为戏曲不但和诗文等文类同具审美感染力,而且从中获得的精神愉悦程度有过之而无不及。这首先从戏

---

① (明)孟称舜:《新镌古今名剧柳枝集·古今名剧合选序》,《续修四库全书·集部·戏剧类》(第1763册),上海:上海古籍出版社2002年版,第207—208页。
② (清)黄周星:《制曲枝语》,《中国古典戏曲论著集成》(七),北京:中国戏剧出版社1959年版,第119页。
③ (清)杨恩寿:《续词余丛话》,《中国古典戏曲论著集成》(九),北京:中国戏剧出版社1959年版,第304页。

曲释名上即可见出。陈继儒、胡寅等人都说："夫曲者，谓其曲尽人情也。"①"曲尽"一词足见戏曲供人情感愉悦程度之最。王骥德、祁彪佳、臧懋循等人都高度褒赞戏曲可以达到的最高审美效果。例如，臧懋循极尽词语之能事，大力渲染戏曲带来的最高美感，他说：戏曲"能使人快者掀髯，愤者扼腕，悲者掩泣，羡者色飞"②。程士任从情节展开的实际需要出发，认为从诗到词等文类"未足以悉始终本末离合悲欢之致，因借迳往辙以为传奇"③。其他如李渔也提出"文字之最豪宕，最风雅，作之最健人脾胃者，莫过填词一种"④ 的观点。

　　三是教至深。这种观点认为戏曲非如一般诋毁诬蔑的那样，是诲淫诲盗之代名词；相反，由于"乐至最"的良好审美前提，故而戏曲在感化人心方面更能胜人一筹，领先于诗文诸类，所谓"仁言，不如仁声之入人深也"⑤。代表有祁彪佳、陈洪绶、刘献廷、李黼平等人。例如，祁彪佳说："呜呼，今天下之可兴可观可群可怨者，其孰过于曲哉？"⑥ 陈洪绶也说："百道学先生之训世，不若一伶人之力也。"⑦ 李黼平阐说得最为细致，他说："《扶犁》、《击壤》后有三百篇，自是而《骚》，而汉、魏、六朝乐府，而唐绝，而宋词、元曲，为体屡迁，而其感人心移风俗一尔。盖文之至者，倾肺腑而出，其词明白坦易，虽妇人孺子莫不通晓，故闻忠、孝、节、义之事，或轩鬐而舞，或垂涕泣而道；而南北曲者，复以妙伶登场，服古冠巾，与其声音笑貌而毕

---

① （明）陈继儒：《秋水庵花影集》，秦学人、侯作卿编著：《中国古典编剧理论资料汇辑》，北京：中国戏剧出版社 1984 年版，第 103 页。

② （明）臧晋叔：《元曲选序二》，臧晋叔编：《元曲选》（第一册），北京：中华书局 1958 年版，第 4 页。

③ （清）程士任：《〈重刻绣像七才子书〉序》，吴毓华编著：《中国古代戏曲序跋集》，北京：中国戏剧出版社 1990 年版，第 472 页。

④ （清）李渔：《李笠翁曲话》，陈多注释，长沙：湖南人民出版社 1980 年版，第 85 页。

⑤ 《孟子集注·尽心章句上》，（宋）朱熹撰：《四书章句集注》，北京：中华书局 1983 年版，第 353 页。

⑥ （明）祁彪佳：《孟子塞五种曲序》，陈多、叶长海选注：《中国历代剧论选注》，长沙：湖南文艺出版社 1987 年版，第 240 页。

⑦ （明）陈洪绶：《节义鸳鸯塚娇红记序》，吴毓华编著：《中国古代戏曲序跋集》，北京：中国戏剧出版社 1990 年版，第 224 页。

绘之，则其感人尤易入也。"①

综上所述，如果说"思齐"式认同更多着眼于"破"，依随色彩浓厚的话，那么"出类"式认同更多倾向于"立"，独立意识强烈。"作至难"、"乐至最"、"教至深"三点显示出极强的内在系统性。"作至难"首先以铁一般的事实无情地驳斥了曲为文章末技的无端指责，是对戏曲文类地位的最坚定支持，拥有无可置疑、不可低估的真理般的力量。由此展现在戏曲中的语言雅俗共赏、结构之跌宕起伏、角色之现身说法、观看之身临其境诸如此类的优点必将会产生最丰富最全面的审美享受，即所谓"作文之最乐者，莫如填词；其最苦者，亦莫如填词"②的道理。这又为寓教于乐原则的完美实现打开了方便之门。所以在这三层之间，又有着一个破与立的关系，即首先从创作上"破"，然后从美感、功能方面"立"。同时，我们通过上面的论述也纠正了学界的一些不正确的认识，如有学者认为："如果说西方戏剧观为揭示戏剧艺术的本质特征，在处理其外部关系时注重求'异'的话；那么中国戏剧观为提高戏剧的社会地位，使之和传统诗文、甚至儒家经典等量齐观，在处理外部关系时，则有一种异常的求'同'倾向。前者着眼于艺术分野，后者却着眼于政治角度。"③ 这种观点是不尽全面而有失偏颇的。戏曲文类的身份认同，既求同更求异，且对戏曲而言，求异之于求同更具理论深度和学术价值。

三、戏曲身份认同之果

文类等级固然可能使得次要文类失去很多，但这种失去仍是一种潜隐的存在；而次要文类身份认同以期改变、打破文类等级秩序之际，自身也可能会失去很多，然而这时的失去往往却是一种永久的伤痛。文类等级是策略性的，文类身份认同也是策略性的，然而两者之间由对话形成的历史惯性作用却是确定和现实的。戏曲身份认同在提高自

---

① （清）李黼平：《曲话序》，（清）梁廷枏：《曲话》，《中国古典戏曲论著集成》（八），北京：中国戏剧出版社1959年版，第237页。
② （清）李渔：《李笠翁曲话》，陈多注释，长沙：湖南人民出版社1980年版，第49页。
③ 饶芃子主编：《中西戏剧比较教程》，广州：广东高等教育出版社1989年版，第21页。

身等级、地位，肯定自我价值的同时，也付出了沉重的历史代价，至少产生了以下三个不可忽视的消极后果：

第一，"作至难"影响下的创作因素对戏曲繁荣的制约。事情的过易或是至难都会影响其正常健康的发展。戏曲乃小道小技之说，固为不合事实之谰言，理当摒弃；但为了抬高文类等级，而把戏曲创作一味推向至难至高，可能也会适得其反，事与愿违。这是因为戏曲和诗文存在根本不同之故。戏曲的确很难，从大的方面看，不光要落实在纸上，更要表演到舞台；不光要塑造角色个性，更要考虑角色之间的穿插劳逸；不光要让情节曲折引人，更要设计情节之可表演性，如此等等，难以尽举，这些已经对创作构成了巨大压力。倘若继续强调，以至于有"难若登天"[①] 之论，有道是"过犹不及"（《论语·先进》），这种创作上的巨大压力就会由动力转化为致命阻力，严重挫伤从事戏曲创作的激情，削弱克服创作困难的意志。而且明清作者多为儒者身份，兼作戏曲，像元曲四大家那种书会才人性质的生产环境已难复见。在把戏曲创作视为天下至难之事的心态下，我们很难想象会创作出一丝不苟地恪守文类规范的戏曲作品。这就为一大批不再符合舞台生活的书面案头之作埋下了伏笔。所以很多时候，虽然戏曲作品仍然数量繁多，一派繁荣景象，殊不知真正能够搬演的能有几成？尽管司空图、元好问等人也讲什么"文之难，而诗之难尤难"[②] 之类，但诗文毕竟不需要投放舞台。案头性质从最基本的意义上说，诗文创作只要具备文字书写能力即可，且不论最终作品之优劣。因此，诗文创作之难相对于戏曲而言，是有限度的难，无限度的自由；而非如戏曲创作那般需要考虑千头万绪，受到的限制自然多得多。

第二，身份认同推动了戏曲的诗文化，或阅读化倾向。这种不良倾向不仅在上述强调创作难度的求异策略中会出现，而且在求同策略中更为常见。由于过多强调与诗文相同的一面，在大力强调向诗文传统靠拢、借鉴的同时，戏曲作为文类的独立自主性必然会受到挤压。

---

① （清）碧桃花馆主人：《〈六也曲谱〉序》，吴毓华编著：《中国古代戏曲序跋集》，北京：中国戏剧出版社1990年版，第589页。

② （唐）司空图：《与李生论诗书》，《中国历代文论选》（二），上海：上海古籍出版社1979年版，第196页。

不仅宣称作曲同作文作诗容易导致戏曲诗文化，而且"不平则鸣"等文论传统也会把戏曲作者注意力引向主体内部，引向阅读化。因为"不平则鸣"强调得更多的是作者的主体因素，而戏曲既要考虑作者主体，更要着眼舞台，关心观众主体，两个主体是并重的。威尔逊（E. Wilson）就说："戏剧是一条'双行线'街道，一方面包括那些创造戏剧的人——演员、剧作家、导演和设计和技术工人——另一方面又包括观众。"① 例如宋琬总评《化人游》时说："《化人游》非词曲也，吾友某渡世之寓言，而托之乎词曲者也。"② 这里的戏曲寓言说从文学批评角度，已经把关注的目光更多地停留在了如同诗文一般的内容主旨之中，而对表演层面只字不提，非常显著地反映出戏曲阅读化的倾向特征，此时批评家的眼中不再有舞台的概念，而只是传统诗文的阅读鉴赏活动。这就不可避免地会带来诸如语言不本色、曲词犯律谱等一系列问题。

又如仿照诗文评点法传统开展戏曲批评，这更造成了戏曲阅读化倾向。因为戏曲表演的即时性、当场性客观上不利于传统评点，所以纷纷转向剧本文学。王思任在评点《牡丹亭》时写道："情深一叙，读未三行，人已魂消肌栗。"③ 在戏曲阅读化中，曾经引以为自豪的当场集体经验的"乐至最"也转化为了案头个人的情感经验。金圣叹评点《西厢记》已成书面阅读化批评的文学公案。例如李渔就非常精当地评价说："圣叹之评《西厢》……乃文人把玩之《西厢》，非优人搬弄之《西厢》也。文字之三昧，圣叹已得之；优人搬弄之三昧，圣叹犹有待焉。"④ 梁廷枏、李日华等人也评论指出："彼徒知文心之妙，而不知曲律之微也。"⑤

---

① ［美］艾·威尔逊：《论观众》，艾·威尔逊等：《论观众》，李醒等译，北京：文化艺术出版社1986年版，第9页。
② 吴毓华编：《中国古代戏曲序跋集》，北京：中国戏剧出版社1990年版，第309页。
③ （明）王思任：《批点玉茗堂牡丹亭叙》，陈多、叶长海选注：《中国历代剧论选注》，长沙：湖南文艺出版社1987年版，第196页。
④ （清）李渔：《李笠翁曲话》，陈多注释，长沙：湖南人民出版社1980年版，第103页。
⑤ 秦学人、侯作卿编著：《中国古典编剧理论资料汇辑》，北京：中国戏剧出版社1984年版，第377页。

书面倾向的批评之风反过来对于创作的诗文化又推波助澜，日盛一日。梁廷枏就曾指出："自明中叶以后，作者按谱填字，各逞新词，此道遂变为文章之事，不复知为律吕之旧矣。"① 从具体戏曲创作来看，《牡丹亭》、《西厢记》、《琵琶记》、《长生殿》、《桃花扇》等作品，已经一改元代短小规格，而为浩瀚巨制，所谓"元剧短者多而长者少，明剧短者少而长者多"②。试想面对长达50折的《长生殿》，演员如何能熟背？导演如何能一一详解？观众如何能一览而尽？且不说表演，就是阅读，也当煞费工夫。所以身为作者的洪昇也不得不面临"伶人苦于繁长难演"③的窘境。作为这种不良现状的反动，促使了折子戏的出现以及"花部"的兴起。前者是戏曲诗文化危机的形式上的宣示，而后者则是危机出路的探索。这种探索是悲壮的，因为它宣告了戏曲走向诗文化对自身特性构成的戕害，因为它宣告了在戏曲再次步入民间之后，不知何去何从的彷徨，因为文学史告诉它：永在民间的运命就是日渐衰亡。

第三，戏曲身份认同走向了反对反对者自身这样一条自我否定之路，显示出认同行为的两面性。戏曲是我国文类家族中最具认同意识的，它对封建社会的主导意识形态的反抗决绝也是空前激烈的。封建统治阶级的意识形态作为戏曲身份认同的最大敌人，戏曲立志以自身情至正、情至真来批判和揭露其虚伪性，从而达到自我价值实现的目的。这只是戏曲身份认同的一个方面，另一方面，戏曲身份认同策略中的"教至深"说却有滑入封建意识形态的陷阱之忧。因为封建伦理说教曾经作为戏曲身份认同极力抵制的目标，而在借"教至深"达到身份认同效果的同时，反对对象又成了反对者支持和拥护的对象，戏曲作为反对者，逐步迈向了反对反对者自身。所以，一大批戏曲作品开始以"假伶伦之声容，阐圣贤之风教"④为自我标榜，以"以人情

---

① （清）梁廷枏：《曲话》，《中国古典戏曲论著集成》（八），北京：中国戏剧出版社1959年版，第278页。

② （明）卓人月：《盛明杂剧二集》，吴毓华编著：《中国古代戏曲序跋集》，北京：中国戏剧出版社1990年版，第300页。

③ （清）洪昇：《长生殿·例言》，徐朔方校注，北京：人民文学出版社1958年版。

④ （清）杨恩：《〈吟风阁杂剧〉序》，吴毓华编著：《中国古代戏曲序跋集》，北京：中国戏剧出版社1990年版，第556页。

之大窦，为名教之至乐"① 为最高追求。又如"情之放肆"本是统治阶级意识形态的偏见使然，在戏曲倡情与礼教斗争决裂以求得身份认同之时，戏曲又期图进一步证明自身的"情至正"，此动作本身无可厚非，问题在于这种证明所依据的理论前提还是返回到了儒家六经之一的《易经》。戏曲在争取身份认同、赢得文类等级的同时，又似乎迷失了自我，仍然把认同出路和未来希冀寄托在主导封建统治阶级意识形态的儒家思想传统之上。这就暴露出戏曲文类身份认同中鲜明的两面性：坚定性与软弱性共存。两面性的现象进一步提示我们：戏曲与诗文之间的文类等级与身份认同只是问题之表层，戏曲若要真正克服认同中的软弱性，真正实现自身价值的认可，关键在于诗文词曲等众多文类所置身的社会意识形态的根本性变革。

---

① （明）汤显祖：《宜黄县戏神清源师庙记》，《汤显祖全集》（二），北京：北京古籍出版社1999年版，第1188页。

第三章 文类界限论

文类等级论告诉我们，文类身份认同的策略之一即文类界限（boundaries of genres）。无论主张存有界限，抑或是坚持无有界限，都可以服务于低等级文类身份认同之目的。文类界限论主要关注和考察文类之间的关系，它是文类理论的重要内容之一，在中外古今文学理论批评史上，都曾引发广泛而深入的讨论，影响巨大而久远。文类界限有无的认定不仅涉及文类本身，更关乎文学观念、文学创作、文学接受和批评等诸多方面的内容，从而成为我们开展文类研究不可或缺的一环。

第一节 文类界限的特征

文类作为基于文学作品自身及其存在时空的多维性而秉持的审美策略，不同文类预示着策略差异。如果说文类界限亦如文类等级，也可视作"策略间性"表现之一的话，那么两者又有所区别："策略间性"在文类等级中，是分别体现在等级构成和身份认同两个层面上；而在文类界限中则是一种同时性展示。换言之，如果说文类等级停留于对某特定策略的关注，只要达到等级构成或身份认同目的即可，属于持"一"而不及"其余"的类型；那么文类界限的认定恰恰是对"一"和"其余"的共同关注。正是这种整体关注的特殊性，诸多策略的纷繁交错使得文类界限表现出显著的不即不离、有无相济的辩证特征，即一方面承认文类之间界限的客观存在，一方面又指出这种界限

的灵活性、模糊性。文类界限的这一特征可以从正反两个方面统观:

一、文类界限客观存在的必要性

第一,文类界限客观存在是文学发展繁荣的需要。有道是:"人心之动,物使之然也。"① 人类感情因为现实生活的丰富多彩而显得斑斓多姿,文类作为人类把握世界、表达自我的方式和工具之一,在长期的社会实践活动过程中,形成了适宜各种文类生存发展的领域和空间。巴赫金在谈到新旧文类之间关系时指出:"没有一种新的艺术体裁能取消和替代原有的体裁","因为每一种体裁都有自己主要的生存领域,在这个领域中它是无可替代的"。新文类对于旧文类的影响在于"使旧体裁更好地意识到自己的潜力和自己的疆界"。② 钱锺书也认为:"夫文体递变,非必如物体之有新陈代谢,后继则须前仆。"③ 这里对于新旧文类关系的阐述从历时性角度告诉我们:客观现实需要众多拥有各自界限的文类来呈现,人类情感需要众多拥有各自界限的文类来抒发。文类界限的客观存在是现实世界精彩程度的折射,也是人类内心世界丰富程度的证明。内外两个世界共同造就了文类家族的琳琅满目,反映出文学发展繁荣的局面。柏拉图也从人类个体复杂性的角度论述了文类界限的客观存在之于文学发展繁荣的必要性。他说,既然文学作品的审美功能是感动心灵,那么在性质不一的心灵种类,亦即不同性格的个体,与同样性质不一的文类数目之间就存在某种对应,"某种性格的人,受到某种性质的文章的影响"④,因此,文类界限的客观存在通过人类多样性个体实现了显现文学繁盛之目的。

第二,文类界限客观存在是文学史构成的需要。"分类是文学史学科的基础。文学史不能只把一个作品作为对象(subject),也不能逐个描述许许多多个作品";"我们必须分类,否则我们就会陷入一堆没有

---

① 《礼记译解(下)·乐记第十九》,王文锦译解,北京:中华书局2001年版,第525页。

② [苏]巴赫金:《陀思妥耶夫斯基诗学问题》,《巴赫金全集》(第五卷),白春仁等译,石家庄:河北教育出版社1998年版,第361—362页。

③ 钱锺书:《谈艺录》(补订本),北京:中华书局1999年重印,第28页。

④ [古希腊]柏拉图:《文艺对话集》,朱光潜译,北京:人民文学出版社1963年版,第163页。

关联的个别文本（details）而无法去理解它们"。① 所以，文类是文学史把握林林总总的文学作品不可或缺的工具。文学史是文学作品不断产生的历史，更是诸种文类穿梭交织的历史。诸多文类界限的客观存在就像一只又一只金圈，环环相扣，连接起文学史的躯体。王国维讲"一代有一代之文学"②，这里的"文学"不妨从文学史角度解作"文类"之意。所以文类界限的客观存在不仅是对众多文学作品差异的指示说明，也是对"史"的直观注解。于是，当我们打开文学史目录，西方会有从古希腊罗马、文艺复兴、新古典主义直到启蒙主义、浪漫主义、现实主义等不同文学发展阶段的诸如荷马史诗、悲剧、喜剧、悲喜混杂剧、严肃戏剧、正剧、田园诗、爱情诗、意识流小说、实验小说、荒诞派戏剧、现代主义文学、后现代主义文学等文类名称；我国会有从《诗》、骚、乐府、古赋、律赋、俳赋、五言诗、七言诗到词、院本、杂剧、南戏、传奇、话本、章回小说、朦胧诗、伤痕小说、先锋小说等文类名称。它们可谓一帧文学史的缩影。设若文类界限不存在，新生文类的身份无法得到确立，文学史就会变成作品乏味的无限叠加，历时性丰富就会被同质性单一取代，线性的发展史就会被永远的零度坐标凝固为停滞的点。"色一无文"、"同则不继"③，届时，文学史将不再名至实归，势必走向自我否定之路。

第三，文类界限客观存在是文学理论研究获得纵深发展的需要。列宁指出："从生动的直观到抽象的思维，**并从抽象的思维到实践**，这就是认识**真理**、认识客观实在的辩证途径。"④ 文学理论研究方法着眼于经由个别作品达到对更高范畴文类性质、特征的认识，旨在达到对文学本质特征、文学创作、文学阅读、文学批评以及文学作品本身等方面的一般性认识并以此作为文学创作和批评的准则。拘囿于一个个作品而不扩展到文类的层面，文学理论只能呈现为零散琐碎的平面游

---

① Perkins, David. "Literary Classifications: How Have They Been Made?" In *Theoretical Issues in Literary History*, Ed. David Perkins. Cambridge (MA): Harvard UP, 1991, 248.

② 王国维：《宋元戏曲史·自序》，北京：东方出版社1996年版。

③ 《国语集解·郑语第十六》，徐元诰撰，王树民、沈长云点校，北京：中华书局2002年版，第472、470页。

④ ［苏］列宁：《哲学笔记》，北京：人民出版社1993年版，第142页。

离状态，理论必将丧失其一般性指导的生命力。正为此故，达维德·方丹指出："所有诗学道路都通向体裁"，"不参照体裁就不可能对文学作普遍性的论述，因为体裁就是文学和普遍性之间的桥梁"。① 基于不同作品的文类界限的客观存在就为文学理论探索一般性原理提供了求取文类之间公约数的可能和契机。我们只有在诸多文类理论成果之上，才有可能得出最终的一般性文学理论，不管这样的路程多么漫长和曲折。所以每一种新兴文类都是在为文学理论研究提供新兴理论元素的参考。如果文类界限不存在，那么文学理论的研究对象就会重复不变，理论研究本身就会裹足不前。而在这种理论研究简单化的背后，是客观世界之复杂丰富被人为掩盖，人类性情之隽永流长被扼杀扭曲，最终导致的必将是一种伪文学研究。

第四，文类界限客观存在是人类思想认识特征的反映。人的认识是一种意识活动，意识处理的最高对象是抽象概念。现实世界中的个别事物经过抽象进入思想交流的一般性通道。文化人类学认为："事物通过我们的思想观念进入经验世界和意义与交流的世界，否则它们将一直停留在物的世界。思想是人所能了解的惟一事物，没有它就无法想像世界的'模样'。"而"思想真正包含的是差异"，"去感受、去认识事物就是去认识事物之间、观点之间的差异。因此，事物是由它们的差异定义的。事物以它们差异的集合体的方式进入人们的经验世界"。② 赫施在对"类型"下定义时也说："类型就是一个具有界限的整体。"③ 我们在文学中对于作品的接受也是如此，文类概念充当了接受个体之间必要的交流媒介。因此每当我们提出一种崭新文类，其实都是暗示着不同此前业已存在的诸文类的差异和界限的客观存在，正是这种差异或界限赋予其产生、确立的资格。从这个意义上说，文类命名本身就是对文类之间界限客观存在的形式证明。

---

① ［法］达维德·方丹：《诗学：文学形式通论》，陈静译，天津：天津人民出版社 2003 年版，第 107 页。
② ［英］奈杰尔·拉波特、乔安娜·奥弗林：《社会文化人类学的关键概念》之"控制"词条，鲍雯妍等译，北京：华夏出版社 2005 年版，第 87 页。
③ ［美］E. D. 赫施：《解释的有效性》，王才勇译，北京：三联书店 1991 年版，第 61 页。

二、文类界限模糊灵活的必要性

第一，文类界限模糊灵活是肯定文学传统作用的反映。文学与科学最大的差异在于其多样性本质。因为文学是一个"积累的领域"，过去的和现在的文学共同装点审美的天宇；而科学则不然，在其探索发现的过程中，"正确的答案终会取代或废弃错误的答案"①。文学的"积累"在此就意味着文学传统之于文学存在和发展不可忽视的重要历史意义和价值。文学传统包括作品传统、理论传统、文类传统等。继承是为了发展，发展离不开继承。所以，任何新文类的诞生都与文类传统有着割不断的复杂联系。企图在真空背景中谈论文类的新生无异于梦呓、妄想。倡言文类界限的绝对性就等于无视文类传统之所在，等于斩断了新旧文类之间错综复杂的多维关联。故而坚持文类界限的模糊灵活正是对于文学传统的认可和尊重。科恩说："一种文类不能独立存在；它与其他文类之间产生竞争、对比、补充、争论和关连。"② 托多罗夫说："一个新体裁总是一个或几个旧体裁的变形。"③ 杰米尔逊（K. Jamieson）也说："历史地看，特定文类是从先前文类而来，杂交文类是从存在的文类创造出来的。"④ 其他如楚骚"乃《雅》、《颂》之博徒，而词赋之英杰也"⑤、"言之成章者为文，文之成声者则为诗"⑥、"诗词同工而异曲，共源而分派"⑦ 等，古今中外的这些不同表述无不是对文类界限模糊灵活性的明确体察以及对文类传统作用的一致肯定。

第二，文类界限模糊灵活是文学共性的反映。文类是对文学作品

---

① [英] 约翰·凯里：《艺术有什么用？》，刘宏涛等译，南京：译林出版社2007年版，第187—188页。

② Cohen, Ralph, "History and Genre," *New Literary History* 17 (1986): 207.

③ [法] 托多罗夫：《体裁的由来》，《巴赫金·对话理论及其他》，蒋子华等译，天津：百花文艺出版社2001年版，第24页。

④ 转引自 Devitt, Amy J, "Integrating Rhetorical and Literary Theories of Genre," *College English* 62.6 (July 2000): 701.

⑤ （梁）刘勰著，陆侃如、牟世金译注：《文心雕龙译注（上）·辨骚》，济南：齐鲁书社1981年版，第48页。

⑥ （明）李东阳：《怀麓堂集》卷六四《鲍翁家藏集序》，《四库全书·集部六》第1250册，上海：上海古籍出版社1987年版，第668页。

⑦ （明）杨慎：《词品·序》，《渚山堂词话·词品》，王幼安校点，北京：人民文学出版社1960年版，第41页。

属性的把握和体认，鉴定策略也是紧密基于文学作品生存的文化氛围和环境。因此文类问题的讨论是在文学大背景下进行的。众多文类之间无论界限多么鲜明，差异多么巨大，它们都有一个共同的抹不去的文学身份。这就注定了文类之间绝对界限计划的破灭。在亚里士多德的《诗学》中，史诗、抒情诗、戏剧首先都是属于模仿的艺术。我国的诗词歌赋、传奇小说首先都是属于语言的艺术。所以在亚里士多德眼中，悲剧和史诗在模仿对象都是好人这点上是相通的，悲剧和喜剧则在模仿方式，即借人物动作这点上又是相通的："索福克勒斯在某一点上是和荷马同类的模仿者，因为都模仿好人；而在另一点上却和阿里斯托芬属于同类，因为都借人物的动作来模仿。"① 再就使用语言角度来看，老舍从最直观的语言数量立论指出："所谓长篇与短篇者不过是指篇幅的短长而言，并没有一定的界限。"② 元好问、李东阳等则从文类的语言构成指出："诗与文，特言语之别称耳。有所记述之谓文，吟咏情性之谓诗。其为言语则一也。"③ 何其芳也指出："诗，首先是文学，其次才是诗。""就是说，诗首先和文学的其他种类（小说，散文等）是相同的，同样是人类生活在作者的头脑中的反映和加工的结果；其次才有其特点，有其与文学的其他种类不同之点。"④ 由此可见，众多文类置身文学之中的这一共性特征客观上也造成了文类界限的模糊与灵活。

第三，文类界限模糊灵活是文学人性本质的反映。文类界限的模糊灵活不仅可从文学共性来观，还可进一步深入至文学的人性本质。所谓文学的人性本质，简言之，就是说文学因人而生、为人而存。卡西尔（Enst Cassirer）提出的"符号的动物（animal symbolicum）"这一著名的人的定义，就集中指出了包括文学艺术在内的人类文化成果

---

① ［古希腊］亚里士多德：《诗学》，《诗学·诗艺》，罗念生、杨周翰译，北京：人民文学出版社1962年版，第9页。
② 舒舍予：《文学概论讲义》，北京：北京出版社1984年版，第176页。
③ （金）元好问：《遗山先生文集》卷三六《杨叔能小亨集引》，《四部丛刊初编集部（第222册）·遗山先生文集》（二），上海：上海书店1989年影印版，第17页。
④ 何其芳：《谈写诗》，《何其芳文集》（四），北京：人民文学出版社1983年版，第59页。

"都是'人性'这个圆周的组成部分和各个扇面"①。苏珊·朗格（Susanne K. Langer）则把艺术定义为"人类情感的符号形式的创造"②。的确，各种文类因为人类自我表达的需要而被创立，因为娱情悦性的需要而被欣赏，因为突破自我的需要而被批评。这是所有文类共同活动、工作的最高平台，也是所有文类之间无法回避的最低也是最高的共通之处。申言之，无论某种文类如何出新制奇，无论如何拉开与既有文类的距离，它都无法否认文学的人性本质，这就为文类之间界限的模糊灵活提供了有力保证。所以，縠旦主人说文类数目虽然众多，"总皆不出诗言志，歌咏言之意"③；邹漪、谢章铤等人说：从风雅颂、骚、赋到诗词曲等文类，"体虽不同，情则一致"④。诸如此类，都是根于文学的人性本质对文类界限的模糊和灵活性特征作出的最好解读。

综上所述，我们对文类界限不即不离、有无相济的特征从正反两个方面以及文学内外因素作出了比较详细的论证和说明，正反两个方面各自成立的合理性突出揭示了文类界限处于有无之间的强烈的辩证色彩。中西文学批评史上对此也多有共鸣。例如查礼提出："词不同乎诗而后佳，然词不离乎诗方能雅。"⑤ 杨恩寿、尤侗等人也指出："诗、词、曲，固三而一也"，三者"界限愈严，本真愈失"。⑥ 其中的"不同不离"或是三而一、一而三等意见都是不即不离辩证关系的别称。西方从柏拉图、亚里士多德到特里西诺（G. Trissino）、斯卡利格、钦齐奥、奥·威·施莱格尔等人之间都绵延着一条与主张纯粹文类相对的辩证关系的隐线。柏拉图说，虽然悲剧不同于喜剧，但在审美效果

---

① ［德］恩斯特·卡西尔：《人论》，甘阳译，上海：上海译文出版社1985年版，第34、87页。
② ［美］苏珊·朗格：《情感与形式》，刘大基等译，北京：中国社会科学出版社1986年版，第51页。
③ （清）縠旦主人：《新编〈南词定律〉序》，吴毓华主编：《中国古代戏曲序跋集》，北京：中国戏剧出版社1990年版，第457页。
④ （清）邹漪：《〈杂剧三集〉跋》，吴毓华编著：《中国古代戏曲序跋集》，北京：中国戏剧出版社1990年版，第460页。
⑤ （清）查礼：《铜鼓书堂词话·施岳词》，唐圭璋编：《词话丛编》（二），北京：中华书局1986年版，第1482页。
⑥ （清）杨恩寿：《词余丛话》，《中国古典戏曲论著集成》（九），北京：中国戏剧出版社1959年版，第237页。

上又有相同之处，即"痛感和快感的混合"①。钦齐奥说得更详细："悲剧与喜剧有其共同的目的，因为两者都企图传播美德的教训，但是同中也有异：喜剧没有恐怖和怜悯（因为在喜剧中没有死亡或其他恐怖的意外，反之，它务求以快感和愉快的谈话达到它的目的），而悲剧，不论它的收场是快乐的或悲惨的，总是凭藉可怜的和可怕的事迹，以洗净观众心中的恶念，感化他们从善。"② 法国现代文论家谢弗指出文类的使用方式之一是文类之间相互排斥的关系，并进一步交代说："类型概念是'软'概念，而非'硬'概念；它们的界限在定义上是含混的，而且我相信，梦想有一种由相互排斥的种类组成的全部类型的系统是徒劳的。"③ 再如苏联美学家卡冈从文类的性质出发，认为"体裁是'艺术的记忆'，艺术总是诉诸于它，然而艺术作为自由的创作又从来不满足于它。因此，"每一种体裁都有客观的界限并且不同体裁有'杂交'的客观可能性"。④ 以上皆从不同角度肯定了文类界限既有且无的辩证特征。这一辩证色调必将对文学创作、文学接受、文学批评等文学理论之翼产生不可忽视的重要影响。

第二节　文类界限与文学创作

综而观之，文类与文学创作、文学接受（含文学批评）、作品之间的联动关系可以图示为：

---

① ［古希腊］柏拉图：《文艺对话集·斐利布斯篇》，朱光潜译，北京：人民文学出版社 1963 年版，第 293 页。

② ［意］钦齐奥：《论喜剧与悲剧的创作》，周靖波主编：《西方剧论选》（上），北京：北京广播学院出版社 2003 年版，第 52 页。

③ Schaeffer, Jean-Marie, "Literary Genres and Textual Genericity," In *The Future of Literary Theory*, Ed. Ralph Cohen, New York: Routledge, 1989, p. 178.

④ ［苏］莫·卡冈：《艺术形态学》，凌继尧、金亚娜译，北京：三联书店 1986 年版，第 174 页。

以此联动关系图为基础，这里首先我们要讨论的是文类界限与文学创作之间的关系。文类界限的辩证特征带给文学创作的影响和启示有：

第一，选择恰当文类是文学创作之前的必要准备。文类界限的辩证特征显示，文类之间尽管没有绝对界限，但是相对差异还是客观存在的。巴赫金指出，抒情诗在明确认识现实和生活的手段方面有小说和戏剧不及之处，而戏剧在表现和认识人的性格和命运方面又略胜长篇小说一筹，所以，"每一种体裁都拥有只有它自己才能掌握的认识和理解现实的独特方法和手段"，"每一种体裁只擅长掌握现实的某些特定方面。它具有特定的扬弃原则、特定的认识和理解这一现实的形式以及一定程度的概括广度和认识深度"。[①] 清代王士禛认为，五言诗和七言诗在章法上未有异处，但不同在于："五言著议论不得，用才气驰骋不得；七言则须波澜壮阔，顿挫激昂，大开大阖耳。"[②] 郑献甫也指出："登高临水，寄恨言情，五古所宜也"；"标奇纪盛，怀古感事，七古所宜也"。[③] 这里他们都体现出各种文类在表现对象、功能、方式等方面的不同优长。

因此，在我们决定借助文字抒发内心波动、表达情意衷肠之时，考虑的首要内容之一就是选取何种文类作为这种内容、题材的最佳载

[①] ［苏］巴赫金：《文艺学中的形式方法》，邓勇等译，北京：中国文联出版公司1992年版，第195、192页。

[②] （清）王士禛：《带经堂诗话》卷二九《答问类》，张宗柟纂集，北京：人民文学出版社1963年版，第835页。

[③] （清）郑献甫：《答友人论诗书》，《中国少数民族古代美学思想资料初编》，成都：四川民族出版社1989年版，第499页。

体，所谓"因情立体"① 是也；而且这种文类还必须为一般读者所熟悉，或至少不是纯然陌生。这就是我国古人非常重视的辨体传统。刘勰说："昭体，故意新而不乱。"② 倪思、王安石等人说："文章以体制为先，精工次之；失其体制，虽浮声切响，抽黄对白，极其精工，不可谓之文矣。"③ 老舍指出："要把思想、故事等化入什么形式之中，有时是诗人的先决问题。"④ 张中行也说："体与情意协调，着笔容易，效果也会好一些，或好得多。"⑤ 胡适在谈及创造新文学的方法时，也把创作之初的文类选择视为重要一环。认为"有了材料，先要剪裁"。剪裁即确定何种文类："先须看这些材料该用做小诗呢？还是做长歌呢？该用做章回小说呢？还是做短篇小说呢？该用做小说呢？还是做戏本呢？筹画定了，方才可以剪下那些可用的材料，去掉那些不中用的材料；方才可以决定做什么体裁的文字。"⑥

固然，在理论上而言，我们可以认为，有些内容或情感各种文类皆能胜任，有异曲同工之效；但是在每次创作实践活动中，我们只能选择一种文类，而且每每自我以为，这种文类在众多可选对象中是比较合适和满意的。此时实质上就涉及一个表达内容与采用载体（文类）之间搭配的最优化问题。最优化问题在席勒（J. C. F. von Schiller）那里称作"形式与目的相宜"论，而在黑格尔那里则称作"内容与形式彻底统一"论。

相宜论认为：每种文类都各自"遵循一种特殊的目的"，达到这种目的的各种手段称为"形式"，那么文类之间界限的体现即在这种形式与目的之间高度的"相宜"关系。申言之，文类选择的恰当与否决定

---

① （梁）刘勰著，陆侃如、牟世金译注：《文心雕龙译注（下）·定势》，济南：齐鲁书社1982年版，第130页。
② （梁）刘勰著，陆侃如、牟世金译注：《文心雕龙译注（下）·风骨》，济南：齐鲁书社1982年版，第114页。此处"体"有风格、体裁二解，今采周振甫"体裁"说，通"文类"一词。
③ （明）吴讷：《文章辨体序说·诸儒纵论作文法》，吴讷、徐师曾：《文章辨体序说·文体明辨序说》，北京：人民文学出版社1962年版，第14页。
④ 舒舍予：《文学概论讲义》，北京：北京出版社1984年版，第98页。
⑤ 张中行：《诗体馀话》，《诗词读写丛话》，北京：中华书局2005年版，第181页。
⑥ 胡适：《建设的文学革命论》，《胡适论文学》，夏晓虹编，合肥：安徽教育出版社2006年版，第24页。

创作初衷能否尽善尽美地付诸实现。正为此故，席勒举例说道："悲剧的目的是感动；它的形式是模仿一个导致痛苦的行动，好几种文艺种类都可以和悲剧一样，以同一行动作为它们的对象。好几种文艺种类都可以遵循悲剧的目的、感动"，那么"区别悲剧与其它种类的是形式和目的的关系，这就是说文艺种类考虑到自己的目的，并用某种方式来处理自己的对象，以及通过它的对象来达到自己的目的"。因此，"如果一部悲剧激起别人的同情，不是由于题材的功效，更多是由于充分发挥悲剧形式的力量，这样一出悲剧，大概可以说是最完美的了"。① 这里一方面显示了文学创作中文类界限的客观存在和文类选择的必要，另一方面又科学地指出了文类之于文学创作所具有的独立性，文类在创作中不仅仅是被选择的被动附庸地位，而且一旦选择得当，文类对于题材、内容和主旨的表现会起到相得益彰、锦上添花之妙。

黑格尔的统一论也是强调了文类选择的重要性，他说："只有内容与形式都表明为彻底统一的，才是真正的艺术品。我们可以说荷马史诗《伊利亚特》的内容就是特洛伊战争，或确切点说，就是阿基里斯的忿怒；我们或许以为这就很足够了，但其实却很空疏，因为《伊利亚特》之所以成为有名的史诗，是由于它的诗的形式，而它的内容是遵照这形式塑造或陶铸出来的。同样，又如莎士比亚《罗密欧与朱丽叶》悲剧的内容，是由于两个家族的仇恨而导致一对爱人的毁灭，但单是这个故事的内容，还不足以造成莎士比亚不朽的悲剧。"②

当然，理论上的认识和阐述是一回事，创作实践中的运用又是另外一回事，它离不开创作者的慧识、悟性和经验积累。具有良好综合素质的创作者在此需要敏锐地、几乎是直觉性地去辨别各文类之间的细微差异，发现题材、主旨等与某文类之间的潜在联系，争取最佳表达效果和最高艺术价值。否则即使有了新想法、好素材、巧思路，如果找不到最相宜的文类载体，最终不可避免地产生这样那样的弊病，影响审美效果。这也正如黑格尔所说的："一个对象的缺点或不完善之处，即在于它只是内在的，因而同时也只是外在的。或者同样可以说，

---

① ［德］席勒：《论悲剧艺术》，《古典文艺理论译丛》（六），北京：人民文学出版社1963年版，第101—102页。

② ［德］黑格尔：《小逻辑》，贺麟译，北京：商务印书馆1980年版，第279—280页。

即在于它只是外在的，因而同时也只是内在的。"① 有学者就曾指出过这种因为缺乏对众多文类的必要辨析，寻找不到恰当文类载体而耽误创作的现象：

> 艺术这种劳动，不是虚无缥缈的，它除了为作家的思想所制约之外，还为一定的艺术形式和方法所制约。……为什么有的同志长期在生活中，写不出作品来，有的作家下去的时间很短，却写出来了？原因很多，有时跟习惯不习惯用自己熟悉的艺术形式去撷取剪裁生活也有关系，纳不到一定艺术形式里的素材，则常常被抛弃了，感动了的东西，因为找不到适当的形式来表现也就不一定能够引起创作动机。②

这个现象再次揭示了文类界限及其对于文学创作的重要影响，重申了文学创作中文类选择的独立性角色。所以大凡熟谙创作之道的优秀作家们无不审时度势，随机应变，为自己的创作动机、内容等寻觅得比较恰当的文类，为他们创作出成功作品首先奠定载体之基。例如柳青在谈《种谷记》创作过程时就谈到：

> 一九四四年春天，我在米脂乡下工作。一个行政村主任为了不愿让别人使唤自己的驴，他千方百计不参加变工队。我在夏天抽空拿这个题材写了一个短篇的初稿，由于材料很多，一提笔就写了三四万字。后来有了空一看，这样长的小说，作为积极代表的农会主任，形象太薄弱了。于是下决心写长篇，这就是《种谷记》。③

柳青正是看到了短篇小说和长篇小说在文字篇幅、表现力度和广度等方面的差异，自觉实现了从短篇到长篇小说的文类变换，从而为作者提供了更加宽广的发挥空间，也埋下了成功的伏笔。恰如莱辛所

---

① ［德］黑格尔：《小逻辑》，贺麟译，北京：商务印书馆 1980 年版，第 291 页。
② 侯金镜：《短篇小说琐谈》，《文艺报》1962 年 8 期。
③ 柳青：《回答〈文艺学习〉编辑部的问题》，《创作经验漫谈》，北京：人民文学出版社 1979 年，第 313 页。

说的那样："一种体裁最擅长的，正是另一种体裁所不及的，这就构成了它们的特殊作用。"① 魏巍也是如此，从《谁是最可爱的人》到《东方》，尽管都是以展现抗美援朝战争中的英雄事迹为对象，但从通讯到长篇小说的不同文类选择不是一时冲动，而是别具用心的。魏巍这样说道：尽管自己对通讯总不那么看重，但是想到"这样伟大的斗争和伟大的战士必须要很快写出来呵，如果慢慢在那儿钻长的、刻细的，最后又弄不成，怎么对得起战士们呢？这样，就着笔写了这篇通讯"。作者正是非常明了各种文类的不同特点和区别，为了"很快写出来"的急切心情和时势需要，魏巍此时毅然放弃了耗时多、面世长的长篇小说计划而选择了甚至自己都不怎么喜好的通讯。然而在时隔8年之后，1959年魏巍又开始创作堪称巨制的优秀长篇小说《东方》。谈及创作动机，他深情地说：

……伟大的斗争使我产生了创作冲动。我渐渐感到，光写几篇通讯不够，有许多英雄人物和其它人物没有表现出来，战争的进程也没有表现出来，前后方的关系，战争本身的意义及军事上的、政治工作上的斗争经验都还没有表现出来。因此很自然地想写这么一个长篇。②

显示了作者在创作过程中对于文类界限的精到把握和明确认识。又如法国文艺理论家丹纳（H. A. Taine）评论德国大文学家歌德《依斐日尼》时说的那样：

歌德的《依斐日尼》先用散文写成，后来又改写成诗剧。散文的《依斐日尼》固然很美，但变了诗歌更了不起。显然因为改变了日常的语言，用了节奏和音律，作品才有那种无可比拟的音调，高远的境界……③

----

① ［德］莱辛：《汉堡剧评》，张黎译，上海：上海译文出版社1981年版，第396页。
② 魏巍：《为了最可爱的人——〈东方〉诞生记》，郑恩波选编：《中国名著诞生记》，北京：时事出版社1996年版，第127页。
③ ［法］丹纳：《艺术哲学》，傅雷译，北京：人民文学出版社1963年版，第18页。

这里同样点出了不同文类对文学创作美学价值的重要影响。曹雪芹笔下的文学人物贾宝玉，尽管视读书仕进、科举功名为禄蠹，深负其父贾政重振家声之重望，然而却在一次贾政主持的征文活动中不禁透露出其超众禀赋和聪明天智，甚至还为宝玉赢得子赋诗、父翰墨的优待。《红楼梦》第 78 回"老学士闲征姽婳词"一节，贾政要求大家根据其叙及的林四娘事迹作挽诗《姽婳词》以志其忠义。在贾政对于贾兰、贾环所做七言绝句和五言律诗感到"终不恳切"之际，贾宝玉发表了一通难得令贾政"也合了主意"的文类理论。他说："这个题目似不称近体，须得古体，或歌或行，长篇一首，方能恳切。"综上可见，文类界限的存在使得文学创作中文类的恰当选择变得至关重要，成为不可忽视的环节。

第二，文类之间借鉴贯通，是追求文学创作最高艺术性的必要保证。既然文类界限表现为一种不即不离的辩证特征，那么它就暗示了各种文类之间互相交通、彼此裨益的可能。在此需要提及的是，极个别学者囿于自身理论体系而不无褊狭地贬低文类的越界交融，进而否定这种贯通对提高文学创作艺术性的裨益，黑格尔即为此例。他从哲学的逻辑演绎出发，把"诗"的种类划分纳入抽象的"三段论"公式，分别与客观表现方式、主观表现方式、主客观统一的表现方式的标准对应而有史诗、抒情诗和戏剧艺术三种类型。对此"本身明确而又划分得很清楚的实际艺术体系"，他继续补充评论说：

> 哲学的研究只应限于由概念本身决定的差异，把真正符合这类差异的形态结构掌握住和加以阐明。自然或现实当然不能用这些固定的界限来限制住，它有很大的越界的自由。我们经常听到人称赞天才作品时说它们一定要越出这些界限。但是正像在自然界里，混种，两栖类以及变种并不表示自然的优越和自由，而只表示自然无力坚持由事物本身决定的本质性的差异，让这些差异在外在的条件和影响之下受到歪曲，在艺术里也可以看到类似的中间种或混种，尽管它们之中也有些悦人的、美妙的和有益的东

西，它们总还不够完善。①

文类之间交融贯通于创作的艺术价值可以从三个方面来看：

一是有益于文学创作者内在综合素养的提高。文学创作虽说是一项主体精神外化的工程，并非纯技术性操作，但离开技术性操作则万万不可。柏拉图所说："凡是高明的诗人，无论在史诗或抒情诗方面，都不是凭技艺来做成他们的优美的诗歌，而是因为他们得到灵感，有神力凭附着。"② 他是受客观唯心主义局限，错误地否认了技术性层面存在的可能，只能把创作推向神秘化。又因为个体习惯、社会环境、文学风潮等诸多方面的作用，这种技术性操作往往在作者方面只是通过某些占主导地位的少数文类表现出来，如赋有班马、诗有李杜，词有苏辛，曲有"南洪北孔"，等等。然而正是由于文类界限特征中不离的一面，使得作者在文类偏长背后无法掩盖其他众多文类的接触学习带给其创作能力和素质提升的全面养料。事实上，世上也不会有一个创作者只狭隘地和自己创作的某些少数文类发生关联，若果真如此，他的创作必将是蹩脚局促而缺乏生机的。有道是"操千曲而后晓声，观千剑而后识器"③，一个创作者设若不广泛博闻各种文类，就无法真正深入文学之骨髓，就无法真正洞察文学创作之奥窍。坐井观天，终难成大器。故而，陆机在阐述创作准备时认为，大量阅读前人各种文类的作品是前提条件之一，所谓"游文章之林府，嘉丽藻之彬彬"④。李白号称"诗仙"，然而他"五岁诵六甲，十岁观百家"⑤；"十五观奇

---

① ［德］黑格尔：《美学》（第三卷上册），朱光潜译，北京：商务印书馆1979年版，第21页。

② ［古希腊］柏拉图：《文艺对话集·伊安篇》，朱光潜译，北京：人民文学出版社1963年版，第8页。

③ （梁）刘勰著，陆侃如、牟世金译注：《文心雕龙译注（下）·知音》，济南：齐鲁书社1982年版，第389页。

④ （晋）陆机：《文赋》，（清）严可均辑：《全晋文》（中）卷九十七，何宛屏等审订，北京：商务印书馆1999年版，第1024页。

⑤ （唐）李白：《李太白全集》（下）卷之二六《上安州裴长史书》，（清）王琦注，北京：中华书局1977年版，第1243页。

书，作赋凌相如"①。享有"人民艺术家"赞誉的文学大师老舍在回顾自己创作道路时这样说道：

> 在我十多岁的时候，我学过写旧体诗。在那时期，我写过许多首五言诗和七言诗。可是，至今我还没有成为诗人。那些功夫岂不是白费了么？不是！我虽然到如今还没写好旧诗，可是那些平仄、韵律的练习却使我写散文的时候得到好处，使我写通俗韵文的时候得到好处。②

著名散文家杨朔也坦陈"我向来爱诗，特别是那些久经岁月磨炼的古典诗章。这些诗差不多每篇都有自己新鲜的意境、思想、情感，耐人寻味，而结构的严密，选词用字的精炼，也不容忽视"③。以上例证表明：任何一位优秀文学创作者无不善于积极向众多文类汲取完善自我素质之养分，无不主动拓展完善自我素质之文类覆盖广度。

二是有益于创作过程中表达技巧和方式的优化。创作主体良好综合素质的造就必将借创作实践显现出来。同样的内容，不同的艺术表达形式必定带来艺术效果上的参差不一。文类之间共通的一面使得其他文类的体验、认识的长期沉积势必要对创作者当前选择的文类施加多方影响，其中之一就是创作过程中作者表达能力的加强。因此，能否取长补短，把创作主体消化吸收的诸种文类特征的内在之功予以努力调动和恰当外化，成为创作过程之一大关键。孔尚任评论传奇文类时说："其旨趣实本于三百篇，而义则春秋，用笔行文，又左、国、太史公也。"④ 姚华也说："曲之作也，术本于诗赋，语根于当时。"⑤ 这

---

① （唐）李白：《李太白全集》（中）卷之一一《赠张相镐》二首其二，（清）王琦注，北京：中华书局1977年版，第599页。

② 《青年作家应有的修养》，舒济编：《老舍讲演录》，北京：三联书店1991年版，第109页。

③ 杨朔：《〈东风第一枝〉小跋》，《杨朔散文选》，北京：人民文学出版社1978年版，第220页。

④ （清）孔尚任：《桃花扇小引》，《桃花扇》，王季思等合注，北京：人民文学出版社1959年版。

⑤ 姚华：《曲海一勺·述旨》，徐中玉主编：《中国近代文学大系·文学理论集二》，上海：上海书店1995年版， 第509页。

里的"用笔行文"、"术"都是在戏曲创作中积极借鉴古文、诗赋等其他文类之长为吾所用的明证。杨朔正是因为爱好诗,所以在自己散文创作中,会不禁把诗本身所具有的语言精练、结构严谨、情调氤氲等特征化入行文之中,他说:"动笔写时,我也不以为自己在写散文,就可以放肆笔墨,总要象写诗那样,再三剪裁材料,安排布局,推敲字句,然后写成文章。"① 又如老舍本以小说文类为创作主导,为我们留下了包括《老张的哲学》、《赵子曰》、《二马》、《骆驼祥子》、《四世同堂》等一大批脍炙人口的名作,后又积极投身到了戏剧创作之中。对此,他在多种场合表示:"我写过小说。这对于我创造(请原谅我的言过其实!)戏剧中的人物大有帮助"②;"我写惯了小说,我知道怎样描写人物。一个小说作者,在改行写戏剧的时候,有这个方便,尽管他不大懂舞台技巧,可是他会三笔两笔画出个人来"。③ 正是小说和戏剧在人物刻画上拥有不少共同之处,所以老舍自觉地把自己惯常的描写小说人物的长处运用到戏剧人物塑造之中,增强人物的表现力度。

三是有益于创作结果——作品的审美效果的增值。文类界限的辩证特征带给创作主体的优良综合素质以及创作过程中表达能力的优化,其直接结果就是最终作品在审美效应上的巨大增值。例如上述,杨朔把诗本身在意境、思想、感情、结构、用字等方面的特点融入到自己的散文当中,使得散文作品平添上一层浓浓的"诗的意境"之美,令人回味。老舍在其"每每把旧诗的逐字推敲和平仄相衬的方法运用到散文里去"之时,他发现自己的散文"写得相当紧炼"④,具有更高的艺术性。可见,文类之间的借鉴贯通带给文学创作的益处可以通过创作主体、创作过程以及创作结果三个侧面展露无遗,从而奠定了文学创作迈向最高艺术性目标的坚实基础。

---

① 杨朔:《〈东风第一枝〉小跋》,《杨朔散文选》,北京:人民文学出版社 1978 年版,第 221 页。
② 老舍:《戏剧语言》,舒济编:《老舍讲演录》,北京:三联书店 1991 年版,第 163 页。
③ 老舍:《〈龙须沟〉的人物》,《老舍生活与创作自述》,北京:人民文学出版社 1982 年版,第 108 页。
④ 老舍:《青年作家应有的修养》,舒济编:《老舍讲演录》,第 109 页。

第三节　文类界限与文学接受

　　文类界限与文学接受之间的关系，如同其与文学创作的关系一样密切，这也可以从以下三个方面来看：

　　第一，作品归属文类的确定是文学接受顺利完成的首要条件之一。作品进入文学接受程序的充要条件就是其必须划归一定的文类。"一个文本不能不属于一文类，没有文类，它不能存在。每一文本都属于一个或几种文类，没有不入类的文本。"①　接受美学认为："正如任何语词交流活动都离不开普遍的、社会的或环境决定的规范或惯例一样，我们难以想象一部文学作品处于知识的真空之中没有任何特殊理解环境。在此范围内，每一部作品都属于一种类型。"②　与此同时，接受者也都是在一定文类传统熏陶下投入到文学阅读过程之中的。从这个角度上说，没有文本不入类的动作实施者就是我们的接受者，是接受者将自身掌握的文类传统投射到有待接受的文本之上。这也有如结构主义诗学所说的：文学之所以成为文学，或文本之所以被当作诗或小说等不同文类进行阅读，原因在于接受者自身所具有的"文学能力"(literary competence)。这种能力的内涵就是包括诸种文类传统内化在内的"隐含知识 (implicit knowledge)"③。

　　在文本必须归类、接受者凭借自身内在的文类传统进入阅读这样的背景之下，文类的界定对于文学接受而言就显得异常重要。"文类是文本产生的期待当中的最具影响力的一个"；"一旦一个作品已被确定属于一特定文类，这时，读者就会产生明确的期待：接下来会发生什

---

　　①　Derrida, Jacques, "The Law of Genre," *Glyph* 7 (Spring 1980), Rpt. *Critical Inquiry* 7 (Autumn 1980): 65.
　　②　[联邦德国] H. R. 姚斯、[美] R. C. 霍拉勃：《接受美学与接受理论》，周宁、金元浦译，沈阳：辽宁人民出版社 1987 年版，第 100 页。
　　③　[美] 乔纳森·卡勒：《文学理论入门：英汉对照》，李平译，南京：译林出版社 2008 年版，第 66 页。该词在该书 1998 年版中译本里译作"确切知识"(第 66 页)。

么和什么规则运用到了这个特定的故事的世界"。① 文类归属的确定宛然在接受者与作者之间签订了一个"契约",预设了一个接受、阅读的特别的期待视野,来规约和统筹作品各个组成要素和细节,进而实现文本意义的表达。故而不同文类构成了阅读起点处的不同期待视野,或是阅读契约,对文本意义生成的方式、过程、结果施加影响。所以卡勒说:"同样一句陈述,如果出现于一首颂诗或一出喜剧中,读者就会作不同的处理。读者在阅读悲剧和阅读喜剧时对剧中人物的态度是不同的,如果他阅读的是喜剧,他则会期待全剧一定以数对美好姻缘告终"②;"对于读者来说,体裁就是一套约定俗成的程式和期待:知道我们读的是一本侦探小说还是一部浪漫爱情故事,是一首抒情诗还是一部悲剧,我们就会有不同的期待,并且会对能够说明意义的东西作出推断"③。赫施则从"解释的有效性"出发,同样提出:"解释者通过把本文归类于某个特定的范型,他也就自然地确定了一个宽泛的含义视野。范型代表着对整体、对类型化含义成分的一种构想,因此,在我们对某件本文作出解释之前,我们往往已把该本文归类为随意的会话、抒情诗、军事指令、科学论文、小说、叙事诗等等。"④ 麦尔也指出:"读者对文本类型的了解……是影响阅读过程的支配性条件。读者反应根据一文本是属于诗,新闻故事还是笑话而有较大不同。"⑤

值得一提的是,文类不同归属对于文学接受结果的影响细节,西方一些学者已经做出了初步探索,为理论说明提供了难得的一手实证资料。卡勒为了说明内化的文类传统对于阅读的重要性,曾经提出一个证明方案:把新闻报道的散文和小说当中的一句话,按一首诗的形

---

① Lacey, Nick, "Theory of Genre (1 and 2)," In Lacey, *Narrative and Genre*. Houndmills: Macmillan, 2000, p. 135.

② [美] 乔纳森·卡勒:《结构主义诗学》,盛宁译,北京:中国社会科学出版社1991年版,第220页。

③ [美] 乔纳森·卡勒:《文学理论》,李平译,沈阳:辽宁教育出版社1998年版,第76页。

④ [美] E. D. 赫施:《解释的有效性》,王才勇译,北京:三联书店1991年版,第255页。

⑤ Miall, D. S. Literary Discourse, In *Handbook of Discourse Processes*, Art Graesser, Morton Ann Gernsbacher, & Susan R. Goldman, Eds. Mahwah, NJ: Lawrence Erlbaum Associates, 2002, 334.

式排版。尽管英语语法没有改变，但是文本在文类改变前后产生了不同意义。卡勒最后得出结论说：在文类改换的前提下，"阅读程式引导读者以新的方式看待语言，从先前未曾发掘的语言中又找到了某些有意义的属性，把文本纳入了与前不同的一套阐释运作过程"①。如果卡勒还略嫌抽象，那么心理学家伊万恩就曾通过详细具体的实验证明，相同文本在文学的诗和新闻的散文两种状态下，就最直观的方面而言，前者的阅读速度要明显慢于后者，经测定，分别为 333msec/字 和 289msec/字。伊万恩最后说："不同的文类期待，独立于文本特征，对文本阅读过程、结果施加不同影响"；"文类期待要求读者以特别方式安置他们占有的资料，以适合特定文类的要求"。②

反之，如果在进入阅读之前，我们没有能够合理地界定好文类归属，那么对于文本的接受、理解就有可能误入歧途，在作者编码与读者解码两种行为之间的误解或错解就会在所难免。如此一来，文本既有意义、主旨、情感等就不会得到应有的、全面的挖掘和呈现。所以格洛文斯基说："对某作品体裁的错误判断必然影响对其意义和结构的分析。"③ 肖尔斯（R. Scholes）更是指出："在成年人的世界里，对文学作品最严重的误解，以及对它们糟糕的评论，主要产生于读者和批评家们对类型的误解。"④ 由此可见，文类界限的辩证特征首先要求我们在文学接受之前准确而合理地做好文本文类的归属工作，否则文学接受就会成为脱线的风筝，失去理解的方向和指南。

第二，文学接受者内化的文类传统对文学接受会形成良性的审美张力场，从而有益于增强审美感受。如果说第一点和上述文类选择与文学创作的关系对应，那么，此点就和发生在文学创作中的文类之间

---

① [美] 乔纳森·卡勒：《结构主义诗学》，盛宁译，北京：中国社会科学出版社 1991 年版，第 175 页。

② Rolf A. Zwaan, "Effect of Genre Expectation on Text Comprehension". Jounal of experimental Psychology: Learning, Memory, and Cognition 1994, Vol. 20, No. 4, 924、925、930。

③ [波兰] 米哈伊·格洛文斯基：《文学体裁》，[加] 马克·昂热诺等主编：《问题与观点：20 世纪文学理论综论》，史忠义等译，天津：百花文艺出版社 2000 年版，第 115 页。

④ [美] 罗伯特·肖尔斯：《结构主义与文学》，孙秋秋等译，沈阳：春风文艺出版社 1988 年版，第 195 页。

的借鉴贯通有着紧密关联。文类界限特征中"不离"的一面，允许我们积极探寻既定文类归属之下的文本本身所可能同时归属的其他文类或其点染的其他文类的特征，从而增加审美感受的深度、广度和力度，以期最细密醇厚的美感。

首先就文本归属文类的交叉性问题来看，文类既然作为基于文学作品自身及其存在时空的多维性而秉持的审美策略，可见一个作品置身的文化维度是多面性的，所以文类的策略本质决定了作品可能处于不同文类交点的特征现象。查德勒、比彼等人都在不同场合多次指出了这一特征。查德勒说："文本经常会表现不止一种文类的传统（convention）。"① 比彼也说："每一个作品包含在不止一种文类中，即使只是一种暗示"；文本"必须通过不止一种文类的视野来分析，为了它们的信息拥有任何的有效的意义和价值"。② 不同策略是对作品不同侧面的重点突出与强调，因此从不同文类出发开展对于同一作品的解读阐说，实质之一就是有意识地提醒读者对作品接受的全面性、深入性。由此而来，不同策略之间、不同归属文类之间就会自然形成一个无形的张力场。它既是一个作品诸多维面之间的张力场，又是审美的张力场。

例如《红楼梦》，作为章回体长篇小说，读者可以去寻觅故事发展的开端、发展、高潮、结局，体验小说情节进展的波起云涌与悲欢哀乐；作为政治小说，读者可以仔细通过小说展示出来的时代风貌的巨幅画卷体味家族兴衰的历史变迁，清晰揭示出波澜不惊的生活背后潜藏着的尔虞我诈、钩心斗角；作为情爱小说，读者可以伴随着宝黛爱情的曲折起伏感受男女丰富细腻的爱情世界带给他们以及我们的欢愉、幸福、忧愁与绝望。"作者以一致之思，读者各以其情而自得"③，作者运情以生文，读者披文而入情，这种接受的个体差异性过去往往一直停留在对于文本内容层面的理解差异，实质上我们从文类角度来看，

---

① Chandler, Daniel (1997): "An Introduction to Genre Theory" [WWW document] URL http: //www. aber. ac. uk/media/Documents/intgenre/intgenre. html [2013—03—19]

② Beebee, Thomas O, *The Ideology of Genre*, Pennsylvania State UP, 1994, 28、266.

③ （清）王夫之：《薑斋诗话》卷一《诗绎》，《四溟诗话·薑斋诗话》，宛平、舒芜校点，北京：人民文学出版社1961年版，第139—140页。

当也包括了对于文本归属文类的差异把握。正是这种文类差异把握之根本，才产生了对相同文本阅读和理解上的不同侧重或倾向，但这种侧重又都受一定的张力作用，共同指向对作品的全方位扫描、立体性透视。

其次，我们从一文本在归属既定文类前提之下，可能兼具其他文类的特征而言，这是一种比较特殊但又很普遍的文类界限的体现方式。例如我们可以在小说中觉察到典型体现在戏剧里的情节发展的戏剧性、矛盾安排的集中性，可以从诗词曲当中体会到叙事文学擅长的人物塑造的典型性，等等。这就避免了欣赏单一文类可能存在的单一的美，从而赋予文本丰富多彩的美感。事实上，这种对于单一性的担心是多余的，因为没有任何属于一定文类的作品不具有其他文类的特征。席勒、雨果、别林斯基、凯塞尔、姚斯、迈纳等人都曾指出了这个现象的客观存在。例如别林斯基说：史诗、抒情诗和戏剧"虽然所有这三类诗歌，都是作为独立的因素，彼此分离地存在着，可是，当出现在个别的诗歌作品里的时候，它们相互之间不是经常划着明显的界限的。相反，它们常常混杂在一起而出现，因此，有的按照形式看来是叙事的作品，却具有戏剧的性质，反之亦然。当戏剧因素渗入到叙事作品里的时候，叙事作品不但丝毫也不丧失其优点。并且因此而大有裨益"[①]。凯塞尔用"外在提供形式的种类"指抒情诗、叙事诗、戏剧，用"内在提供形式"指抒情性/抒情的、叙事性/叙事的、戏剧性/戏剧的。从后者来看，每一文类都是以一为主的三者的杂合体。[②] 例如在戏剧《西厢记》第四本"张君瑞梦莺莺杂剧"第三折中：

  ［正宫］［端正好］碧云天，黄花地，西风紧。北雁南飞。晓来谁染霜林醉？总是离人泪。

　　［一煞］青山隔送行，疏林不做美，淡烟暮霭相遮蔽。夕阳古

---

① 《诗歌的分类和分科》，《别林斯基选集》（三），满涛译，上海：上海译文出版社 1980 年版，第 23 页。

② ［瑞士］沃尔夫冈·凯塞尔：《语言的艺术作品》，陈铨译，上海：上海译文出版社 1984 年版，第 441、449 页。

道无人语，禾黍秋风听马嘶。我为甚么懒上车儿内，来时甚急，去后何迟？

〔收尾〕四围山色中，一鞭残照里。遍人间烦恼填胸臆，量这些大小车儿如何载得起？

我们在追寻戏剧文类之情节起伏、矛盾结解的主导过程中，以如上几段为代表的抒情性文字在叙事间隙的掺入，不但没有损害叙事的正常进行，反而使得叙事更添光泽，更具审美韵味，更加深入人心。又如马致远〔双调〕《寿阳曲》其中之一：

云笼月，风弄铁，两般儿助人凄切。剔银灯欲将心事写，长吁气一声欲灭。

当陶醉于女主人公在借景抒发内心孤寞的思念之时，"剔银灯欲将心事写，长吁气一声欲灭"中蕴藏着的戏剧性一幕，又使得我们审美感受中弥漫着的淡淡哀愁涂抹上几簇浅浅的笑影，静中生动，苦余添喜，回味隽永。

第三，文学接受对文类界限的特征具有某种程度的决定作用。以上两点如果说都是侧重于文类界限对于文学接受的影响，那么这里我们强调指出的是文学接受对于文类界限特征的某种决定作用。

首先从文学接受对文类界限特征之"不离"的决定作用而言，秉承特定文化传统的文学接受者会积极反作用于文学创作及其最终物质成果——文学作品，进而在文学作品的类型特征上有所显现。这方面可以我国有无西方意义上的"悲剧"文类的讨论为典型。自王国维开时代之新风，采西方戏剧理论中的"悲剧"、"喜剧"范畴考察我国古典戏曲、小说起，研究者们发现：西方悲剧作品中那种主人公喋血亡命的悲惨结局在我国古典戏曲作品中几乎难觅其迹，更多的是主人公始离终合、始困终亨、悲尽喜来之类的团圆格套。例如莎士比亚的著名悲剧《哈姆雷特》，哈姆雷特为了报杀父之仇，最终虽然谋杀其父的叔叔克劳狄斯被他毒剑刺死，实现了复仇目的；但同时包括哈姆雷特本人在内的如母亲乔特鲁德、雷欧提斯等也都以死亡告终；而通常被归入中国古典悲剧范畴的《窦娥冤》则表现出诸多差异：窦娥自幼被卖作童养媳，后被张驴儿诬陷，为救婆婆而自认杀人，更遭官府错判斩刑。一路冤屈，感天动地，悲剧色彩强烈，不禁令人潸然泪下。但是随着其父窦天章路出楚州，因见窦娥冤魂，重审此案，成功为窦娥申冤昭白，整部戏曲在结尾处恰恰又给人某种平静安然以及目睹恶有恶报的欢愉。虽然二者都系报仇，但是前者在情节发展最高潮紧张处戛然而止，悲剧之惨烈、恐怖尽显无遗；而后者则是在人们濒临绝望、悲凉的心坎上重新播撒下几缕希望之光。其他如《牡丹亭》、《琵琶记》、《拜月亭》、《长生殿》等一大批古典戏曲无不难脱剧终团圆之格局。正为此故，学界遂有中国无真正悲剧这一文类之论。① 朱光潜就认为："悲剧这种戏剧形式和这个术语，都起源于希腊。这种文学体裁几乎世界其他各大民族都没有，无论中国人、印度人，或者希伯来人，都没有产生过一部严格意义的悲剧。""事实上，戏剧在中国几乎就是喜剧的同义词。"②

那么，我国古典戏曲作品在悲剧、喜剧归类上的界限模糊性，亦即文类界限"不离"的原因何在呢？原因即在于我国独特的传统文化氛围对文学接受者的熏染影响，换言之，接受主体秉承的独特文化气质对文学作品归属文类上的界限特征产生了反作用力。例如王国维提出"乐天"精神说，认为："吾国人之精神，世间的也，乐天的也，故代表其精神之戏曲小说，无往而不著此乐天之色彩。始于悲者终于欢，始于离者终于合，始于困者终于亨，非是而欲餍阅者之心难矣。若《牡丹亭》之返魂，《长生殿》之重圆，其最著之一例也。"③ 所谓"非是而欲餍阅者之心难矣"，正是道出了富有乐天精神气质的接受者对文学作品在归属文类上界限模糊这一特征的决定作用。其他如钱穆也从

---

① 对此问题，尚存分歧，如周贻白先生就认为"以团圆结尾，只是一部分作者对戏剧的看法，所以，如果要说中国戏剧没有真正的悲剧，这话是不对的"（《中国戏剧史长编》，上海书店出版社 2004 年版，第 211 页）。另可参看《中国古典悲剧喜剧论集》（上海文艺出版社 1983 年版）中相关观点。详可参阅本书《缺类现象研究》一章。

② 朱光潜：《悲剧心理学》，张隆溪译，北京：人民文学出版社 1983 年版，第 210、218 页。

③ 王国维：《红楼梦评论》，《王国维先生全集·初编》（五），台北：文通书局 1976 年版，第 1733—1734 页。

中西文化传统差异出发,认为"中国人生以内心情感为重,西方人生则以外面物质之功利为要"。因此,反映到戏剧中则表现为:因为中国人生以内在情感为重,而悲喜情感皆著于一心,"非有悲,则其喜无足喜。然果有悲无喜,则悲亦无可悲。悲之与喜,同属人生情感,何足深辨其孰为悲孰为喜。仅求可喜,与专尊可悲,则同为一不知情之人而已"。所以《生死恨》、《琵琶记》等剧莫不是"在悲剧中终成喜剧"或"在此大喜剧之中,乃包有极深悲剧成分在内",造成西方意义上的悲剧和喜剧文类之间界限的模糊:"喜剧中即涵悲剧,悲剧中亦涵喜剧";而"西方人则过于重视外面,在其文学中,悲剧喜剧显有分别,而又以悲剧为贵"。① 另外如龚鹏程提出,因为西方原罪性恶说与中国性善说的不同,导致"西方文学中悲剧精神弥漫的景观",而"中国人根本缺乏对死亡憧憬,中国文学亦罕有人性幽暗底层原始罪欲的刻画",故"悲剧是无所存身的"。②

综上所述,不论是乐天说,还是内外差异说或人性论说,三者殊途同归,莫不是解释说明了受特定文化精神洗礼的文学接受者如何作用于文类界限"不离"这一特征的。

再从文学接受对文类界限之"不即"特征的作用而言,文学接受者是文类界限特征之"不即"一面的重要实践检验者,更是不可或缺的动力源泉。缺少文学接受这一极的积极响应和支持,文类界限客观存在的必要性也会大打折扣。例如,在文学接受作为实践检验角色决定文类客观界限方面,夏庭芝、袁晋等人指出,杂剧、传奇和院本的不同在于文学接受者审美效应的差异。夏庭芝说:"'院本'大率不过谑浪调笑",而杂剧则不同:"皆可以厚人伦、美风化。"③ 袁晋评论《焚香记》时也说:"读至卷尽,如长江怒涛,上涌下溜,突兀起伏,不可测识,真文情之极其纤曲者,可概以院本目之乎?"④ 博马舍基于

---

① 钱穆:《情感人生中之悲喜剧》,《中国文学论丛》,北京:三联书店2002年版,第160—170页。
② 龚鹏程:《文学散步》,北京:世界图书出版公司北京公司2006年版,第158页。
③ (元)夏庭芝:《青楼集志》,《中国古典戏曲论著集成》(二),北京:中国戏剧出版社1959年版,第7页。
④ (明)袁晋:《〈焚香记〉序》,吴毓华编著:《中国古代戏曲序跋集》,北京:中国戏剧出版社1990年版,第193页。

此，也指出了严肃戏剧与此前传统的英雄悲剧和轻松喜剧的区别。他说："严肃戏剧的根本目的，是要提供一个比在英雄悲剧中所能找到的更加直接、更能引起共鸣的兴趣，以及更为适用的教训；并且，假定其它一切都相同，严肃戏剧也能给予一个比轻松喜剧更加深刻的印象。"① 郝鉴则从文学接受效果取得的不同途径见出戏曲和诗、文等文类之间的客观界限，他说：戏曲作品之旨在于"必使老妪皆知，始称合作"，方可称得上是优秀之作；而诗文则不然，不受此妇孺童叟之对象束缚，完全"可以雄浑高古、幽邃曲折以自快足于己"，② 个体色彩远强于戏曲的集体经验。又如在文学接受作为动力源泉决定文类的客观界限方面，莱辛在呼吁有必要产生一种异于以往戏剧类型的新戏剧类型——"市民戏剧"时指出："王公和英雄人物的名字可以为戏剧带来华丽和威严，却不能令人感动。我们周围人的不幸自然会深深侵入我们的灵魂。"③ 因此，能够使今天的我们感动，成为"市民戏剧"这一新文类区别于传统戏剧类型的首要标志。同样，王世贞在谈及文学史过程中文类层出不穷现象时也说："三百篇亡而后有骚、赋，骚、赋难入乐而后有古乐府，古乐府不入俗而后以唐绝句为乐府，绝句少宛转而后有词，词不快北耳而后有北曲，北曲不谐南耳而后有南曲。"④ 程士任也从文学接受者追求审美效果最大化的角度，指出了词与传奇两文类在情节表现容量上的客观界限，他说："填词之体，多不过数阕，未足以悉始终本末离合悲欢之致，因借迻往辙以为传奇。"⑤ 无论是"少宛转"、"不快北耳"、"不谐南耳"，还是"未足"、"因借"，无不显著地透露出这样的信息：文学接受者在文类之间的更迭新出中扮演着一种非常特殊而重要的角色，正是他们，也在某种程度上决定了

---

① ［法］博马舍：《论严肃戏剧》，伍蠡甫主编：《西方文论选》（上），上海：上海译文出版社 1979 年版，第 399 页。

② （清）郝鉴：《〈鸳鸯帕〉弁言》，吴毓华编著：《中国古代戏曲序跋集》，北京：中国戏剧出版社 1990 年版，第 482 页。

③ ［德］莱辛：《汉堡剧评》，张黎译，上海：上海译文出版社 1981 年版，第 74 页。

④ （明）王世贞：《曲藻》，《中国古典戏曲论著集成》（四），北京：中国戏剧出版社 1959 年版，第 27 页。

⑤ （清）程士任：《重刻绣像七才子书·序》，吴毓华编著：《中国古代戏曲序跋集》，北京：中国戏剧出版社 1990 年版，第 472 页。

这些文类之间的客观界限。

第四节　文类界限与文学批评

　　文学批评作为特殊的文学接受活动，更具理性和秩序。文类界限的辩证性在文学批评中的作用、影响体现为：
　　第一，清醒的文类界限意识是有效开展文学批评的必然要求。这一方面体现为，只有置于一定文类视野里的文学作品才真正构成文学批评的有效对象，这是因为"只有在特定的体裁形式中作品才具有现实性。它的每一成份的结构意义只有与体裁相联系才能得到认识"①。其次，文学批评都要遵循一定文学理论的指导，都要守持一定的理论原则，其中文类理论是基础也是首要内容。因此，巴赫金就直截了当地指出，诗学"应当以体裁为出发点"②。文类打开了进入文学作品的有效窗口，使得文学批评一开始有章可循，有机会深入作品内部进一步探索在符合文类一般特征、要求之下，其又是如何突出本身特殊性的。这样一个由一般进入特殊、揭秘特殊的复杂过程就是文学批评的使命和职责之一。正如赫施说的那样："解释者的解释活动往往就开始于对范型的那种含糊的启迪性构想，而完成于个人特定的含义中。"③此时准确的文类意识之于文学批评就显得异常重要，一旦这种文类意识发生偏差甚至错误，文学批评就会变得白费气力，南辕北辙，贻笑大方。换言之，不同的文类意识提供给文学批评不一样的先入之见，预设了不一样的批评内容。
　　正为此故，"大多数批评家对弄清他们所研究的文学类型或体裁都十分谨慎小心。究竟是诗歌［如果是诗歌的话，是哪一类诗歌］、戏

---

　　① ［苏］巴赫金：《文艺学中的形式方法》，邓勇等译，北京：中国文联出版公司1992年版，第189页。
　　② 同上。
　　③ ［美］E.D.赫施：《解释的有效性》，王才勇译，北京：三联书店1991年版，第9页。

剧、还是长篇小说或短篇小说？这第一步——'我们正在研究什么'的问题——是非常必要的，因为不同的文学体裁是要用不同的标准来判断的。例如，我们不可能期望在一首爱情抒情诗里发现史诗般的磅礴气势和宏伟场面；同样我们也不可能期待在短篇小说中找到长篇小说中那种详尽的细节描写"①。把诗当作散文来批评，我们可能就不能充分感受到语言音韵之美；把小说当作诗来批评，可能就无法充分细致地领略人物刻画之工、情节发展之奇。通常而言，文类错位会使得文学批评脱离本有的工作平台，失去文学批评应有的指导力和公信力，进而还会对文学理论的总结、文学创作的发展产生不可低估的负面影响。

第二，文类界限决定着文学批评结论的一般性与特殊性的张力关系。文学观念来自于文学批评，而文学批评总是基于一定的文类。这时就会带来一个问题，即由不同文类而生的文学观念之间究竟有多大的通约性？不加辨析或草率借鉴并不能达到认识的真理，只能引起更多的淆乱与迷障。所以文学批评实践中的文类意识不可缺乏，亦大有进一步强调之必要。

不论是诗、词，还是小说、戏剧，在创作主体内在条件要求上，我们都强调性情和才华的重要性：真性情才会产生真文学，好才华才会使得真文学产生。在创作动机上，都标举"言志"传统，"情动于中而形于言"②，亦如地之涌泉，不择地而出，"常行于所当行，常止于不可不止"③，极力反对矫揉造作、为文造情的恶劣作风。在形式与内容关系上，都坚持把文质彬彬作为自己的最高理想，既反对没有实际内容的堆砌饾饤，也反对不顾表达形式的鄙陋恶俗。即便两者发生矛盾，也都是肯定内容的优先地位。如此之类，各种文类理论之间几无

---

① [美]威尔弗雷德·L.古尔灵等：《文学批评方法手册》，姚锦清等译，沈阳：春风文艺出版社1988年版，第43页。
② 《毛诗大序》，《四库全书·经部·诗序卷上》（69册），（汉）毛亨传、郑玄笺，（唐）孔颖达疏、陆德明音义，上海：上海古籍出版社1987年版，第4页。
③ （宋）苏轼：《答谢民师书一首》，《苏东坡全集（上）·后集卷十四》，北京：中国书店1986年版，第621页。

差异，诸如"诗词异其体调，不异其性情"①、"无论诗歌与长行文字，俱以意为主"②、"这种作品的自由（引注：作者自由发挥才情），对于无论何种体裁的作者实都有利，无论他所资以展其文才的是史诗或是抒情诗……是悲剧或是喜剧，总之，无论诗与散文范围内的各种体裁，无不相宜"③，等等。

然而另外一方面的文类差异在文学批评中又不得不引起我们的高度关注。例如文学语言的雅俗问题，诗文等书面阅读范畴的文类可以奉典雅为圭臬，而作为舞台表演性艺术的戏曲，如果要求一味追逐诗文风尚，以典雅为宗，恐怕对于戏曲而言，因为视觉阅读与听觉接受的区别，其中的弊当远甚于利。现场即时性演出不能保证良好接受效果的戏曲是不完整的，也是失败的。就我国古典戏曲而言，尽管在巨大诗文理论传统重压面前提出"雅俗共赏"的四字准则，其实在一时难以达到雅俗共赏理想标准之际，戏曲语言宁俗而勿雅。当然，此俗乃通俗易懂之谓，非彼污秽恶搞之流。又如作品优劣与作者境遇之关系，我国向有"诗穷而后工"的传统，并且有欲把这里的"诗"推广至一切文类、天下文学之宏图伟志。朱彝尊对此大胆提出怀疑，他说："昌黎子曰：'欢愉之言难工，愁苦之言易好。'斯亦善言诗矣。至于词或不然，大都欢愉之辞，工者十九，而言愁苦者十一焉耳。故诗际兵戈俶扰流离琐尾，而作者愈工，词则宜于宴嬉逸乐，以歌咏太平，此学士大夫并存焉而不废也。"④ 这是一次难得的值得鼓励的反动！个中实质正是基于诗与词两种文类客观存在的界限而发。所以对于文学批评而言，必须时刻绷紧文类意识这根弦，精准地把握住文类界限的特征，恰当处理好文类理论传统之间的一般性与特殊性关系，不轻率抹平文类之间的沟壑，从而尽可能地保证文学批评的科学和有效。

第三，文类界限的态度取决于文学批评的实际目的。以上两点是

---

① （清）谢章铤：《赌棋山庄全集·词话五》，沈云龙主编：《赌棋山庄全集》，台北：文海出版社1975年版，第1836页。

② （清）王夫之：《薑斋诗话》卷二《夕堂永日绪论·内编》，《四溟诗话·薑斋诗话》，宛平、舒芜校点，北京：人民文学出版社1961年版，第146页。

③ 伍蠡甫主编：《西方文论选》（上），上海：上海译文出版社1979年版，第211页。

④ （清）朱彝尊：《曝书亭集》卷四〇《紫云词序》，《四库全书·集部》第1318册，上海：上海古籍出版社1987年版，第106页。

从文类界限看文学批评，文类界限的有无是如何作用和影响文学批评的；而这里我们是从文学批评看文类界限，回答的是文学批评对于文类界限的反作用。这种反作用体现在：文学批评因为服务于特定目的，对于客观存在的各种文类之间的界限可能会采取随机应变的灵活态度。这种灵活态度甚至往往会以一种自相矛盾的姿态出现。自相矛盾的表象，一方面是对文类界限辩证性特征的机械反映，另一方面则充分暴露了文学批评背后强烈的实用主义色彩。这一点典型而广泛地表现于文类反抗既有等级的身份认同之中，此前已有专章专节详述，不再一一重复例说。

文类界限与文学批评之间的关系还集中体现为一个具体现象：以A绳B，或以A律B，即把文类B当作文类A来实施文学批评，把文类A的批评标准转嫁到文类B的审察之中。影响最大、最为典型的莫如金圣叹评点《西厢记》。此事在《文类等级论》一章中已经提及，并引李渔评论文字为证。

实质上，"以文律曲"除了金圣叹，近代王国维也常被划入此列。王国维自己就说："夫以元剧之精髓，全在曲辞。"[①] 舞台搬演、音韵曲律、脚色安排等基本不及。周贻白在评论王国维在戏曲史上的地位时指出："自其立场和观点而言，虽曾阐述源流，偶亦联系舞台事物，但其主要观点，却倾向于剧本文学方面。"[②] 如何正确、客观、全面地看待和评价这类现象呢？

首先，以文律曲的积极意义在于它亲自实践并成功演示了文类界限"不离"的一面，是理论和实践相结合的实例之一。文类界限的辩证性特征肯定了界限模糊的合法性，对此的认识和探讨一般只是停留于三言两语的琐碎零散状态，缺少系统、自觉的专门性论证，而以文律曲的诞生改变了这一不利现状。不论是金圣叹，抑或是王国维，都亲身实践了文类界限模糊的观点、主张，并都证明了这种界限模糊的合理性、可行性。所以李渔尽管非常在行地点出了以文律曲的不足，

---

① 王国维：《译本琵琶记序》，《王国维戏曲论文集》，北京：中国戏剧出版社1957年版，第366页。

② 周贻白：《编写〈中国戏剧史〉的管见》，《周贻白戏剧论文选》，长沙：湖南人民出版社1982年版，第2页。

即得"文字之三昧"而失"优人搬弄之三昧",但是他又不得不承认这一点,即以文律曲的确把戏曲之中的某些方面做出了特别的深入研究和挖掘。他几乎忘记了自己已有的批评姿态,转而大力推赏说:"读金圣叹所评《西厢记》,能令千古才人心死。……四百余载,推《西厢》为填词第一者,不知几千万人;而能历指其所以为第一之故者,独出一金圣叹。是作《西厢》者之心,四百余年未死,而今死矣。"① 李渔略显矛盾的态度实质上又说明这样一个问题:尽管是以文律曲,但他们仍然得出了"天地妙文"②、"千古独绝之文字"、"中国最自然之文学"③ 之类的褒赞,又从文类界限这一崭新侧面宣告了文学经典的永恒魅力。

当然,无庸讳言的是,以文律曲对文类界限的态度及其对戏曲创作、审美等方面的不利影响也是必须要进行认真批判的。因为戏曲本质上属于舞台艺术,除了满足案头阅读的一般条件之外,戏曲创作还需要人物语言之本色当行、演员劳逸的合理穿插等等诸如此类的复杂问题。梁廷枏评论金圣叹时就说道:"金圣叹以文律曲,故每于衬字删繁就简,而不知其腔拍之不协。至一牌画分数节,拘腐最为可厌。所改纵有妥适,存而不论可也。"④ 态度虽不无偏激,但此种反映出来的问题着实不容回避。故而仅仅从阅读角度就对一部戏曲做出优劣评价,是要冒巨大风险的,也不尽全面。同时,以文律曲的形式本身(如评点),对于戏曲创作的文人化、戏曲审美的案头化等不良趋势的发展也有推波助澜之过,值得反省。综上而论,若对"以 A 律 B"类现象一味持全盘否定、一无是处的决绝态度,片面而有失公允,也是对于客观存在的基本文学现象的无端漠视,必须予以修正。

---

① (清)李渔:《李笠翁曲话》,陈多注释,长沙:湖南人民出版社 1980 年版,第 103 页。
② (清)金圣叹:《贯华堂第六才子书西厢记》卷二,《金圣叹全集》(三),曹方人等标点,南京:江苏古籍出版社 1985 年版,第 10 页。
③ 王国维:《宋元戏曲史》,北京:东方出版社 1996 年版,第 80、102 页。
④ (清)梁廷枏:《曲话》,《中国古典戏曲论著集成》(八),北京:中国戏剧出版社 1959 年版,第 290 页。

第五节　"以 A 为 B"现象的考察与批评

相对于文类界限与文学批评关系讨论中的典型现象"以 A 律 B"，"以 A 为 B"以及下一节的跨文类问题都是属于文类界限与文学创作关系层面的典型现象。此类现象不仅关乎的文类众多，有以文为诗、以诗为文、以诗为词、以词为诗、以小说为诗、以戏剧为诗、以文为曲、以诗为曲、以词为曲、以赋为曲等，而且在创作或批评上广泛涉及古今中外（尤以我国为著）的一长串大家名家，如庞德、马雅可夫斯基、李白、杜甫、欧阳修、苏轼、陈师道、沈括、惠洪、辛弃疾、王灼、李清照、王骥德、汤显祖、何文焕、毛泽东、陈寅恪、朱自清、钱锺书、朱光潜、程千帆、王运熙以及颜昆阳、杨海明等人。以上两个方面"多"的因素无疑使得"以 A 为 B"这一普遍现象在文学理论批评史上具有了比较独特的研究意义和价值。

一、"以 A 为 B"现象的内涵

"以 A 为 B"现象中虽然明确标以具体文类名称，其实它们皆有更加具体的内涵指向。例如，王运熙、顾易生主编的《中国文学批评史》当中谈及"以 A 为 B"现象时，曾就其内涵所指写道："所谓'词非本色'、'以诗为词'等等，既指内容、风格而言，也指音律而言。"① 台湾学者颜昆阳就"以诗为词"现象也专门研究指出："宋代文人'以诗为词'的现象涵有三层意义：第一层为创作现象上的'描述义'；第二层为实际批评上的'评价义'；第三层为理论批评上的'规范义'。"② 不过，从某种程度上来看，这些观点难免还略嫌笼统和概括，涵盖面也不甚周全。细察之，从以下五点来把握"以 A 为 B"现象内涵可能

---

① 王运熙、顾易生主编：《中国文学批评史》（中），上海：上海古籍出版社 1981 年版，第 142—143 页。
② 颜昆阳：《论宋代"以诗为词"现象及其在中国文学史论上的意义》，《东华人文学报》2000 年 2 期，第 33—67 页。

更为全面、具体和细致：

一是音律层面。现象表现一般是以诗为词、以文为曲、以文为词，批评者认为，诗与文、诗与词、文与曲之间各自音律要求不一，不可混淆。作者代表如欧阳修、苏轼之以诗为词、辛弃疾之以文为词、汤显祖之以文为曲等。批评家代表如沈义父、惠洪、李清照、王骥德以及王运熙、顾易生等。例如沈义夫说："词之作难于诗。盖音律欲其协，不协则成长短之诗。"① 李清照也指出："张子野、宋子京兄弟、沈唐、元绛、晁次膺辈继出，虽时时有妙语，而破碎何足名家。至晏元献、欧阳永叔、苏子瞻，学际天人，作为小歌词，直如酌蠡水于大海，然皆句读不葺之诗尔，又往往不协音律者，何邪？盖诗文分平侧，而歌词分五音，又分五声，又分六律，又分清浊轻重。"② 明清两代影响甚巨的"案头之书"与"场中之剧"之争、"名家"之曲与"行家"之曲之分，如以汤显祖《牡丹亭》、屠隆《昙花》等为代表，区别的症结即在于以文为曲做法背后对于戏曲音律的疏忽和违犯。正如王骥德所说："临川汤奉常之曲，当置'法'字无论，尽是案头异书。"③

二是风格层面，包括语言风格、文类风格等方面。一般表现为以文为诗、以诗为词、以词为诗、以词为曲、以赋为曲。认为文类之间风格上界限分明，难以逾越。作者代表如苏轼、秦观、黄鲁直、范文若等。批评家代表如沈括、晁补之、王世贞、范文若、李开先、陈栋、孙麟趾等。例如沈括说："韩愈以文为诗，虽健美富赡，而格不近诗。"④ 李开先说："词与诗，意同而体异，诗宜悠远而有余味，词宜明白而不难知。以词为诗，诗斯劣矣；以诗为词，词斯乖矣。"⑤ 陈栋从语言风格指出，戏曲语言要求"本色语不可离趣，矜丽语不可入

---

① （宋）沈义父：《乐府指迷笺释·论词四标准》，蔡嵩云笺释，《词源注·乐府指迷笺释》，北京：人民文学出版社1963年版，第43页。
② （宋）胡仔纂：《苕溪渔隐丛话》后集卷三三，廖德明校点，北京：人民文学出版社1962年版，第254页。
③ （明）王骥德：《曲律》，《中国古典戏曲论著集成》（四），北京：中国戏剧出版社1959年版，第165页。
④ （宋）魏泰：《临汉隐居诗话》，（清）何文焕辑：《历代诗话》（上），北京：中华书局1981年版，第323页。
⑤ （明）李开先：《西野春游词序》，《中国历代文论选》（三），上海：上海古籍出版社1980年版，第89页。

深";而"明人以词为曲","往往以填词笔意作之,故虽极意雕饰,而锦糊灯笼、玉相刀口,终不免天池生所讥"。① 晁补之说:"黄鲁直间作小词,固高妙,然不是当家语,自是着腔子唱好诗。"② 最典型的莫如苏轼和秦观两人的创作,在同时代及此后分别被作为"以诗为词"、"以词为诗"的代表人物,原因即在于无视诗与词两种文类在风格上的界限。据载:"东坡尝以所作小词示无咎、文潜曰:'何如少游?'二人皆对云:'少游诗似小词,先生小词似诗。'"③ 一个破坏了词风婉约之规,以诗为词,开豪放一路;一个则过于执持婉约之风,以词为诗,有"女郎诗"④ 之讥。

三是节奏层面。比较集中地表现为以文为诗现象。认为自由诗尽管句式类同散文,但仍以鲜明的节奏为生命,以区别于一般散文,否则即为断行之散文、"剁碎了的散文"⑤。何其芳在比较格律诗与自由诗说道:"格律诗和自由诗的主要区别就在于前者的节奏的规律是严格的,整齐的,后者的节奏的规律是并不严格整齐而比较自由的。但自由诗也仍然应该有比较鲜明的节奏。比如惠特曼写的是自由诗,但读起来仍然有节奏性,和散文不同。我们今天有许多自由诗写得和分行排列的散文一样,没有鲜明的节奏,那是不对的。"⑥ 庞德（Ezra Pound）也对断行散文的现象提出了批评:"不要以为为了逃避散文创作艺术的棘手之处,而把你的作品硬切成一行行的诗行,就能骗过任何聪明人。"⑦

四是审美效果层面。典型表现为以文为诗、以诗为文。认为在一

---

① （清）陈栋:《北泾草堂曲论》,陈多、叶长海选注:《中国历代剧论选注》,长沙:湖南文艺出版社 1987 年版,第 369 页。
② 施蛰存、陈如江辑录:《宋元词话》,上海:上海书店出版社 1999 年版,第 271 页。
③ （宋）王直方:《王直方诗话》,郭绍虞辑:《宋诗话辑佚》（上）,北京:中华书局 1980 年版,第 93 页。
④ （金）元好问:《论诗三十首》,《杜甫戏为六绝句集解·元好问论诗三十首小笺》,郭绍虞集解、笺释,北京:人民文学出版社 1978 年版,第 67 页。
⑤ 引自 [苏] 马雅可夫斯基《在"今日未来主义"讨论会上的发言》,伍蠡甫等编:《现代西方文论选》,上海:上海译文出版社 1983 年版,第 75 页。
⑥ 何其芳:《关于写诗和读诗》,《何其芳文集》（四）,北京:人民文学出版社 1983 年版,第 454—455 页。
⑦ [英] 埃兹拉·庞德:《回顾》,[美] 戴维·洛奇编:《二十世纪文学评论》（上）,葛林等译,上海:上海译文出版社 1987 年版,第 109 页。

种文类作品中明显带有另一种文类之美学特征。作者代表如李白、杜甫、韩愈、欧阳修等，批评者如陈善、陆时雍、吴乔等。陈善说："韩以文为诗，杜以诗为文，世传以为戏。然文中要自有诗，诗中要自有文，亦相生法也。文中有诗，则句语精确；诗中有文，则词调流畅。"① 陆时雍也说："青莲居士，文中常有诗意。韩昌黎伯，诗中常有文情。知其所长在此。"② 吴乔则从诗、文之中词意距离关系的审美特征出发，提出："文之措辞，必副乎意"，"诗之措词，不必副于意"，由此得出审美接受上的差异："李杜之文，终是诗人之文，非文人之文；欧苏之诗，终是文人之诗，非诗人之诗。"③

五是表现手法层面。集中表现为以文为诗、以小说或戏剧为诗。认为每种文类都有相对主导的表现手法，这种表现手法于是就构成了文类之间的界限，因而它的移植就被视为创作中的文类越界。正如陆时雍所说的那样："叙事议论，绝非诗家所需，以叙事则伤体，议论则费词也。然总贵不烦而至，如《棠棣》不废议论，《公刘》不无叙事。如后人以文体行之，则非也。"④ 认为诗的本质在于强烈感情的集中抒发，叙事、议论之类的表现手法更多倾向于作文。如果喧宾夺主，以文为诗，是坚决予以反对的。刘克庄也评论指出："唐文人皆能诗，柳尤高，韩尚非本色。迨本朝则文人多，诗人少。三百年间，虽人各有集，集各有诗，诗各自为体；或尚理致，或负材力，或逞辨博。少者千篇，多至万首。要皆经义策论之有韵者尔，非诗也。"⑤ "要皆经义策论之有韵者尔，非诗也"的结论实质就是这里我们所指的以议论、才学入诗的表现手法的差异。屠隆、李梦阳等人对此也多次强调，他们说："夫以诗议论，即奚不为文而为诗哉？"⑥ "若专作理语，何不作

---

① （宋）陈善：《扪虱新话》（上）卷一，北京：中华书局1985年版，第3页。
② （明）陆时雍：《诗镜总论》，丁福保辑：《历代诗话续编》（下），北京：中华书局1983年版，第1421页。
③ （清）吴乔：《围炉诗话》卷一，北京：中华书局1985年版，第8页。
④ （明）陆时雍：《诗镜总论》，丁福保辑：《历代诗话续编》（下），北京：中华书局1983年版，第1419页。
⑤ （宋）刘克庄：《竹溪诗序》，陶秋英编选：《宋金元文论选》，北京：人民文学出版社1984年版，第409页。
⑥ （明）屠隆：《文论》，蔡景康编选：《明代文论选》，北京：人民文学出版社1993年版，第257页。

文而诗为耶?"① 艾青则对以小说或戏剧为诗做出了批评,他说:不同文类固然都需要借助感情,但相比较而言,诗对感情的要求更集中、更强烈,因为其他文类如小说、戏剧等还可以"借助于事件发展的逻辑的推理"来逐步唤起情感狂澜。所以"在诗里,就是直接反映社会生活的东西,也和小说与戏剧不一样,试图以写小说和写戏剧的方法来写叙事诗,其结果也只能产生有韵的小说或是歌剧,却不是叙事诗"。② 日本学者吉川幸次郎在评论韩愈"以文为诗"这一文学史现象时,同样也认为原因在于散文表现手法在诗歌中的运用,他说:"作为一个散文大家,他常以散文的手法写诗。即所谓'以文为诗'。"③

二、"以 A 为 B"现象的缘由

那么,"以 A 为 B"现象为什么会出现呢？这是我们在考察了现象内涵之后紧接着需要直面的问题。于此迄今共有五种观点值得注意④:

一是外来影响说。以陈寅恪为代表,此种观点认为韩愈以文为诗的原因在于其耳濡目染佛禅新说,以文为诗实乃受汉译佛偈这一舶来品影响之迹。陈寅恪说:

> 退之从其兄会谪居韶州,虽年颇幼小,又历时不甚久,然其所居之处为新禅宗之发祥地,复值此新学说宣传极盛之时,以退之之幼年颖悟,断不能于此新禅宗学说浓厚之环境气氛中无所接受感发,然则退之道统之说表面上虽由《孟子》卒章之言所启发,

---

① (明)李梦阳:《缶音序》,蔡景康编选:《明代文论选》,北京:人民文学出版社1993年版,第106页。
② 艾青:《诗与感情》,《艾青谈创作》,上海:上海文艺出版社1985年版,第526—527页。
③ [日]吉川幸次郎:《中国诗史》,章培恒等译,上海:复旦大学出版社2001年版,第245页。
④ 朱自清有《论"以文为诗"》一文,从文类内涵及外延角度提出,唐宋对"文"的理解存在历史性变化,"文"在唐时包括诗、赋等,而在宋则将诗从中分出。所以认为沈括、陈师道、刘克庄等人"以当时的观念去评量前代,是不公道的"。"按宋代说,固可以算他'以文为诗',按唐代说,他的诗之为诗,原是不成问题的。"(参见《朱自清古典文学论文集》上册,上海:上海古籍出版社2009年版,第91—99页)。此既可以视作从文类的历史性本质解释了韩愈"以文为诗"现象,又可以理解为对韩愈存在"以文为诗"现象的否认。故在此略而不论。

实际上乃因禅宗教外别传之说所造成，禅学于退之之影响亦大矣哉！①

这里，陈寅恪肯定了佛禅新说与韩愈思想的内在关联，并提出了韩愈接受教外别传之旨影响作为构建儒学新道统外力的结论。以此为背景，当谈及韩愈文化史地位时，他又说道：

> 退之以文为诗，诚是确论，然此为退之文学上之成功，亦吾国文学史上有趣之公案也。……自东汉至退之以前，此种以文为诗之困难问题迄未有能解决者。退之虽不译经偈，但独运其天才，以文为诗，若持较华译佛偈，则退之之诗词旨声韵无不谐当，既有诗之优美，复具文之流畅，韵散同体，诗文合一，不仅空前，恐亦绝后，决非效颦之辈所能企及者矣。后来苏东坡、辛稼轩之词亦是以文为之，此则效法退之而能成功者也。②

"以文为诗"与"华译佛偈"渊源的建立是佛禅学说对韩愈发生影响的又一具体反映。

二是文学革新说。陈寅恪虽承认韩愈古文革新之功，却几未与以文为诗相接。这种观点以文伯起、王运熙、顾易生、程千帆等人为代表，他们从"以A为B"现象的文学史功用出发，认为此类现象根于文学革新的需要。例如为扭转南朝华艳轻靡之不良文风，唐代文坛自陈子昂起，经杜甫、白居易、元稹，到韩愈、柳宗元，掀起了一场声势浩大的诗文革新运动：有意提倡《诗》《骚》和汉魏古诗以及两汉古文。韩愈的以文为诗就是响应了时代改革的要求。又如苏轼、辛弃疾等人的以诗为词、以文为词也是如此，它们是欧阳修等人领导的诗文革新运动的精神在词这一文类领域内的继承和发扬。文伯起认为，苏轼的以诗为词正是因为其不满词风"纤艳柔脆"的"流弊"而有意为之，他说："先生虑其不幸而溺于彼，故援而止之，特立新意，寓以诗

---

① 陈寅恪：《论韩愈》，刘桂生、张步洲编：《陈寅恪学术文化随笔》，北京：中国青年出版社1996年版，第148页。

② 同上书，第152页。

人句法。"① 王运熙、顾易生也认为："欧阳修的文学革新，对于散文、诗歌都作出了很大的贡献……到了苏轼，才把诗文革新的精神，扩展到词的范围"，"他在革新方面的特点是以诗为词"，"扩大了词的内容，摆脱了音律严格束缚，提高了此前主要为男女恋情、离愁别恨的'词为艳科'的传统"。辛弃疾"不仅以诗为词，还以文为词，在更大程度上扩大了词的思想内容和表现手法，把词推向更高的阶段"。② 程千帆也说："韩愈以文为诗，其实际意义就在于要突破诗的旧界限，开拓诗的新天地，这不但有助于形成他自己的独特面目，而且成为宋诗新风貌的先驱。""以文为诗，和以诗为词一样，表现了祖国古典作家在艺术上打破常规，不拘一格的创造性。"③

三是不谐音律说。这种观点以晁补之、张琦、沈德符、臧懋循、凌濛初等人为代表，认为苏轼的以诗为词、汤显祖的以文为曲之类是因为创作者不谐词曲音律规则之故。例如晁补之说："东坡词，人谓多不谐音律，然居士词横放杰出，自是曲子中缚不住者。"④ 臧懋循认为汤显祖"学罕协律之功，所下句字往往乖谬"⑤；在这点上与苏轼有近似之处："音韵少谐，不无铁绰板唱大江东去之病。"⑥ 张琦、沈德符、臧懋循、凌濛初等人也都评论指出汤显祖"才足以逞而律实未谐，不耐检核"⑦、"不谙曲谱，用韵多任意处"⑧ 的不足之处。

四是文人相轻说。这种观点以何文焕为代表，他继承了溯自曹丕

---

① 引自（金）王若虚《滹南诗话》卷中，霍松林等校点，《六一诗话·白石诗话·滹南诗话》，北京：人民文学出版社1962年版，第71页。

② 王运熙、顾易生主编：《中国文学批评史》（中），上海：上海古籍出版社1981年版，第140、152页。

③ 程千帆：《韩愈以文为诗说》，《古代文学理论研究》（第一辑），上海：上海古籍出版社1979年版，第202、210页。

④ 施蛰存、陈如江辑录：《宋元词话》，上海：上海书店出版社1999年版，第271页。

⑤ （明）臧晋叔：《元曲选序二》，臧晋叔编《元曲选》（第一册），北京：中华书局1958年版，第4页。

⑥ （明）臧晋叔：《元曲选序》，臧晋叔编《元曲选》（第一册），北京：中华书局1958年版，第3页。

⑦ （明）凌濛初：《谭曲杂劄》，《中国古典戏曲论著集成》（四），北京：中国戏剧出版社1959年版，第254页。

⑧ （明）沈德符：《顾曲杂言》，《中国古典戏曲论著集成》（四），第206页。

的"夫人善于自见,而文非一体,鲜能备善,是以各以所长,相轻所短"①的观念,把人们对于韩愈以文为诗的讨论与批评归之为文人相轻的陋习作祟,他说:"文人相轻,自古皆然。昌黎之文,不能置一辞,转而诋其诗。"②

五是游戏笔墨说。以张炎、王若虚等人为代表,他们认为以诗为词只是苏轼、辛弃疾等人闲暇兴之所至的笔墨游戏,具有不自觉的偶然性质。例如,张炎就指出:"辛稼轩、刘改之作豪气词,非雅词也,于文章余暇,戏弄笔墨为长短句之诗耳。"③王若虚反对陈师道等人对于苏轼"以诗为词"做法的批判,提出游戏笔墨说来支持自己的立场,他说:"陈后山谓'子瞻以诗为词',大是妄论……盖诗词只是一理,不容异观。""公雄文大手,乐府乃其游戏,顾岂与流俗争胜哉!"④

综上五种观点和看法,其中外来影响说着眼于创作者生长环境,紧扣文学与社会之间的互动关系传统,注重理论与实际互证,显得立论新颖,自然可信,追求的是对"以 A 为 B"现象的根本性解答,这是其他诸种观点无可比拟的;问题在于其个体性色彩过于强烈,于"以 A 为 B"尚缺乏一定的普适性。就是对于韩愈与同时代的其他个体共存关系而言,佛禅新说之影响熏陶与以文为诗现象之间的必然性也还需要进一步深入探析。

文学革新说充分而且积极地评价了"以 A 为 B"现象对于文学发展史的重要作用和意义,在一般性上较前说具有明显进步,产生较大影响且有比较广泛的接受认可度;问题在于辩证性体现不够,对"以 A 为 B"现象的积极性一面肯定过多,而没有能够客观地指出这种现象对于 B 文类可能产生的负面效应。最典型的如以文为曲、以诗为曲、以赋为曲等,是对戏曲这门舞台表演艺术逐步走向文人化、案头化不

---

① (魏)曹丕:《典论·论文》,《典论》(及其他三种),(清)孙冯翼辑,北京:中华书局 1985 年版,第 1 页。

② (清)何文焕:《历代诗话考索》,《历代诗话》(下),北京:中华书局 1981 年版,第 813 页。

③ (宋)张炎:《词源·杂论》,夏承焘校注,《词源注·乐府指迷笺释》,北京:人民文学出版社 1963 年版,第 32 页。

④ (金)王若虚:《滹南诗话》卷中,霍松林等校点,《六一诗话·白石诗话·滹南诗话》,北京:人民文学出版社 1962 年版,第 70—71 页。

良倾向的推波助澜，是对戏曲本质的严重违背，是对戏曲生命力的极大戕害。

不谙音律说也是从创作者自身寻找缘由，表现得客观公允，因为创作者的确是"以 A 为 B"现象背后的关键性因素之一，也的确有创作者不谙音律的实际情况存在，这就为此说提供了令人信服的事实印证和理论基础；不过问题在于：既然不谙音律，为什么还要强求"以 A 为 B"呢？即"以 A 为 B"现象中的创作动机不能很好地予以解明。特别是在创作者事后被证明并非不谙音律，例如陆游就为苏轼不谙音律导致以诗为词提出了反证："世言东坡不能歌，故所作乐府，词多不协。晁以道谓云：'绍圣初，与东坡别于汴上。东坡酒酣，自歌古阳关。'则公非不能歌，但豪放不喜剪裁以就声律耳。"① 这种现象又该作何解释呢？

文人相轻说合理之处在于能够包容和肯定韩愈以文为诗的文学地位和价值，并没有狭隘地一味否定，但是此说一无确凿文学事实予以附证，二是文人相轻一般在共时性状态更有发生的必要和可能，例如尚镕在分析文人相轻现象产生原因时说："自古文人相轻，一由相尚殊，一由相习久，一由相越远，一由相形切。相尚殊则王彝谓杨维桢为文妖，相习久则杜审言谓文压宋之问，相越远则元稹谓张祜玷风教，相形切则杨畏谓苏辙不知文体。"② 其中分别举出的四对相轻文人就都是分属元末明初、唐、唐以及北宋这四个共时空间。而批评韩愈以文为诗一事最早是在北宋，所以此说更多主观臆测成分。三是把韩愈文学成就归纳为"昌黎之文，不能置一辞"，亦非公论。"惟陈言之务去"的主张在求新倡变之余，"由于他刻意追求独创，也形成了好奇尚怪的偏见，带来不良影响"③。

游戏笔墨说实质上可从两方面来分析：一是坚持诗与词之间的文类界限，把以诗为词淡化处理为游戏笔墨；一是否认文类之间的界限，

---

① （宋）陆游：《老学庵笔记》卷五，《陆放翁全集》（上），北京：中国书店 1996 年版，第 33 页。
② （清）尚镕：《书典论论文后》，郭绍虞主编：《中国历代文论选》（一），上海：上海古籍出版社 1979 年版，第 169 页。
③ 王运熙、顾易生主编：《中国文学批评史》（上），上海：上海古籍出版社 1981 年版，第 294 页。

进而否认以诗为词现象的存在,用游戏笔墨的非常行为代替和转移对以诗为词的责问。前者的目标是解决问题,后者则致力于取消问题。就前者而论,游戏笔墨说实是解读"以 A 为 B"现象的皮相之论,缺乏必要的理性思考与深度挖掘。苏轼在与朋友同道的书信往来中多次提及自己以诗为词的举动,他说:"颁示新词,此古人长短句诗也。得之惊喜"①;"又惠新词,句句警拔,诗人之雄,非小词也。但豪放太过,恐造物者不容人如此快活"②。由此反映出来的关注频率和重视态度以及一而再地重申"新词"概念,倘名之曰游戏笔墨,实在是有点文题不对、名实不副,立论必需的严谨性亟待加强。

所以,"以 A 为 B"是一个非常复杂的文学现象,上述任何一点都无法全面而清晰地对此作出合理说明。总体来说,文学创作的总体背景特点与文学创作主体的特殊条件这内外两方面因素的结合是导致这一现象产生的主要原因。在内在因素方面仍有两点取向有必要加以补充:一是创作主体创作生活中的主导文类取向,一是创作主体文学观当中的文类观取向。

关于创作中主导文类倾向的问题,其实前文在论述文类等级有关问题时已经有所述及。创作者在以某文类为主导的创作背景之下,如果再投入到其他文类的创作之中,那么主导文类的先入性,特别是创作思维的惯性不可避免地会通过诸如上述的内涵而介入后一文类,从而发生"以 A 为 B"类现象。例如李白、杜甫都是以诗见长、以诗名世,苏轼、辛弃疾的创作也都是先诗文后入词,汤显祖转道戏曲创作也还是中年辞官归隐以后的事,如此之类,是我们期欲揭开"以 A 为 B"现象之谜不得不考虑的一个主体因素。

补充说明的主体性因素之二就是文类观的取向。这一点与主导文类取向有着内在关联。由于主导文类长期熏染这一基础性条件,必然会影响到创作主体文学观念的形成,而且这一文学观念还会随着时间推移逐渐把这一文类基石习惯化、默认化,以致忘却,这就容易把本来基于特定文类的文学观念推向普遍,对文类界限丧失足够的敏感度。

---

① (宋)苏轼:《与蔡景繁十四首》,《苏东坡全集(下)·续集卷五》,北京:中国书店 1986 年版,第 152 页。

② (宋)苏轼:《答陈季常三首》,《苏东坡全集(下)·续集卷五》,第 156 页。

所以无论苏轼、辛弃疾，还是汤显祖，他们的以诗为词、以文为词、以文为曲都是在传统诗文观念影响下，对于词、曲音乐性的轻视或取消。王运熙、顾易生等人曾如此指出："关于协律、不协律，是宋人评论苏词的一个重要问题。这不仅仅是一个形式问题，而是关系到词究竟是以内容为主、还是以形式为主，是以文学为主、还是以音乐为主的带有原则性的问题。苏轼重前者，格律词派则以后者为主的。"① 汤显祖自己也曾这样说道："凡文以意趣神色为主。四者到时，或有丽词俊音可用。尔时能一一顾九宫四声否？如必按字摸声，即有窒滞迸拽之苦，恐不能成句矣。"② 汤显祖在这里交代得异常清楚，论及戏曲创作，他借鉴的理论基础仍然是"凡文以意趣神色为主"之类；一切都被置放在书面文学的坐标系中加以衡量定位，音乐、表演等因素必须首先服从于案头阅读。

三、"以 A 为 B"现象的反思与批判

第一，"以 A 为 B"现象中的文类，与其说是独立名称，不如说是一种修辞格。现象内涵的揭示告诉我们，"以 A 为 B"并非把 B 真正做成 A，并非要写词却是作诗，两者至少在外在形式上是存在明显区别的，如词之长短参差，律诗之整齐一致。而是说把一文类的特征、成分恰当或不恰当地嫁接、移植到另一文类，或者说是像作此文类一般去作彼文类。那又为什么要将本为文类特征或成分的诸如音律、风格、节奏、表现手法等转唤作文类呢？根源恐是在于中国文论中范畴的模糊性和浑整性传统、接受主体思维的直觉感悟性特征以及文学批评发生和传播的便利性。李泽厚在梳理中国思想史过程中就指出了这种直觉感悟式思维传统，他说："中国哲学和文化一般缺乏严格的推理形式和抽象的理论探索，毋宁更欣赏和满足于模糊笼统的全局性的整体思维和直观把握中，去追求和获得某种非逻辑非纯思辨非形式分析所能

---

① 王运熙、顾易生主编：《中国文学批评史》（中），上海：上海古籍出版社 1981 年版，第 143 页。

② （明）汤显祖：《答吕姜山》，《汤显祖全集》（二），北京：北京古籍出版社 1999 年版，第 1302 页。

得到的真理和领悟。"① 张海明也明确指出这种重整合和直觉感悟的思维特征带给我国古代文论精神气质的影响，即"范畴的模糊性与体系的潜在性"②。因此，把不严谨地考虑诗与词在音律上的区别而创作词的举动概括为"以诗为词"，既显示出范畴使用上的模糊性和浑整性传统特征，复有适合直觉感悟式思维的形象直观、言简意赅之长，从而具备了作为一个理论批评现象或基本问题获取更广传播范围和生长空间的良好潜质。

第二，"以 A 为 B"现象再次印证了文类界限的辩证特征。这一方面可以从是否赞同"以 A 为 B"现象来看，赞同实质上就是认为文类之间不存在界限，反之则认为存在界限。且不论上述以文为诗、以诗为词、以文为曲之类的韩愈、苏轼、汤显祖等人，王灼、王若虚、吴衡照等人也认为文类之间不存在什么界限，故而反对批评以文为诗之类的做法。例如王灼说："东坡先生以文章余事作诗，溢而作词曲，高处出神入天，平处尚临境笑春，不顾俦辈。或曰：'长短句中诗也。'为此论者，乃是遭柳永野狐涎之毒。诗与乐府同出，岂当分异？"③ 王若虚也认为陈师道对苏轼"以诗为词"的批评"大是妄论"："盖诗词只是一理，不容异观。"④ 而以陈师道为代表的本色派坚决反对"以 A 为 B"，认为这种越界有损文类本来面貌、本有特征。陈师道说："退之以文为诗，子瞻以诗为词，如教坊雷大使之舞，虽极天下之工，要非本色。"⑤ 其他如黄庭坚、王世贞、范文若、王骥德、孙麟趾等人殊途同归，皆主张文类之间的界限。这两种截然对立态度的共存其实是文类界限辩证性的一种特殊表现形态，或谓之机械性形态、低级形态。

另一方面就现象的内涵方面而言，尽管"以 A 为 B"现象中的文

---

① 李泽厚：《中国思想史论》（上），合肥：安徽文艺出版社 1999 年版，第 309 页。
② 张海明：《回顾与反思——古代文论研究七十年》，北京：北京师范大学出版社 1997 年版，第 78、93 页。
③ （宋）王灼：《碧鸡漫志》卷二，《中国古典戏曲论著集成》（一），北京：中国戏剧出版社 1959 年版，第 113 页。
④ （金）王若虚：《滹南诗话》卷中，霍松林等校点，《六一诗话·白石诗话·滹南诗话》，北京：人民文学出版社 1962 年版，第 70—71 页。
⑤ （宋）陈师道：《后山诗话》，（清）何文焕辑：《历代诗话》（上），北京：中华书局 1981 年版，第 309 页。

类名不如说是一种修辞格,但并不意味着它们之间不存在任何差异。在上述五个内涵之中,唯有音律层面具有真正文类界限之义,即唯有此可使得"以 A 为 B"中的文类名具有文类之实;而其他四者作为某些文类的成分或特征,只具有对应的假定性,从而也体现出一种界限的辩证性。这是因为,无论风格、节奏,还是审美效果、表现手法,都不具有任何一种文类的唯一适用性,换言之,四者之于诸多文类而言,都有存在的合理性,而且有时作为一种实现更高艺术性追求,借鉴吸收还显得非常必要。且以风格为例,作为语言表现方式和效果,其表现于文类,至多只是以某风格为主而以其他风格为辅;对更多文类来说,一定的风格可以作为它们的共同追求。但丁在评论悲、喜剧风格时认为:"悲剧语言崇高雄伟,喜剧语言松弛卑微","悲剧带来较高雅的风格,喜剧带来较低下的风格"。① 这是基于古希腊罗马特定的悲、喜剧定义的,在打破这种模仿对象与文类之间的僵硬联系之后,当下层人物同样也可以作为悲剧主人公之时,曾经的语言风格的界限将不复合理。刘勰同样就文类与风格的关系指出:"渊乎文者,并总群势;奇正虽反,必兼解以俱通;刚柔虽殊,必随时而适用。""章、表、奏、议,则准的乎典雅;赋、颂、歌、诗,则羽仪乎清丽;……虽复契会相参,节文互杂,譬五色之锦,各以本采为地矣。"② 这里既指出了文类风格之同,又点明了风格之异,故欲借风格作为文类界限之准,难矣。

第三,既然风格并无从根本上区分文类界限之力,由此带来一个如何评价和认识"词为艳科"的婉约风格的问题。刘勰早就科学地提出了文章风格无优劣的观念:"文之任势,势有刚柔;不必壮言慷慨,乃称势也。""若爱典而恶华,则兼通之理偏"。③ 所以,像王世贞、郑燮、孙麟趾、张祥龄、田同之等人把词之风格一味局限于婉约,而置豪放于不顾或其次,自是偏见。例如王世贞认为:"词须宛转绵丽,浅

---

① [意]但丁:《致斯加拉大亲王书》,伍蠡甫主编:《西方文论选》(上),上海:上海译文出版社 1979 年版,第 160、174 页。
② (梁)刘勰著,陆侃如、牟世金译注:《文心雕龙译注(下)·定势》,济南:齐鲁书社 1982 年版,第 132 页。
③ 同上书,第 136 页。

至儇俏,挟春月烟花于闺襜内奏之,一语之艳,令人魂绝,一字之工,令人色飞,乃为贵耳。至于慷慨磊落,纵横豪爽,抑亦其次,不作可耳。"① 然而我们又不能矫枉过正,走向另一极端,一味排斥婉约词风,视豪放为至高典范,是亦别种偏见。而且,我们即便承认豪放词风之正典,以诗为词、以文为词之类也有值得反思之处:是否豪放之风定要通过破坏词之音律规范来实现?在辞、律兼美前提之下,豪放词风是否就无实现之可能?张炎就词之创作曾指出说:"音律所当参究,词章先宜精思。俟语句妥溜,然后正之音谱,二者得兼,则可造极玄之域。"② 张琦、李渔等人也就辞律关系指出,两者并非不可解决的对立矛盾,关键在于如何看待律在创作中的角色和作用,所以他们认为:"是束缚文人而使有才者不得自展者,曲谱是也;私厚词人,而使有才得以独展者,亦曲谱是也。"③ 故而"因其道而治之,适于自然,亦已无憾,何必不谱也?""况谱法之妙,专在平仄间究心,乃学之而陋焉者。仅如其字数逐句梔比,而所以平仄之故卒置弗讲,似此者,如土偶人,止还其头面手足,而心灵变动毫弗之有,于谱奚当焉?"④ 虽属论曲,然则词曲皆有辞、律存焉,理可通。于此,清晰地反映出以诗为词、以文为词之类行为背后的冲动与轻率。

因此,在文学批评史上,就要以一种客观、辩证的视角给予以诗为词、以文为词之类现象公正合理的结论:以诗为词之类的文学改革之功,不能遮盖犯律之不足;豪放词风于格律派之对立,不能漠视后者之合理。回顾时下已有的一些观点,如苏轼"因为强调词的文学意义,不愿把词完全作为音乐的附庸。因此在协律的基础上,不顾时人的责难,决然从严格的音律束缚下解放出来,不让内容受到损害。不让风格受到抑制,这是进步的创作态度,在词的革新方面是有积极意

---

① (明)王世贞:《艺苑卮言·隋炀帝望江南为词祖》,唐圭璋编:《词话丛编》(一),北京:中华书局1986年版,第385页。
② (宋)张炎:《词源·杂说》,夏承焘校注,《词源注·乐府指迷笺释》,北京:人民文学出版社1963年版,第26页。
③ (清)李渔:《李笠翁曲话》,陈多注释,长沙:湖南人民出版社1980年版,第63页。
④ (明)张琦:《衡曲麈谭》,《中国古典戏曲论著集成》(四),北京:中国戏剧出版社1959年版,第272页。

义的"①;"批评家常责备韩昌黎以做文章的方法去做诗,苏东坡以做诗的方法去做词,说这不是本色当行。这就是过于信任体裁和它的规律。每一个大作家沿用旧体裁,对于它都多少加以变化甚至于破坏"②,等等,只言"进步积极",不顾"不足失当",难免偏颇。不过也不尽然,孙康宜评论"以诗为词"现象时就曾辩证地指出:"诗、词之间有很多技巧可以参证互通,批评家故此才会用'以诗为词'来说明苏轼的词艺。不过,这个说法妍媸互见。首先,'词'在苏轼手中确实已大略提升至'诗'的地位。但是,我们仍然不能忘记:诗、词之间依然有一些重要的体别,忽视不得。"③ 此论诚是。

第四,"以A为B"现象是文类传统与文类之间双向互动的一个生动写照。这可以作为第二点的一个自然延伸,文类界限的辩证性在这里化作文类传统与文类之间的互动关系。而且在其中,先在文类对于后生文类的影响远胜于后者对前者的反作用,即从中我们感到了文类传统对于新生文类施加的巨大势能,文类传统显示出极强的扩张力、入侵欲。换言之,新生文类的发生、发展会遭遇到严重的身份认同危机,诸如以文为诗、以诗为词、以文为曲、以诗为曲、以赋为曲、以词为曲是也。不可忽视的是,我们从以诗为文、以曲为词这些相对少数然而确实存在的现象中又发现:后生文类并非单向地面对文类传统的压力,而是在共时态下,后生文类具有对文类传统的反动。如上述已经提及的李杜的"诗人之文"以及孙麟趾从风格角度指出的"近人作词,尚端庄者如诗,尚流利者如曲。不知词自有界限,越其界限,即非词"④ 的现象。那么为何以前一种"前对后"式的文类之间的作用为主而以"后对前"式为次呢?原因概有:一是我国文类传统在宗经思想影响下,文类的历时性发展以及由此而来的文类地位或价值渐

---

① 王运熙、顾易生主编:《中国文学批评史》(中),上海:上海古籍出版社1981年版,第143页。

② 朱光潜:《文学与语文》(中),《谈文学》,桂林:广西师范大学出版社2004年版,第70页。

③ [美]孙康宜:《词与文类研究》,李奭学译,北京:北京大学出版社2004年版,第127页。

④ (清)孙麟趾:《词径·词自有界限》,唐圭璋编:《词话丛编》(三),北京:中华书局1986年版,第2544页。

下观（详见本书《文类等级论》相关内容），使得先生文类对后出文类的这种高对下、优对劣的影响甚至"殖民"理所应当；二是因为文类传统自身性质使然。传统具有显著的两面性：既是进步发展的丰厚土壤，又是必须突破和跨越的惰性之墙，即传统是集推动力和阻碍力于一体的复杂混合体。于是，要求新生文类一方面要充分吸收和借鉴文类传统之长，奠定发展、成熟的良好条件；一方面则须认清两者之间的界限，保证自身相对于文类传统的独立性。在此构建借鉴与独立之间合理张力的过程中，文类传统之惰性作用极易演绎成"前对后"式的"以 A 为 B"现象。

第五，"以 A 为 B"现象的文学史意义还在于其作为促进和推动其他文类出现的媒介或催化剂。这一点尤其表现在"以文为诗"现象与词这一后生文类之间的关系上。"以文为诗"现象的提出和争论是推动和促进词产生的重要因素之一。这是因为："以文为诗"强调的是文学作品的实在内容及其表达自然，它们是通过在格律诗框架内语言组织结构的变化实现的，所以导致了"格不近诗"的非本色之评。这就使得文学史进程有这样一种潜在需要：如何避免或化解"以文为诗"带来的非本色困境？在对实在内容自然表达的同样要求下，化解之途径无非是尝试改变格律诗整齐句式及其音律特点，尽力为内容的自然表达创设更为适宜的表达载体。这就需要在文学发展过程中对格律诗再次进行内在革新和变化的积极扬弃。比如把整齐划一的句式"破坏"为长短不一，且在绝对主导欣赏习惯的单字数句式基础之上增添了奇偶兼备，从而又化解了律诗中对仗的掣肘；在字句平仄要求上，词尽管表现出更趋细致的一面，却更具多样灵活，诸如此类，孙康宜对此有比较中肯的描述：

> 近体诗兴起之后，诗人并不废句长一致的传统，诗行亦以奇数句为主。高手所制，莫不如此，甚且愈演愈烈。总之，近体诗坚持标准诗行，雷池是一步也不能跨越。不写诗便罢，否则惟五、七言是尚。
>
> 就在这个关口，"词"倏然窜出，奇偶字数开始并现在诗行里。律诗的格律早已根深蒂固，然而，上述现象下出现的"词"

却是对传统的反动……其实,"长短句"只是一种词式,是有别于律诗的诸种因素中的一环。就词的技术层面而言,另有一点我们宜加注意,亦即仄韵有增多之势,而同一首词兼用平、仄韵来押的情形也时有所见,例如"平韵平韵仄韵仄韵/平韵平韵仄韵仄韵"的形式。据常用的传统格律,律诗所叶的韵一向局限于平韵,仄韵罕见使用。此外,也只有偶数句尾(首句除外)会押韵,例如"仄起式"的"不韵、韵、不韵、韵、不韵、韵、不韵、韵"格,或"平起式"的"韵、韵、不韵、韵、不韵、韵、不韵、韵"格。由是观之,词韵词律和传统律诗实大有抵牾。①

这种诗词之间音律上的"抵牾"以及句子在直观形式上的长短参差实质上就为此前以文为诗进行的非本色表达,赢取了崭新的表达机会,提供了更多的便利选择。在"以诗为诗"和"以文为诗"的冲突中,借一新文类的出现平息本色与非本色之争,是"以文为诗"现象的文学史回响,是"以文为诗"现象在文学史大树上的结果。

值得一提的是,在文学史中,尽力为内容的自然表达创设更为适宜的表达载体具有一种较强的普遍性。胡适曾把这种发展动力观运用来解说我国诗的进化和诗的类型进化同步的历史现象。他说:"形式上的束缚,使精神不能自由发展,使良好的内容不能充分表现",于是他以从《诗三百》经骚赋、五七言、词、曲直到新诗的诗的类型发展历程为例,印证其"诗的进化没有一回不是跟着诗体的进化来的"观点②;钱锺书更是明确指出:"诗文相乱云云,犹皮相之谈。文章之革故鼎新,道无它,曰以不文为文,以文为诗而已。向所谓不入文之事物,今则取为文料;向所谓不雅之字句,今则组织而斐然成章。谓为诗文境遇之扩充,可也;谓为不入诗文名物之侵入,亦可也。"③ 充分肯定了"以文为诗"现象在文学史上所具有的动力性质,也揭示了这

---

① [美]孙康宜:《词与文类研究》,李奭学译,北京:北京大学出版社2004年版,第4页。

② 参看《谈新诗》,姜义华主编:《胡适学术文集·新文学运动》,北京:中华书局1993年版,第385—389页。

③ 钱锺书:《谈艺录》(补订本),北京:中华书局1999年重印,第29—30页。

种动力性质之中包蕴的字句、对象等方面的内涵，惜其缺少了对这种动力结果的进一步申说。我们关于"以文为诗"现象与词这一文类出现之间的促进与推动关系的提出，或可补此阙。

第六节　跨文类写作现象辨析

跨文类写作（no-genre writing）倡导文类之间界限的模糊，尝试突破文类界限，是发生在文类界限与文学创作关系场中的又一特殊现象，也是文类及其理论发展史上无可回避的研究内容之一。在西方文学界，跨文类写作诞生于1960年代以降的称之为后现代主义的文化氛围中；在我国，跨文类写作兴盛于1990年代，1999年甚至被文学批评界视为"跨文体写作年"。跨文类写作的表现形式、内涵以及出现缘由等问题引起了广泛关注和思考，见仁见智，很有进一步探讨之必要。

一、当前跨文类写作现象内涵理解上的分歧

跨文类写作是什么？文学评论界迄今在这个基本问题上认识不一，言人人殊，反映出当前研究工作的薄弱与不足。这一点首先可以从术语的运用上体现出来，诸如"文体越界"、"反文体"、"无体裁写作"、"跨文体写作"、"非小说"、"文备众体"、"文体实验"、"凸凹文体"之分；就是在英译上亦有 no-genre writing、multi-genre writing、cross-style writing、cross writing style、the merge of genres 之别。总体来说，当前关于跨文类写作现象内涵上的分歧，大致包括下列三种观点：

一是文类"陪衬"观。"陪衬"一词来自厄尔·迈纳，"是指一种文类具有另一种文类的特征但又不是那种文类"[①]。这类现象如小说的散文化、诗化和诗的散文化、小说化、戏剧化等。持论者代表有郑家

[①] ［美］厄尔·迈纳：《比较诗学：文学理论的跨文化研究札记》，王宇根等译，北京：中央编译出版社1998年版，第142页。

建《"文体越界"与"反文体"写作》(《鲁迅研究月刊》2001年1期)、吕周聚《"无体裁写作"与文体狂欢》(《首都师范大学学报》社科版2005年1期)、高瑞春和李莉《〈红楼梦〉的跨文体写作方式》(《曲靖师范学院学报》社科版2005年1期)、陈剑晖《论20世纪90年代中国散文的文体变革》(《中国社会科学》2001年5期)、程文超《论陈国凯长篇〈一方水土〉的跨文体写作》(《学术研究》2001年2期)、欧怒和王珂《论诗歌文体对小说文体的影响及小说诗化的成因》(《理论与创作》2005年3期)、纪德君《明清通俗小说文体交叉、融混现象刍议》(《学术月刊》2004年1期)、邓晓成《文学泛化及其文体意义》(《当代文坛》2005年1期)等。这是相对占主导地位的一种观点。例如郑家建把跨文类写作称之为"文体越界",其实质就是"把多种文体的艺术特征都创造性地融合在一起,表现出一种明显的杂多性"①。高瑞春明确地给出了定义:"跨文体并不是几种文体简单的相加,更不是简单的杂糅,而是跨越单一文体边界,充分吸收借鉴其他文体的长处,融汇多种表现体式,'终究应在众多文类中确定一个主导性文类,让读者感觉到明确不致混淆的文体特征'。"② 邓晓成也就跨文类写作指出说:"各种文学文体在发展中纷纷吸取其它文体的特点,如小说的散文化、诗歌的散文化、小说化、戏剧化等等,跨文体写作已成为一种普遍的文学写作现象,文体之间鲜明的界限日益模糊化了。"③

与之近似而又有所区别的是俄国形式主义提出的文类功能与形式要素之间的演变问题。俄国形式主义一方面认为"体裁的特征是多种多样的,可以存在于艺术作品的任何方面"④;一方面又认为主导某文类的特征程序具有历史性,例如,"现在,一部小说是否归于小说类别,要看这部作品的篇幅长短和情节的展开;而在过去则是根据这部

---

① 郑家建:《"文体越界"与"反文体"写作》,《鲁迅研究月刊》2001年1期,第28页。
② 高瑞春、李莉:《〈红楼梦〉的跨文体写作方式》,《曲靖师范学院学报》(社科版)2005年1期,第42页。
③ 邓晓成:《文学泛化及其文体意义》,《当代文坛》2005年1期,第23页。
④ [俄]什克洛夫斯基等:《俄国形式主义文论选》,方珊等译,三联书店1989年版,第144页。

作品是否包括爱情的曲折情节来决定的"①。因此，就会产生跨文类现象，即：某文类的非主导程序即次要特征就有可能出现在其他文类之中，诞生诸如史诗体小说、戏剧小说、抒情小说之类。又如当诗歌的主导程序由格律变更为节奏、句法或词汇之后，曾经的诗歌的主导程序——格律就会被允许应用于散文创作之中，出现有格律的散文这一新生类型。此说可与迈纳的"陪衬"说互为表里。

　　二是文备众体观。这种观点认为跨文类写作就是指在作品整体性归属某种文类的前提下，作品局部散落着其他文类。如《三国演义》、《红楼梦》等一大批古代章回体小说即属此类，在小说中夹杂大量的诗词歌赋等文类；又如《聊斋志异》、《莫扎特与狼帮》等。持论者有李汉举《〈聊斋志异〉文体研究述评》（《厦门教育学院学报》2003年3期）、脱剑鸣和蒲隆《伯吉斯〈莫扎特与狼帮〉中的跨文体写作》（《兰州大学学报》社科版2003年5期）、任蓝《从"小说"到"非小说"》（《学术交流》2003年10期）、李小菊《20世纪中国古代章回小说文体研究述评》（《中州学刊》2002年4期）等。例如脱剑鸣、蒲隆在评论英国作家安东尼·伯吉斯时说："伯吉斯的独特之处，就是他不再让文体'各从其类'，而是把众多文体用到同一部书中，从而创造出一种理论界称之为'跨文体写作'的新'品种'。"② 然而，文备众体观比较复杂，除了上述理解之外，尚有把文备众体观等同于文类"陪衬"观的，如林荣松指出五四小说中的诗化、散文化、杂感化、自传化等"文备众体"的特色，关键即在于其善于"利用其他文体之长，来丰富小说的表现手段"。③ 另有一种观点则是一种综合，认为文备众体观既指整体与局部的众多文类的共存，又指文类"陪衬"观。如王一川就认为"跨体文学"之"体"不仅包括诗歌、散文、小说等文类，而且包括叙事、抒情等具体表现方式。④ 在赵联成、张仙权《后现代文化语境中的跨文体写作》中，跨文类写作一方面包括其他文类特征的吸

---

　　① ［法］茨维坦·托多罗夫编选：《俄苏形式主义文论选》，蔡鸿滨译，北京：中国社会科学出版社1989年版，第109页。
　　② 脱剑鸣、蒲隆：《伯吉斯〈莫扎特与狼帮〉中的跨文体写作》，《兰州大学学报》（社科版）2003年5期，第121页。
　　③ 林荣松：《传统的认同与超越》，《晋阳学刊》1995年6期，第75页。
　　④ 王一川：《倾听跨体文学潮》，《山花》1999年1期，第84页。

取,如"诗性的、富于色彩的语言,广泛、自由地运用小说的描写与叙述,散文的铺陈,诗的直觉理性与穿透力,批评的分析等等一切文学创作与批评的技巧与法则";另一方面又包括"异质的文体杂糅",即众多文类的连缀,如苏童《你好,养蜂人》、刘恪《蓝色雨季》和《城与市》之类,就是由小说、诗歌、散文以及新闻、广告、地方志等文章类型组合而成。①

三是复数归类观。这种观点从作品归类角度认为作品整体而非局部策略上同时可以归属不同文类,从而构成一种跨文类写作的现象。皇甫积庆《结构·解构·建构》(《鲁迅研究月刊》1997年4期)评论鲁迅文类思想时就列举了众多跨文类写作现象,如:小说集《呐喊》中《鸭的喜剧》、《兔和猫》、《社戏》是小说还是散文?散文诗集《野草》中《过客》是戏剧还是散文诗?散文集《朝花夕拾》中《猫、狗、鼠》是杂文还是散文?不一而足。其他如赵联成、张仙权在论述跨文类写作过程中举例说:"张贤亮的《我的菩提树》,则彻底抛弃了传统小说的构成要素,文本由一则则日记和对日记的注释组成;史铁生的《我与地坛》,既是一篇优秀的散文,也是一部独具韵味的小说,不少人就将其收入到了不同版本的散文集和小说集中。"② 与张贤亮相似的还有韩少功的词典与小说的嫁接体《马桥词典》、张大春的周记与小说的嫁接体《少年大头春的生活周记》以及诗人苇鸣的广告剧与诗的嫁接体《对话》,等等。

二、跨文类写作内涵分歧的批判

当前这三种主要内涵分歧,距离跨文类写作原初模糊和突破文类界限的宗旨尚远。这是因为:

从文类"陪衬"观来看,正如在上一节中提到的那样,文类特征并不等同于文类,两者之间不存在着对应关系的唯一性。钱锺书就用"诗情"与"诗体"来表示两者的关系,他说:"诗情诗体,本非一事","若论其心,则文亦往往绰有诗情,岂惟词曲。若论其迹,则词

---

① 赵联成、张仙权:《后现代文化语境中的跨文体写作》,《山西大学师范学院学报》2001年4期,第20、23页。

② 同上书,第23页。

曲与诗，皆为抒情之体，并行不倍"。① 所以那种理想中的纯粹文类并不存在，任何一种文类都夹杂着其他文类的特征，只不过这种文类特征处于次要、附属的"陪衬"位置而已。这里我们不得不提及瑞士著名诗学家埃米尔·施塔格尔（Emil Staiger）。其重要的工作或贡献就是对于西方三分法的改造，认为"诗学的基本概念"如果仍然沿用名词性表述，难以适应文学实际生活之需，于是改造成为形容词性的"品质"（qualitat）名称，即叙事式的（episch）、抒情式的（lyrisch）、戏剧式的（dramatisch），等等。进而提出纯叙事诗、抒情诗或戏剧诗并不存在，"任何一部诗作本身必定参与了所有的'类'，如同在任何一种语言的表述中，不论这种表述是多么地原始，语言的整个本质是参与了的或者至少具有它的特性。我们实际上仅仅看出这种韵文是以抒情式为主的，那种是以叙事式或戏剧式为主的"②。而且这种参与密度越高，作品的艺术性越强。另外热奈特也提出"文类"和"方式"表示这种区别，他说："体裁是真正意义上的文学类型，而方式则是属于语言学的类型。"③ 因此，文类"陪衬"观下的文本文类归属仍然清晰可辨、明确易察。若从更高意义上说，既然文类"陪衬"现象具有普遍性，那么这种对于跨文类写作的认识就是个伪命题，丧失了存在的必要性。

　　从文备众体观来看，它是对于"陪衬"观的一个进步④，"众体"包括了独立地位的文类。这种观点比较复杂一些，由于"陪衬"一类已经论述，我们只需考察和审视众多文类的连缀和杂糅这一种情形即可。其又可以分为两种不同性质的文备众体：一是如我国古代章回体小说，一是如先锋派文本。前者出于情节表现的需要，诸如人物典型刻画、文学创作活动、议论抒情等，借以诗词歌赋曲等文类，造成一

---

　　① 钱锺书：《谈艺录》（补订本），北京：中华书局1999年重印，第30页。
　　② ［瑞士］埃米尔·施塔格尔：《诗学的基本概念》，胡其鼎译，北京：中国社会科学出版社1992年版，第1、147页。
　　③ ［法］热拉尔·热奈特：《广义文本之导论》，《热奈特论文集》，史忠义译，天津：百花文艺出版社2001年版，第49页。
　　④ 有学者将此两种情形统称为"异种文体文本互动"，回避了"跨文类"说法。参见赵辉《中国文学发生发展的内在机制研究》，《文学评论》2013年6期，第150—151页。

种文类中有文类的套娃式景观。这种文类中的穿插文类不是不可缺少的，不是一种功能性的存在，对作者、作品或读者而言，完全可以换之以其他一般性文字表述而对整个文类状况无甚决定性影响。它们只是创作的选择之一。此亦即西方符号学美学代表之一的苏珊·朗格指称处理不同艺术之间关系的"同化原则"："当不同种类的艺术品结合为一体之后，除了其中的某一种个别艺术品之外，其余的艺术品都会失去原来的独立性，不再保留原来的样子。"① 后者则不然，作为连缀的文类是文本不可取消的组成部分，这种取消并非从有损艺术效果而言，而是说，它们是作者构成文本的核心方式。没有它们，先锋文本就会走向自我否定。因此"众体"对先锋文本来说是功能性的。文备众体在前者，不仅文类界限没有模糊，而且小说文类由于其他众体的参与更增艺术性。因此，有论者（如高瑞春、李莉）也把这种文备众体视为文类"陪衬"观的别种。文备众体在后者，由于一系列文类甚至非文学式样（图片、新闻、广告、法律文书等）的拼接连缀，强烈的解构色彩使得文将不文，遑论"写作"？有论者指出"另外的一些更极端的'跨文体写作'文本，很多时候不仅失去了文学体裁的'体'，而且也同时失去了文学艺术的'文'和'艺'，变得什么都没有了"②。这里的"另外的一些"指的或许就是此种先锋文本对跨文类写作的实验。所以这两种文备众体，"要不没有'跨'出去，要不'跨'得不伦不类"③，皆难名之为"跨文类写作"。

再从复数归类来看，这对于第二点又有进步性，以往局部上的文类连缀此时一跃而为整体性的文类地位，所谓"亦此亦彼"是也。似乎距离跨文类写作近在咫尺。然而问题在于：一是这类作品尽管具有跨文类性质，仍然有类可归，只是增添了选择余地，所以作品的文类界限还是清楚明了，并没有发生模糊现象。即便如《狂人日记》、《马桥词典》之类，人们的审美重心也绝不会简单停留于日记、词典类型上。更为关键的第二点是，这类作品反映出来的跨文类性质对于读者

---

① ［美］苏珊·朗格：《艺术问题》，滕守尧等译，北京：中国社会科学出版社1983年版，第80—81页。
② 郝雨：《跨文体写作与诗化小说》，《理论与创作》2003年1期，第63页。
③ 赵勇：《反思"跨文体"》，《文艺争鸣》2005年1期，第7页。

接受并没有带来任何障碍、阻塞,这是鉴定文类界限模糊之核心要素。

由是观之,上述我们对于跨文类写作内涵分歧的批判无疑昭示出一个极其简单的道理,那就是不容乐观的研究现状:"跨文体写作涵纳百川、杂色多样的结构形态目前尚难得到学界的共识,也无从对其作出科学的体裁界定与定位"[①];"何谓'跨文体'依然成了一个悬而未决的问题"[②]。

三、跨文类写作现象之我见

通过以上论述,我们以为很有必要对跨文类写作寻求新的诠释空间和解读视角。值得注意的是,已有的关于跨文类写作现象的内涵展示,多侧重和纠缠于创作实践的维面而大大忽视了重要的理论向度。这可能是导致探讨陷入僵局、迟迟不能实现突破的最大症结所在。尽管也有论者试图侧重于从理论上切入(如赵联成、张仙权等),然而他们的目的仍然归之于跨文类写作的实践动因论,还是囿于创作实践的层面。其实,理论和实践之间的关系密不可分,理论要以实践为基础,实践亦离不开理论的指导和影响,并对理论具有反作用力;但并非否认各自的独立性。文学史、文论史中理论之于创作的滞后现象或者创作之于理论的滞后现象以及理论之于文学创作实践高悬理想范本等事实无不印证这一点。所以理论向度为我们试图揭开跨文类写作现象之谜提供了难得的契机。为此不妨提出一种新的跨文类写作观,即跨文类写作是后现代主义所撷取的文学理论主张之一,是后现代主义的理论品质在文学创作上的理想反映。简言之,跨文类写作是后现代主义的一种文本策略。这可以从以下两个互动的方面来看:

第一,从文类发展史来看,后现代主义是其重要组成阶段。探讨跨文类写作,必须首先把它置于文类发展史中去观照,而这恰恰在当前研究界是严重缺场的。不从文类自身发展史视角入手,我们就把握不准跨文类写作出现之必然性。

从古希腊罗马到 21 世纪这一漫长的时间之河里,文类自身在文学

---

① 赵联成、张仙权:《后现代文化语境中的跨文体写作》,《山西大学师范学院学报》2001 年 4 期,第 20 页。

② 赵勇:《反思"跨文体"》,《文艺争鸣》2005 年 1 期,第 7 页。

思潮的起伏激荡中经历了显著的功能或性质的变迁。一般来说，从古希腊罗马到前浪漫主义时期，文类凌驾于创作、批评之上，扮演着制定规则、实施定义的命令者、指挥者角色，主张严格恪守文类界限，"党同伐异"。发轫于18世纪末19世纪初的浪漫主义文学，崇尚主体个性创造和内在情感抒发，曾经居高临下的文类遭受到了第一次消解和冲击，情感抒发代替客观模仿，个性创造压倒文学类型，在柏格森、克罗齐等人为代表的批评家眼中，"文类"生命凋零，个体文本粉墨登场。文类从至高点到最低处的身份"蹦极"，其间的巨大悬殊和落差在人们心理上产生了一股强烈的反弹能量，促使人们重新反思文类存在的合理性。

自20世纪初俄国形式主义伊始，栖居于文本世界的文类东山再起，蜕变为构成文本的表达技巧和方法的集合，特别是被赋之以历史发展的性格，从而掀开了现代文类发展的序幕。随着以海德格尔和伽达默尔为代表的现代哲学解释学的兴起，以姚斯、伊瑟尔为双子星座的接受文论横空出世。受此影响，文类又从语言樊笼内化到接受之躯，以工具论的姿态服务于作品的阅读和欣赏。文类在文学接受的顺利、正常进行中发挥着关键作用，对作品的最大误解也来自于接受者对作品归属文类的误解。然而就在人们刚刚走出浪漫主义时期的第一次"文类之痛"时，始料未及的第二波冲击又将袭来，那就是后现代主义的降临。"后现代主义是指符和意符的分离和意符的消失。"① 例如后结构主义主将德里达就反对逻各斯中心主义，否定终极意义，认为"语义永远无法和它自身相一致。它是一个区分或衔接过程的结果，亦即符号之所以代表其自身只因为它们不是其他符号"②。于是在无中心、无限级的符号能指替换的差异游戏中，"先验的所指的缺席就使表意的领域及表意的游戏无限地扩展了"③。由此带来的一个后果是，文类曾经作为文学接受的工具论受到严峻挑战，文类之于阅读接受的阐

---

① ［美］詹明信：《晚期资本主义的文化逻辑》，［美］张旭东编，陈清侨等译，北京：三联书店1997年版，第292页。

② ［英］特里·伊格尔顿：《文学原理引论》，北京：文化艺术出版社1987年版，第153页。

③ ［法］雅克·德里达：《人文科学语言中的结构、符号及游戏》，［美］戴维·洛奇编：《二十世纪文学评论》（下），葛林等译，上海：上海译文出版社1993年版，第538页。

释功能瞬间遭到解构："文类疯狂了!"这种"疯狂""在文学上具有讽刺意味的是，在实践并吸收所有文类之时却从未使自身融合于一个文类目录中"①。换言之，文类的"疯狂"消解了古典主义、现代主义文学中的文类界限，创作中不必再谨守明确的文类法则的制约和引导，因为文类的法则"是一个无理性、保守的努力，把秩序施加在最终是无限的和不稳定的文本之上"②。这就导致后现代主义作家"他写出的文本，他创作的作品在原则上并不受制于某些早先确定的规则，也不可能根据一种决定性的判断，并通过将普通范畴应用于那种文本或作品之方式，来对他们进行判断。那些规则和范畴正是艺术品本身所寻求的东西。于是，艺术家和作家便在没有规则的情况下从事创作，以便规定将来的创作规则"③。在后现代主义的汹涌大潮中，我们迎来了模糊文类界限的时尚，它的现实表现就是：跨文类写作。

第二，从后现代主义来看，去界限是其重要的生存策略。如果说，从文类发展史角度可以为跨文类写作的出现找到必然性的答案，那么再从后现代主义的视野出发，又可以为这种必然性在历史坐标系中描画出另外一支必然性之轴。所以设若不就后现代主义视角，我们就不能理解跨文类写作出现的必然性。

关于后现代主义，我们首先得认识其产生的特殊社会背景或者说是后现代主义身后强烈的社会批判意识。图甘诺娃对此有比较清晰完整的解释，他说，后现代主义"是由历史现实和社会现实造成和制约的"。详言之，"晚期资本主义社会内部的总危机现象，说得具体些，就是四十年代末和五十年代前半期社会上普遍流行的压抑感和反唯智论都影响了美国的文化。笼罩全人类的核战争的阴影，反法西斯战争的胜利（它曾激起民主主义乃至浪漫主义的希望），但并没有导致社会的精神健全和深刻的社会经济改革，反而造成人们的悲观失望以及极右势力几乎战争一结束就猖獗起来"。"在这种情况下，后现代主义强

---

① Derrida, Jacques, "The Law of Genre," *Glyph* 7 (Spring 1980), Rpt. *Critical Inquiry* 7 (Autumn 1980): 81.

② Bawarshi, Anis, "The Genre Function," *College English* 62.3 (January 2000): 344.

③ ［法］让－弗朗索瓦·利奥塔德：《何谓后现代主义?》，王岳川、尚水编：《后现代主义文化与美学》，北京：北京大学出版社1992年版，第52页。

烈地谴责现存制度，开始建立自己的艺术世界和生活方式，希望借助艺术、通过艺术同生活的融合，以谋取社会改革。"于是作为后现代主义大家庭成员之一的文学艺术开始被寄望于通过与日常生活的最大融合，即虚构与现实界限沟壑的抹平填充，达到培养社会改革需要的"新的感性"即人的意识革命之目的。所以"反分解"、"无界限"成为后现代主义的信条，成为它重要的生存策略，"和民主制、反等级制、反极权主义交错在一起"。① 因此，伊格尔顿（Terry Eagleton）如此定义后现代主义，它"是一种文化风格，它以一种无深度的、无中心的、无根据的、自我反思的、游戏的、模拟的、折衷主义的、多元主义的艺术反映这个时代性变化的某些方面，这种艺术模糊了'高雅'和'大众'文化之间，以及艺术和日常经验之间的界限"②。于是，当后现代主义的"无界限"信仰反映到文学创作中，就是文类界限的模糊，即跨文类写作的问世，借意义规则的模糊、文本深度的消弭、审美感受的新奇等途径作为批判日益恶化的社会生态危机和精神危机的症候，引发人们对于自我和社会的深刻反思和疗救吁求。正如哈奇所说："当代关于社会和艺术规则的边缘和界限的重要争论，也是典型的对先前所认可的界限作出的后现代越界的结果。"③

由此可见，跨文类写作是后现代主义在文学领域的重要理论主张之一，也是其生存策略内容的重要组成部分，肩负着服务社会改革的重任。这是我们解读跨文类写作的重要认识基础，是"体"；其他的众多后现代主义诗学、美学，如让－弗朗索瓦·利奥塔德（Jean-Fransois Lyotarod）、伊哈布·哈桑（Ihab Hassan）、W. V. 斯潘诺斯（Spanos）、查尔斯·纽曼（Charles Newman）等关于模糊文类界限的阐说都是一种特征性概括和描述，属于"用"。如果不能紧紧把握这条主线，我们对于跨文类写作现象就可能发生种种误读。无怪乎伊格尔顿在回顾和小结西方20世纪文学理论史时这样提示我们："我通过全

---

① ［苏］图甘诺娃：《后现代主义及其哲学根源》，王岳川、尚水编：《后现代主义文化与美学》，北京：北京大学出版社1992年版，第187、198、202—203页。
② ［英］特里·伊格尔顿：《后现代主义的幻象》，华明译，北京：商务印书馆2000年版，第1页。
③ ［加拿大］林达·哈奇：《后现代主义诗学理论》，王岳川、尚水编：《后现代主义文化与美学》，北京：北京大学出版社1992年版，第270页。

书想要说明的是：现代文学理论的历史就是我们这个时代的政治与意识形态的历史的一部分。"①

文类与后现代主义两者之间互动关系的演绎说明，清晰地揭示出跨文类写作现象出现的两种必然性的偶然统一。跨文类写作在理论向度上顺理成章地担当了两者互动的中介点。更为重要的是，跨文类写作作为后现代主义表现于文学领域的理论追求这一观点的提出，可以为我们走出当前学界跨文类写作研究之僵局、困惑指点迷津，回答人们对于跨文类写作尚存的诸多疑问。在这方面，我们有必要提及赵勇《反思"跨文体"》一文。此文从跨文类写作的内涵、症候以及遗留问题三大方面对纷纷扰扰的跨文类写作现象作出了深入剖析，全面质疑和批判了跨文类写作现象，提出作为一次中途流产的文类革命，至今并没有让我们走出跨文类写作的迷阵，并没有给出合理的解释定义，认为跨文类写作一方面是"文学期刊鼓吹之下的产物"，"主要还是主编或编辑意念中的产物"；一方面则是部分崭露头角的文坛新手"影响的焦虑"的显现，即"在西方后现代主义的写作实践面前，在中国80年代先锋作家的创作实绩面前，他们如何才能证明自身的存在，如何才能搭上'后先锋'的末班车"，并从生命体验之于文类革命的必要性出发，提出无目的的跨文类写作作为伪命题的可能性。② 总之，该文是综合考察跨文类写作的里程碑式的优秀研究成果。

最后需要进一步申明的几点是：首先，关于跨文类写作这个命题的真伪问题。设若它是个伪命题，也和这里提出的后现代主义文学理论主张之一的观点不相矛盾。这一方面体现出理论之于实践的独立性，因为后现代主义为了彰显自身存在的合理性，大有必要提出自己的一整套理论主张，作为与此前的古典主义、现代主义区别的有效标志。而在实践中这一文学理论主张是否有效则属第二层次的问题。另一方面，理论施之于实践的不理想或是失败，又从文学这一侧面管窥出整个后现代主义流派内在的某种激进、极端或是过度的冲动，即后现代主义当中的无理性成分。如此而言，跨文类写作是一把双刃剑，既是

---

① [英]特里·伊格尔顿：《文学原理引论》，北京：文化艺术出版社1987年版，第228页。

② 赵勇：《反思"跨文体"》，《文艺争鸣》2005年1期，第6—10页。

积极支持后现代主义理论的响应者，又是后现代主义实践的忠实检察官。后现代主义凸现出某种自我解构的特征性格。而对此特征性格，阿兰·罗德威（Allan Rodway）、林达·哈奇、伊格尔顿、大卫·莱昂（David Lyon）、拉尔夫·科恩等人曾多次指出过。莱昂说："后现代主义是个新的但自相矛盾的文化范式。"① 科恩也说："没有边界的'后现代主义'写作，像后现代主义写作被它们固定了那样，都是一种虚构。"②

其次，关于论者提及的跨文类写作的动机问题③，研究者提出生命体验之于文类革新的必要性、穷则思变的文学发展通变观来质疑和考量跨文类写作背后的期刊策略和焦虑表征，揭示出无为的人为性即为跨而跨，之于后现代主义有为的人为性的重大区别。所有这一切问题，其实都可以视作对于跨文类写作本质中后现代主义投射在文学领域的理论理想的注释，反衬出后现代主义氛围里跨文类写作的理想性品质。一是创作实践未必能够真正实现理想性追求，同时理想性追求尚有一个合理与否的证实过程；更为重要的是，就我国跨文类写作的表现而言，脱离特定的社会现实背景，侈谈跨文类写作就会失去立根之本，成为空中楼阁，落下画虎类猫之笑柄。

最后，关于跨文类写作与产生新型文类的关系问题，我们需要拥有一种开放、包容的积极心态，客观辩证地反思后现代主义带来的跨文类写作现象。这里我们得防止和避免两种不良情形：一是把文学过

---

① ［加拿大］大卫·莱昂：《后现代性》，郭为桂译，长春：吉林人民出版社 2004 年版，第 129 页。

② ［美］拉尔夫·科恩：《后现代风格存在吗》，［法］热拉尔·热奈特等：《文学理论精粹读本》，阎嘉编，北京：中国人民大学出版社 2006 年版，第 309 页。

③ 除了赵勇《反思"跨文体"》一文外，南帆《文体的震撼》（《当代作家评论》2001 年 3 期，第 8—10 页）一文同样对我国文学界跨文类写作的动机提出了质疑。赵文指出："如果说西方的后现代主义写作在哲学的层面上有着明确的反叛目标，那么，当《遗忘》把史实资料、艺术图片、美术作品熔为一炉、把虚构、纪实、改写、考证做成一锅时，它除了造文体之反还反叛了什么呢？"（第 8 页）"我们的作家是不是已经把诗、散文和小说分别写到了极致？如果一个作家还没有把小说写得更是小说、诗写得更像诗，他却开始在'跨文体'的沙场上信马由缰，这究竟是文体革命还是写不好小说或诗歌的托辞呢？"（第 9 页）南文指出："对于那些热衷于从事文体实验的作家来说，一个事先的设问是必要的：你就要脱离文学的常规了，你是否已经有把握比常规的教导做得更好？"（第 10 页）

分附加上社会功能，无视文学独立的审美位置和角色，一味地迎合社会批判。我们并非拒绝文学所具有的社会批判功能，但那要通过审美途径去达到，而非让文学失之为文学而后能。二是要再次避免文学的极端客观化，文学史已经证明形式主义派别之弊病，像我国跨文类写作中又存在着把文学创作蜕变为文类拼接之游戏杂耍的不良倾向。所以，后现代主义之中的跨文类写作展现给我们的文本新感性，合理性之一倒是启迪我们思考与时俱进的创立新文类之可能。在表达媒介日益丰富的今天，在社会发展日益多元的当下，只要能够更加有助于情感之表达，只要能够更加有助于文学生命力之张扬，我们对降生新文类充满期待、充满信心。

第四章　文类与文学经典论

　　文学经典是文学史上令人着迷而又颇令人犯难的特殊物什,这是因为,虽然文学经典作为"写得好一些,在水面浮游得较久一些"① 的文学作品会更为吸引我们的阅读注意,但是文学作品跻身文学经典的嬗变演绎过程却非文学作品自身一极所能说明殆尽,它是一个广泛涉及意识形态、传播媒介、审美倾向、批评标准等诸多因素的复杂问题。

　　本章非专题讨论何谓经典、经典如何形成、经典的变革与重构等文学经典研究的专文,而是把之前研究中涉及的文类与文学作品关系,提升聚焦至文类与文学作品中的经典这一关系层面,进一步探究文类与文学经典互动关系中揭示出来的一些文学理论现象和问题,深化和拓展我们对于文类问题以及文学经典问题的研究和认识。

第一节　关于"文学经典"

　　问"什么是文学经典",就好像问"文化是什么"一样,一千个人会有一千种风格迥异的答案。在文论史上,阿诺德(Matthew Arnold)、艾略特(T. S. Eliot)、圣伯夫(C. A. Sainte-Beuve)、博尔赫斯(J. L. Borges)、阿尔提耶里(C. Altieri)、克默德(F. Kermode)、A. 福勒(Fowler)等都曾给出各自的定义,但是结果可想而知,莫衷一

---

① 歌德语,见伍蠡甫主编:《西方文论选》(上卷),上海:上海译文出版社 1979 年版,第 469 页。

是，言人人殊。尤其令人瞩目的是，意大利作家伊塔洛·卡尔维诺（Italo Calvino）在上世纪90年代出版的《为什么读经典》（1991）中一下子为我们呈现了他所理解的十四种关于文学经典的定义，令人目不暇接甚至无所适从。在中国，情形大抵近似。童庆炳就曾专文指出：考问文学史上哪些作家是经典作家、哪些作品是经典作品，"不是简单的问题"。文学经典变动不居，它是一个不断建构的过程，它受制于诸如文学作品的艺术价值、文学作品的可阐释的空间、意识形态和文化权力变动、文学理路和批评的价值取向、特定时期读者的期待视野、读者（包括发现人和一般阅读者）等一系列复杂因素。①

为此，本章拟采用比较宽泛的"文学经典"概念及其内涵：

> 以文学名家而言，canon泛指构成一个作家创作光谱的重要著作系列……以一国的文学而言，"国家正典"（national canon）是经由专家学者等权威人士认可，或历经时间考验仍留存下来，足以代表国族精神及文化传统的典籍或作品，与文化母体源流有紧密的关系……文学经典著作或所谓"名著"（"Great Books"），以及恒常被选入文选集（anthology）中的作品，或被学府选定为必读的文学著作，都可视为正典。②

在这种意义上，本章在论说过程中将视"文学经典"与"第一流作品"、"完美的作品"、"杰作"、"天才之作"、"伟大作品"等为同类概念。

第二节　压力与反抗：文类的规范诗学与文学经典

任何一种文类的产生、确定，都有其具体文学作品作为前提和基

---

① 童庆炳：《文学经典建构诸因素及其关系》，《北京大学学报》（哲学社会科学版）2005年5期，第71—78页。
② 张错：《西洋文学术语手册》，台北：书林出版有限公司2005年版，第46页。

础。伴随着文学创作的日渐丰富多样，文类是对众多相似特征的文学作品由数量到质量上的整理、归纳和总结。一旦以某些文学作品为基础诞生某种文类时，反过来，这些充当文类产生基础材料角色的一个或某些作品就会被文类释读自我的需要而被树立为文学经典。故而从发生学意义上，我们可以说：文学经典是因文类而被建构的。

例如，《文心雕龙》从总体源头上提出"征圣""宗经"说，认为天下文章类型皆出自于五经："论、说、辞、序，则《易》统其首；诏、策、章、奏，则《书》发其源；赋、颂、歌、赞，则《诗》立其本；铭、诔、箴、祝，则《礼》总其端；记、传、铭（盟）、檄，则《春秋》为根。"在"五经"为一切文章类型的元文本前提下，全书论及的三十余种文章类型莫不穷根溯源至起初单个的具体文本。刘勰指出"诗"文类是"兴发皇世，风流《二南》"。认为"诗"产生于上古时期，如葛天氏时的《玄鸟歌》、黄帝时的《云门舞》、唐尧时的《大唐歌》、虞舜时的《南风诗》、太康时的《五子之歌》等，到《诗三百》便演进得非常成熟了。又指出"赋"文类发端于周召公时的"师箴赋"、《毛传》里的"登高能赋"，以及春秋时期的郑庄公赋"大隧之中"、晋国士蒍赋"狐裘龙茸"，屈原创作《离骚》是为发展，而随着荀子、宋玉创作的《赋篇》、《风赋》、《钓赋》等面世，"赋"文类方才"爰锡名号"，正式定名。再如章表奏议之属，前汉时期为滥觞，如王绾等人的《议帝号》、李斯《上书言治骊山陵》，自两汉后为此类文章发达昌明之时："迄至有汉，始立驳议。""自两汉文明，楷式昭备，蔼蔼多士，发言盈庭。"诸如"左雄奏议，台阁为式；胡广章奏，天下第一：并当时之杰笔也"；陈琳、阮瑀诸表"有誉当时"；曹植章表"独冠群才"、羊祜《让开府表》；刘琨《劝进表》、张骏《请讨石虎李期表》"并陈事之美表也"；以及贾谊《论积贮疏》《陈政事疏》、晁错《上书言兵事》《论贵粟疏》、匡衡《奏徙南北郊》、孔融《荐祢衡表》、诸葛亮《出师表》等一大批名篇。正是这些篇什构画了后世撰写诗、赋、章表奏议等文章类型及其法则，正是因为这些篇什在文章类型史上扮演的源起的特殊角色，因而获得了经典化的位置。

复就西方而论，在亚里士多德《诗学》中，为了阐述史诗、悲剧、喜剧、抒情诗等文类特征，援引了诸多作家、作品为证。不完全统计如下表：

史诗	荷马《伊利亚特》《奥德赛》；尼科卡瑞斯《得利阿斯》；赫革蒙；《马耳癸忒斯》；《赫剌克勒斯》；《忒修斯》；《库普里亚》；《小伊利亚特》；
悲剧	忒斯庇斯；开瑞蒙；忒俄得克得（忒）斯《林叩斯》；阿斯堤达马斯；《赫勒》；《菲纽斯的女儿们》；《俄底修斯伪装报信人》；《安菲阿剌俄斯》；忒俄得克忒斯《堤丢斯》；卡尔喀诺斯《堤厄斯忒斯》；狄开俄革涅斯《库普里俄人》；斯忒涅罗斯；阿伽同《安透斯》；《伊克西翁》；《密西亚人》；埃斯库罗斯《奠酒人》《福耳喀得斯》《普罗米修斯》《菲罗克忒忒斯》；欧里庇得斯《伊菲格涅亚在陶洛人里》《克瑞斯丰忒斯》《俄瑞斯忒斯》《聪明人墨拉尼珀》《伊菲革涅亚在奥利斯》《美狄亚》《赫卡柏》；索福克勒斯《俄狄浦斯王》《俄底修斯受伤》《安提戈涅》《忒柔斯》《堤洛》《埃阿斯》《佛提亚妇女》《珀琉斯》《俄狄浦斯在科罗诺斯》《厄勒克特拉》；
喜剧	阿里斯托芬；克剌忒斯；索福戎；厄庇卡耳摩斯；喀俄尼得斯；马格涅斯；
抒情诗	提摩忒俄斯《斯库拉》；

结合上表和现存《诗学》篇幅看，亚里士多德为了集中论说史诗、悲剧两大文类的特征，亦是集中围绕荷马两大史诗以及三大悲剧诗人的诸作展开。后者在完成奠立文类特征之后，亦自然烙上文学史经典的永久印记！因此我们自然会发现，荷马在亚氏笔下成为了具有"天赋的才能"的、"值得称赞的"、"真正的诗人"；而在三大悲剧诗人中间，亚氏认为"欧里庇得斯实不愧为最能产生悲剧效果的诗人"。①

关于文学经典因文类而被建构的认识，一些理论批评家也曾有过一些概括性的模糊意识。例如在上世纪数次重版的影响较大的《简明外国文学词典》一书中，美国著名学者阿伯拉姆在为"史诗"、"悲剧"两文类词条释义时写道：

（文学史诗）通常具有下列基本上来自荷马的传统史诗的特

---

① ［古希腊］亚里士多德、［古罗马］贺拉斯：《诗学·诗艺》，罗念生等译，北京：人民文学出版社1962年版，第82、88、12、41页。

征：……

　　对悲剧形式进行详尽的探讨……是从亚里斯多德《诗学》中的典型分析开始的。亚氏援引古希腊作家埃塞库罗斯、索福克勒斯和欧里庇得斯的悲剧为例证，从中归纳出结论，并以它为他的理论基础。①

　　释义告诉我们：凡谈史诗，不能不提及荷马史诗；论及亚氏悲剧理论，不能不根据三大悲剧诗人的剧作。又如从文艺复兴时期的钦提奥（Cinthio）到20世纪的弗莱也都曾指出过亚氏悲剧诗学与文学经典之间的关系："大多数悲剧理论都是奉某一部杰出悲剧为规范的：例如，亚里士多德的理论主要以《俄狄浦斯王》为基础；黑格尔的悲剧论则以《安提戈涅》为基础。"② 这正是文学经典最基本的气质。法国启蒙主义作家、批评家博马舍也指出说："难道范例的作品从最早不就是规则的基础吗？"③ 尽管其本意是反对拘守于已有文学规则，而又恰恰道出了文学作品因为作为其所属文类规则的代表而成为"范例的作品"、成为文学经典的事实。法国浪漫主义代表雨果也说过："典范有两类，一类是根据规则产生的，但在这类典范之前还有一类典范，即人们据以总结出规则的典范。"④ 后者即我们这里正在探讨的情形。

　　当代美国学者希尔斯（E. Shils）认为："'杰作'这一范畴本身就意味着对文学作品长期以来做过的筛选和评价；它设定了某种类似于教规（Canon）的准则。"⑤ 当一部或某些文学作品因文类而被建构为文学经典后，这些文学经典遂与其所属的文类共同具有某种无形的规范性和秩序力，从而对其后的文学创作及后续文学经典的形成构成无

---

　　① ［美］M. H. 阿伯拉姆：《简明外国文学词典》，曾忠禄等译，长沙：湖南人民出版社1987年版，第99、371—372页。
　　② ［加］诺思罗普·弗莱：《批评的剖析》，陈慧等译，天津：百花文艺出版社1998年版，第306页。
　　③ 周靖波主编：《西方剧论选》（上），北京：北京广播学院出版社2003年版，第202页。
　　④ 《雨果论文学》，柳鸣九译，上海：上海译文出版社1980年版，第56—57页。
　　⑤ ［美］E. 希尔斯：《论传统》，傅铿等译，上海：上海译文出版社1991年版，第213页。

法避免和不可忽视的影响。因为文学传统"总是给伟大作品留有位置，无论这些作品的数量多大"①。一旦文学作品的经典身份得以确立，由于其接受广度和力度的优越性必然使其享有其他一般性文本所无法企及的社会资本，亦即：任何创作活动的发生都无法回避既有文学经典的存在，都必须学会从业已存在的文学作品尤其是既有文学经典中汲取创作的技巧、方法等养分。

所以继亚里士多德对荷马史诗、悲剧作品的高度肯定之后，贺拉斯也说："你们应当日日夜夜把玩希腊的范例。"② 法国新古典主义代表布瓦洛（N. Boileau）谈及牧歌的写作时，也把视线投向古老的希腊经典："你唯有紧紧追随陶克利特，维吉尔：/他们的篇什缠绵，是'三媚'心传之作，/你应该爱不释手，日夜地加以揣摩。"③ 歌德在论说创作方法时也认为，对前人文学经典的学习参悟是不二法门："鉴赏力不是靠观赏中等作品而是要靠观赏最好作品才能培育成的"；"让我们学习莫里哀，让我们学习莎士比亚，但是首先要学习古希腊人，永远学习希腊人。"④ 高尔基（M. Gorky）也结合自身体会开出了初学者必须认真研读的众多经典作品："'优秀的'法国文学——司汤达、巴尔扎克、福楼拜的作品对我这个作家的影响，具有真正的、深刻的教育意义；我特别要劝'初学写作者'阅读这些作家的作品。这是些真正有才能的艺术家，最伟大的艺术形式的大师，俄国文学还没有这样的艺术家。"⑤ 如果说上述观点部分地具有强烈的流派色彩，那么意大利文艺复兴批评家明屠尔诺的经典观可能更具说服力："如果我们以下品的诗人为模范，我们将一落千丈，不值得赞美。如果我们以上品的诗人为模范，即使我们落于其下，我们还可以留在备受赞美的诗人之

---

① ［美］E. 希尔斯：《论传统》，傅铿等译，上海：上海译文出版社1991年版，第217页。
② ［古希腊］亚里士多德、［古罗马］贺拉斯：《诗学·诗艺》，罗念生等译，北京：人民文学出版社1962年版，第151页。
③ ［法］布瓦洛：《诗的艺术》（修订本），北京：人民文学出版社2009年版，第19页。
④ 《歌德谈话录》，爱克曼辑录，朱光潜译，北京：人民文学出版社1978年版，第32、129页。
⑤ ［苏］高尔基：《论文学》，孟昌等译，北京：人民文学出版社1978年版，第182页。

列。"① 由此可见，既有文学经典作为一定社会或群体认可的公共资源，是后来一切文学创作活动无法逾越的起点，甚而可以说这种行为规律早已经内化为一种集体无意识。

不过，事情总是辩证的：对既有文学经典的学习在产生积极意义的同时，也不免孳生对既有文学经典的某种依赖，一味蜷伏于文学经典的阴影之中，必将对文学创作带来不由自主的束缚和限制，导致创作主体个性的迷失，堕入平庸之渊薮，影响创作水准的提高以及文学经典的再生产。所以，接受美学创始人之一的耀斯曾指出说："就典范而言，审美经验的根本矛盾总是表现在它本身包含两种'模仿'的可能性：一是通过典范来自由地学习理解；一是机械地、不自由地去遵循某条规则。"② 所以，就文学创作与文学经典关系而言，必须经历一个"入乎其中"而又"出乎其外"的漫长而艰辛的妊娠过程。20世纪西方最有影响力的诗人、批评家艾略特在《传统与个人才能》的著名论文中曾经指出：

> 当一件新的艺术品被创作出来时，一切早于它的艺术品都同时受到了某种影响。现存的不朽作品联合起来形成一个完美的体系。由于新的（真正新的）艺术品加入到它们的行列中，这个完美体系就会发生一些修改。在新作品来临之前，现有的体系是完整的。但当新鲜事物介入之后，体系若还要存在下去，那么整个的现有体系必须有所修改，尽管修改是微乎其微的。③

这种对既存的"完美的体系"的修改注定了"出乎其外"来实现文学经典的再生产必充满斗争与痛苦。纵观西方文学史和文论史，我们不难发现：既有文学经典显露出的文类规范对后世文学经典的产生着实构成了巨大压力。不过，与原生文学经典因文类而被建构不同的是，此时

---

① 周靖波主编：《西方剧论选》（上），北京：北京广播学院出版社2003年版，第66—67页。
② [德]汉斯·罗伯特·耀斯：《审美经验与文学解释学》，顾建光等译，上海：上海译文出版社2006年版，第135页。
③ [英]托·斯·艾略特：《艾略特文学论文集》，李赋宁译注，南昌：百花洲文艺出版社1994年版，第3页。

就次生文学经典而言，文类恰又因文学经典而被建构。后世文学经典再生产、再确认与对新生文学作品别立新型文类名称紧密相依。

例如发生在文艺复兴时期的第一次"古今之争"中，以明屠尔诺为代表的"古"派以古希腊罗马诸多文类规范诗学为圭臬，奉为万世楷模，不可稍加变更。他指出说：亚里士多德和贺拉斯这两位古人"用荷马的诗作例证，拿出一种真正的诗艺来教导人，我就看不出另一种诗艺怎样能建立起来，因为真理只有一个，曾经有一次是真的东西在任何时代也会永远是真的"①。故而对当时意大利作家阿里奥斯陀（L. Ariosto）写作的叙事诗《罗兰的疯狂》予以了批判，认为它违反了亚氏关于情节整一性的要求。但问题是，永远以古人文学经典中涵括的文类规范和法则为准绳，不敢越雷池一步，那么后人的写作永远缺乏足够的新颖性，永远匍匐在古人的阴影里。正如古语"同则不继"的道理，文学史将变得不再可能，文学鲜活的躯体亦将枯竭衰败。所以明屠尔诺的观点遭到了以钦提奥、瓜里尼为代表的"今"派的强烈反对。钦提奥一方面否定了亚里士多德的文类诗学的普适性："亚理斯多德心目中的诗是用单一情节为纲的，他对于写这类诗的诗人所规定的一些界限并不适用于写许多英雄的许多事迹的作品。"一方面提出，从发展的眼光看，有创作才能的作家不应该一味受制于古人，束缚了自身创作自由，而且充分肯定了当时意大利文学创作取得的足以比肩古人的巨大成绩。他说："我们不应该指望拿约束过希腊拉丁诗人的框子来约束我们塔斯康尼诗人。""我们塔斯康尼诗人们的作品在我们的语言里的价值，比起希腊拉丁诗人们的作品在他们的语言里的价值也并不减色，尽管塔斯康尼诗人们并没有遵照前人的老路走。"那么，现时代的作家如何开展创作呢？钦提奥进一步指出，亚氏和贺氏"两位古人既不懂我们的语言，也不懂我们的写作方式"，"正如希腊拉丁人是从他们的诗人那里学到了他们的诗艺，我们也应从我们的诗那里学到我们的诗艺，谨守我们的最好的传奇体诗人替传奇体诗所定下来的形式。""传奇体叙事诗不应受古典规律和义法的约束，只应遵守在传

---

① 伍蠡甫主编：《西方文论选》（上卷），上海：上海译文出版社1979年版，第189页。

奇体叙事诗里享有权威和盛名的那些诗人所定的范围。"所以他对阿里奥斯陀写作的这类新型叙事诗,即传奇体叙事诗给予了充分肯定和大力赞扬,认为传奇体叙事诗不同于传统叙事诗的优越之处在于:"情节的头绪多,会带来多样化,会增加读者的快感。"① 可见,新生作品《罗兰的疯狂》对古希腊史诗和悲剧中的古典文类法则的悖反,确认了自中世纪伊始的"传奇体叙事诗"这一新型文类的存在合法性和必要性。

　　这一时期的瓜里尼、维加等人则通过各自创作实践如《牧羊人裴多》、《羊泉村》等,再次宣告古希腊罗马文类诗学的失效,在他们的作品中把悲剧和喜剧这两大曾经要求截然不同的文类混合为一体,高高在上的国王、贵族与一贫如洗的下层人等同处一个舞台,于是随着《牧羊人裴多》和《羊泉村》等作家经典作品身份的被认可,"悲喜混杂剧"的新文类名亦应运而生。例如维加就指出说:"谁要是按照艺术的法则来编写喜剧,就没没无闻,穷饿而死。"他的成百上千的作品尽管严重违反了古典文类法则,却受到了人们的欢迎:"假如我的喜剧另是一个样儿也许会更好些,可是不会那么风行。有时候不合规格的东西正因为不合规格而得人喜爱。"② 与之类似的还有后来的法国18世纪的狄德罗和博马舍等人由各自创作的《私生子》、《一家之主》、《欧仁尼》等作品创立"严肃喜剧"、"严肃戏剧"两大新型文类。博马舍认为:"规则在哪个部门的艺术里曾经产生过杰作?"③ 言下之意即文学经典都会对既定文类法则提出某种程度的挑战,而新型文类恰是"杰作"在违反古典文类规范诗学之后的一个不可忽视的衍生物。这一点在现代西方文论中显现得尤其典型,试以"荒诞派戏剧"为例说明之。20世纪中叶,贝克特《等待戈多》、尤奈斯库《椅子》、品特《生日宴会》等一系列新生剧本的面世,让许多戏剧理论批评家莫名其妙,它们常常被冠以"胡言乱语"、故弄玄虚的罪名而被弃之不顾。实质是它们对传统戏剧观念做出了重大变革:

---

　　① 伍蠡甫主编:《西方文论选》(上),上海:上海译文出版社1979年版,第185—186页。
　　② 周靖波主编:《西方剧论选》(上),北京:北京广播学院出版社2003年版,第81、88页。
　　③ 同上书,第202页。

假如说，一部好戏应该具备构思巧妙的情节，这类戏则根本谈不上情节或结构；假如说，衡量一部好戏凭的是精确的人物刻画和动机，这类戏则常常缺乏能够使人辨别的角色，奉献给观众的几乎是动作机械的木偶；假如说，一部好戏要具备清晰完整的主题，在剧中巧妙地展开并完善地结束，这类戏既没有头也没有尾；假如说，一部好戏要作为一面镜子照出人的本性，要通过精确的素描去创划时代的习俗或怪癖，这类戏则往往使人感到是幻想与梦魇的反射；假如说，一部好戏靠的是机智的应答和犀利的对话，这类戏则往往只有语无伦次的梦呓。①

不难相信，如果这时还继续以传统文类规范来作衡量标准，无疑"要被视为令人难以容忍的无礼欺骗"。于是，英国批评家马丁·埃斯林（M. Esslin）把如许之类具有惊人演出效果、受到广泛赞扬的新型戏剧命名为"荒诞派戏剧"。

所以，德国学者巴尔纳曾说："在遇到应当把某种标准体系长期固定下来，并使之成为一种新的传统时，要采取的第一个措施就是命名一批典范的作品。"② 法国著名比较文学研究家布吕奈尔（Pierre Brunel）也曾指出说："公认的体裁的束缚和作家的独创之间的冲突，就使得在杰作和平庸的模仿作品之间，以及在所有中间等级之间加以区别成为可能。"③ 法国著名文学史家朗松（G. Lanson）更是提出"类型的晶化成型规律"，认为文类形成需要三个条件："若干杰作、一套有利于别人进行模仿的完善的技巧、一套统摄这套技巧的权威性理论。第一个条件居于支配地位，使后两个条件得以出现。"④ 这些无不揭示出文类因文学经典而被建构的观念：就文学发展史而观，文学经典通过对传统文类规范诗学施加压力的反抗，演绎出某种新型的标准体系，

---

① 伍蠡甫等编：《现代西方文论选》，上海：上海译文出版社1983年版，第356页。
② ［德］威尔弗里德·巴尔纳：《效果史与传统——接受美学研究的方法论》，刘小枫编：《接受美学译文集》，北京：三联书店1989年版，第200页。
③ ［法］布吕奈尔等：《什么是比较文学》，葛雷、张连奎译，北京：北京大学出版社1989年版，第210页。
④ ［美］昂利·拜尔编：《方法、批评及文学史——朗松文论选》，徐继曾译，北京：中国社会科学出版社1992年版，第58页。

而新型文类的命名不仅是对标准体系的维护和延承，亦是对文学经典身份进行再确认的重要途径之一。因此，虽然文学经典与文类之间关系比较复杂，文学经典有时尽管对既有传统文类规范有所变化，却并不一定意味着非得提出新文类以命名之，但是仍不妨碍我们得出这样的认识：新型文类的诞生和文学经典之间可谓如影随形，自然天成，相得益彰。新型文类名称让新生文学经典在文学史的文学经典长河中别具一格，卓然成家，与此同时，新型文类名称也为新生文学经典的接受拓宽了期待视野，强化了新生文学经典的可接受性，功莫大焉！

第三节　位序与权力：文类等级区划与文学经典

美国著名学者 A. 福勒指出："在决定文学经典的众多因素中，文类绝对是最重要的因素之一。这不仅是因为某些文类乍看起来比其他文类更经典，还因为个别作品或段落会由于它们代表的文类的等级而相应地得到或高或低的评价。"[①] 在文学发展过程中，在一定阶段上都会产生与之相应的某些文类特别繁盛的情状，进而成为代表此一阶段的主要文学成就，即所谓"一代有一代之文学"的道理。例如我们从先秦的诸子散文、诗骚，到汉赋、唐诗、宋词、元曲以及明清传奇小说等；西方亦如是：从古希腊的史诗、悲剧，到文艺复兴时期的戏剧、新古典主义时期的戏剧、启蒙主义时期的戏剧、浪漫主义的抒情诗歌以及 20 世纪的小说等，都是书写文学作品史时永恒不变的文类经典。这些足以代表某一发展阶段成就的相对比较繁盛的文类于是各自占据了文学史上的高等级之位，对其他相对低等级的文类构成不容小觑的势能，干扰和影响低等级文类的创作及接受和发展的正常轨迹。在文类等级与文学经典关系的认识问题上，有下列几点值得注意。

首先，文类等级通过对审美主体创作热情的影响，从根本上极大

---

① Fowler, Alistair, "Genre and the Literary Canon," *New Literary History* 11.1 (1979): 100.

制约了属于低等级文类的文学经典生产的可能性。任何一个作家的创作，都是一种自我实现的内在驱动，我国向有"诗言志"、"文以载道"、"不平则鸣"、"发愤著书"等动机传统，皆可为证。作家作品的广为传播、接受、好评无疑是这种自我实现的最高肯定。而文类等级在此创作和传播过程中的角色不可低估。从创作活动来说，作家必须选择明确的文类载体进行，而社会认可的高等级文类无疑是第一选择。设若你创作起初就选择了低等级文类，那么即意味着你从一开始就自动退出了正统文学品评的领域，而这对作品的传播、流传是极其不利的。如果当世及后世对作品关注度很低，那么赢取文学经典的资格就微乎其微。

古希腊文学的黄金时代，史诗和悲剧位列文类等级至高之巅，喜剧、抒情诗受到贬视。埃斯库罗斯等三大悲剧诗人共创作了300多部作品，传世111部（79部仅存其名），而喜剧唯有阿里斯托芬一人有完整的作品传世。而在整个古希腊文学中，喜剧也只有阿里斯托芬和米南德区区二人有完整作品传世。因此，无论是文艺复兴时期，还是新古典主义阶段，戏剧一直是文学创作的主导文类，这种影响一直波及其后的启蒙主义和浪漫主义文学，涌现出了像莎士比亚、高乃依、拉辛、莫里哀、狄德罗、雨果、歌德等为代表的一大批经典剧作家。在《诗学》中，亚里士多德也说："有的由讽刺诗人变成喜剧诗人，有的由史诗诗人变成悲剧诗人，因为这两种体裁比其他两种更高，也更受重视。"① 这里也明确道出了文类等级对作家创作中文类选择的重要影响。

再以我国为例，诗、文一直是登堂入室的高雅文类、正统文类，而视词曲小说等低等级文类为"小道"、"末技"、"文章余事"，不值用力其间。翻阅整部文学史，还没有一个作家在其创作生涯尤其是创作早期，没有创作过诗文篇什。因为家教传统、社会考核机制等缘故，任何一个作家无不选择诗、文这样的高等级文类作为进入文学的不二法门。现存近万首诗的陆游直到晚年还在为自己的词作行为而自责："少时汩于世俗，颇有所为，晚而悔之。……今绝笔已数年，念旧作终

---

① ［古希腊］亚里士多德、［古罗马］贺拉斯：《诗学·诗艺》，罗念生等译，北京：人民文学出版社1962年版，第13页。

不能掩。因书其首,以识吾过。"① 元代虞集在反思元曲创作中词、律不能兼美的遗憾时,认为原因在于"世之儒者,薄其事而不究心,俗工执其艺而不知理"②。"薄其事而不究心"一语正可谓道出了传统文人士子对待低等级文类的极其典型的态度。所有这些无不从创作动机、选择视野、选择对象范围上客观决定了从高等级文类名下文学经典身份的易得性。

那么,这里需要解释一个特殊现象:为何不少作家的经典作品不是诗、文,而是如戏曲、小说这样的当时的低等级文类呢?尤以宋元明清时代的词、戏曲、小说为典型,如柳永、王实甫、"元曲四大家"、汤显祖、洪昇、孔尚任、冯梦龙、凌濛初、蒲松龄、吴敬梓等,世人往往仅仅关注其突出的低等级文类上的杰出成就,这又如何解释呢?其实,这并不否认文类等级对低等级文类的文学经典产生的重要影响。一是从正常发展逻辑来说,我们只是认为文类等级对低等级文类的文学经典的产生所施加的负面影响是巨大的,不容忽视,但是这种负面影响并非绝对的。二是在诗文为高等级文类的场域中,低等级文类的文学经典的形成具有比较复杂的原因。这种原因大概来自于社会时代和主体经历两大方面。

就社会时代方面而言,可以元曲为代表。在外族对汉人的统治秩序下,以诗文为核心的社会价值体系遭到颠覆,"九儒十丐"的社会地位自然逼得像关、马、郑、白"四大家"等传统文人向俗文学中寻求寄托生活之道,无心插柳柳成荫,传统诗文的积淀与俗文学的二次熔铸,催生了戏曲文类的成熟及其经典作品的产生。可以说,低等级文类里的文学经典的产生,其根源仍是高等级文类及其经典作品的丰厚滋养。

就主体经历原因而论,属于低等级文类的文学经典的创作往往与古代传统文人的坎坷遭遇不无关联。后者埋设下了高等级文类创作向低等级文类创作转变的核心内在动力。生活经历的不幸拉近了以诗文创作为绝对主导的传统文人与低等级文类之间的情感距离。传统文人

---

① (南宋)陆游:《长短句序》,《陆放翁全集·渭南文集》卷一四,北京:中国书店1992年版,第80页。

② (元)虞集:《中原音韵序》,《中国古典戏曲论著集成》(一),北京:中国戏剧出版社1959年版,第174页。

与低等级文类创作的媾和在某种程度上也是传统文人对不幸社会遭遇反抗的象征符号。试想，柳永若非数次考试未果，自亦不会轻易抛弃世代为官的家族传统而甘与青楼歌姬为舞，以吟作不入正统文人法眼的词这一低等文类营生。词作数量仅占诗作数量约十分之一的文学巨匠苏轼适逢北宋政治危机萌发之际，激烈的政治斗争伴其一生，与变法的抵牾，终遭以"乌台诗案"的重大变故。苏轼开始写词概在熙宁五年（1072）[1]，系反对新法而自请外放杭州之时。苏轼在杭州三年后移知密州的第二年写给朋友的一封信《与鲜于子骏（二）》里说道："所索拙诗，岂敢措手？然不可不作，特未暇耳。近却颇作小词，虽无柳七郎风味，亦自是一家。呵呵。"[2] 这里透露了非常重要的消息：一是词非高等级文类，二是自外放以来在诗文之外也开始多作词了，而且是在说没空作诗的语境下作词。此种不无自相矛盾的表达背后透露的正是创作者仕途不达与低等级文类之间的某种情绪契合。又如汤显祖一生写作了2200多篇诗文，而"玉茗堂四梦"的相继问世也是在他仕途遭受数次打压终而辞官返家之后。素有"南洪北孔"之誉的洪昇、孔尚任则稍显特殊，他们的平民身份比较突出。孔尚任37岁之前一直赋闲在家，后因皇帝直接征召才入仕为官，至被免职总共十余年的官宦生涯。相对于早早迈入仕途的文人，孔尚任的这种经历决定了他较少受到高低等级文类观念的束缚；洪昇虽少有才华，资禀非凡，但是却过着卖文为生的穷苦生活，着意低等级文类的俗文学戏剧的创作自亦不难理解。小说家如蒲松龄、吴敬梓、凌濛初、冯梦龙等亦皆举业不顺，穷困潦倒，壮志难酬，遂投入当时不入流的小说文类的创作，不复一一赘述。

这里需要补充说明的是，关于低等级文类创作与审美主体人生坎坷遭遇的联系这一命题，比较复杂，亦颇耐人寻味，它提醒我们务必加强对作家作品编年的文学研究价值的重视，而非仅仅视作家所有作

---

[1] 参考李修生《中国文学史纲要》（三），北京：北京大学出版社1990年版，第57页。关于此，学界未尽一致，例如邹同庆、王宗堂：《苏轼词编年校注》（中华书局2002年版），列在1072年前的还有《华清引》等6首词，但在创作具体时间上均非说一，存有分歧。

[2] 曾枣庄、舒大刚主编：《三苏全书》（第十二册），北京：语文出版社2001年版，第501页。

品为平面上的堆叠。上述例举虽不尽全面赅遍，在某种程度上却也是命题的彰明。叶嘉莹在论述苏辛众名家词作过程中显露出对该命题的支持和证明。例如，论辛弃疾时认为"辛弃疾之于词，乃是以其全心力之投注而为之的。那就因为他在事功方面既然全部落空，于是遂把词之写作，当做了他发抒壮怀和寄托悲慨的唯一的一种方式"。论苏轼词时表达得更加细致到位："苏轼致力于小词之写作，就正是从他到达杭州之后开始的。我认为此一开始作词之年代与地点，对于研究苏轼词而言，实在极值得注意。因为由此一年代，我们乃可以推知，苏轼之开始致力于词之写作，原来正是当他的'以天下为己任'之志意受到打击挫折后方才开始的。"① 不过，叶先生只是注意到了穷而作词的事实而已，并未揭示出穷而为何在众多文类中选择作词之由。

其次，文类等级通过影响作品的接受与传播，进而作用于文学经典的形成。文类等级不仅可以对文学经典的创作产生影响，而且也对文学作品的接受与传播施加足够的压力，进而作用于文学经典的形成。例如词这一文类，因为其俗文学的低等级文类之故，诗人文人的词作大都是其诗文集外单行，给传播留存带来较大难度。著名的明末毛晋汲古阁《宋六十家名家词》的自跋中有言："东坡诗文不啻千亿刻，独长短句罕见。近有金陵本子，人争喜其详备，多混入欧、黄、秦、柳作，今悉删去。"② 就陆游《渭南文集》50卷中收录了词作2卷而言，一则词作只是作为附录的角色厕身其间，二则书名决然不见"词"字。可以说，文类等级观念给作品的传播与接受打上了深深的烙印。这一点我们不妨还以作品选编现象为例予以说明。尽管我们一再声称"一代有一代之文学"，但是在作品选编过程中显现出来的文类等级意识却是非常显著，诗文两大文类占据了绝对主导的地位和分量。试以朱东润主编《中国历代文学作品选》(1980)中宋元明清收录作品数为例：

---

① 叶嘉莹：《唐宋词名家论稿》，石家庄：河北教育出版社1997年版，第244、121页。
② 转引自曾枣庄、舒大刚主编《三苏全书》（第十册），北京：语文出版社2001年版，第238页。

	诗歌	散文	词	戏剧（散曲）	小说
宋	21家84篇	17家38篇	30家81篇		1家1篇
元	6家11篇	3家4篇		4家5篇（8家13篇）	
明	10家25篇	16家25篇		2家2篇（5家11篇）	1家3篇
清	15家45篇	17家27篇	5家16篇	4家4篇	1家4篇

由上表我们可以非常直观地看出，尽管词、戏剧、小说在宋元明清诸代达到成熟繁盛，但是在作品进入选编程序时，这些当时代的低等级文类的作品仍然在诗文为高等级文类的传统里显现不出多大的优势。诗文两大传统文类在宋元明清四朝占据着绝对主导的位置。如果说小说入选与否尚可能受限于选本篇幅与体量的因素，那么，词这一文类甚至在元明两代竟付之阙如，不予选摘。不难想象，对已有文学作品的选编就如同过滤网，诗文为高等级文类的意识实质上是在过滤网之外独辟了特殊通道，享有其他低等级文类的作品所不可具有的优先权、优势权。这无疑是在同等条件下首先大大削减了低等级文类的作品传播、流传的概率。如果说，文类等级在创作主体上对文学经典产生的影响是横向上的制约的话，那么，这里所说的文类等级在作品传播接受方面对文学经典形成的影响则又是纵向上的第二重牵掣。

最后，文学经典有助于低等级文类的身份认同。文学经典因为其在文学史长河中积蓄的重要文化资源，使其具有了非一般文本所可企及的影响力。我们在《文类等级论》一章中已经讲到了低等级文类身份认同的问题，就文类等级与文学经典而论，作为特殊的文本，文学经典同样能够对低等级文类的身份认同起到较大作用。众所周知，设若没有《雨霖铃》（寒蝉凄切）、《八声甘州》（对潇潇暮雨）、《江城子》（十年生死）、《江城子》（老夫聊发）、《水调歌头》（明月几时有）、《念奴娇》（大江东去）、《鹊桥仙》（纤云弄巧）、《声声慢》（寻寻觅觅）、《钗头凤》（红酥手）等琳琅满目、传诵不绝的经典词作，怎么会吸引数以百计的传统文人诗人纷纷撰写林林总总的"词话"？又如何能从传统诗人文人口中笔下传出"天地奇观"、"独绝千古"、"垂之千古而不可泯灭"之类的赞誉呢？设若没有《窦娥冤》、《梧桐雨》、《墙头马上》、《西厢记》、《琵琶记》、《荆钗记》、《牡丹亭》、《拜月记》、《长生殿》、《桃花扇》等被褒赞为"千古绝技"、"千古第一神物"、"文章家第一流"、"千古传神文章"的经典之作，包括戏剧、词、小说等当时的低等级文类又如何会有身份认同的那一天呢？这一点，前面的论述也告诉我们，西方情形亦大致如是。属于低等级文类的文学经典以其切实可感的高超入妙的审美魅力，令人信服地一举冲决了无端附着在文类之上的关乎等级的狭隘偏见。

　　文学经典对文类身份认同的助益还体现为：现有文本通过对既有文学经典尤其是高等级文类的文学经典的譬喻性关联，在肯定自身审美价值的同时，亦带动其所属低等级文类的身份认同。例如明清时期的胡应麟、王骥德、祁彪佳、张祥龄等人在批评戏剧或词作品时就往往表现出浓郁的这种倾向，不胜枚举。胡应麟说："《西厢》主韵度风神，太白之诗也。《琵琶》主名理伦教，少陵之作也。"① 王骥德说："《西厢》，风之遗也；《琵琶》，雅之遗也。《西厢》似李，《琵琶》似杜，二家无大轩轾。"② 祁彪佳也指出说：孟称舜的剧作，"可兴、可观、可群、可怨，《诗》三百篇，莫能逾之。则以先生之曲为古之诗与乐可；而且以先生之五曲作《五经》读，亦无不可也"③。甚至有人认为："《西厢记》一书，正者十六折之文，语语化工，堪与《庄子》、《史记》并垂不朽。"④ 以上诸人在批评作为低等级文类的剧作时，把《西厢》《琵琶》等比附于唐诗中的李杜、"五经"、《史记》等既有经典，既是对具体剧作审美价值的高举，亦期弥合高低等级文类之间的沟壑。清人张祥龄在评论众名词人时也如是指出："周清真，诗家之李东川也；姜尧章，杜少陵也；吴梦窗，李玉溪也；张玉田，白香山

---

① （明）胡应麟：《庄岳委谈》，陈多、叶长海选注：《中国历代剧论选注》，长沙：湖南文艺出版社1987年版，第154页。
② （明）王骥德：《西厢记评语（十六则）》，陈多、叶长海选注：《中国历代剧论选注》，第160页。
③ （明）祁彪佳：《孟子塞五种曲序》，陈多、叶长海选注：《中国历代剧论选注》，第241页。
④ 吴毓华编著：《中国古代戏曲序跋集》，北京：中国戏剧出版社1990年版，第416页。

也。"① 也是凭借周邦彦、姜夔、吴文英、张炎等名词家与唐代李颀、杜甫、李商隐、白居易等著名诗人的并称,把词和诗两种不同等级的文类拉回同一对话维面,努力实现词的文类身份认同。

第四节 小结

综上所述,探究文类与文学经典的关系问题,至少具有文类和文学经典研究两方面的重要意义。它不仅深化了文类与作家、作品的关系认识,因为从文学经典角度更能显著地揭示文论史上文类充当的规范诗学特征,更能突出作家创作中少为人问津的文类选择倾向;而且也提供了审视文学经典问题的崭新维度,因为文类在文学作品经典化过程的传播、接受中扮演着潜隐而可感的实际作用。所以,将同是作为文学理论基本问题的文类与文学经典作交叉研究,是饶富新意且具较高研究价值的一项课题,应当引起我们足够的注意和重视。

---

① (清)张祥龄:《词论》,陈良运主编:《中国历代词学论著选集》,南昌:百花洲文艺出版社1998年版,第674页。

第五章　缺类现象论
——以"中国无悲剧"命题为例

　　缺类现象是指某个文类或某些文类在这个国家或民族出现而在那个国家或民族阙如。它是比较文学研究的基本问题之一，也是文类学研究的重要内容之一。由于缺类现象的考察不仅关乎文学自身的诸多特点，还与一定的社会时代关系密切，牵涉面广，头绪复杂，所以长期以来，缺类现象在比较文学研究和文类学研究中一直扮演着既令人兴趣盎然又常知难而退的两难角色。作为缺类现象之一的"中国无悲剧"命题，国人的探讨迄今已百年有余。百余年来，风风雨雨，纷纷扰扰，见仁见智，莫衷一是，难以定论，令人关注。

第一节　"中国无悲剧"命题百年

　　"中国无悲剧"的问题最早可以追溯到 18 世纪法国人杜赫德（Jean Baptiste Du Halde）。他以中国元杂剧《赵氏孤儿》西译为媒，批评说："在中国，戏剧跟小说没有多少差别，悲剧跟喜剧也没有多少差别，目的都是劝善惩恶。"① 而国人提出此命题之时则要推迟到 20 世纪初，背景是西方帝国主义列强为了实施资本积累，大肆推行殖民主义统治。自 1840 年鸦片战争开始，西方列强发动了一次又一次的侵华战争。国门被炮声轰开，带来的是西学东渐、文化入侵以及诸多爱

---

　　① 引自范存忠《"赵氏孤儿"杂剧在启蒙时期的英国》，《文学研究》1957 年第 3 期，第 8 页。

国仁人志士离乡去国,寻求救国救亡之策。在这国难深重之际,每一点滴的异质文化因子都会在国人心田激荡起巨大波澜。正若王季思所述那样:"从我们老一辈学者的口里知道,在辛亥革命前后,随着希腊神话和《莎氏乐府本事》中的一些悲剧性故事,以及《王子复仇记》《黑奴吁天录》等悲剧译著的传入中国,在少数企图沟通中西文化的学者中曾引起中国有没有悲剧的争论。"[①] "中国无悲剧"命题百年历程大概可以划分为这样几个重要阶段:

(一) 20世纪第一个十年:命题的提出

这一时期的特点是:实践与理论两途虽同以西方为理想模型,却由此同源生发出后世中国有无悲剧的论争。以欧榘甲、蒋观云、王国维等为代表。

在实践层面,欧榘甲、蒋观云二人以各自观剧感受为基础,提出"中国无悲剧"命题,大力呼吁学习西方,发挥悲剧作品在社会革新方面的重要作用,显现出非常强烈的功利性。例如欧榘甲"追忆生平所视之剧",德法战争之后,法国政府通过搭建戏台"专演德法争战之事,摹写法人被杀、流血、断头、折臂、洞胸、裂脑之惨状,与夫孤儿寡妇、幼妻弱子之泪痕。无贵无贱,无上无下,无老无少,无男无女,顷刻惨死于弹烟炮雨之中,重叠裸葬于旗影马蹄之下,种种惨剧,种种哀声",进而激发民志,改行新政,实现国势之复兴;日本亦是通过上演"积骸叠尸,家亡身死"的"先辈烈士为国牺牲"之"悲歌慷慨"来唤起全民爱国精神,实现"政治年年改良进步"的大好局面。戏剧在西方社会发展变革中发挥的巨大作用,深深打动了自己国家和人民正处于水深火热之中的欧榘甲,对比自己早已"憎其无谓"的"红粉佳人,风流才子,伤风之事,亡国之音"一类的传统戏剧,于是借评说《党人碑》强烈表达了中国土地上早日大量涌现这种"悲剧"的诉求:"意者其法国日本维新之悲剧,将见于亚洲大陆欤?"[②] 蒋观云同样以法日两国为参照,认为中国古代传统戏剧"惟是桑间濮上之

---

① 王季思:《前言》,王季思主编:《中国十大古典悲剧集》(上),上海:上海文艺出版社1982年版,第1页。

② 失名:《观戏记》,阿英编:《晚清文学丛钞·小说戏曲研究卷》,北京:中华书局1960年版,第67—71页。

剧为一时王,是所以不能启发人广远之理想,奥深之性灵,而反以舞洋洋,笙锵锵,荡人魂魄而助其淫思也。其功过之影响于社会间者,岂其微哉!"而对社会革新改良作用最大者,只在悲剧:"使剧界而果有陶成英雄之力,则必在悲剧。"两相对比,得出了"夫我国之剧界中,其最大之缺憾,诚如訾者所谓无悲剧"的结论。①

与此实践层面提出"中国无悲剧"命题相呼应,此时,三爱、天僇生、箸夫等人纷纷提出改良戏剧以大裨益于社会之说。改良的目的和方法就是学习西方上述"悲剧"做法:"中国旧日喜阅之寇盗、神怪、男女数端,淘汰而改正之。复取西国近今可惊、可愕、可歌、可泣之事,如波兰分裂之惨状、犹太遗民之流离、美国独立之慷慨、法国改革之剧烈、以及大彼得之微行、梅特涅之压制、意大利之三杰、毕士麦之联邦、——详其历史,摹其神情……彼观者激刺日久,有不鼓舞奋迅,而起尚武合群之观念,抱爱国保种之思想者乎?"② 由此可见,实践层面的中国无悲剧论是基于戏剧演出的社会功利性,发挥悲剧的悲壮激越、发人奋进的审美效应,实现救国救亡的文学使命。这一点亦有旁证,林纾在《〈埃司兰情侠传〉序》中说道:"自光武欲以柔道理世,于是中国姑息之弊起,累千数百年而不可救。吾哀其极柔而将见饫于人口,思以阳刚振之……然其中之言论气概,无一甘屈于人,虽喋血伏尸,匪所甚恤。嗟夫!此足救吾种之疲矣!……是书情迹奇诡,疑彼小说家之侈言,顾余之取而译之,亦特重其武概,冀以救吾种人之衰惫,而自厉于勇敢而已。"③ 其间"哀其极柔"、"思以阳刚振之"、"自厉于勇敢"诸语与"虽喋血伏尸,匪所甚恤"情节题材的契合,实与上述倡导悲剧审美风格的意旨非常吻合。

与实践层面强烈的功利性大相迥异的是,以王国维为代表的理论层面,王氏以康德(I. Kant)、叔本华(A. Schopenhauer)、尼采(F. W. Nietzsche)等人思想为圭臬,则恰恰标举文学的超功利性,

---

① 蒋观云:《中国之演剧界》,阿英编:《晚清文学丛钞·小说戏曲研究卷》,北京:中华书局1960年版,第50—52页。

② 箸夫:《论开智普及之法首以改良戏本为先》,阿英编:《晚清文学丛钞·小说戏曲研究卷》,第61页。

③ 林纾:《〈埃司兰情侠传〉序》,阿英编:《晚清文学丛钞·小说戏曲研究卷》,第204—205页。

崇尚文学艺术的审美独立性，反对文学艺术的社会功利性："文学者，游戏的事业也"①；"天下有最神圣、最尊贵，而无与于当世之用者，哲学与美术是已"②。故而否定了文学作品中"诗人多托于忠君爱国、劝善惩恶之意"、"戏曲、小说之纯文学，亦往往以惩劝为旨"③的情节结构安排。需要提及的是，这里王氏尽管没有明确提出"团圆结局"概念，实质就是对"团圆结局"审美功利性的否定。

最具代表性的是王国维在《〈红楼梦〉评论》一文中对中国有无悲剧命题的论说。该文坚持以叔本华唯意志论学说为根本，演绎解说中国文学作品。王氏首先提出衡量和判断的标准："生活之本质何？欲而已矣。……欲与生活与苦痛，三者一而已矣。"既然"欲"、"生活"、"苦痛"三位一体，那么就要寻求解脱之道："解脱之中又自有二种之别：一存于观他人之苦痛，一存于觉自己之苦痛。然前者之解脱唯非常人为能……通常之人，其解脱由于苦痛之阅历而不由于苦痛之知识。唯非常之人，由非常之知力而洞观宇宙人生之本质，始知生活与苦痛之不能相离，由是求绝其生活之欲而得解脱之道。"王氏即以此解脱之道之彻底与否来评价中国文学作品，得出了"吾国之文学中，其具厌世解脱之精神者，仅有《桃花扇》与《红楼梦》耳"以及"《红楼梦》一书与一切喜剧相反，彻头彻尾之悲剧也"。由此"具厌世解脱之精神"的寥寥二作，王氏探赜索隐，提出其中之故，乃在于独特气质的"吾国人之精神"："吾国人之精神，世间的也，乐天的也，故代表其精神之戏曲、小说，无往而不着此乐天之色彩。始于悲者终于欢，始于离者终于合，始于困者终于亨，非是而欲餍阅者之心难矣。若《牡丹亭》之返魂，《长生殿》之重圆，其最著之一例也。"并进而指出这种对"团圆结局"的期待是我国传统文学之民族特殊性："吾国之文学以挟乐天的精神故，故往往说诗歌的正义：善人必令其终，而恶人必令其罚。此亦吾国戏曲小说之特质也。"④

---

① 《文学小言》，刘刚强编：《王国维美论文选》，长沙：湖南人民出版社1987年版，第103页。
② 《论哲学家与美术家之天职》，刘刚强编：《王国维美论文选》，第86页。
③ 同上书，第87页。
④ 《〈红楼梦〉评论》，刘刚强编：《王国维美论文选》，第29—38页。

王国维以西方学说为准绳，肯定了我国古代文学资源中存在戏曲意义上的悲剧文类，而且在否定"团圆结局"显示出来的社会功利性的同时，又难能可贵地提出"特质"说来肯定古代戏剧中"团圆结局"的存在合理性。

（二）20 世纪第二个十年：命题的扭曲

这个阶段的特点是：文学界救国救亡的功利性与"五四运动"风起云涌遥相呼应，中国有无悲剧的命题在反对封建思想、推行新文化运动中嬗变为客观尊重还是全盘否定古代戏剧遗产的论争；对命题中重要元素之一的"团圆结局"的思考亦染带上浓郁的启蒙主义的时代色彩。

围绕古代戏剧的是非存留问题，钱玄同、胡适、傅斯年等人比较偏激，以虚无主义的态度，极尽否定之能事。钱玄同说："中国之旧戏，编自市井无知之手，文人学士不屑过问焉，则拙劣恶滥，固其宜耳。""中国的戏本来算不得什么东西。"① 胡适、傅斯年都说，脸谱、嗓子、台步、武把子等"这种'遗形物'不扫除干净，中国戏剧永远没有完全革新的希望"，"若果把这些无聊的动作，当作宝贝，反而保存下去，岂不是是非倒置?"② 傅斯年还说："可怜中国戏剧界，自从宋朝到了现在，经七八百年的进化，还没有真正戏剧"，"就技术而论，中国旧戏，实在毫无美学的价值"。③ 面对戏剧"改良"变成了革戏剧之命的倾向，张厚载、马二先生（冯叔鸾）、欧阳予倩等少数人予以了回击，较辩证地维护了古代戏剧的审美价值和存在合法性。张厚载指出说："中国旧戏第一样好处就是把一切事情和物件都用抽象的方法表现出来。……譬如一拿马鞭子，一跨腿，就是上马。这种地方人都说是中国旧戏的坏处。其实这也是中国旧戏的好处。用这种假象会意的方法，非常便利。……所以很有游戏的兴味和美术的价值。"④ 马二先生则在反对对待古代戏剧不公正不客观的态度之外，专门提出了一味

---

① 余从、游墨选辑：《"五四"时期关于戏曲的论争》，《戏曲研究》1980 年第 1 期，第 368、377 页。
② 同上书，第 377、385 页。
③ 傅斯年：《戏剧改良各面观》，沙似鹏编著：《中国文论选·现代卷》（上），南京：江苏文艺出版社，第 82、84 页。
④ 余从、游墨选辑：《"五四"时期关于戏曲的论争》，《戏曲研究》1980 年第 1 期，第 382 页。

以西格中的偏颇之处:"夫声乐因地而异,我燕人也,不能解粤讴。则中国人何须观外国剧,且即以外国论剧,亦岂无重唱工者。乃独秀等之议论,必欲人以外国剧绳中国剧,且必不许唱,而其理由,乃绝未一言仅责人之限于方隅,岂非可怪之事。"①

顽固反古派在宣扬西方戏剧、摒弃古代戏剧遗产过程中,自然也涉及了"团圆结局"的评价问题。傅斯年说:"中国剧最通行的款式,是结尾出来大团圆;这是顶讨厌的事。"② 最为典型的是胡适。胡氏尽管心仪元杂剧与自己推行的白话文运动形合神通,以至作出"中国文学当以元代为最盛,可传世不朽之作,当以元代为最多"③ 的莫高赞语,但是仍然从文学改良、社会进步的功利性角度,对古代戏剧中的"团圆结局"作了无情的鞭挞。不过,与前一阶段稍有不同的是,此时"团圆结局"的反思走上了对国民劣根性的批判之路,烙上了社会启蒙的鲜明时代色彩。胡适认为,欲改良文学以实现社会进步之鹄的,必须效仿西方悲剧观念,走易卜生主义的道路,即提倡"发生各种思力深沉,意味深长,感人最烈,发人猛省的文学"④,"把家庭社会的实在情形都写了出来,叫人看了动心,叫人看了觉得我们的家庭社会原来是如此黑暗腐败,叫人看了觉得家庭社会真正不得不维新革命"⑤。而"团圆结局"恰恰构成了文学改良道路上的最大障碍之一:"人生的大病根在于不肯睁开眼睛来看世间的真实现状。明明男盗女娼的社会,我们偏说是圣贤礼义之邦;明明是赃官污吏的政治,我们偏要歌功颂德。"⑥ 其更深层次的原因在于,它典型地暴露了"中国人思想薄弱"的劣根性:

---

① 余从、游墨选辑:《"五四"时期关于戏曲的论争》,《戏曲研究》1980年第1期,第376页。
② 傅斯年:《再论戏剧改良》,沙似鹏编著:《中国文论选·现代卷》(上),南京:江苏文艺出版社,第98页。
③ 胡适:《文学改良刍议》,沙似鹏编著:《中国文论选·现代卷》(上),第8页。
④ 《文学进化观念与戏剧改良》,胡适:《胡适论文学》,夏晓虹编,合肥:安徽教育出版社2006年版,第38页。
⑤ 《易卜生主义》,胡适:《胡适论文学》,夏晓虹编,第71页。
⑥ 同上书,第62页。

中国文学最缺乏的是悲剧的观念。无论是小说，是戏剧，总是一个美好的团圆。现今戏园里唱完戏时总有一男一女出来一拜，叫做"团圆"，这便是中国人的"团圆迷信"的绝妙代表。有一两个例外的文学家，要想打破这种团圆的迷信，如《石头记》的林黛玉不与贾宝玉团圆，如《桃花扇》的侯朝宗不与李香君团圆；但是这种结束法是中国文人所不许的，于是有《后石头记》、《红楼圆梦》等书，把林黛玉从棺材里掘起来好同贾宝玉团圆；于是有顾天石的《南桃花扇》使侯公子与李香君当场团圆！……元人作《渔樵记》，后人作《烂柯山》，偏要设法使朱买臣夫妇团圆。……这种"团圆的迷信"乃是中国人思想薄弱的铁证。做书的人明知世上的真事都是不如意的居大部分，他明知世上的事不是颠倒是非，便是生离死别，他却偏要使"天下有情人都成了眷属"，偏要说善恶分明，报应昭彰。他闭着眼睛不肯看天下的悲剧惨剧，不肯老老实实写天工的颠倒惨酷，他只图说一个纸上的大快人心。这便是说谎的文学。更进一层说：团圆快乐的文字，读完了，至多不过能使人觉得一种满意的观念，决不能叫人有深沉的感动，决不能引人到激底的觉悟，决不能使人起根本上的思量反省。……这种"团圆"的小说戏剧，根本说来，只是脑筋简单，思力薄弱的文学，不耐人寻思，不能引人反省。……①

而真正的悲剧作品就是"医治我们中国那种说谎作伪，思想浅薄的文学的绝妙圣药"②。不难看出，胡适虽然大力批判"团圆结局"，但并没有因为"团圆结局"而否认中国有悲剧。其论述重点不在于悲剧有无的问题，而是在于强调悲剧存在的必要性问题。

在此时期的王国维一方面依旧继承上一阶段秉持的文学所具有的独立审美价值，因为元曲作者"非有藏之名山，传之其人之意"的"自娱娱人"创作姿态，以"自然"给予元曲至高评价："古今之大文学，无不以自然胜，而莫著于元曲"；另一方面又与上一阶段不无矛盾

---

① 《文学进化观念与戏剧改良》，胡适：《胡适论文学》，夏晓虹编，合肥：安徽教育出版社 2006 年版，第 36—37 页。

② 同上书，第 38 页。

地指出"明以后传奇，无非喜剧"的结论，更为重要的是，王国维又从是否"团圆结局"与"主人翁之意志"为标准区分出两种不同程度的悲剧作品："如《汉宫秋》、《梧桐雨》、《西蜀梦》、《火烧介子推》、《张千替杀妻》等，初无所谓先离后合，始困终亨之事也。其最有悲剧之性质者，则如关汉卿之《窦娥冤》，纪君祥之《赵氏孤儿》，剧中虽有恶人交构其间，而其蹈汤赴火者，仍出于其主人翁之意志，即列之于世界大悲剧中，亦无愧色也。"① 王国维做法的特殊性在于，在前人基础上，首次明确提出以是否"团圆结局"作为判断悲剧的标准；其次，从所举悲剧作品《窦娥冤》、《赵氏孤儿》可以见出，他又以"主人翁之意志"这一更为深刻的标准否定和解构了是否"团圆结局"的判断标准。需要注意的是，此时的"意志"已非同叔本华哲学观中的"意志"。这里的"意志"乃人性自觉、主体理性等启蒙范畴之义域。下文仍会提及，此不赘述。

（三）20世纪20年代至60年代：命题的发展

这一时期的特点是：遵照社会革新的功利性和国民启蒙的需要，在结束了上一阶段过激的论争之后，平稳承续了上两阶段提出的诸多课题的探讨，增加了中国无悲剧命题的理论广度。

比如从国民劣根性反思中国悲剧有无的命题上，鲁迅在1920年代发表了一系列论著，如《中国小说的历史的变迁》、《灯下漫笔》、《论睁了眼看》、《再论雷峰塔的倒掉》等，进一步发挥胡适关于"不肯睁开眼睛来看世间的真实现状"的"中国人思想薄弱"的劣根性观点，甚至在局部表述上形神俱似，如出一辙。鲁迅在批评导源于元稹《莺莺传》的元明清诸人的杂剧传奇作品时指出：后者与前者的不同之处在于"叙张生和莺莺到后来终于团圆了"。认为个中缘由是：

> 这因为中国人底心理，是很喜欢团圆的，所以必至于如此，大概人生现实底缺陷，中国人也很知道，但不愿意说出来；因为说出来，就要发生"怎样补救这缺点"的问题，或者免不了要烦

---

① 王国维：《宋元戏曲史·元剧之文章》，上海：上海古籍出版社1998年版，第98—99页。

闷，要改良，事情就麻烦了。而中国人不大喜欢麻烦和烦闷，现在倘在小说里叙了人生底缺陷，便要使读者感着不快。所以凡是历史上不团圆的，在小说里往往给他团圆；没有报应的，给他报应，互相骗骗。——这实在是关于国民性底问题。①

究竟是关乎什么国民性问题呢？鲁迅在其后的文章中指出：中国人缺乏直面人生现实的勇气。例如：

"煽起国民的敌忾气心来，使他们一同去扞御或攻击"，"有一个必要的条件，就是：国民是勇敢的。因为勇敢，这才能勇往直前，肉搏强敌，以报仇雪恨。"②

"诚然，必须敢于正视，这才可望敢想，敢说，敢作，敢当。倘使并正视而不敢，此外还能成什么气候。然而，不幸这一种勇气，是我们中国人最所缺乏的。""中国的文人，对于人生，——至少是对于社会现象，向来就多没有正视的勇气。""然而由本身的矛盾或社会的缺陷所生的苦痛，虽不正视，却要身受的。文人究竟是敏感人物，从他们的作品上看来，有些人确也早已感到不满，可是一到快要显露缺陷的危机一髪之际，他们总即刻连说'并无其事'，同时便闭上了眼睛。这闭着的眼睛便看见一切圆满……于是无问题，无缺陷，无不平，也就无解决，无改革，无反抗。因为凡事总要'团圆'，正无须我们焦躁；放心喝茶，睡觉大吉。""中国人向来因为不敢正视人生，只好瞒和骗，由此也生出瞒和骗的文艺来……"③

这样的思想与上述林纾、胡适等人的观点极其相似。在鲁迅看来，无勇敢直面现实之勇气，亦就无彻底革新之慷慨，亦就无法做真正的

---

① 鲁迅：《中国小说的历史的变迁》，《鲁迅全集》（第九卷），北京：人民文学出版社1981年版，第316页。
② 《坟·杂忆》，《鲁迅全集》（第一卷），第224页。
③ 《坟·论睁了眼看》，《鲁迅全集》（第一卷），第237、240页。

"革新的破坏者"。因此"在瓦砾场上修补老例"这种"十景病"是与"悲剧是将人生的有价值的东西毁灭给人看,喜剧将那无价值的撕破给人看"的美学宗旨相背离的,也因此"决不产生一个悲剧作家或喜剧作家或讽刺诗人"。① 综上,鲁迅把"团圆结局"纳入国民性反思之中,否定了古代戏剧作品中的"团圆结局",进而又从国民劣根性角度否定了悲剧产生的可能。可见,鲁迅对于中国有无悲剧命题的涉及,只是基于"团圆结局"一端,并无直接宣称"中国无悲剧";但是暗示出"团圆结局"非悲剧的蕴涵。

关于中国无悲剧之原因的探究,继王国维"乐天"说之后,钱穆、朱光潜等人又分别提出己见,秉承中国无悲剧的观点。例如朱光潜从宗教、哲学与悲剧之间的区别出发,认为宗教和哲学都是满足于人生善恶问题的解决,而悲剧与之截然相反,它不满足于任何一种解决,"而是满足于作为一个问题展示在人面前那些痛苦的形象和恶的形象"。所以,走向宗教或是讲求实际的人生观即伦理哲学是脱离悲剧的两条路径。而中国人属于后者,即"中国人的国民性有明显的伏尔泰式的特征"。他们"像伏尔泰的老实人一样,满足于一种实际的伦理哲学。这就可以解释,这些民族为什么没有产生悲剧"。因此朱光潜归纳总结认为:"悲剧这种戏剧形式和这个术语,都起源于希腊。这种文学体裁几乎世界其他各大民族都没有,无论中国人、印度人,或者希伯来人,都没有产生过一部严格意义的悲剧。""事实上,戏剧在中国几乎就是喜剧的同义词。中国的剧作家总是喜欢善得善报、恶得恶报的大团圆结尾。"于是,就是如《赵氏孤儿》这样的"悲剧题材也常常被写成喜剧"。朱氏还进一步声称:"仅仅元代(即不到一百年时间)就有五百多部剧作,但其中没有一部可以真正算得悲剧。"② 钱穆也从中西文化传统差异出发,认为"中国人生以内心情感为重,西方人生则以外面物质之功利为要"。因此,反映到戏剧中则表现为:因为中国人生以内在情感为重,而悲喜情感皆著于一心,"非有悲,则其喜无足喜。然果有悲无喜,则悲亦无可悲。悲之与喜,同属人生情感,何足深辨其孰

---

① 《坟·再论雷峰塔的倒掉》,《鲁迅全集》(第一卷),第194、192页。
② 朱光潜:《悲剧心理学》,张隆溪译,北京:人民文学出版社1983年版,第212、216、215、210、218页。

为悲孰为喜。仅求可喜,与专尊可悲,则同为一不知情之人而已"。所以《生死恨》《琵琶记》等剧莫不是"在悲剧中终成喜剧"或"在此大喜剧之中,乃包有极深悲剧成分在内",造成西方意义上的悲剧和喜剧文类之间界限的模糊:"喜剧中即涵悲剧,悲剧中亦涵喜剧";而"西方人则过于重视外面,在其文学中,悲剧喜剧显有分别,而又以悲剧为贵"。①

需要说明的是,在此时期,赵树理、周贻白等人在中国有无悲剧问题与朱、钱二人的观点相去甚远。赵树理承袭王国维"特质"说,在指出戏曲小说始乱终亨的团圆俗套之弊端外,也于世界悲剧之林中肯定了"团圆结局"是中国古代悲剧的民族特征②;周贻白也认为"以团圆结尾,只是一部分作者对戏剧的看法,所以,如果要说中国戏剧没有真正的悲剧,这话是不对的。"③ 不过,我们必须得肯定的是,朱、钱二人的这种坚决、明确、果断的中国无悲剧的态度,虽说是延续了王国维在20世纪初的思考,但就结论而言却是空前的。这也为下一阶段更为热烈地探讨中国究竟有无悲剧及其因由设下了伏笔、埋下了种子。

对于王国维在上一阶段肯定的悲剧须是"出于其主人翁之意志"的带有启蒙色彩的观点,冰心、钱锺书等亦予以了强调和回应,可以冰心为代表。冰心基于强烈的社会责任感和社会功利性,认为当时社会现实极力需要唤起的国民的自由意志、人性觉醒与悲剧之间是相辅相成的关系:一方面悲剧有益于国民性的自觉,一方面国民性的自觉又会推动悲剧的产生。进而明确把自我觉醒、人性启蒙作为悲剧诞生的不二法门:"今天为什么要讲悲剧呢?自从'五四'以来我们醒悟起来,新潮流向着这悲剧方面流去,简直同欧洲文艺复兴时一样。文艺复兴后,英人如睡醒的一般,觉得有'我'之一字。他们这种'自我'的认识,就是一切悲剧的起源。'我是我','我们是我们'(I am I. We are We.),认识以后,就有了自由意志,有了进取心,有了奋斗

---

① 《情感人生中之悲喜剧》,钱穆:《中国文学论丛》,北京:三联书店2002年版,第160—170页。
② 赵树理:《从曲艺中吸取养料》,《人民文学》1958年10期,第108—111页。
③ 周贻白:《中国戏剧史长编》,上海:上海书店出版社2004年版,第211页。

去追求自由，而一切悲剧就得产生。"所以，是否有"心灵的冲突"和"自己的意志"就成为判断是否悲剧的核心标准，否则只能称之为"惨剧"而已。由此出发，与王国维不同的是，冰心否定了我国有悲剧的观点："说到我国的悲剧，实在找不出来。《琵琶记》并不是悲剧，它的主人翁并没有自由意志，他父亲叫他赴考，就赴考，叫他娶亲就娶亲。《桃花扇》呢，也不是悲剧。《西厢记》自惊梦以后，我就不承认是西厢，即就惊梦以前而言，也够不上说是悲剧。"① 钱锺书也和冰心相似，认为悲剧必须要有内在矛盾冲突，必须"表现出一种主导激情"而非"一连串松散连缀的激情"，以此考量中国古代戏剧作品，钱锺书一方面认为"团圆结局"削弱了悲剧气氛——"因果报应是否加强了悲剧气氛？……只要细心体味一下，便会作出否定回答"；一方面认为由于没有主导激情，故而即使是悲哀结局也非带来"纯粹的悲剧体验"。所以，综合而观，钱锺书完全否定了王国维等人对诸如《梧桐雨》、《窦娥冤》、《赵氏孤儿》等剧作的意见，认为中国古代无"真正悲剧"。②

（四）20世纪七八十年代：命题的高潮

在前三阶段酝酿发展的基础上，伴随着比较文学于1980年代进入大陆，以中国有无悲剧命题为核心的缺类问题因此引起更为广泛的集中关注。此前诸阶段提出的悲剧有无、"团圆结局"观及其产生原因、"团圆结局"与悲剧文类认定之间的关系等问题，在此时得到了最为充分的研讨，"中国无悲剧"的缺类命题发展进入了高潮期。其主要表现为：研究论著空前繁多，研究论题空前深入，论述姿态日趋理性。

在研究论著上，有两个标志性事件值得关注。一是王季思主编《中国十大古典悲剧集》（1982）的出版。此前阶段还只是停留在个别剧作是否悲剧的界定上，而此时"十大古典悲剧"的横空出世，本身就是对中国无悲剧说的响亮否定。这就为此时关于中国有无悲剧命题的探讨预设了一个基本前提，即中国是有悲剧的。这个影响无法低估，

---

① 《中西戏剧之比较——在学术讲演会的讲演》，冰心：《新编冰心文集》（第五卷），北京：商务印书馆国际有限公司2008年版，第79—82页。

② 钱锺书：《中国古典戏曲中的悲剧》，李达三、罗钢主编：《中外比较文学的里程碑》，北京：人民文学出版社1997年版，第359—364页。

它是对"中国无悲剧"命题的彻底颠覆。与收录的十大悲剧作品相呼应,该书由王季思撰写的序言更是系统地回答了新阶段中国有无悲剧命题的诸多疑惑,扭转了曾经的中国无悲剧的论调,主导了此一阶段人们对于命题的认识。故而有学者给予这篇序言极高评价:"这是自王国维以来最全面而又系统地探讨论述中国悲剧和喜剧的论文。"① 二是包括1980年创刊的《戏曲研究》、李达三和罗钢主编《中外比较文学的里程碑》(1997)、《中国古典悲剧喜剧论集》(1983)、杜清源编《戏剧观争鸣集》(1986)等论著期刊较为集中地对命题予以了强烈关注,作者众多,论题集中,结论深刻,蔚为壮观。这两个标志性事件无不是向我们宣告:中国有无悲剧命题的探讨已进入一个新阶段,命题本身从产生到发展,此时迎来了最高潮时期。

反映到具体论题上,我们发现,这一阶段几乎无一例外地都是在"中国有悲剧"的前提下探讨其中的各种问题②,如黄美序、苏国荣、王季思、邵曾祺、费秉勋、宋常立、赵景深、叶长海、朱颖辉、刘俊田、禹克坤、乔德文、陆润棠、吴国钦、边远等一大批学者皆作如是观。不过仍有进一步分析辨别的必要。众多持中国有悲剧观的学者都是对王国维"特质"说的发扬,认为中国拥有悲剧且独具自身民族特色,反对以西格中,从而得出无悲剧的错误结论。王季思说:"悲剧作品在不同民族、国家各自产生、发展时,由于历史条件的不同,民族性格的各异,在思想倾向、人物性格、情节结构等各个方面,又各自形成不同的艺术特征。我国古代虽然没有系统的悲剧理论,但从宋元以来的舞台演出和戏曲创作来看,说明悲剧是存在的。"并且指出:"悲喜相间,相反相成,使剧情在对比变化中前进,是古代悲剧作者一条成功的经验。"③ 邵曾祺先生也指出,亚里士多德、黑格尔、车尔尼雪夫斯基等人的悲剧观"它们可应用于我国的古典悲剧,但它们还没

---

① 邓绍基:《王国维关于元代戏曲"有悲剧在其中"说的历史意义》,《常熟理工学院学报》(社科版)2006年第1期,第3页。
② 仍有如李泽厚、刘纲纪等少数学者继续从中华民族的乐观信念出发,认为中国古代没有产生如古希腊那样的悲剧作品。详见李泽厚、刘纲纪《中国美学史(先秦两汉编)》,安徽文艺出版社1999年版,第296页。
③ 王季思:《前言》,王季思主编:《中国十大古典悲剧集》(上),上海:上海文艺出版社1982年版,第2、19页。

有充分揭示我国古典悲剧的艺术特征"①。苏国荣也认为："由于各国悲剧形成的历史不同，民族风尚不同，美学趣味不同，作家队伍不同，它们各自形成了不同的民族特征。""我国的悲剧，一般都是悲喜交集、苦乐相错的。"②

既然认为中国古代有悲剧存在且独具民族特色，那么，中西方悲剧之间究竟有无共性呢？在这个问题上，存有一点分歧，但以存有共性的意见为主导。姚一苇认为中国无西方式悲剧："因为中国系生存于一个截然不同的精神文化的背景里，不仅不可能产生希腊式的悲剧，亦不可能产生有若文艺复兴时代的英国悲剧；如果悲剧一词是指特定历史条件下的艺术形式，则中国是没有悲剧的。"进而又从广义上的"人生的悲剧感"（tragic sense of life）出发，认为"中国的历史上自亦产生过'悲剧'，或一种'人生的悲剧感'"。③ 陆润棠从文类名称与具体文本关系出发，认为"悲剧一词虽含义复杂，并未能解释各类不同之悲剧作品以及悲剧形式之演变"。各种希腊悲剧、伊丽莎白时代的悲剧、现代悲剧"事实上，这些不同种类和时代的悲剧，很难会有完全共通或相类的地方。既然如此，是否可以将悲剧一词的定义范围缩小。不如按照它们特别的时空，分别为希腊悲剧、伊丽莎白悲剧和现代悲剧，彼此无须互相牵连"。所以他认为西方悲剧和中国式悲剧"两者应该分开讨论，看作为两种不同之文类"；并提出"怎样才能为中国式悲剧找出一适当的文类名称？"④ 的问题。可见也是认为中西方悲剧是无法通约的。但是更多学者认为中西方悲剧是具有共通之处的。苏国荣说："中国有类似西方的悲剧（个别的），西方也有类似中国的悲剧（少量的）。"⑤ 费秉勋也认为中国古代也有悲剧"与西方悲剧有相

---

① 邵曾祺：《试谈古典戏曲中的悲剧》，《中国古典悲剧喜剧论集》，上海：上海文艺出版社1983年版，第1页。

② 苏国荣：《我国古典戏曲理论的悲剧观——兼论我国悲剧的民族特征》，《中国古典悲剧喜剧论集》，上海：上海文艺出版社1983年版，第33页。

③ 姚一苇：《元杂剧中悲剧观初探》，李达三、罗钢主编：《中外比较文学的里程碑》，北京：人民文学出版社1997年版，第376—377页。

④ 陆润棠：《悲剧文类分法与中国古典戏剧》，杜清源编：《戏剧观争鸣集》（一），北京：中国戏剧出版社1986年版，第395、405页。

⑤ 苏国荣：《我国古典戏曲理论的悲剧观——兼论我国悲剧的民族特征》，《中国古典悲剧喜剧论集》，第35页。

通之处","而大部分和西方悲剧仍然不同"。① 再有如朱颖辉说:"中国古典悲剧是有鲜明的民族特征的。然而如果考察一下其冲突的本质,却和西方悲剧并没有什么不同"②,等等。

最富戏剧性色彩的可能还是对于"团圆结局"的看法。此前诸阶段占主导的是无不对"团圆结局"深恶痛绝,甚至提升到国民劣根性的批判层面。然而在这个阶段认可中国有悲剧且具民族特征的主潮之中,曾经作为大加鞭挞对象的"团圆结局",更多地成为高度首肯甚至称赞不已的优点。绝对的否定逆转为绝对的肯定。

首先,认为"团圆结局"非中国独有,中西方皆然。王季思说:"欧洲希腊悲剧有不少以团圆结束,但到莎士比亚以后,就大都以主人公的不幸收场。我国古典悲剧以大团圆结局的要比欧洲多。"③ 黄美序指出:"在中国古典戏剧和小说中,类似《白蛇传》里那种'大团圆'式的喜剧性结尾的作品要比西方文学中更多。以上的论述显示出古希腊人并非与中国人完全不同。……喜剧性结尾的剧作是深受许多观众和评论家欢迎的。""如果善恶报应确实与悲剧之本质水火不容,为依照'行动'、'怜悯、恐惧'等传统的西方戏剧理论,那么像《美狄亚》、《赵氏孤儿》之类的剧作几乎都不能称之为悲剧。"④

其次,认为"团圆结局"反映出来的悲喜相间恰是中国悲剧的特点与优长。例如朱颖辉在批评孟称舜《娇红记》的《仙圆》结局时就旗帜鲜明地肯定说:"这是一个假喜真悲、明喜实悲的结局,是一个真正的悲剧性的结局。"⑤ 乔德文也指出说:大团圆结局符合艺术心理学的要求,"不但不冲淡悲剧的气氛,破坏风格的统一,相反地却取得相反相成的

---

① 费秉勋:《论元代杂剧》,《中国古典悲剧喜剧论集》,第79页。
② 朱颖辉:《孟称舜〈娇红记〉的悲剧风格》,《中国古典悲剧喜剧论集》,上海:上海文艺出版社1983年版,第114页。
③ 王季思:《前言》,王季思主编:《中国十大古典悲剧集》(上),上海:上海文艺出版社1982年版,第20页。
④ 黄美序:《十一部中西悲剧的比较》,李达三、罗钢主编:《中外比较文学的里程碑》,北京:人民文学出版社1997年版,第387、388页。
⑤ 朱颖辉:《孟称舜〈娇红记〉的悲剧风格》,《中国古典悲剧喜剧论集》,第128页。

艺术效果"①。其他如刘俊田、禹克坤、陆润棠、边远等亦是如此。

再次，认为"团圆结局"与是否悲剧无必然联系，并纷纷提出自己的判断标准。例如黄美序、王季思、邵曾祺、苏国荣、宋常立、叶长海等人都是持如此观。邵曾祺说："我以为，决定一个剧本是否悲剧，要看整个剧本是否具有悲剧的性质，悲剧的气氛，而不决定于它是否有'大团圆'的欢乐尾巴。"② 叶长海也说："一个戏剧是否以团圆为结局，并不能决定它是喜剧或悲剧。因为更重要的是要分析戏剧的全貌，还要看团圆的具体方式及其戏剧效果如何。"③

最后，"团圆结局"对全剧审美效果的影响要辩证看待。在朱颖辉、乔德文等人把"团圆结局"视为中国悲剧特点与优长的同时，不少学者也指出了"团圆结局"存在的一些问题。例如叶长海首先明确否定了"团圆结局"与思想优劣之间的必然联系："一个作品是否以团圆作结局，并不能作为它的思想性优劣的标志。"认为"团圆结局"要辩证看待："有的'团圆'是全剧喜剧情节发展的必然结果，又把喜剧性推向最高点，如高濂的《玉簪记》。有的'团圆'完全是在一种虚幻的境界中实行，这种结局往往增强了一种悲剧的'幻灭'感，而且使人们对悲剧主人公的叹息与同情回萦不息，从而加深了全剧的悲剧色彩，如孟称舜的《娇红记》。"④ 王季思也认为悲喜相间可以"产生强烈的悲剧艺术效果"。大团圆"这种结局，有的是剧情发展的结果，是戏剧结构完整性的表现，有的还表现斗争必将取得胜利的乐观主义精神，但有的却表现折中、调和的倾向，让一个干尽坏事的恶人跟悲剧主人公同庆团圆，这自然要削弱了悲剧动人的力量"。⑤ 朱颖辉、刘俊田、禹克坤等也认为"团圆结局"不是削弱而是进一步加强了全剧的悲剧效果。其他如苏国荣、乔德文等都表现出比较公允的认识态度：

---

① 乔德文：《中西悲剧观探异》，杜清源编：《戏剧观争鸣集》（一），北京：中国戏剧出版社1986年版，第107、97页。
② 邵曾祺：《试谈古典戏曲中的悲剧》，《中国古典悲剧喜剧论集》，上海：上海文艺出版社1983年版，第17页。
③ 叶长海：《〈牡丹亭〉的悲喜剧因素》，《中国古典悲剧喜剧论集》，第109页。
④ 同上。
⑤ 王季思：《前言》，王季思主编：《中国十大古典悲剧集》（上），上海：上海文艺出版社1982年版，第20页。

"这种结局形式自有它的优点和长处，也有它的弊病和短处，全盘肯定或简单粗暴的否定都是不妥当的。"① 而另外如李泽厚、刘纲纪、周来祥、么书仪等少数学者对"团圆结局"表现出明确的全然否定态度：大团圆结局只是一定历史阶段的形态，对揭露封建制度的黑暗统治是不典型的，或归之于不愿面对现实的弊病，等等。

关于"团圆结局"产生缘由问题在这一阶段也得到了更为全面深入的分析和论说。苏国荣、邵曾祺、宋常立、赵兴勤、王广超、吴国钦等学者纷纷从时代、宗教、哲学、实践等方面提出己见。赵兴勤和王广超指出：元杂剧大团圆结局"实与作家所生活的社会环境、风俗习惯有关，有着作家的主观情感与社会的普遍心理相化合的痕迹"②。吴国钦也指出说："团圆结局"是传统戏剧观作用的结果、民族性格与心理作用的结果、哲学思想和宗教观念影响的结果。③

综上我们不难看出，此阶段在命题的探讨研究中透露出来的学术态度和方法日渐理性，去强烈的社会功利性而回归学术研究本身，从一味的以西格中的褊狭回归中西平等交通的平和姿态，因而结论也显得更加公允辩证、客观。不过，具有反讽意味的是，命题进入高潮期的同时，恰又预示着"中国无悲剧"命题的终结。

（五）20世纪90年代至今：命题的停滞

所谓命题的停滞期，不是指再也没有研究成果面世，而是说就仍然数量众多的研究成果来说，其中围绕"中国无悲剧"命题展开的论说基本都是上一阶段的重复，没有多少质的变化，缺乏足够的突破和新意，甚至在某些问题上的结论与前阶段的意见形成难以理解的鲜明反差。

例如《中西戏剧比较论稿》（1992）一书，还是认为中国无西方式悲剧，至于用"苦情戏"之类称呼中国古代悲剧的做法，亦在上一阶

---

① 乔德文：《中西悲剧观探异》，杜清源编：《戏剧观争鸣集》（一），北京：中国戏剧出版社1986年版，第107、113页。

② 赵兴勤、王广超：《元杂剧大团圆结尾漫议》，《戏曲研究》（第二十三辑），北京：文化艺术出版社1987年版。

③ 《论中国古典悲剧》，吴国钦：《论中国戏曲及其他》，长沙：岳麓书社2007年版，第60—61页。

段就有学者（如陆润棠）提出。对"团圆结局"持肯定态度，认为"它成了中国悲剧与西方悲剧相区别的最基本的格局和特性之一"。也是认为不能从结局就判定是否悲剧，等等。都是似曾相识的旧调重弹。该书还在比较中西方悲剧时说：中国悲剧是"悲喜相交"，而西方是"一悲到底"。① 同样从上阶段的有关论述可以得知：情况并非如此，西方悲剧存在团圆结局的类型。

再如《中国悲剧史纲》（1993）一书，罗列出了英雄悲剧、女性悲剧、命运悲剧、政治悲剧、爱情悲剧、情理悲剧、市民悲剧等一系列中国悲剧类型，并认为中国悲剧具有自己独特的审美特征，"从而在世界悲剧文化中自成体系"，其中就包括"悲剧结局的圆满性"这一结局特点上。照样是肯定"团圆结局"，并明确否定了以此结局特点来否定存在悲剧的观点。尤其令人惊讶的是，该书提出："大团圆结局，一直被认识是中国悲剧的特点和弱点。实际上这种看法是极其笼统而不确的，中国悲剧基本上不是大团圆结局。"② 如果此结论成立，那么从王国维到胡适、鲁迅以及上阶段众多学者都要重新修改和审视他们的研究成果；如果此结论成立，那么学界围绕命题就"团圆结局"展开的热烈纷纭的讨论在一开始就已经找错了方向。

其他如邱紫华《悲剧精神与民族意识》（1990）、杨建文《中国古典悲剧史》（1994）、王宏维《命定与抗争》（1996）、龚鹏程《文学散步》（2006）及张丹飞《试论中国悲剧概念的确定》（1999）、张春丽《关于中国古典戏曲中悲剧标准的探讨》（2003）、刘家亮《对"中国有无悲剧"的命题辨析》（2005）、陈以民《中西悲剧文类比较》（2007）、张元澍《元曲悲剧探微》（2008）等一大批论著，在"团圆结局"与悲剧有无这一细节上，或是肯定"团圆结局"，分析其产生缘由，反对以其作为是否悲剧的判断标准，进而阐释中国古代悲剧之特质；或是否定"团圆结局"，认为中国无西方式悲剧文类而主张以悲剧精神作为悲剧判断标准；或是反对以西格中、主张给中国式悲剧另立新名，等等。诸如此类，表象繁荣，实质述者众而作者寡，故不复赘述。

---

① 蓝凡：《中西戏剧比较论稿》，上海：学林出版社1992年版，第546—613页。
② 谢柏梁：《中国悲剧史纲》，上海：学林出版社1993年版，第294、298、302页。

第二节 "中国无悲剧"是个伪命题

综上我们对于"中国无悲剧"命题百年发展历程的梳理，我们以为 20 世纪七八十年代这个阶段的诸主导性观点比较令人信服，且围绕"中国无悲剧"命题及其他阶段提出如下批评与反思：

第一，命题前三个发展阶段浸透着强烈的社会功利性色彩，使得研究本身表现着一种非常态的场域依赖性，且研究结论亦难以与"中国无悲剧"命题主旨完全契合。就第一个阶段而言，欧榘甲、蒋观云等人目睹民族遭受外侮、国将不国，身经西方文化而深受启发，极力倡导悲剧文类激荡起的高亢慷慨之美学风格鼓舞国民意志以发奋图强，其感喟"中国无悲剧"的宗旨在于：从当时社会时势出发，表达对才子佳人的情爱题材戏剧作品及团圆结局的不满，在无暇顾及对情爱题材及团圆结局作更深层次的学理性的辩证分析的情况下，更多着眼于西方演剧实践的直观层面，那么，"中国无悲剧"命题的提出就可以从事实判断转述为价值判断，即：中国需要悲剧。这点同样可以从另外一个侧面得到印证：在比较文学界，除了无悲剧命题外，王国维、胡适、钱锺书以及海涛华、杨牧、张汉良、普实克、玛丽·陈等海内外学者都关注过中国有无史诗文类的问题，但是至今也未形成如"中国无悲剧"命题这般的动静。在此时期，王国维以西格中，提出诸如"乐天"说、"特质"说，且不谈其方法论的问题，他最后的结论亦非"中国无悲剧"，而是"罕见"的判断。到了第二个阶段，"五四"风潮更是把戏剧推到了社会改良的风口浪尖，社会功利性比起上一阶段可谓有过之而无不及。从全盘否定古代戏剧显现出来的虚无主义态度中，学人的偏激姿态一目了然，因此遑论结论之可嘉？我们从当时论争方的事后回忆文字更可窥见一斑：

> 从前我为了旧戏问题，常常同一般新文学家（象钱玄同，周作人，胡适之一班人）大起辩论。他们都主张把旧戏根本废除，

或是把唱工废掉；他们更痛骂"脸谱"，"打把子"，说是野蛮，把脸谱唤作"粪谱"。但是最近他们的论调和态度，也有些变迁了。周作人曾在《东方》杂志上，登过《中国戏剧三条路》，已主张保存旧戏。而胡适之近来对于旧戏，也有相当的赞成，去年在北京常在开明院看梅兰芳的戏，很加许多的好评。那时我在开明院遇见他，曾问他道："你近来对于旧戏的观念，有些变化了罢？"他笑而不答。……最可注意的，最近《晨报》副刊，新出剧刊一种，竟把钱玄同所称为"粪谱"的脸谱，作了剧刊的目标，咳，当时我费了多少笔墨，同他们辩论，现在想想，岂不是多事么？①

第三个阶段中，社会功利性改换门庭，从直接对外在社会转变为对内在国民劣根性的批判与反思，所以鲁迅还是全盘否定了"团圆结局"的存在价值。朱光潜、钱穆、冰心、钱锺书等人还是以西格中，标举西方悲剧或悲剧观为模范。这两种情形在实质上都存在同一弊病，其实都是预设了世界存在普适性悲剧判断标准的前提，缺乏对民族审美特征的足够自觉和深刻认识。有学者曾对王国维和此时期学者在命题探讨上的异同提出：这是两个"相近而不同的阶段。第一个阶段是中国学子引进西方悲剧理论解剖中国悲剧作品，认为中国文学缺乏悲剧观念；第二个阶段是中国学子引进西方悲剧理论把握中国悲剧，认为中国文学根本没有悲剧存在。这两种认识是有根本区别的，在第一个阶段，中国学子并不否定中国文学存在悲剧作品；在第二个阶段，有些学子则完全否定中国文学存在悲剧作品"②。这是有一定道理的。

关乎命题提出本身强烈的社会功利色彩，我们还可以从另外一个侧面得以印证，即《赵氏孤儿》在西方的传播与接受③。尽管我们把认为"中国无悲剧"观推溯至1730年代的法国人杜赫德，但是杜赫德的观点在西方却并不占主导。不论是巴黎《水星杂志》上发表的推介

---

① 张厚载：《新文学家与旧戏》，《戏曲研究》1980年第1期，第366—367页。
② 熊元义：《中国悲剧引论》，北京：解放军文艺出版社2007年版，第270页。
③ 参见范存忠《〈赵氏孤儿〉杂剧在启蒙时期的英国》，《文学研究》1957年第3期，第5—12页。

该剧的未署名的信件内容，或是剧作家英人赫谦特（William Hatchett），抑或是同时期的法人阿尔央斯侯爵（Marquis d'Argens）、英人李却德·赫尔德（Richard Hurd）等文艺界批评，都未对该剧的悲剧属性提出质疑。例如未署名的信中写道："请你告诉我，你和你的朋友们看了这本中国悲剧觉得怎样。"阿尔央斯在以新古典主义的戏剧原则批评该剧时，也是称该剧为"中国悲剧"。最具代表性的则是赫尔德："他主要是列举这本戏在那些地方跟古代希腊悲剧相似或相近。从而肯定它的优点。"基本观点认为该剧"是中国人民的智慧的产物，是可以跟古代希腊的悲剧相提并论的"。这种现象就清晰地告诉我们，就是西方文艺理论界在以西格中时，亦未得出中国无悲剧的结论。那么，为何在国人以西格中就得出截然不同的结论呢？原因恐怕只有一个，即附带了另外的影响性因素：社会改良运动的功利性。因此，无怪乎李泽厚曾指出说："社会政治思想在中国近代思想史上占有最突出的位置，是它的主要组成部分。其他方面的思想，如文学、哲学、史学、宗教等等，也无不围绕这一中心环节而激荡而展开，服从它，服务于它，关系十分直接。"[①]

对命题前三个阶段存在不足的反思与批评，一些学者也曾作了认真的检讨。例如，余秋雨就对王国维著名长文《〈红楼梦〉评论》中涉及的悲剧观点提出了反思与批评，认为："他的悲剧观念是极为狭隘和排他的。""他对悲剧的实质性要求是'厌世解脱'，这就不仅严重地曲解了《红楼梦》和《桃花扇》，而且也大大削弱了他对非悲剧作品进行评判的正确性和力度。"[②] 刘萍著《比较文学论纲》（2006）一书就指出："如果不顾中国悲剧的实际情况，而照搬西方的悲剧理论来对中国悲剧进行解读，则难免让人有手足无措之感。再进而推之，简单断定中国没有悲剧可言，便将这一问题弃置不顾，这显然算不上是科学的、严谨的研究态度。"并就冰心无悲剧观背后的社会功利性批评说："冰心强调冲突中的人的自由意志，的确指出了悲剧的一个很重要的因素，否则，仅仅依靠外力的作用（比如各种天灾人祸等），不免使得整个冲突充满了偶然

[①] 李泽厚：《中国思想史论》，合肥：安徽文艺出版社1999年版，第198页。
[②] 余秋雨：《戏剧理论史稿》，上海：上海文艺出版社1983年版，第556页。

性的因素，难以产生直击心灵的力量，悲剧的效果自然也大打折扣。此外，联系当时的时代背景，我们更应当看到，冰心对自我意志的强调是直接针对当时中国的社会状况。具体地说，即与五四以来发奋、图强的社会呼声相适应，致力于唤醒国民性的自觉，借以振奋国民精神，在内忧外患的形势下求得民族的生存与进步。明白了这样一个特定的历史背景，我们当不难理解冰心先生发出所谓'中国没有悲剧'这一论断的苦衷。"① 孙玫著《西方理论移用之反省——以戏曲研究为例》（2008）一文的观点则更具概括性："如果仅从当时中国的思想政治和社会现实层面来看，新文化运动的闯将们批判戏曲的动机或许无可厚非，而其偏激的态度多少也是可以理解的，但是如果从学术研究的层面来看，他们的观点在学理上则是难以立足的。"② 所以说，囿于强烈而明确的社会功利性，命题暴露了非常态的场域依赖性，即便就一般学术研究层面而言，最终的结论也还是值得进一步斟酌。

第二，文类内涵的流动性、具体文本面貌的复杂性，暴露出"中国无悲剧"命题极大的学理性偏颇。这点前面论述中也有些学者（如王季思、陆润棠）提及，但是尚未得到充分展开和透彻阐述。美国当代著名美学家托马斯·门罗（Thomas Munro）在申明审美形态学（艺术形态学、艺术类型学）面临的困难和问题时曾提出一个非常有价值的重要观点：

> 审美形态学的主要困难来自于艺术品形式的复杂性、微妙性和多样性。
>
> 审美形态学的目的和任务并不仅仅是为了给传统的艺术制定几个诸如史诗、抒情诗、赋格诗、奏鸣曲、教堂建筑这样的抽象的定义。它也不是按照这些标题来对特定的艺术作品进行分类。大量的时间已经浪费在某些毫无结果的争论之中，如：一部著作到底是小说还是传奇，是悲剧还是喜剧，等等。即使对艺术所进行的分类是清楚地和无可争辩的，这种分类仍远远不能洞察艺术作品的所有复杂本质。……当我们识别出两首诗都属于莎士比亚

---

① 刘萍：《比较文学论纲》，合肥：安徽人民出版社2006年版，第248—249页。
② 孙玫：《西方理论移用之反省——以戏曲研究为例》，《南京大学学报》（哲社版）2008年5期，第48页。

的十四行诗时,还只能算是我们在研究形式的道路上迈出了第一步,还有许多任务有待我们去完成。这些任务是:研究他们在运用这种传统构架时有何不同,每件作品有何独特性以及它与别的作品有何相似之处,等等。只有那些最爱卖弄学问的机械论学者,才会满足于仅仅把艺术作品贴上标签,并把它们归档。①

这里极其精到地揭示出了文类与具体作品之间的复杂互动关系。文类的一般性不能遮蔽作品的多样性,作品的多样性恰是对文类一般性的有益补充。俄国形式主义代表之一的尤·迪尼亚诺夫也曾郑重指出:"文类类别的问题是最困难的,最缺乏研究的问题","小说似乎是一种同质的类别,在几个世纪里是完全独立发展的。实际上,小说并不是一成不变的,而是多变的类别"。② 再反观我们讨论的命题,"中国无悲剧"即中国无西方式悲剧,殊不知,西方悲剧本来就是一个发展的流动性概念。就理论层面来说,亚里士多德围绕反映的对象范围提出"悲剧总是模仿比我们今天的人好的人",因此"[最好的]悲剧都取材于为数不多的家族的故事";且单一的不幸的结局"才能产生技巧上最完美的悲剧",最能产生悲剧效果。③ 到了文艺复兴时期的钦齐奥则明确提出相反意见:"悲剧有两种:一种结局悲惨;另一种结局快乐";后一种"悲剧本质上更能取悦观众"。④ 17 世纪新古典主义时期的高乃依则认为这种古希腊的做法应该得到改变,悲剧对象范围需要拓展:"古代悲剧只描写了少数家族的命运……在以后的若干世纪中,我们得到的充分材料足以超越这种范围,所以便不必再踏古希腊人的足迹。"因此,"在戏剧中也没有必要只表现国王一类人的灾难,其他

---

① [美]托马斯·门罗:《走向科学的美学》,石天曙等译,北京:中国文联出版公司 1985 年版,第 277、280—281 页。
② [法]茨维坦·托多罗夫编选:《俄苏形式主义文论选》,蔡鸿滨译,北京:中国社会科学出版社 1989 年版,第 105 页。
③ [古希腊]亚里士多德:《诗学》,《诗学·诗艺》,罗念生、杨周翰译,北京:人民文学出版社 1962 年版,第 9、46、40—41 页。
④ [意]钦齐奥:《论喜剧与悲剧的创作》,周靖波主编:《西方剧论选》,北京:北京广播学院出版社 2003 年版,第 55—56 页。

阶层的人的不幸也能在舞台上找到它应有的地位"。① 布瓦洛在"古今之争"中反对全然抹杀古代作家的价值时同样涉及当时不同于古希腊时期的新型悲剧问题:"高乃依从那里得来他的最美的笔调和最伟大的思想去创造亚里斯多德所不知道的新型悲剧? 不正是从提特·李维,第欧·卡苏斯,普路塔克,留庚……等人作品里得来的吗?""他越出了亚里斯多德的一些规则,没有想到要象古代悲剧诗人那样去引起哀怜和恐惧,而是要凭借思想的崇高与情致的优美,去在观众的心灵里引起一种惊赞(或欣羡)"。② 启蒙主义时期,悲剧的时代发展性问题更加突出和显著。伏尔泰(Voltaire)严肃指出:"批评家必须变更他的关于悲剧的定义,使之适合各个作品。"不仅如此,"在一切艺术中都必须提防谬误的定义,这种定义排斥了那个尚未经习惯定出标准的未知世界"。③ 并在作品中借天真汉之口表达了希腊悲剧"那是适合希腊人的"④ 观点。狄德罗也认为希腊"古人对悲剧的看法与我们不同",悲剧不仅仅是以大人物为描写对象,"也会有以家庭的不幸事件为对象的"。⑤ 博马舍甚至表达了对古代悲剧反映对象的厌恶情绪:古典悲剧"每件事在我看来都似乎是奇怪而且可恶的","既是太不自然,也是我们的时代文明中所稀有"。反对把悲剧描写对象作出限制:"如果我们对悲剧中人物的兴趣发生了各种感情,其原因并不是因为这些人物是英雄和帝王,而是因为他们是不幸的人。"⑥ 莱辛(G. E. Lessing)的意见亦与其相近,认为不应当将悲剧变为"纪念大人物"或"知名人士的颂辞",因为"王公和英雄人物的名字可以为戏剧带来华丽和威严,却不能令人感动。我们周围人的不幸自然会深深侵入我们的灵魂"。不但如此,莱辛还在点评高乃依《熙德》时否定了亚里士多德所赞许的

---

① 伍蠡甫等编:《西方文论选》(上卷),上海:上海译文出版社1979年版,第254、257页。

② 同上书,第305—306页。

③ 同上书,第320页。

④ 《天真汉》,[法]伏尔泰:《伏尔泰小说选》,傅雷译,北京:人民文学出版社1980年版,第207页。

⑤ [法]狄德罗:《狄德罗美学论文选》,北京:人民文学出版社1984年版,第315、132—133页。

⑥ 伍蠡甫等编:《西方文论选》(上卷),上海:上海译文出版社1979年版,第400—401页。

悲剧要求不幸结局的观点："他放弃了悲剧必须有不幸结局的偏见。"①其后的黑格尔、叔本华、别林斯基等人也都为未再坚守古希腊的对象原则，分别立足"永恒的正义"、"巨大的不幸"、"冲突"等建立各自的悲剧观。

从作品而言，变化更是昭然，如古希腊时期诸如《普罗米修斯》、《阿伽门农》、《俄狄浦斯王》、《特剌喀斯少女》、《阿尔刻提斯》等经典悲剧作品，主人公都是神、国王、公主等；而到了浪漫主义时期的维克多·雨果那里，男盗（艾那尼）、女娼（玛丽蓉·黛罗美）、弄臣（特里布莱）、侍仆（吕伊·布拉斯）、私生子（吕克莱丝·波基亚）等纷纷成为剧本主要人物。两者可谓霄壤之别。再就作品情节布局而论，尽管亚里士多德否定了"双重结局"（即善恶有报）之于悲剧的合理性，认为"这种快感不是悲剧所应给的，而是喜剧所应给的"，但是他无法对这种结局安排的存在置若罔闻："第二等是双重的结构，有人认为是第一等，例如《奥德赛》，其中较好的人和较坏的人得到相反的结局。由于观众的软心肠，这种结构才被列为第一等；而诗人也为了迎合观众的心理，才按照他们的愿望而写作。"②尽管黑格尔、叔本华、别林斯基等人都指出悲剧的"不幸的结局"这一特点，但是从古希腊开始，我们都可以找到喜剧性、团圆性结局的剧作，这又再次证明西方悲剧本身就具有复杂多义的内涵。例如埃斯库罗斯笔下的《普罗米修斯》是"在雷电中消失"的不幸结局，而《阿伽门农》剧末却是克吕泰墨斯特拉在复仇后与情人"我和你是一家之主，一切我们好好安排"的美好愿景。欧里庇得斯的《美狄亚》，安排美狄亚在复仇后"乘着龙车自空中退出"而非不幸毁灭；《阿尔刻提斯》在代夫死后却又重新站在丈夫面前，使得丈夫在剧末不得不感激命运之神的眷顾，从而"再也不否认我是个幸福的人"。又如高乃依《熙德》的剧末，罗德里格与未婚妻施梅娜还是在王上的命令之下团圆结为夫妻；《贺拉斯》剧末国王不同意瓦莱尔对贺拉斯的控告，贺拉斯仍与身为阿尔巴人的妻子萨皮娜团圆；

---

① ［德］莱辛：《汉堡剧评》，张黎译，上海：上海译文出版社1981年版，第101、74、289页。

② ［古希腊］亚里士多德：《诗学》，《诗学·诗艺》，罗念生、杨周翰译，北京：人民文学出版社1962年版，第41—42页。

《尼科梅德》剧末是国王"吉祥如意地言归于好"的幸福赞语，等等。

综上可见，正如结构主义诗学认为的那样："理论上的体裁和'历史的'或实际的，即从写作这一'事实'中产生的体裁，其差异因而是不断变化的，互相影响的。""关于体裁的定义不可能是固定不变的"。① 悲剧在西方文论及文学史上本身就是一个流动的发展的概念，各个不同时代具有各自的内涵，而且喜剧性、团圆结局亦非中国古代戏剧独有，那么即使可以西方为参照，在下"中国无悲剧"的断语时都会遭遇极大困境，因为"西方"是需要进一步细化和具体化的概念。否则，一切只能算是虚妄之词、无端之说。因此，美国学者阿伯拉姆在解释"悲剧"范畴时就批评说："企图把亚氏的分析理论扩展到后来所有的悲剧形式的设想只是模糊了他的批评范围，同时搞混了各种不同的戏剧形式的重要界限。"② 英国学者乔纳森·巴恩斯（J. Barnes）也在一本述说亚里士多德个人丰富世界时指出："他对悲剧的定义很难适用于莎士比亚的悲剧，更别说现代剧作家的作品了"，"亚里士多德并非想提出一个永远都正确的悲剧理论。他只是在告诉那些在希腊的舞台传统下工作的同代人，如何写一个剧本"。③

第三，重复性、停滞性研究现状，也是"中国无悲剧"命题先天性缺陷的外在表征。通过命题百年发展历程的梳理，我们清晰地觉察到：自上世纪90年代起，命题的讨论似乎都是在延续七八十年代的已有观点，甚至在结论视野上出现倒退。这不能不引起我们的高度重视，促使我们思考这种现象背后隐藏着的深层原因。可以说，正是命题自身论据不足的先天性缺陷导致了研究现状这一必然性结果。就前三个阶段而言，悲剧文类产生的高亢激昂的崇高风格与当时救国救亡的社会时势异常契合，甚至由悲剧有无的探讨不仅涉及了剧作本身的团圆结局问题，更是由此及彼，扩展到了国民劣根性反思方面。当是时也，悲剧文类的有无问题成为探讨社会改良和革新的良媒，成为呼唤国民

---

① ［英］特伦斯·霍克斯：《结构主义和符号学》，瞿铁鹏译，上海：上海译文出版社1987年版，第102页。
② ［美］M. H. 阿伯拉姆：《简明外国文学词典》，曾忠禄等译，长沙：湖南人民出版社1987年版，第372页。
③ ［英］乔纳森·巴恩斯：《亚里士多德的世界》，史正永等译，南京：译林出版社2010年版，第132—133页。

警醒的户牖，成为积贫积弱的旧中国向西方学习的充要性证据。因此，尽管不免偏激之词，但是参与者众，立论纷纭，强烈的社会功利性通过个体转化为讨论命题的高度热情。等到七八十年代，一切尘埃落定，社会重心由革命转向建设，功利性被学理性取代，此前提及的一系列问题都得到了学术界较为客观、科学、冷静的研究，并基本形成主导性意见。所以导致近二十年间亦无法针对命题再提出更多更新的命题生长点，故而结论之重复也就在所难免、不足为奇了。再有一个更为简单的事实是，纵观命题百余年发展历程，认为"中国无悲剧"的学者可谓寥寥无几。既然差不多都认可"中国有悲剧"论，那么严格说来，一切的一切又似乎早已与"中国无悲剧"命题无甚关系了。形式都是内容的形式，内容都是形式的内容。这种悖论现象正是命题提出之初论据不足的必然趋势。

张岱年曾经指出："在中国历史上，有两次大规模的中外文化接触，一次是魏晋隋唐时代佛教的输入，一次是明代后期和近代以来的西方东渐。"① 综上多重因素考虑，故而我们拟还原"中国无悲剧"命题的文化学意义，即"中国无悲剧"命题其实只是个伪命题，它的诞生与显现更多是在文化层面的意义，它表征了中外文化碰撞的一个典型性事件、时代性标本。

在真假命题问题上，国内目前亦有极少数学者提及，只是与本文运思存有较大出入。例如刘家亮认为，命题中的"悲剧"当解作二义：一是文类概念，一是意识范畴。"悲剧"本身就是西方文化下的产物，有其自身的美学、艺术传统赋予的规定性；而中国本土从未有过"悲剧"的表述，故而得出：就文类概念而言，中国古代就是无悲剧。因此若把"中国无悲剧"命题解作"中国无悲剧文类"是无意义的，是一个虚假命题、伪命题。而设若提问"中国有无悲剧意识"，则答案毋庸置疑是肯定的，这方才是一个合理命题。② 我们以为其中存在的问题有：

一是理论认识的自觉与作品感性存在之间并无直接的必然的联系。有时是先有理论认识，再有具体作品；有时是作品产生在前，而理论认

---

① 张岱年：《文化与哲学》，北京：教育科学出版社1988年版，第58页。
② 刘家亮：《对"中国有无悲剧"的命题辨析》，《山东社会科学》2005年第3期。

识在后。众所周知，20世纪上半叶，包括政治小说、侦探小说、报告文学、通讯、特写、小品文等文类纷纷登陆我国，人们的接受也经历了一个从陌生到熟悉的过程，慢慢发现有些是属于前者的情形，如报告文学、侦探小说；有些则属于后者，如小品文、政治小说。再如"史诗"也是一个诞生于西方语境的文类，是否我们还要去否认《格萨尔王传》的史诗身份呢？如果万事总要先有理论的自觉认识，作品才可有身份认同，其实质还是一种普适性的文类观，而这无疑是一种美好的臆想。

二是悲剧在西方"有着自身的美学、艺术传统赋予的规定性"是事实么？关于这点，我们已经证明：从古希腊到现代，悲剧概念是流动的历史的。要说有"规定性"，那也只能是时代规定性，而无什么西方悲剧的规定性。这也是个虚假命题。

三是提出"中国有悲剧意识"，其价值何在呢？马克思主义哲学告诉我们，人与动物的质的区别在于，人是有意识的高级动物。自我意识是人类的标志。因此伴随人生存环境的发展变化及"物之感人无穷"①，人自然要生发出包括喜怒哀乐在内的丰富而复杂的意识。正如有学者指出的那样："如果中国人没有悲剧感，那他们就不能像欣赏自己的戏剧那样去欣赏西方悲剧。我认为悲剧精神是一种普遍精神。"②如果我们认可了悲剧精神是一种普遍精神，那么提出说"中国有悲剧意识"且加以辨析论证，我们不免怀疑这种立论的意义。如果"中国有悲剧意识"是个合理命题，我们不得不指出：这是个虚假的合理命题或合理的伪命题。

第三节 余论："中国无悲剧"命题的现代反思

鉴古知今，回顾百余年来"中国无悲剧"命题的风雨历程，我们

---

① 《礼记译解·乐记第十九》（全二册），王文锦译解，北京：中华书局2001年版，第529页。

② 黄美序：《十一部中西悲剧的比较》，李达三、罗钢主编：《中外比较文学的里程碑》，北京：人民文学出版社1997年版，第392页。

以为还有两点需要加以提及。

一是关于中西诗学比较的方法论问题。从命题的阐述中我们不难发现,"悲剧"在西方是一个发展的历史性概念,亦不存在一个规定的"西方悲剧"的不变内涵。那么,以西格中、中西比较之类说法的和洽性是否值得商榷?以西格中、中西比较的理论实践是否存在某种方法论上的限度?因为这里同样对"西方"这个概念不详加辨析而笼统用之,带来的问题就是:中西比较的前提令人悬疑。众所周知,比较的前提必须是,比较双方都各自有其明显体系,各自都有其一致倾向性,在比较对象上,双方必须具有真实对等性。例如,"中西戏剧比较",西方悲剧、喜剧等文类都是一个内涵发生移动嬗变的范畴,而且还有中西戏剧不同表现样式和形态的差异问题,即如话剧和戏剧在中国是分开独立的两种艺术类型,西方所谓戏剧也非如中国古代戏剧面貌,现代还分有话剧和歌剧之类。那么两者的比较是否真正具有充足理由?是否真正符合学术命题的科学性要求呢?诸如此类的横向性和纵向性上的异质性问题不解决,比较研究只能作为一种假设。所以代迅在评论《跨文化比较诗学论稿》一书时就非常敏锐和睿智地认为:"中国的抒情文学理论应当和西方的抒情文学理论相比较,中国的叙事文学理论应当和西方的叙事文学理论相比较,而不应当跨越不同的文类,这样比较诗学研究才能够准确定位,引向深入,得出合乎实际的结论。"① 这里提出的比较文学研究应"准确定位"的问题非常重要,是比较文学学科立身之本,必须要引起足够的重视和思考。童庆炳在题为《当下文学理论的危机及其应对》的一次会议发言中,认为要解决危机之一的"文学理论学术研究的浅表化问题",途径之一就是提高"文学理论的文化历史语境化"。不能把文章写成论点的简单罗列,"这些不同时代不同民族不同国家的相同或相似的论点被排起队来了","可是并不知道这些论点是在怎样的历史语境下产生的?""非历史化的研究,使我们只知道某些论点,对这些论点的深度就缺乏必要的理

---

① 代迅:《跨文化比较诗学何处去?——评曹顺庆〈跨文化比较诗学论稿〉》,《文艺研究》2008年第6期,第120页。

解。""我们只有在一定的历史文化语境中才能理解问题。"① 童先生高瞻远瞩,文学理论历史语境化观点可谓敲响了当前学术研究界的一记警钟!就这里探讨的问题而言,给我们的启发就在于:比较研究必须充分考虑理论观点的历史性问题,不能浮于表面作简单粗浅的无根性比较。这也就是我们为何反对在新世纪仍然有人把"团圆问题"归结为"瞒和骗"一途的缘由所在。

二是恰如比较文学界对缺类现象的看法,它是个非常复杂的问题,涉及各个国家或民族的政治、经济、文化等诸多文学存在的因素。本章以"中国无悲剧"命题为例的论述业已充分说明此,同时它也启示我们,在对待缺类现象的问题上,必须防止和避免两种错误的认识和倾向:一是强调各个国家或民族的文类特性而一味割断国家或民族之间文类的共通性,二是以永恒不变的文类内涵观僵硬机械地衡量和判断各个国家或民族的文本现象而无视文类及文本现象的发展性、复杂性、特殊性。

三是命题再次折射出文类名称与文类特征的关系认识问题,再次回到了文类界限的传统问题。坚持认为中国无悲剧的论者大都以团圆性喜剧结局为论据,悲剧中究竟能否出现喜剧性结局?一文类中是否能夹杂其他文类的特征因素?诸如此类问题的探讨,在《文类界限论》一章中的"跨文类写作现象辨析"部分已得到比较充分的论述,可供参考,故从略。

---

① 这是童庆炳在中国中外文艺理论学会 2010 年年会暨"文学理论前沿问题"研讨会(扬州)上的大会主题发言内容。

第六章　文类替代论

　　法国当代著名文艺理论家托多洛夫于 1970 年代曾经指出："近两个世纪以来，在文学研究中存在着某种强烈的质疑，即质疑'体裁'这一概念本身。"① 确实，自 1960 年代以降，继克罗齐之后，文类再一次遭遇到了身份危机：包括文类界限在内的一切界限在后现代主义风潮中趋向于平面化、无深度的存在策略，文本的功能性地位日益凸现。与此相应，从克里斯特娃（Julia Kristeva）、热奈特（Gérard Genette）到谢弗（Jean-Marie Schaeffer）、福勒（Alastair Fowler）等人，掀起了一股不小的替代"文类"的范畴运动，他们期欲通过提出"互文性"、"隐迹稿本"、"文本类型性"、"构建型式"等新词来质疑文类范畴存在的正当性或基础性，从而摆脱文类范畴的传统强势地位。那么这场造词替代运动究竟有无必要？文类和它们之间的异同关系如何？可以带给文类范畴哪些有益的反思和积极的启示？这里我们将以互文性、文本类型性、构建型式诸替代范畴代表与文类范畴的关系为例来试图窥测问题的答案，并在认真思考和仔细辨析中号诊文类范畴的未来命运。

---

　　① ［法］茨维坦·托多罗夫：《散文诗学》，侯应花译，百花文艺出版社 2011 年版，第 1 页。

第一节　文类与互文性

一、范畴的提出

"互文性"（intertextuality），又译"文本间性"，于 1966 年由法国著名文学理论家和批评家朱丽娅·克里斯特娃在发表于《如是》（*Tel Quel*）杂志的论文《词、对话、小说》中首次创造性提出；随后在同一杂志发表的另一篇论文《封闭的文本》（1967）进一步明确了定义；继而在著作《符号学，语意分析研究》（1969）中又重新提到。自此，以法国为中心的一批文学理论批评家参与到了互文性研讨之中，如罗兰·巴特、雅克·德里达、热拉尔·热奈特、哈若尔德·布卢姆（H. Bloom）、迈克尔·里法特尔（M. Riffaterre）、萨莫瓦约（T. Samoyault）等人，使得互文性成为后现代主义、后结构主义批评的标志性术语。

何谓互文性？萨莫瓦约曾总结说有两大截然不同的含义：

> 一是作为文体学甚至语言学的一种工具，指所有表述（基质 substrat）中携带的所有的前人的言语及其涵盖的意义；二是作为一个文学概念，仅仅指对于某些文学表述被重复（reprises）（通过引用、隐射和迂回等手法）所进行的相关分析。①

前者代表如克里斯特娃和罗兰·巴特。克里斯特娃曾多次从这个角度定义互文性："横向轴（作者—读者）和纵向轴（文本—背景）重合后揭示这样一个事实：一个词（或一篇文本）是另一些词（或文本）的再现，我们从中至少可以读到另一个词（或一篇文本）。""任何一篇

---

① ［法］蒂费纳·萨莫瓦约：《互文性研究》，邵炜译，天津：天津人民出版社 2003 年版，第 1 页。

文本的写成都如同一幅语录彩图的拼成，任何一篇文本都吸收和转换了别的文本。"巴特也就此指出说"每一篇文本都是在重新组织和引用已有的言辞"。① 后者如热奈特，以 1982 年问世的《隐迹稿本》一书为标志。其对概念的考察都严格地服从于文学现象的分类和检验，概念的内涵不再含混不清，概念的使用也有据可循。热奈特把互文性定义为"两个或若干个文本之间的互现关系，从本相上最经常地表现为一文本在另一文本中的实际出现"②。即甲文同时出现于乙文中，文本之间是一种共存关系，共存方式有引用、抄袭、暗示等。而之前那类由甲文派生出乙文的文本转换关系，他则称之为超文性（hypertextualilté），或译"承文本性"。文本之间的这种派生关系可由戏拟、仿作等方式完成。两者又共同归之于文本之间的"跨文性"（transtextualité）范畴。需要注意的是，萨莫瓦约在论述中把共存和派生关系统称为"互文性"。

在热奈特那里，互文性完成了从语言学的广义概念到狭义的文学创作概念的过渡。然而，互文性不仅仅是创作论范畴，还是一个接受论范畴，其不仅包括了作者创作之于其他文本的接受，还包括读者阅读之于其他文本的接受。任何阅读也都离不开互文性的身影。此肇端于罗兰·巴特《文本意趣》（1973），而完成于里法特尔。其《文本的创作》（1979）、《诗的符号学》（1983）二书的出版标志着互文性真正成为一个接受理论的概念。在里法特尔看来，"读者对作品的延续构成了互文性的一个重要的层面，它是读者的记忆，是无时序性的（anachronie）"③。故而他把互文性定义为"读者对一部作品与其他作品之间的关系的领会，无论其他作品是先于还是后于该作品存在"④。因此，萨莫瓦约在把互文性本质特征表达为"文学的记忆"时，不仅

---

① 分别见克里斯特娃《符号学，语意分析研究》第 145 页和巴特《大百科全书》"文本理论"词条。转引自［法］蒂费纳·萨莫瓦约《互文性研究》，邵炜译，天津：天津人民出版社 2003 年版，第 4、12 页。

② ［法］热拉尔·热奈特：《隐迹稿本》，史忠义译，《热奈特论文集》，天津：百花文艺出版社 2001 年版，第 69 页。

③ ［法］蒂费纳·萨莫瓦约：《互文性研究》，邵炜译，第 14 页。

④ ［法］麦克·里法特尔：《互文配意》，转引自［法］蒂费纳·萨莫瓦约《互文性研究》，第 17 页。

涵盖文本的记忆、作者的记忆，而且还涵盖了读者的记忆。①

与互文性是对文本之间关系的总称一样，文类也指涉文本之间的关系，也都关乎文学创作和阅读；而且在热奈特跨文性类型中，"统文性"（architextualité），或译"广义文本性"指的就是"纯粹的类属关系"②，把文类与互文性并列；在阿尼克·布亚盖仿作性互文理论中，文类仿作是互文性的重要体现之一③；凯蒂·威尔斯（Katie Wales）甚至指出文类就是"一个互文的概念"④。诸如此类，无不显示出互文性与文类两个范畴之间某些令人颇感兴奋和神秘的相似之处。

二、范畴的辨析

既然如此这般相像，那么互文性替代文类范畴究竟有无可能呢？通过两者异同关系的比较揭示，这一问题的答案可能就会不言自明。详而论之，文类与互文性两个范畴之间的异同可以从下列几个方面见出：

第一，从文本关系的细节来看，文类与互文性尽管都关注文本关系，然而无论就范畴与文本关系，还是此文本与彼文本关系而言，三者所处的位置细节截然相异。互文性包括文本关系共存以及派生两大类，而文类作为基于文学作品自身及其存在时空的多维性而秉持的审美策略，也会存在两种类型。图示如下：

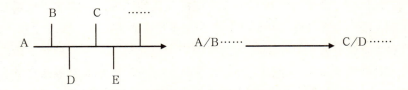

图 6-1　互文性的文本关系图

---

① ［法］蒂费纳·萨莫瓦约：《互文性研究》，邵炜译，天津：天津人民出版社 2003 年版，第 134 页。
② 《隐迹稿本》，史忠义译，《热奈特论文集》，天津：百花文艺出版社 2001 年版，第 73 页。
③ ［法］阿尼克·布亚盖：《模仿的作品》，转引自［法］蒂费纳·萨莫瓦约《互文性研究》，邵炜译，第 45 页。
④ Wales, Katie, *A Dictionary of Stylistics*, London: Longman, 1989, p. 259.

图 6-2　文类的文本关系图

从图示可以清晰看出：在互文性的文本关系中，共存的文本关系里各文本之间的地位和角色是有区别的。它首先存在一个像文本 A 一般的互文性工作的空间和平台，然后在此基础上和其他文本 B、C、D 等发生联系。换言之，除了 A 之外的那些文本是附属性地位，共同为实现文本 A 服务。而在文类的文本关系中，包括 A、B、C、D 等一系列文本在同属于一文类的关系条件下，似乎也存在着一个文本共存，但是这种共存是并列的，无主次之分，亦不存在一个谁服务谁的问题。这种共存是一种独立性质的共存。如果说前者是一种纵向关系组成的横向式，那么后者则可谓横向关系组成的纵向式。再就派生性文本关系而言，由文本 A、B 等到文本 C 或 D 之类的戏拟或仿作是一种直接关系，不需要任何中介，风格、文类等物只是履行载体之职。而在文类的文本关系中，文本 A 或 B 与文本 C 或 D 之间发生联系则必须通过文类这一中介，而且这种文类中介是灵活变化的。文本的不同属性，我们可以借不同文类来进行关系的把握和认同。因此一文本可以通过不同文类与众多文本发生联系，不同文本也可以借同一文类发生联系。这种多样性是互文性中的仿作与戏拟望尘莫及的，对它们而言，被戏拟或仿作的文本往往是固定的，甚至是唯一的，否则就会蜕变作共存性互文关系。另外，通过文本关系细节的考察，我们发现互文性范畴的方法论色彩和文类范畴的策略本质得到高度彰显：互文性像一双无形的手协调着文本之间的各种关系，文类则像出色的谈判大师合理部署着众多文本的位置。

第二，从与文学创作的关系来看，文类与互文性都与文学创作关系密切，离开任何一个都无从谈及文学创作，它们都从各自角度制约着文学创作的成功完成。例如，就广义互文性而言，文学创作都会使用过去文本使用过的字词，"几乎我们使用的每一个字、词都是我们以前听过或看过的"。"我们从环绕我们的先前文本之海和我们置身的语言之洋创造出我们的文本。"① 就狭义互文性来说，其又会提供引用、暗示、戏拟、仿作等方式和途径服务文学创作的顺利开展，而文学创作中往往又不可避免地会采取这些互文手法，因为文本传统总会在每一次新创作实践中获得新生。文类与文学创作的关系前面已经谈得较多，文类是文学创作抛不却的支撑，是文学创作的首要前提之一。任何文学创作都是在文类框架之下的创作。由此看来，无论是文类，抑或是互文性，对文学创作而言，都显得不可或缺。

然而两者的差别又是无可回避的：首先，上述三者与文学创作的关系位置不尽相同。广义互文性视野里的文学创作退化为机械的"复写"、重写，创作主体失去了之于文本的能动性，去主体化倾向明显，文学创作行为本身遭到严重消解，即曾经有意识的主体行为在完成文本之后的空间里突然丧失了意义。罗兰·巴特甚至在一篇名为《作者之死》的论文中直言不讳地说："作者死亡，写作开始。"② 这里显然犯了观念先行、阐释循环之弊：先无视分析评论的文本对象从何而来、如何产生、谁来产生的事实，却已将对文本作封闭研究的结论置换作文本存在的前提；并再以此虚假前提来印证已然之结论。因此有学者这样评价克里斯特娃的互文性理论："互文性理论成为克里斯特瓦对主体和文本进行结构的重要工具。在这种理论的框架中，文本作者的重要性大大减少。作者的作用被减低为文本的相互游戏（interplay）提供场所或空间。创造性和生产力（productivity）从作者转至文本的相互游戏，作者个人的主体性及他对文本的权威消失了。"③ 如果说广义互文性概念是对文学创作本质的展露，那么狭义互文性概念则是文学创作中局部或整体构成方式的揭示：共存方式即局部性，派生方式即整体性。而文类之于文学创作属于必要前提，为文学创作指引一条宏观性的行进之路。

其次，与广义互文性视野对文学创作的消解不同，文类与文学创

---

① Charles Bazerman, "Intertextuality: How Texts Rely on Other Texts," *What Writing Does and How It Does It: An Introduction to Analyzing Texts and Textual Practices*, edited by Charles Bazerman and Paul Prior, Mahwah: Law-rence Erlbaum, 2004, p. 83.

② [法]罗兰·巴特：《作者之死》，林泰译，赵毅衡编选：《符号学文学论文集》，天津：百花文艺出版社 2004 年版，第 507 页。

③ 罗婷：《克里斯特瓦的诗学研究》，北京：中国社会科学出版社 2004 年版，第 89 页。

作关系中非常重视创作主体的积极参与。没有这种参与，文类指引的一般性道路就无法走到尽头；没有这种参与，文类指引的一般性道路就无法迈向个性化的作品终点。前者的结果是文学创作将不再成为一个真命题，后者的结果是文学的生命力将趋向萎缩。最后，尽管互文性与文类皆有重说复写之义，如在互文性方面，除罗兰·巴特之外，安东尼·孔帕尼翁（A. Compagnon）也提出了"写作就是复写（récriture）"的观点①；斯蒂芬·尼奥则就文类指出说："文类是重复和区别的实例。"② 然而重复对于两者的意义决然不同：重复之于互文性是一种客观实在，最简单的如字、词、句、意之类，都有迹可寻且必须有迹可寻，否则互文性将不复自存。重复是互文性范畴重要的身份标志。作为实例之一的文类仿作，其中的文类重复更多人为性。而文学创作中文类的重复是一种主体权衡再三之后的主观意愿，服从于文学创作中表达情感对象的最优化要求，是文学创作中再正常不过的自然现象，这种重复根本上说与文类自身并无多大关联，重复是文类的使用功能。从重复结果来看，互文性追求重复之同或似的一面，而文类的每一次重复反映在作品中都是一次自我挑战、自我更新和自我发展，追求重而不同，复而生新。文类之重复，如盐入水，姿态万千。巴赫金就曾这样评说文类的特征："一种体裁总是既如此又非如此，总是同时既老又新。一种体裁在每个文学发展阶段上，在这一体裁的每部具体作品中，都得到重生和更新。体裁的生命就在这里。"③

第三，从与文学接受的关系来看，文类和互文性同样显得非常必要。就互文性来说，"一切文学肯定都具有互文性，不过对于不同的文本，程度也有所不同"④。因此，互文性必将渗透进一切文学接受。本泽明指出，我们不仅在文学创作中要面对先前文本之海、置身语言之

---

① [法] 安东尼·孔帕尼翁：《二手文本》，第32页。转引自 [法] 蒂费纳·萨莫瓦约《互文性研究》，邵炜译，天津：天津人民出版社2003年版，第24页。
② Neale, Stephen, *Genre*, London: British Film Institute, 1980, p. 48.
③ [苏] 巴赫金：《陀思妥耶夫斯基诗学问题》，《巴赫金全集》（五），白春仁等译，石家庄：河北教育出版社1998年版，第140页。
④ [法] 蒂费纳·萨莫瓦约：《互文性研究》，邵炜译，第115页。

洋，而且"我们理解别人文本时也同样如此"①。在阅读接受过程中，对受文里各种互文形态的及时发现和理解可以搭建良好的接受平台和意义空间，更好更深入更透彻地领会受文主旨的呈现。对派生性关系的戏拟和仿作而言，这种发现更为重要，它是派生出的文本生存和产生意义的根本前提，派生出的文本必须在和母本的互文关系语境下进行解读，否则就不能充分感受文本转换之乐趣和枢机，尤其是它的美学意义会大为减损。例如谢灵运《登池上楼》一诗中的"祁祁伤豳歌，萋萋感楚吟"两句，设若我们不能发现其与《诗经·豳风·七月》、楚辞《招隐士》的互文关系，就不能很好领悟诗人情感中迫切而隐晦的远谪思归的思想内核。作品皆有类可归，因此文类于文学接受也预设了一个意义实现的可能空间，给予接受者与该文类相适应的思维方式，提示接受者应该关注的审美环节。文类打开了文学接受之门。

两者的区别在于：首先，与文学接受关系的紧密程度不同。互文性只要不影响到文本独立性，对接受者而言，没有及时发现和理解互文性是允许的。有趣的是，随着对文本整体理解的完成，反过来还会有助于理解互文现象。同时，囿于接受者个体差异，诸如暗示、抄袭等抹去共存迹象、淡化文本互异性的"互文的识别取决于读者的文化和洞察力，这就使得互文关系变得偶然"②。故而没有发现或理解互文性亦属正常，甚至是普遍现象，它们最终并没有构成对接受阅读的本质性障碍，至多带来审美效果上的程度差异。正如萨莫瓦约所说："把握暗示往往是主观的，但是理解文本并不是非要揭开暗示不可。"③ 这种不紧密程度还体现为：互文性有时还会为文学接受添置不必要障碍，产生不正确的思维导向。可以古今出现的许多同题文学作品为例，如初看王安忆长篇小说《长恨歌》题名，不由使人想起白居易古体诗《长恨歌》，实则两者内容是风马牛不相及。而文类则不然，文类归属意识的缺失，接受者便无

---

① Charles Bazerman, "Intertextuality: How Texts Rely on Other Texts," *What Writing Does and How It Does It: An Introduction to Analyzing Texts and Textual Practices*, edited by Charles Bazerman and Paul Prior, Mahwah: Law-rence Erlbaum, 2004, pp. 83-84.

② [法]蒂费纳·萨莫瓦约：《互文性研究》，邵炜译，天津：天津人民出版社2003年版，第40页。

③ 同上书，第39页。

从统筹和规整文本各种语言材料,文学接受便会一直徘徊在文本起点而止步不前。而且,正如前述,对作品最大的误解也来自于对文本归属文类的误解。所以文类与文学接受之间的关系紧密程度要远高于互文性。

其次,在知晓互文性和文类前提下,有时互文性对文学接受影响程度又会比文类更直接、更明确。文类作为一般性文学范畴在文学接受中更多地是一种宏观提示,微观层面则属于作品个性实现领域,所以诸如作品主旨、情节铺衍以及性格刻画等单从文类名称之上并不能一目了然,明晰真切。与文类提供文本产生之潜在可能性不同,互文性和文本寸步不离,形影相伴,复加之互文性本身内涵的相关性特征,通过对互文现象的考察体认,接受者不难衍射出或联想到文本主旨的大概取向,从而有管窥全豹之效。因此,如果说文类之于文学接受更多宏观启示,那么互文性在文学接受过程中兼具微观作用。

最后,两者在文学接受过程中的功能不一样。互文性存在的理想条件下,与其直接相连的是认识功能,即首先促使接受者明确意识到、搜寻到发生互文关系的文本双方。互文性也会有审美功能,但这种审美功能是在认识功能之后,或由认识功能转化而得。当然那种因没有注意到互文性现象而直接投入美学观照的例子不在此列。文类在文学接受中具有独立的审美功能,它可以主动作用于作品的其他方面,从而影响既定内容表达的最优化效果,前章所举席勒、黑格尔的"形式与目的相宜"论与"内容与形式彻底统一"论可为佐证。其实,文类自身独立的审美功能还在文学创作中表现出来,即所谓"选体"问题,如查礼曾指出:"情有文不能达,诗不能道者,而独于长短句中,可以委宛形容之。"① 张中行也说:"豪放、粗率的宜于入古诗,沉痛,需要缕述的也宜入古诗,反之可以入近体。又同是宜于入古诗的情意,雄放的宜于入七古,沉郁的宜于入五古。用近体,绝句、律诗间的选择,无妨由量的方面下手,情意单纯的入绝句,复杂些的入律诗。至于五言、七言间,可以由情意波动的幅度来决定:波动小的温婉,宜

---

① (清)查礼:《铜鼓书堂词话·黄孝迈词》,唐圭璋编:《词话丛编》(二),北京:中华书局1986年版,第1481页。

于入五言；波动大的激越，宜于入七言。"① 以上所引无不说明文类具有的独立审美功能。

第四，从文学作品方面来看，我们可以从三个角度比较两个范畴的异同：首先就各自体现的层面而言，互文性的囊括范围很广阔，包括标题、人名、卷首语、字、词、句、言语片断、文字风格、文类、参考文献等诸多层面，文类划分也算繁杂，如主题、风格、作者、接受者、时间、地点、标题、人物、字数、句数等标准。但是这些体现层面的空间指向是不同的，前者表现出明显的纵向性，离不开先与后、承与受等方面的文本关系网；后者更多地表现出一种淡化历史因素的横向性。

其次就各自存在形态特征而论，文类之于文学作品要比互文性之于文学作品显现得更为清晰明白。无论是从形式与内容，还是从作品自身以及作品背景，这些方面都可以给我们为作品归类提供比较明确的标志。而互文性则比较复杂，"互文性常常是模糊不明、甚至是无从挑明的"，"在共存的手法里，只有引言毫不遮掩两篇不同文本之间的差别。参考资料、暗示和抄袭往往是不明确的互文"。② 甚至因为主体性因素，作品中的某些互文性对于接受者而言会永远是个谜，永远处于一种无意识之中。同时，在存在形态特征上，两者都还表现出某种相似的混合性，即作品中的互文性方式或现象一般不会单纯到各种互文方式、手法不相共存的境地。如共存类互文性中的引用、暗示以及抄袭等完全可以出现在同一部作品中，而且与派生类互文性之间同样存在交叉可能，在戏拟或仿作中再插入引用或暗示等。而就文类来说，任何作品都处于众多文类交叉点，归属身份都是复数性的。如某诗从外在形式上可以归之于五言诗，从内容主旨上看则可以名之曰咏史诗、抒情诗之类。这两种混合性的不同在于：互文性的混合性在作品中具有明确的存在，是烙在作品身上的客观印记，作品在混合性中拥有主体性地位；而文类的混合性是建立在客观化基础上对作品的主观把握，带有鲜明的策略性、灵活性，作品处于作者、接受者以及作品本身共

---

① 张中行：《情意与选体》，《诗词读写丛话》，北京：中华书局2005年版，第226页。

② [法]蒂费纳·萨莫瓦约：《互文性研究》，邵炜译，天津：天津人民出版社2003年版，第84、40页。

同作用的张力场，被选择的被动色彩浓厚。所以一种极端情形就是，即使作品自身通过题目、集名等途径试图主动申明自己的文类身份，接受者也会在实践中予以推翻。所以热奈特说："无论何种情况，文本本身都不会了解并宣称自己的体裁本质"，"严格地说，决定文本的体裁性质不是文本自身的事，而是读者、批评家和大众的事，他们完全可以拒绝副文本所申明的体裁情况"。①

最后就作品个性显现方式而言，同为处理作品之间关系范畴的互文性和文类却都不能借自身带来作品个性。互文性只是作品构成过程采用的方式之一，并不能代替创作作品这一目的。因此，"如果一个作者在自己的作品里通篇充斥着隐含的参考或迂回的引用，难道他能指望读者仅仅通过对互文的识别理解自己的作品吗？"② 就是作为广义互文性概念来说，一堆散乱无序的所谓旧字旧词连作品资格都无从谈起，更甭谈作品个性了。文类也是如此，作为创作通用之具，只有一般而不见个性。那么两者如何带来作品个性呢？撇开派生性互文不论，因为戏拟、仿作、滑稽反串都已经通过主题、风格等方面的转换实施了二次创作；就共存性互文而言，无休止的无端抄袭是反个性的，也置之不理，那么引用、暗示、参考等现象就借提供作品构成过程中意义递进、转折、引申、强调或承接之机，力促作品个性生成。在广义互文性背景下，作品个性又离不开创作主体深层文化－心理结构的过滤作用，从旧字词中焕发新意。对此，我国古代文论多有注意，亦留有不少经典论述，如袁枚的"字字古有，言言古无。吐故纳新，其庶几乎"③，郑珍的"言必是我言，字是古人字"④，还有叶燮的"以我之神明役字句，以我所役之字句使事"⑤，等等。文类在作品个性确立过程

---

① ［法］热奈特：《隐迹稿本》，史忠义译，《热奈特论文集》，天津：百花文艺出版社2001年版，第73—74页。
② ［法］蒂费纳·萨莫瓦约：《互文性研究》，邵炜译，天津：天津人民出版社2003年版，第81页。
③ （清）袁枚：《续诗品三十二首·著我》，王英志主编：《袁枚全集（一）·小仓山房诗集》卷二0，南京：江苏古籍出版社1993年版，第421页。
④ 郑珍：《论诗示诸生时代者将至》，郭绍虞主编：《中国历代文论选》（第四册），上海：上海古籍出版社1980年版，第40页。
⑤ （清）叶燮：《原诗·外篇上》，霍松林校注，北京：人民文学出版社1998年版，第51页。

中的作用稍有不同：它发挥的不是互文性那样的中介功能，而是被填充、置换的载体功能。例如小说都会有开端、发展、高潮、结局，那么作品个性则来自于创作者在小说文类这一大原则框架下，对于四者的实际排列顺序以及如何具体处理开端、发展、高潮和结局之类。每部小说作品都会有不同方式，都会出现不同人物性格以及由此产生的别样的矛盾纠结。故而，虽然都强调创作主体的能动作用，但他们的工作环境和条件是大不相同的。

　　第五，从互文性与文类自身间关系来看，一方面构成互文性关系的文本之间未必构成文类关系。构成互文性关系的文本性质比较宽泛复杂，包括文学和非文学。这里仅就文学文本而言，诗当然可以引用诗，最典型的例子莫过于集言诗，通篇引用他人诗句，属于同文类文本之间的互文性。同属此类互文性还有如理查逊《帕梅勒》、塞万提斯《堂吉诃德》之于菲尔丁《夏美勒·安德鲁斯夫人生平的辩护》、《约瑟夫·安德鲁斯》的同文类影响。而更多的则属于异文类之间的互文性类型，如诗《诗人和蝉》之于寓言《蚂蚁和蝉》、《汉书·元帝纪》之于戏曲《汉宫秋》、白居易《长恨歌》之于戏曲《长生殿》、《井底引瓶诗》之于戏曲《墙头马上》等。

　　另一方面，构成文类关系的作品之间未必存在互文性。这是因为互文性并非文类构成的必要条件和因素，所以构成文类关系的作品之间可以体现互文性，但不绝对，如同为五言诗的《春晓》与《登鹳雀楼》之间、皆是戏曲的《窦娥冤》与《西厢记》之间都无从谈及互文性问题。如此一来，互文性与文类之间就会出现一个交集部分：同类文本间互文或互文的同类文本，如聚焦于同一素材对象的咏史诗，如杜牧《题乌江亭》（胜败兵家事不期）、李清照《乌江》（生当作人杰）和王安石《乌江亭》（百战疲劳壮士哀）等都是借咏西楚霸王项羽构成的同文类作品间的互文关系。那么"互文性－文本－文类"三者之间就必然会产生一种张力，维护文本独立性和个性的稳定。如果在同类文本之间互文性趋向膨胀，张力被打破，那么原本处于文类背景下的个性文本就会被视作类型文本（generic text），有伤其美学意义和审美效果。例如中国古代戏曲、小说中惯见的始乱终弃、始困终亨的情节结构类型，大大减低了接受者的阅读欲望和审美强度。无怪乎《红楼梦》第五十四回，当贾母刚听得说书艺人讲解《凤求鸾》一半梗概时，连忙打住说："不用说了，我已经猜着了"，接着就才子佳人的类型小说发表了一通议论，尽管偏于思想内容，但是类型小说带给读者的程式化、公式化的不良印象不能不说是问题的根本。因此贾母的接受态度就发生了从听之前的"这个名字倒好"的期望到最终的"这些书就是一套子，左不过是些佳人才子，最没趣儿"的失望的变迁。最后我们还需要考察一个互文性在某文类中偏盛的现象。萨莫瓦约曾经指出：

> 从这一角度观察文学史，我们会发现有些类别相对来说尤其具有互文性，比如悲剧（传统上的口述神话～欧里庇得斯～拉辛）、寓言（口头故事～伊索～拉封丹～弗罗量 Florian）、道德偶像剧（民间智慧～特奥克里特 Théocrite～拉布吕耶尔 La Bruyére）……原因有二：首先是历史的原因，这种文学类别的诞生归因于那个时代，那个时候，"个性"和"作者"的概念在文学创作中尚未占上风；而现代小说则相反，在它出现的时代，作者的个性和文学产权都得到了张扬。第二个原因来自于这些类别的取材和目的：悲剧和道德剧以集体素材、原始神话和民族智慧为蓝本，表现和阐述的是不变的道理，因为文学是一种传递，同时也正因为它需要重复，需要把同样的事改编给不同的人群。①

对此，我们首先需要审慎处理偏盛原因中的历史因素。尽管其揭示出部分原因所在，但是问题在于：不同的人面对相同的素材，就是否会失去"个性"？那么在现代小说生存的拥有强烈"作者"和"个性"意识的今天，互文性现象究竟是比以往多了呢？还是少了呢？设若多了，似乎与著者这里的逻辑相悖；设若是少了，难道历史上的素材就只能重现一次？所以，固然相同素材的同文类处理，会产生似曾相识的效果，个性色彩和作者意识不明显、不突出；然而在更多场合，不同的人对于相同素材进行的同文类处理仍然是可以体现个

---

① ［法］蒂费纳·萨莫瓦约：《互文性研究》，邵炜译，天津：天津人民出版社2003年版，第65—66页。

性的，比如语言组织、字句选用、情节结构变换以及作品风格等，都可以产生鲜明个性。例如苏格拉底和伊安评论荷马精湛文学技艺的一段文字可证：

  苏 其他诗人所歌咏的不也正是这些题材么？
  伊 不错，苏格拉底。但是他们的方式和荷马的不同。
  苏 你是说，荷马的方式比其他诗人的要好些？
  伊 好的多，不可比较。①

"方式的不同"正是荷马对个性和作者概念的意识。只不过，这种意识对荷马来说可能是潜在的，而对柏拉图而言是显存的。这里还只是就相同素材的同文类而言，可以想见的是，同素材的异文类处理带来的个性会更加精彩纷呈。因此，历史原因的根本还不在于什么"作者的个性和文学产权"是否得到张扬，而在于古今文学观念的变迁所致。

  西方文学从古希腊罗马起，文学观念大致经历了摹仿说、表现说、客观说、接受说等诸个主要阶段。在摹仿说的文学观念支配下，诗人们都在面对和处理同样的素材，但是谁模仿得最惟妙惟肖，最赢得观众和听众欢迎，谁就是优秀诗人，作品就会名列上等。此时的文学观念关注的是模仿技艺，素材的同异倒在其次，甚至同素材于评价高下更提供直接准绳。而当步入表现说的文学观念之域，作者内在强烈情感的表露成为决定什么是文学及其优劣的重要因素。再就中国早期文学观念来说，汉唐之际，文笔说盛行，把一切文字作品通过"有韵为文，无韵为笔"的形式标准予以区分，素材同异同样不在考察的中心位置。可见，把互文性在某些文类中偏盛的历史原因诠释为个性和作者意识的淡薄是很不严谨周密的，在那些文类产生时代并非缺乏作者和个性意识，而是在一定文学观念支配下，这些意识并非文学观念中的核心组成要素。

---

① ［古希腊］柏拉图：《伊安篇》，《文艺对话集》，朱光潜译，北京：人民文学出版社 1963 版，第 4 页。

其次，第二个原因从文学接受的实践需要立论，是对互文性偏盛原因的合理阐释。实质上这里举戏剧为例说明，偶然中夹杂必然。因为戏剧和其他文类相较而言是一种特殊接受行为，它具有效果当场性、接受现实性、表演即时性等鲜明特征，总之，它是区别于诗歌、散文、小说等书面阅读类型的特殊文类。如果说后者更多倾向于雅的接受，那么戏剧雅俗皆宜的特色可补接受人群需要之阙，实现"把同样的事改编给不同的人群"之目的。事实上，这里著者只言中一半，另一半在于：戏剧不仅仅充当不同人群接受之特殊载体，而且更在于戏剧这种文类的性质有比其他文类更加强烈的对互文性的内在渴望。这是因为戏剧自身的效果当场性、接受现实性、表演即时性、观众雅俗性等特点，在接受过程中不容许有诗、文、小说等文类反复斟酌、回旋体味的余地和空间，纯然陌生的戏剧世界对接受者而言会添加更多的体验障碍，顾此失彼的结局就是戏剧审美效果完美表达的难以企及。所以戏剧必须更多地吸收互文性，方便于在有限时空里追求美学效果的最大化。

最后，互文性在某些文类中偏盛的原因还在于某些文类对于文学传统的吸纳汲取。这一点在中国古典戏曲中体现得尤为显著。由于其是继古诗、骚、赋、诗、词等诸多文类之后相对较晚熟的综合性文类，庞杂的文类传统给予戏曲无穷滋养，无不可供戏曲作者尽情挥洒驱使，从而使得戏曲文类中的每一部具体作品都表现出极强的互文性。对此，孔尚任曾经指出："传奇虽小道，凡诗赋、词曲、四六、小说家，无体不备。"[①] 典例如洪昇《长生殿》整本下场诗皆为集唐诗。现录《长生殿·雨梦》折下场诗如下：

　　　　半壁残灯闪闪明，雨中因想雨淋铃。
　　　　伤心一觉兴亡梦，直欲裁书问杳冥。

上述四句分别集自全唐诗中吴融《中夜闻啼禽》、罗隐《上亭驿》、

---

① （清）孔尚任：《桃花扇小引》，《桃花扇》，王季思等合注，北京：人民文学出版社 1959 年版。

方壶居士《隋堤词》、魏朴《和皮日休悼鹤》四首诗中的诗句。无怪乎当吴吴山读至《长生殿·雨梦》一折时，于［尾声］曲眉批："一篇中，唐诗、宋词、元曲奔赴腕下，都为我用，技至此神矣。"①

第六，从文学传统观来看，文类和互文性都非常重视文学传统因素。从文类方面来讲，新作品的归类需要借助于作品传统、文类传统的参照，这种参照包括了同属已有文类和另立新文类。在文学传统同化或推新的双向作用下，文学史中的文类系统获得自我更新和发展的不竭动力。从互文性方面来讲，没有已然的作品传统的存在，就不会产生互文性现象。作品传统通过在新作品中的再现或派生出新作品造就互文性概念。从这个角度而言，我们可以说，没有文学传统，也就没有文类和互文性两个范畴。正是文学传统使得人们有必要提出包括文类和互文性在内的众多范畴来确定文学传统的存在并解释其特征。

尽管如此，在文学传统观方面，两者的迥异之处表现为：首先，文学传统的角色或功能不同。在文学传统和文类之间，无论是文学作品传统，还是文类传统，都只起着一种外在借鉴、客观参照的作用，并不或极少直接介入作品归类和文类新生。而对互文性而言，文学传统的功能则是直接性的，表现为传统的重现或派生，"互文性的特殊功劳就是，使老作品不断地进入新一轮意义的循环"。这种"意义的循环"被萨莫瓦约归纳为"文化改向"、"主题之鉴"、"激发意义"、"传递"等四种形式。② 由此可见，互文性与文学传统之间联系异常紧密，甚至紧密到以文学传统塞满互文性空间，如抄袭、集言之类。

其次，文学传统对待后现代主义文学中文类和互文性的态度不同。文学传统质疑和取消后现代主义文学对文类的否定和对互文性的肯定。后现代主义文学崇尚意义的不确定性、界限的模糊性、传统的虚无性，文类曾经具有的对创作和接受的启发功能面临失效，创作不再服从表达，亦不可表达，且创作被写作代替，写作自身由手段上升成为目的。林达·哈奇说：后现代主义文学理论认为"文学类型之间的界限已经

---

① 秦学人、侯作卿编著：《中国古典编剧理论资料汇辑》，北京：中国戏剧出版社1984年版，第339页。
② ［法］蒂费纳·萨莫瓦约：《互文性研究》，邵炜译，天津：天津人民出版社2003年版，第114、88—89页。

暧昧不清：长篇小说与短篇小说集、长篇小说与长诗、长篇小说与自传、长篇小说与历史、长篇小说与传记之间的界限是什么，谁也不可能讲得更多"①。查尔斯·纽曼也指出："反体裁已成为我们时代主导的模式，传统体裁就如同过去雅语一样被看作敌人。"② 因此福科（Michel Foucault）认为曾经的文学创作的本质已经发生变化："当代写作已经使自身从表达的范围中解放了出来。写作只指涉自身，但也决不局限于其内在性的疆域，并与它自身无限敞开的外在性是一致的。这就意味着符号的相互作用与其说是按其所指的旨意还不如说是按其能指的特质建构而成。写作就像一场游戏一样，不断超越自己的规则又违反它的界限并展示自身。"③ 文类在后现代主义文学中被抛弃的命运在文学传统看来是难以成立的。

这里我们不得不提及托多罗夫对布朗肖"文类消亡论"的驳斥。布朗肖（M. Blanchot）宣称："文学不再接受文类划分"，"书唯一要紧的东西，其实就是书，它远离文类，拒绝种类细分"，"一部书不再隶属于某文类"等等。托多罗夫反驳说：一方面，布朗肖宣传文类消亡论的作品本身就难逃文类痕迹，"它们与类属区别的相似是很难否认的"。另一方面，他从文类传统出发，认为后现代主义文学的反文类首先就得承认文类传统的存在，这样才提供违反的对象，如此一来，反文类就戏剧性地转向了对文类的肯定；更为重要的是，如果这种反文类制度化、程式化，反文类又会重新被置于文类地位，获得文类身份，到那时，反对者就会走向反对反对者自身。反文类如同一场自我戏谑的游戏。托多罗夫这样说道："作品'违背'其文类的事实并不意味着该文类消失。它想说的是'恰恰相反'，这里面有两个原因。首先因为，要有此事，违背要有一项法则——明确的将被违背的法则。进一步说，法则只有当其屡遭违背时才可见，才存在"；"作品要成为例外，必然以法则为前提；不仅如此，而且作品的例外地位一旦得到承认，

---

① ［加］林达·哈奇：《后现代主义诗学理论》，王岳川、尚水编：《后现代主义文化与美学》，北京：北京大学出版社1992年版，第270页。
② ［美］查尔斯·纽曼：《后现代主义写作模式》，王岳川、尚水编：《后现代主义文化与美学》，第341页。
③ ［法］米歇尔·福科：《什么是作者?》，王岳川、尚水编：《后现代主义文化与美学》，第288页。

由于它的畅销和受到的批评界的关注，它转而会成为一种法则"。① 对此情状，查尔斯·纽曼也看得非常清楚："反体裁实质上是紧缩膨胀的一种手段。……当反体裁变得日益公式化时，它也衰落了。"② 托多罗夫不仅从文类传统着眼，而且还立足作品传统提出："不承认文类的存在，如同宣称一部文学作品与业已存在的作品之间毫无关系。"③ 其中揭示出的文类作为作品与作品传统之间的客观联系中介的结论，使我们想起了同样是处理文本之间关系的互文性概念。

与文类命运截然不同，互文性不用借助文类而直接处理文本间关系，填充了反文类遗留下的空白。同时，包括文学与非文学在内的不同文本间的粘贴顺利实现了现实与虚构之间最大界限的模糊，对经典、传统的滑稽戏拟和大肆仿作顺利实现了消解传统、解构经典之旨，这些无不投合后现代主义之欢心。互文性成为了后现代主义文学的一个重要的文本策略，与乌尔里希·布罗伊希（U. Broich）归纳的后现代主义文学的"作者之死"、"读者的解放"、"模仿的终结和自我指涉的开始"、"剽窃的文学"、"碎片与混合"、"无限的回归"等特征密切相联。④

不过，这里有关文学传统的一个问题在于：因为"后现代主义不仅继续进行现代主义的反传统尝试，而且还把这种尝试发展到极端——进行各种摆脱现代主义形式的试验，因为这些形式已不可避免地相继成为传统了。"⑤ 互文性作为后现代主义文学的文本策略，本意是有助于后现代主义文学彻底摒弃文学传统，倡导自我为法、自我立法；但互文性构成内容中却无法回避文学传统，必须有相关已经存在的文本作为保证。那么，由文学传统组织的后现代文本是否会切实迈

---

① Tzvetan Todorov, "The Origin of Genres," Duff, David, ed. *Modern Genre Theory*, (Longman Critical Readers), Harlow: Pearson Education-Longman, 2000, pp. 194-196.

② ［美］查尔斯·纽曼：《后现代主义写作模式》，王岳川、尚水编：《后现代主义文化与美学》，第 342 页。

③ Tzvetan Todorov, *"The Fantastic: A Structural Approach to a Literary Genre,"* Trans. Richard Toward, Ithaca: Cornell UP, 1975, p. 8.

④ 参见陈永国撰"互文性"词条，赵一凡等主编：《西方文论关键词》，北京：外语教学与研究出版社 2006 年版，第 219 页。

⑤ ［美］M. H. 阿伯拉姆撰"后现代主义"词条，见其著《简明外国文学词典》，曾忠禄等译，长沙：湖南人民出版社 1987 年版，第 208 页。

向彻底反传统的彼岸呢？这可能完全是一种自欺。与反文类必须首先承认文类存在一样，要实现消解经典和解构传统的后现代目的，也首先得唤起人们对经典和传统的记忆，诚所谓相反相成。倚重于文学传统的互文性范畴只能为后现代主义搭建起脆弱的反传统楼阁。互文性要想帮助后现代主义达到反传统目的，那么它必须首先否定自我，这是个明显的前提虚无的伪命题。萨莫瓦约曾经这样评论后现代主义文学中粘贴的互文性现象：

> 诚然，形形色色非文字资料出现在作品里以后，文本就带有百科或直观参考的知识色彩，但我们并不能肯定的是，这种做法能深刻改变这些物体所插入的虚构世界的现状。那些粘贴边缘的空白就说明了这一点：它们将两种陈述分开，使得读者不得不暂时停下阅读，把目光投射向另一个空间、另一种方式的话语。这时候，我们还能说它是互文性吗？是的，只要它还保留着互文性的构成特点：即对另一篇文本的借用（非常广义地说法），或是两篇或多篇文本之间的互动；但是这种互动必然是有限的了，因为互异性和剪切远远占了上风，所以不大可能有彻头彻尾的连带关系。因此而产生的对不连续性强调，也使得我们已经不大相信嵌入另一篇文本中的文本是否还能够产生新的语义。这就出现了参考资料的递增，这时候，蒙田所言就不尽然了，也就是说，这就不再是作者有没有游刃有余的相关知识的问题了，而是他惶恐自己是否有能力做到融会一体。①

可见，尽管互文性矢志不渝地期望担负起文本策略之责，然而最终要么走向否定自我的悖论之境，要么就是陷入文将不文的尴尬之局。作用于互文性内部的文学传统因素打碎了后现代主义文学对互文性寄予的满腔热望。

第七，从范畴本质来看，文类和互文性在各自理论历史发展过程

---

① ［法］蒂费纳·萨莫瓦约：《互文性研究》，邵炜译，天津：天津人民出版社 2003 年版，第 97—98 页。

中，都经历了各种各样的定义或本质界定。文类方面的情况在《"文类"范畴探析》一章中已经得到阐述，如契约论、公共机构论、共同程序论等。互文性与之类似，巴赫金、克里斯特娃、罗兰·巴特、热奈特、孔帕尼翁、里法特尔、施奈德（M. Schneider）、本泽明等人都曾经从各自角度对互文性做出自己的判断。我们注意到，巴赫金和萨莫瓦约都不约而同地提出"记忆"的范畴本质观来解读文类和互文性。巴赫金这样说道：

> 文学体裁就其本质来说，反映着较为稳定的"经久不衰"的文学发展倾向。一种体裁中，总是保留有已在消亡的陈旧的因素。自然，这种陈旧的东西所以能保存下来，就是靠不断更新它，或者叫现代化。一种体裁总是既如此又非如此，总是同时既老又新。一种体裁在每个文学发展阶段上，在这一体裁的每部具体作品中，都得到重生和更新。体裁的生命就在这里。因此，体裁中保留的陈旧成分，并非是僵死的而是永远鲜活的；换言之，陈旧成分善于更新。体裁过着现今的生活，但总在记着自己的过去，自己的开端。<u>在文学发展过程中，体裁是创造性记忆的代表</u>。正因为如此，体裁才可能保证文学发展的统一性和连续性。①（下画线系引者所加）

萨莫瓦约在分析了各种互文性概念之后，也提出：

> <u>互文性是技术和客观的结果，它是记忆文学作品的结果</u>，这种记忆文学的努力是长期、微妙、有时又是偶然的。
>
> <u>把互文性看成记忆</u>，这使我们承认文本之间建立起来的联系不能用实证主义来解释，也不能把这些联系看成实证的清单；尽管如此，我们仍然可以感觉到，无论是从文本的产生还是从文本接受的角度来看，文本之间的交互作用是多么复杂。对文学的记

---

① ［苏］巴赫金：《陀思妥耶夫斯基诗学问题》，《巴赫金全集》（五），白春仁等译，石家庄：河北教育出版社1998年版，第140页。

忆是从三个层次上起作用的，而这三个层次永远不会完全地重合：由文本所承载的记忆，作者的记忆和读者的记忆。①（下划线系引者所加）

范畴本质"记忆"观的提出，可以看作是文类和互文性强调文学传统的自然延伸。正如二者在文学传统上的差异一般，尽管同披"记忆"外衣，却仍然难掩两者之异。具体表现为：

在记忆动机上，文类记忆是为了保证整个文学史的连贯统一，使得每一部新生作品在文类记忆下都有位可居，在继承中发展，从而确保新生作品的可理解性。记忆在互文性中则是立足于具体文本的创作和识别之需，而且这种需要更多情况下是局部性、部分性的，并不能构成左右创作和接受全局之力。对文学史而言，尽管"互文手法使文本产生新的内容，这使得文学成为了一种延续的和集体的记忆"②，但是我们以为，这种"延续的和集体的记忆"产生的文学史只能是无序和无理性的，否则互文性概念就会走上文类之途。

在记忆过程中，文类记忆是基于系列个别作品提升到一般性抽象的积淀，最终演化为形成一种相对固定的心理和思维结构。在此由平面走向立体、由外在走向内在的记忆过程中，文类发挥其对于文学创作和接受的诸方面影响力。互文性记忆不同，它贯穿的是由个别到个别的平面过程，记忆内容是确定的个别文本。

由此就带来第三个区别，即在记忆性质上，文类记忆因为是立体和内在性的，那么在具体作用于作品的过程中，就会表现出强烈的创造性，外化不同的心理和思维结构；互文性记忆则是一种原型性的实在性类型，它为可能的创造性提供素材前提和知识准备。

在记忆层面关系上，文类和互文性皆包含作者、文本和读者三个层面，但是三者关系不一致。就文类而言，作者对作品文类记忆的设定与读者对记忆设定的解读两者之间，可以是一致的、重合的，也有可能出现合理的偏差，即作品归类的多重可能性。这种偏差在很多时

---

① ［法］蒂费纳·萨莫瓦约：《互文性研究》，邵炜译，天津：天津人民出版社2003年版，第58、134页。

② 同上书，第81页。

候对作品美学价值而言是良性和正面的,不但不有损而且还会增添作品的审美附加值。正如德维特所说:"文学批评者经常以一种文类,或几种文类一起的观点来审视一部特定的文学作品。"① 而这三者的关系在互文性那里,却受到了人为的束缚和限制,即读者记忆与文本要求的记忆不可能一致、也不能一致,否则就会"使互文性丧失了乐趣,这乐趣恰恰源自于感受上的千变万化,正是这种变化使得作品可以有多姿多彩的生命力。如果文本所要求的记忆无一遗漏,那么它们就不可能产生新的感受和差别;同样地,它们也使得阅读难以继续下去"。"的确,互文性的矛盾就在于它与读者建立了一种紧密的依赖关系,它永远激发读者更多的想象和知识,而同时,它又遮遮掩掩,从而体现出每个人的文化、记忆、个性之间的差别"。② 萨莫瓦约并用"有洞的漏勺"来形象地比喻"读者记忆的缺失"这一事实。

众所周知,理论探讨之于实践评论的最便宜之处在于它允许设想各种理想状况,而且正确理论也必须能够做到理论和实践两个层面的双美。所以互文性在这里千方百计地要求读者记忆与文本记忆之间的不对称不能不引起我们的高度注意,因为对每一个理论流派或新生事物而言,其越强调的往往是其最薄弱的。故而,互文性在记忆层面关系上一味强调读者记忆与文本记忆之间失衡的必要性而不顾及理论探讨中的对称一面,就充分暴露了互文性范畴致命之处:

一是文学创作去主体化倾向。坚持写就是复写,如果读者记忆处于理想状况,文本存在和阅读兴趣就会产生疑问,直接导致如此的文学创作是否必要的根本性问题。所以为了保证互文性对于注重作者与作品之间历史关联的文学传统的反叛与决绝,文学创作去主体化的存在只能凭借牺牲读者记忆的理想状态来实现。二是先在文本作为后生文本源头的唯一性。我们不反对文本之间客观关系的存在,正如我们认同文类与互文性共具合理性一样。但是这种互文性是否必然导致文学创作源头的文本唯一性?这是问题的关键。韦勒克、沃伦指出:"文

---

① Amy J. Devitt,"Integrating Rhetorical and Literary Theories of Genre," *College English*, 62.6 (July 2000):713.
② [法]蒂费纳·萨莫瓦约:《互文性研究》,邵炜译,天津:天津人民出版社 2003 年版,第 83、81 页。

学是一种社会性的实践","文学研究中所提出的大多数问题是社会问题,至少终归是或从含义上看是如此"。① 它启发我们可以进一步追问的是,这些发生互文关系的先在文本又从何而来呢? 互文性刻意回避了这样的问题,因为那些先在文本产生的共同源头只有一个,那就是人类丰富多彩的社会实践活动,而这恰恰是当初促使互文性范畴诞生的一支重要反对力量。互文性同样要割断作品与社会、历史的联系纽带。因此传统上的导致读者接受差异性、主观性的社会背景这一根本性因素,就被互文性故意狭隘地转换为读者记忆文本的缺失,从而遮蔽了这些文本诞生的社会源头以及读者生存的社会背景差异。不过,令其捉襟见肘的是,两大致命缺陷异常显著地反衬出了互文性洗褪不尽的形式主义胎记。

三、范畴的反思

通过上述七大方面的详细辨析,呈现了文类和互文性两范畴之间复杂的异同情形。综上,文类与互文性的替代范畴辨析有如下几点认识值得注意:

第一,互文性的产生与结构主义语言学、符号学关系密切,服从于解构主义、后现代主义的理论主张和策略,有着非常明确的时代特色和流派背景。它的出场与文类的被排斥共存的画面,折射出学术时光的斗转星移和理论风标的潮涨潮落。集复杂性、矛盾性于一体的互文性范畴继18、19世纪浪漫主义流派极力否定文类概念之后,由当初的文本唯一性转向文本间性再次向文类发难。正如20世纪初从俄国形式主义伊始,文类重获新生一样,我们也在期待文类在直面以互文性为代表的替代性范畴的追问和质疑之后,能够勇于否定,积极扬弃,早日再次赢得世人认同,从而带动文类理论新的质的提升。互文性对于文类的影响可以体现在两个方面:一是互文性中合理一面,文类如何客观评价,及时汲取,以剔除自身有碍时代进步的负面的惰性因素;二是互文性中的偏颇失当之处,文类范畴如何予以科学说明,查找症

---

① [美]雷·韦勒克、奥·沃伦:《文学理论》,刘象愚等译,北京:三联书店1984年版,第92页。

结,以继承和发扬自身真理般的积极因素。在此吐故纳新、扬长补短、兼收并蓄之间,不但文类将迎来研究和关注的新一轮热潮,而且互文性也将更加清楚自身的学术定位,从心所欲而不逾矩,共同促进文学理论向纵深开拓。

第二,以上七大部分的异同论说的确揭示出文类和互文性两个范畴互有短长,各有侧重,异中有同,各具特色,显现出较强的互补性。这一方面说明,文类也好,互文性也罢,一味的或简单的肯否皆非明智之举。差异即象征存在的权利。另一方面也说明,互文性的产生有其客观的历史要求,有其符合文学规律之处。我们不能因为文类范畴的历史久远或互文性的应时而生而妄自尊大,赞誉有加;同样也不能由于互文性的资历浅幼或文类老而弥旧而妄自菲薄,大肆挞伐。范畴双方都要保持克制和冷静,认真检讨,及时总结,在见仁见智的喧嚣中各自找回自我本色。

第三,在上述两个认识前提下,互文性范畴给予文类范畴的有益启示和积极影响大概有:首先,我们过去尽管认识到文类对于文学创作的必要性,但是这种必要性究竟是怎样投射到创作之中的,这一作用过程一直模糊不清,令人欲说还休。朱光潜更是把文类称之为"空壳",那么"空壳"是如何被盛满内容的呢?同样还是一个疑问。互文性范畴的提出就为我们提供了一条考察途径和方式。它把当初考虑文类作用时的由将要创作的作品到文类的思维线路,进一步拓展延伸至文类旗下的若干具体作品,使得创作如同置身文类棚架下,继续参考和同步回忆以往作品而成。这样一来,我们对于文学创作的认识就变得更具体,解说也更到位,解说工具也更灵便。

其次,与文学创作一样,在文学接受中,我们除了明确的文类意识之外,其实接受和理解过程是相当繁杂的,决非文类范畴所能独自担当,互文性也构成了其中重要一环。文类可以为我们指引大致的意义选择方向和审美因素,但是意义方向和审美因素的各具体构成部分是文类所无力和无法控制的,此时互文性就会有大显身手之处。

再次,文类作为把握作品属性的一种策略,尽管文类需要在比较中见出特性,也存在由以往文类推衍出新文类的现象,然而文类之间的关系也不排除随机性、偶然性色彩。这时我们就需要认真思索沟通和比较文类之间关系的正常途径问题，互文性同样也可为我们提供方便。弗莱曾经指出："只要同一素材为两种文类服务，文类间的区别马上就变得显而易见了。"① 其实质正是基于素材的互文性来运用于沟通与分辨文类之间的关系。因为不同文类在处理同样素材的过程中，在素材重心、素材重构、主题确定、语言风格等方面，不同文类会自然显现出各自差异。所以，互文性的不同方式会使得看似随机的文类关系愈显理性与自觉。

例如，崔莺莺和张生的故事经历代文人墨客铺述敷衍，有元稹的传奇小说《莺莺传》、杨巨源的七绝《崔娘诗》、秦观的词《调笑转踏·莺莺》、董解元《西厢记诸宫调》以及王实甫《西厢记》，等等。若我们稍加比较，会发现各文类之间的差别很大。如诗、词只是对崔张二人爱情故事本身的扼要描绘，而《莺莺传》与《西厢记》则相对详细生动得多。就是后两者也存在众多不同：小说重在故事原委的交代，虽也文笔流畅，刻画细致，但终不比戏剧通过紧张、强烈的矛盾来展开情节那么起伏跌宕、扣人心弦；并且小说始乱终弃的结局，到了戏剧中则转换作了有情人终成眷属的美满团圆。同时因为戏剧矛盾构架的需要，《西厢记》中矛盾双方由小说的崔张变更为崔张与崔母，于是张生、红娘等人物形象的塑造在此过程中势必得到弥补和加强。最终整个文学作品的艺术价值也由小说中的难脱封建礼教束缚提升为歌颂男女爱情、反对封建礼教的新高度。

最后，文类在处理作品关系过程中倾向于化历时为共时，消弭历史因素，这种操作利弊同生。长处在于积极利用当代理论同化作品类型传统，让其在新语境中焕发生机；不足之处则是容易漠视作品个体特定的历史意义，简化文学作品在文学史上的复杂存在。加入互文性因素，原先作品之间的关系当中就会恢复产生一种空间张力，在共时性中体现历时性。尽管尚不能全然改变此前漠视和简化之不足，但是对文类而言毕竟是向前迈出了可喜的一步。不妨还以上面刚刚举出的关于吟咏项羽的诗歌作品为例，三者在文类上同属诗歌中的咏史诗，

---

① ［加］诺思罗普·弗莱：《批评的剖析》，陈慧等译，天津：百花文艺出版社1998年版，第311页。

它们之间的区别和联系在此层面上并不分明；设若我们以互文性视角切入观察，那么杜牧、李清照、王安石对待历史事件的迥异态度就不由得使三部作品间升腾起一种强烈的审美距离感，历史事件本身的传播接受史在此过程中也变得异常清晰。互文性填补了文类范畴涵括的众多文学作品关系中的某些空白或盲区。

第二节 文类与文本类型性

"文本类型性"（textual genericity）一词系法国文学理论批评家让—玛丽·谢弗（Jean-Marie Schaeffer）在《文学类型与文本类型性》[①] 一文中提出。原文为法文，由艾丽斯·奥蒂斯英译后选入美国著名文学理论批评家拉尔夫·科恩主编的《文学理论的未来》（1989）一书。该范畴（以及下节的"构建型式"）在文类态度上异于互文性，如果说都是属于替代系列的话，那么前两者属于一种积极否定，仍然是在尝试提出"一种新的类型论，而原有的类型论往往被后结构主义批评家所斥之不顾"[②]。而互文性，正如我们已述的那样，是一种激进式否定。如果不是仿作中还有必要存在文类仿作这一脉的话，互文性早已是欲除之而后快了。换言之，"文本类型性"（以及"构建型式"）是在和文类范畴紧密、频繁的对照中前行的，这也就为我们的比较研究提供了不少便利之处。

一、范畴的提出

为什么要强调提出"文本类型性"概念呢？谢弗是在全面反思和批判总结已有文类理论基础上，为遭遇到的难题尝试提供解决的途径

---

① 本节引文除特殊标明外，均出自 Jean-Marie Schaeffer, "Literary Genres and Textual Genericity," In *The Future of Literary Theory*, Ed. Ralph Cohen, New York: Routledge, 1989. pp.167-187. 另参考《文学理论的未来》中译本所收王晓路译文。

② [美] 拉尔夫·科恩：《文学理论的未来·序言》，拉尔夫·科恩主编：《文学理论的未来》，程锡麟等译，北京：中国社会科学出版社1993年版，第16页。

和方案。

谢弗首先以18世纪末的浪漫主义变革为界,以文类与文本关系为主线,回顾了文类理论从古典到现代的发展流变。在古典时期,文类是一个描述—规范性概念,扮演着定义文本、评价标准的角色。文类理论关注的是具体文本与特定类型所要求的一套规则的符合或背离程度,于是,带来的一个问题是"它从来不是在详尽阐述类型反映中起主导作用的本质客体",即文本。随着浪漫主义变革,摹仿说被表现说取代,文学成为一个自足的历史实体。文类理论也发生了转型,"文学理论不再被认为是描述性和(或)规范性活动,而是一种纯理论的、阐释的事业"。文类被用来说明文学这一实体之所以存在及其本质特征,即文学文本为什么及如何存在,"正是因为类型的存在才构成了它们的本体,它们的基础以及它们固有的因果性原理。类型不再是从典型文本中抽象出来的规范;而是作为文本有机的统一体与文学共同延伸"。所以谢弗写道:

> 十九世纪和二十世纪的大多数类型理论都要使人相信,文学实体是双向的:一方面,我们会拥有文本,而另一方面又会拥有类型。两个概念被当作自足的,而后会发生关联(类型用来解释文本)的文学实体而为人们所接受。

根据文本与文类关系的定义对认识论的遵从程度,谢弗把实在论的文类理论划分为两大类别:柏拉图主义的实在论与新亚里士多德主义的实在论。前者认为文类与具体文本的关系如同概念与可感客体,文类独自存在,经验文本则是与之相符程度不等的具体化而已。后者则认为文本历史地体现文类,而文学演化是文类限定下的有机发展。对这两种实在论的文类理论,谢弗均表示难以认同。认为二者显现出来的文类概念的具体化存在两个方面的问题:一是对文本与文类关系的逻辑地位的随意简化,即包含或从属模式的关系;二是它们没有完全认识到文类术语的本质特性,即文类名称除了描述文类实体外,还能够构成文类实体,具有自我指称性。接下来,谢弗便从文类的时间性构成和文本归类的多重性与有效性出发,对此两点不足加以辩驳阐说。

关于文本与文类之间的包含关系，谢弗认为这种错误认识主要来自于生物学种属概念的影响。因为在生物学上，横向平等与纵向包含的关系因为遗传之故并不需要考虑时间的矢量；而文学则不然，文本之间并不存在必然的特征重复，而且特定文本会与多部文本发生局部特征相似或相同的情况，使得自身常常置于数种文类的交点："每两类文本可赖以重新组合的标准数目是不确定的；倘若我明智地选择标准数目，那么就可以不受限制地将任何一种文本引入任何一种类别之中。"这样就带来一个问题：文学史上被确认的类型特征和该类型指涉的对象文本始终处于开放活动状态之间的矛盾。若从文本角度来说，一部文本的文类归属可能性并不必然和其在文学史上公认的文类归属之间完全吻合。所以，包含关系如同虚设，面临解散，文本并"不能由表明它归于唯一类别的那些特征来界定"。其次，文本的文类划分在包含关系上还存在这样一种混淆：我们一边在利用文类术语确定一部文本类别的名称，把该文本作为文类术语考察的对象之一；一边又在依凭文类术语来对文本作属性断定。于是，"我们从一种将数种文本都包含在同一类别中的关系转化到将同一种特征归于这些客体的关系"。在这种转化背后，文类术语的大棚就有将这些文本自身的个性特征一一遮蔽之险，因为同一文类术语在不同文本之上不可能都以同样方式拥有同样地位和功能："从外延到内涵，从文本到类型属性的途径，绝不是可逆的；我们不能从一种文本类别表象的定义臆测出这一类别中的一篇文本。"对文本个性的遮蔽不仅体现在共时性文本关系中，也会体现在历时性文本关系中，而在后者的显现反过来又会致使文类的时间性构成失去效力。所谓"文类的时间性构成"与文类名称的自我指称性相关。谢弗指出，文类术语并不停留于描述文学现象，而且出于实用目的，文类命名存在自我构成的一面，即文类术语指向的众多历史文本之间存在着规则上的变易。如此一来，借用文类来诠释文学演化的观点又凸显出某种不周密性，文类名称并不必然能够解释文学史的形成。例如同样是"十四行诗"这一文类名称，但是从同韵三行诗节到四行诗节的规则变迁，并没有从文类名称上得到丝毫显现。因此，这里就又诞生新亚里士多德式实在论的文类理论与文类术语自我指称之间的矛盾：文类术语的自我指称性不但不会对文学史作出全面准确的解释，反而会掩盖文学史的本来面貌。

基于对实在论文类理论的批判总结，谢弗认为，面对以上提出的种种矛盾，未来文类理论的发展，应当坚持的原则是：研究文本先于研究文类，研究文本与文类名称的关系先于研究文本与文类的关系。因此，开展文本类型性研究，就可以避免以上两点具体化之不足，达到纠正过去认识偏见之目的。

二、范畴的主旨

那么，文本类型性究竟是如何工作的呢？谢弗受热奈特"跨文性"（transtextuality）启发，也从文本要素角度定义文本类型性，即"与其他文本（直接或借明确规范的中介）履行的模式功能（modeling function）相关的构成一篇文本的各个要素"。简言之，文本类型性是指在已有类型的作为模式或规范的文本面前，具体文本的文本要素的显现方式或特征。在这种文本间的变异和（或）复制关系中，借道文本与文本关系的首先考察，具体文本才与文类发生关系：从属已有文类或另立新型文类。

谢弗认为，具体文本与类型传统中的作为模式或规范的文本之间的关系，可以分为两种类型：综合性类型性（synthetic genericity）与分析性类型性（analytical genericity）。属于前者，那么具体文本和若干作为模式或规范的文本直接相联，具体文本由此推断出自身的规则或与规范文本相对立的规则。属于后者时，具体文本与规范文本之间是一种间接性的关联，具体文本直接从既有文类的规范中复制或分离出来，通过规范中介再与那些规范文本相接。前者如现代发达的缺乏明确惯例规则约束的叙述文学，后者则如17世纪的法国悲剧之于三一律、互文性中的派生性互文类型。

然而，这两种文本关系类型在谢弗看来并非完美和理想：第一，分析性类型性中的派生性互文类型兼具综合性类型性特征，不仅涉及一定规范而且指涉确定文本，那么就有可能出现同一文本会并归两种类型的情形，从而导致两种类型关系界限不清之弊；第二，由于分析性类型性的文本关系中的技术性色彩强烈，就会产生抵消文本类别的历史性构成，重蹈实在论文类理论之覆辙。为此，谢弗进一步从规则角度把充当模式或规范的文本系列细致划分出两类："具有构成性类型规则的文本"（texts that possess constitutive generic rules）与"仅仅具有纯调节性规则的文本"（texts that possess only purely regulative rules）。前者对于具体文本的推断性行为而言，是必要且反复出现的，"推论性的行为的特性如果没有它就不可能被认清"；后者对于具体文本而言，则是任意性和偶然的，在构成性规则限定下的范围内发挥作用。

通过这两类文本的进一步细分，谢弗完善了其提出的文本类型性分析功能。这表现为以下两方面：一是文类的历史性构成方面，为什么古今不同文本可以归属于同一文类呢？原因在于，在文类发展过程中，构成性规则和调节性规则之间发生了转换，曾经作为这一文类的构成性规则显现的文本，随着时间推移，被传统的调节性规则取代，尽管时空易转，古今文本跨度较大，但是仍然改变不了它们同属相同文类的事实。例如挽歌这种文类，古人曾经以韵律规范（对句）的反复出现作为构成性规则，后来这一形式规范逐渐被调节性的主题规范代替。二是文类与文学史关系方面，为什么文类不能够用来阐释文学史形成与演化呢？原因之一即上面所言，构成性规则与调节性规则之间的转换可以掩盖文类的历史性构成，所以文类并不能如同新亚里士多德主义的文类理论所说那样，能够限定文学史的循环演化。如果说第一个原因是因为规则的积极活动性干扰和破坏了实在论文类理论的机械性主张，那么另外一个原因则是出于规则的惰性割裂了文学史的循环连续性，即设若某文类（如基督教中世纪的武功歌）规则涉及文本层次过多，那么赋予此类文本的创作束缚就愈多，那么，在特定时空背景中的文本多维的构成性规则势必影响未来人们转换构成性规则和使得文类不断获得新生的积极性，这样就容易导致"该类型在一种特定的历史限制领域中将陷得更深"。文类在时空集的暂时凝固，使得它在文学发展史中的复活遥遥无期；这种遥遥无期又使得实在论文类理论所预设的文学循环演化趋于崩毁。

三、范畴的反思

谢弗在新旧世纪之交的这份"纲要式"文类理论未来的展望，今天看来，的确使我们受益匪浅。文本类型性范畴的提出和强调，为文类理论在新世纪的深入发展提供了有益启示，也为我们指明了进一步思考和讨论的方向。

首先，谢弗在充分肯定文类范畴前提下提出文本类型性，与互文性期图完全替代文类截然不同，这是难得的客观公允的科学态度，也是文本类型性范畴能够体现出更多科学性的有力保证。其提出新范畴的动机在于想方设法地尝试解决以往讨论文类问题过程中出现的诸多问题。所以谢弗在为文本类型性出场的前期理论铺垫中，多次肯定文类范畴存在的正当性、合理性。例如"这些意见有些自相矛盾地证明了类型分类（包括实在论的分类）是合理的，因为它们揭示了其不可否认的实用性功能。类型分类（不论什么形式）的确是文学史中持续产生的事实，因而要否认其重要性就会显得十分荒谬"；"一篇文本一旦进入社会交流，一般来说，人们就会要求它在其时代所公认的文学领域的结构中就位，即在其中为自身确定恰当的位置。为了做到这一点，文本显然可以利用类型命名的起一定决定作用的特征"，等等。

其次，文本类型性打开了在文类背景之下窥探文本个性的新窗口。文本归类的确会产生忽略文本个性之嫌，往往使我们产生如此幻觉：一旦将具体文本归属一定文类，我们对它认识的绝大部分即告完成；余下的事务则是用文本印证文类，文本成为文类附庸，文类完全压倒了文本，文本为文类而存在。所以我们看到，有学者在反思和总结西方文学批评发展史时郑重指出，现代文类理论的发展"在一定程度上修正了约两千年来得到普遍公认的那种类型批评，因而获得了新的活力"。并进一步解释道："在过去的两千年中（自从古希腊以来，尤其是在新古典主义时期），人们认为，如果一个人知道某部文学作品属于哪一种类型，他对这部作品本身就有了相当的了解。"[①] 尽管如此做法，也不是不存在从文类共性一步步揭示出具体文本个性的可能，但这种个性只是集中于此狭隘的具体文本之中，即关注该文本的人物刻画、情节发展、主题表现等。而文本类型性是另辟蹊径，在文类框架

---

① ［美］佛朗·霍尔：《西方文学批评简史》，张月超译，南京：南京大学出版社1987年版，第348页。

内，从构成性文类规则和调节性文类规则的变换角度集中透析文本历时系列之间的个性特征。这就有裨益于弥补处理文类与文本关系时的缺憾，而且这种文本历时性上的个性揭示还具有双重作用：既是文类名称自身历史性内涵的表征，又注意协调了文学发展史与不变的文类概念之间的长期矛盾，而这正是当初克罗齐反文类口号的主要理论基础之一。如果说从俄国形式主义到赫施、耀斯、巴赫金、托多罗夫等人都从各自立场论证了反文类口号之谬误，那么，不妨可以说，谢弗基于文本类型性概念的论证无疑是比较充分、彻底和令人信服的一次。例如曹丕《燕歌行》（秋风萧瑟天气凉）和鲍照《拟行路难》（奉君金卮之美酒）从诗句字数上皆属七言诗这一文类，但是若从文本类型性上观之，两者随即表现出诸多细节差异：前者是句句押韵，后者是隔句押韵；从文学史角度看，前后两者揭示了七言诗在从雏形到定型成熟过程中的不同存在形态。又如《麦克白》和《西厢记》同谓之戏剧这一文类，但是在文本类型上，中西不同顿时显现：如前者是以说白为主，而后者则以歌唱为重。可见，在文类存有忽略诸多文本个性之隙，文本类型性确有补救之功。

最后，文本类型性弥足珍贵地透露出了审视文学史上文类划分及其关系的重要方法论信息。每一部文本都存在着诸多层次，如英伽登的"五层面"说（声音、意义、世界以及"观点"、"形而上性质"等层面）、韦勒克的"五层面"说（声音、意义、意象和隐喻、世界、形式和技巧），钱中文在大力肯定"文学体裁研究中的社会性、历史性问题是十分重要的"同时，也把体裁的构成因素分列为"语言的审美特性"、"语言的节奏、韵律的不同"、"对象"、"容量"、"功能"等方面。① 理论上来说，每一层次都可提供文类划分的依据和标准。于是，这就带来两个后果：一是文学史上文类名称目录繁多，目不暇接，令人眼花缭乱；二是使得每一部文本无不处于众多文类的交点之上，归类的唯一性往往并不能全面阐释和说明文本的全部存在。但是每当我们面对浩如烟海的文类目录时，常常感觉到它们之间的重要性和实用

---

① 钱中文：《体裁：审美特性，规范与反规范》，《文艺理论研究》1989 年 1 期，第 46、40 页。

性并不处于同等位置，甚至某些文类似乎并无多大实际意义。产生上述感觉的原因何在呢？文本类型性中区分的构成性规则和调节性规则使我们倍感困惑的视野豁然开朗，令人振奋。文类重要性的差异根源在于它们依据的文本层次即文类规则本身在历史进程中的位置变换。这样我们至少可以把繁杂的文类目录也仿效性地划分为诸如构成性文类和调节性文类两大部分，从而有助于我们一直期望的文类目录有序化工程早日梦想成真，也使得我们今后运用这些繁杂的文类目录时更加便宜和明确。

当然，我们在肯定文本类型性概念对于文类概念种种益处之余，也必须看到其还有诸多亟待进一步完善之处，以便其更具理论说服力和实践使用功能。

一是对待文类作为文学阐释功能的态度上，文本类型性尚需更多理性。文类理论在19、20世纪的发展尽管有"魔幻想象"、"两个实体"之嫌，"转向过去"的回顾性分类在处理文本时也似乎有忽略文本和文类新鲜元素之弊。但问题在于，文本能脱离文类进行分析么？文本之新是否能够通过排斥文学传统而得以显现？文类变异性究竟该在什么背景之下得到呈现呢？所以，文本类型性在此存在一个悖论：如果文本之新在回顾性文类中会被掩盖抵消，只有在和那些具有构成性规则或调节性规则的文本对照中见出，那么这些供对照的文本难道不是名之曰文学传统么？如果回顾性分类不能解决文类变异性，那么文本前后对照的语境为何？难道供对照的、充当规则的文本不是置身在文类传统背景之下么？认识到文类变异性诚然是正确必要的，但是不能因为变异性就忘记了文类自身发展的继承性。如果没有文类传统，即回顾性分类的存在，文类携带的变异性因素以什么作为比较对象呢？答案只有一个：文类传统。

因此，我们在借文本类型性弥补以往文类理论缺陷之时，不能过于偏激，把洗澡水连带小孩一起倒掉。文类变异永远只是相对于文类传统的变异。文类作为文学解释的功能可以进行部分纠正，但千万不可完全弃绝。同时，在文类自我指称性和时间性构成问题上，谢弗流露出浓重的形式主义痕迹，即划归文本类型的过程中，由于文类范畴自身的抽象性，对文本差异性或个性的不顾是客观的、难免的；但是，一个完整的文学接受过程并没有对此听之任之、视而不见，而且就文学实践来看，这种对个性的不顾也没有对文学接受产生什么不良反应。接受者还是清晰地意识到：文类只是作为一把开启阅读大门的钥匙，捕捉和领略文本共性和个性才是自己的职责。谢弗单单拘囿于文类概念的抽象特性这一点就一味强调文本类型性的重要性，无论如何，都显示出其对于文类在整个文学系统中角色和位置的认识是有失偏颇的。以文类为端口的文本个性的全方位展示，在谢弗那里，片面化为文本形式层的差异。

二是对待文本与文类包含关系的态度上，文本类型性尚需进一步的细致斟酌。包含关系受生物学分类影响在照顾到文本历史性相同或相似一面时，确实部分遮蔽了文类自身的历史变异性以及文本系列之间的个体差异，不能很好地体现出文类及其属下文本的时间性构成的特点。但问题在于，是否能仅因此而全盘否定文学史、文学理论批评实践中的包含关系呢？是否有因噎废食之嫌呢？谢弗从"（a）是一部小说"到"一部小说＝例如（a）"的表述变迁，尽管非常合乎文本与文类之间的逻辑关系本质，但是我们会发现，前者的实践功用性，并非就必然和这种逻辑关系相对立。这是因为：第一，当我们说"《红楼梦》是一部小说"时，这种表述并非是封闭性的，并不存在谢弗所说的对文本全部本质的预先假设，正如王国维可以同时称《红楼梦》为"悲剧中之悲剧"一般①。第二，开放性包含关系的表述在文学接受中起着重要的阅读和批评启示功能，即作为一种"启发式构造"（罗斯玛琳），包含关系的表述是接受者不可或缺的工具。没有这种包含关系，接受者就无法在文学传统背景下正常顺利地进入接受活动；而且，有道是"作者用一致之思，读者各以其情而自得"②。事实也证明，包含关系在实践中的功用性、普遍性并没有影响接受者的接受效果，并没有阻碍文本本质的有效展示。所以，尽管包含关系当场揭示的往往是单一的，但是不能忘记的是，在接受者多样性、多元化的接受张力下，

---

① 王国维：《红楼梦评论》，《王国维先生全集·初编》（五），台北：文通书局1976年版，第1741页。

② （清）：王夫之：《薑斋诗话》卷一《诗绎·二》，《四溟诗话·薑斋诗话》，宛平、舒芜校点；北京：人民文学出版社1961年版，第139—140页。

包含关系与文本全部本质的显现之间不免会更多地表露出一种协调。如谢弗所言的那样，包含关系发生了从众多文本包括在一文类之下到一文类的特征被全部赋予某文本的转换混淆，我们在文学接受中也不会真地就坚信划归同一文类之下的所有文本都是同质的，之间不存在任何差异。这只是谢弗一己的虚幻性主观臆想。

三是在"仅仅具有纯调节性规则的文本"认识上，文本类型性尚需更多辩证性。谢弗为了深入揭示具体文本与以往文本的关系，进一步细分出"具有构成性类型规则的文本"与"仅仅具有纯调节性规则的文本"。这里存在两个方面的问题：第一，谢弗也同意和特别强调文类的时间性构成即文类的变异性，那么构成性类型规则与调节性类型规则之间是否会发生历史性的转换？在从类型规则角度提出这两类文本，完成说明文类框架下文本历史个别性之后，这两类文本自身的历史性反过来又成为有待说明的问题了。第二，"仅仅具有纯调节性规则的文本"的存在合法性问题。我们说，文本层次是众多的，文类作为把握作品种类归属的一种审美策略，具备多维空间。那么，文本层次的复数性、文本归属文类的多维性是如何走向"仅仅具有纯调节性规则的文本"的呢？显然，谢弗在提出这一类文本名称时，把文本归属文类的多维性规约为了合乎自己目的的单一性，这就陷入了自相矛盾。因为谢弗已经认识到文本常常处于诸种文类交点之上这一事实。产生上述两个方面的原因可能与谢弗深受启发的结构主义语言学、符号学难脱干系，即文本要素的横向布列与文本归类的策略选择之间形成了一对矛盾。热奈特的"跨文性"在处理文本之间关系时，前文本是确定静态的，各文本要素横向排列以供考察后文本时随意取用对照；而文本归属文类的确定需要在这些横向排列的文本要素之中进行策略性选择。所以，两者尽管都和文本要素发生关联，但是文本要素在两者视阈中的存在明显不对等。这就必然会出现上述两个不足：前文本的确定静态使得谢弗在考察文本个别性时忽视了文类规则的历史性，两套文本要素之间的不对等又使其无法圆满实现融结构主义现代理论和文类传统范畴于文本类型性之中的初衷。

第三节 文类与构建型式

"构建型式"(constructional types)范畴由英国文学理论批评家阿拉斯泰尔·福勒(Alastair Fowler)在 1982 年出版的专著《文学的种类》(*Kinds of Literature*)中首次提出;后在为科恩主编的《文学理论的未来》一书撰写的《类型理论的未来:功能和构建型式》[①] 一文重及并详加论述。

一、范畴的提出

福勒之所以提出"构建型式"范畴,主要源于对当前文学作品要素及其功能研究之不足的考察;从文类理论自身反思来看,则是因为现有文类理论"理论主义"色彩强烈,分类术语形而上有余而关注文本实际不够。

福勒首先回顾和批判了结构主义和解构主义理论之偏颇,肯定了文类理论重新出场的可能性。他指出解构主义的"差异"(différence)概念存在两个方面的不足:"一部分依赖于对定义和交流两者的混淆,一部分依赖于对交流中规则的作用进行了夸大。"认为"理解不仅依靠权威性的定义,而且依赖于许多语言的经验和生活的经验,它们已经把语言确立为一种远比德里达要我们相信的更为可靠的交流媒介"。恢复了交流的可能性。同时,由对规则的过分夸大带来的阐释断裂问题,福勒认为同样可以在、也"只能在类型的编码中得到弥合",保证交流的实现和意义的传递。所以关于 18 世纪以来被忽视的文类和新近涌现的大量新类型文本,福勒不满于当前对它们描述的现状,即"都倾向于作相当松散的处理,并过分自由地使用新奇的标签"。他从肯定文类

[①] 本节引文除特殊标明外,均出自 Alistair Fowler, "The Future of Genre Theory: Functions and Constructional Types," In *The Future of Literary Theory*, Ed. Ralph Cohen, New York: Routledge, 1989, pp. 291-303。另参考《文学理论的未来》中译本所收伍厚恺译文。

传统角度提出,"尽可能保留传统的命名,保持与过去在起源上的联系是有许多益处的"。而且经凭对具体新型文学作品的分析,福勒反驳了产生这些新类型文本的"新奇的发展程序"说,认为"这些新类型大概会是通过人们熟悉的发展程序而产生出来的"。

在此积极评价文类传统之际,福勒转向对于文学作品如何发挥功能这一研究的回顾与展望。他首先认为迄今为止展开的对文学作品具体组成要素及其功能的研究,成果众多,亦不乏出色者,是应当予以充分肯定的:

> 在这整个研究阶段中,批评家们的目标都在于要严格确定文学是怎样工作的,细致详尽地考察具体的作用方式。这已成为一套给人以深刻印象的研究方案,而且不时导致理解和欣赏方面的收获。

但遗憾的是,福勒认为大多数批评家都留下了一个相同的重大缺陷:"几乎全盘忽略了类的意义。"受形式一元论影响,都把特定文本的要素及功能唯一化,未能进一步考虑文本要素在发挥功能时可能产生的类型性。所以福勒进一步建议:"近来研究功能的大部分工作都需要从头来过,要更多地注意类型问题。"虽然如此,福勒还是高度认可了迄今的功能研究对以往文类理论的重要意义:

> 到目前为止,类型理论大体是由对既有类型项目作经验主义的罗列,或者(更为肤浅地)由结构主义的先验论的种种二元对立(dichotomies)来构成的。越过这些预备阶段之后,现在应当有可能去研究类的组成部分的特征在功能上是怎样相互联系的。我们接受类型是作为文化客体而存在的观点,那么就能够进而探究它们是怎样起作用的。

这里,福勒由功能研究之不足想到了文类理论研究之未尽完善。无论是经验主义的罗列,还是结构主义的先验论,这样的文类理论都显得形而上有余而观照具体文本不够。他提出:"任何未来的成功的类型理论都绝不能像过去的类型理论那样能够远离实际，决不能借助规整的却无法论证的分类术语来表述"；"我们需要对文学的真实情况加以更多的注意"。于是，已有的文本要素及其功能研究就成为我们探索文本要素功能类型的先声。这里的文本要素的功能类型在福勒看来是一种修辞结构，名之曰"构建型式"。

二、范畴的主旨

构建型式既然作为一种修辞结构，那么其就难免"纯形式"的特征，"不仅包括了诸如主题和变异、顺序、目录、镶嵌、暗指和离题这些文学手法，也包括了诸如游戏、遗言和矩阵这些从文学之外引入的方法"。福勒认为，作为横亘在文本之间的形式结构特征，构建型式相对于此前的文类范畴有两大差异：一是构建型式比文类在接受中更易引起审美反应，因为"一部作品与历史上的类型可能只有非常松散的联系，但它必须至少精确地安排一种构建型式，以便被当作文学来接受"。二是构建型式作为文本要素比文类更具基础性地位，因为"作者可能并无自觉的类的意图。但是隐含的作者""却一定已经通过某种构建型式进行了构思"。所以，福勒得出结论并强调指出："构建型式因其尺度富于弹性而异于种种历史上的文学种类。"

尽管如此，构建型式从短语、段落到整部作品的使用弹性使得福勒不得不思考其与历史上的文类关系，即构建型式作为一种形式结构，在对内容施加压力之余是否会提升到构成一种类型的位置呢？福勒肯定了这种现实可能性。不过，最终还是为了照顾到构建型式范畴的自身独立性而采取了一种折中态度，即"一条大有希望的研究路线大概是探讨这样的构建型式在何种程度上体现了一种初露端倪的类型的核心"。为此，福勒专门以埃德温·摩根《蜂巢》（1968）和《计算机的第一张圣诞卡》（1968）对数学矩阵这种构建型式的出色运用为例说明：此时把构建型式作为"一种形式上的创新'手法'"来分析文本"更接近真实情况"。如《蜂巢》通篇就是由"忙碌的"（busy）、"一群"（byke）、"啊"（o）、"该死的"（bloody）、"嗡嗡叫的"（bizzin）五个基本元素根据一种置换原则依次和"蜜蜂"（bees）一词结合，就像"一"与若干矩阵相乘：

busybykeobloodybizzinbees
bloodybusybykeobizzinbees
bizzinbloodybykeobusybees
busybloodybykeobizzinbees⋯

忙碌的一群啊该死的嗡嗡叫的蜜蜂
该死的忙碌的一群啊嗡嗡叫的蜜蜂
嗡嗡叫的该死的一群啊忙碌的蜜蜂
忙碌的该死的一群啊嗡嗡叫的蜜蜂……

构建型式带来的高度形式性、技巧性此时的确遏抑了曾经的文类甚至意义追寻的欲望，而一味陶醉于形式编织的近乎文字游戏的网络之中。

另外值得注意的是，福勒把互文性（intertextuality）范畴作为一种研究和考察构建型式的方式。他认为，互文性虽然"并不是一种荒谬的作法"，但是它与构建型式两者之间只是交集关系，构建型式囊括的形式类型范围要比互文性更为广泛，文本之间可能采用同样的构建型式而不存在互文性关系。例如从《杰克建造的房屋》、《杰克建造的政治房屋》到《访问圣伊利莎白》、《哈德·加德亚》，除了前两者可以发现互文性关系之外，后两者之间以及后两者与前两者之间都"不能确定""是否有任何偶然的联系。不过它们都共具一种特殊的累积式内容，以及一种增殖性句法型式和一种相应的不可抗拒的推论逻辑"。不止于此，福勒还批判互文性的"文本写作文本"的理论是一种"愚蠢的万物有灵论"等。

三、范畴的反思

作为一个不同于文类的新类型学范畴，构建型式的提出着眼于文本要素的功能类型，并不一定走向以往文类理论的分类术语目录。与我们上面两节论述的范畴一样，它也可以给予我们不少积极的启迪和参考。

首先，构建型式坚持了类型对于文学研究的重要意义。福勒不光在面对大量出现的现代文本类型时，认为它们都可以由我们熟悉的发展程序（processes of developpment）而产生，积极肯定了文类传统的存在意义；而且在审视文本要素及其功能研究时，也指出它们缺乏类型意识的重大不足。尽管文本要素及其功能只是纯粹的形式层面，但福勒能够就此出发，期待同样产生类型后果，甚至要求绝大部分的已有功能研究必须在类型意识主导下重新阐述。这在某种程度上是对形式主义文学研究的一种反拨和矫正，是在形式主义文学研究和文类理论之间进行中和的尝试，而构建型式就是这种反拨和尝试的结晶。在解构主义和后现代主义反文类劲风盛吹的氛围里，福勒能够清醒地保持文学研究中的类型意识，着实难能可贵，反映出研究者自身敏锐的学术视觉和不凡的学术造诣。

其次，构建型式凸显了文本之于文学研究的基础性地位。文本始终是文学史的客观存在，也始终是文学研究关注的中心。文本之于文学研究的基础性地位不可动摇，否则文学研究就会堕入歧途。影响巨大、流布甚广的艾布拉姆斯的文学要素结构图也是把文本作为世界、读者、作者等众要素的核心位置。但是，这种基础性地位并非预示着文本至上主义或文本一元中心主义，如英美新批评派之类；而是说文本与其他要素之间共同营造适当的张力场，这个场的中心正是文本。新批评派揭示出来的"意图谬误"（Intentional Fallacy）、"效果谬误"（Affective Fallacy）之类就是正确地指出了文学研究中存在的那些作者和读者研究代替文本中心、破坏合理张力的不良做法。在文类理论发展过程中，文类作为把握作品种类归属的一种审美策略，是为我们最终考察作品服务的。只见树木不见森林是不对，但是只见森林不见树木同样欠妥。文类从文本中来，反过来还要为文本服务，不能自满于停留在对具体文本的超越之上，大而化之地涵括丰富多彩的文本世界，把问题简单化。构建型式正是用意于此，立足文本要素，开展横向的类型研究，解剖具体文本的形式世界，为未来类型理论发展提供理论参照和经验借鉴。

最后，构建型式揭示了后现代主义文学世界的部分文本策略。后现代主义文学非常强调文本政治，文本成为它无孔不入的社会批判载体。面对琳琅满目的后现代主义文学文本,每每我们会产生这样一个疑惑,即它们究竟是如何产生出来的呢?有无一定的方式或规则可供检查呢?构建型式的提出使我们在这方面看到了曙光,不免有似曾相识、相见恨晚之感。无论是数学矩阵式的构建型式,抑或是累积一迭加式的构建型式,都让我们对那些文本一见如故。构建型式对后现代主义文学的文本策略的部分揭示告诉我们这样一个重要启示:尽管后现代主义高喊填平界限的沟壑、反对类型概念的介入,但是它们在构建型式范畴的统观之下,仍然难逃被类型指涉的传统运命。任何希图完全割断与文学传统联系而独自前行的主张,不管多么地宏伟、美好,都只能是痴人说梦。

不过,构建型式范畴的纯粹形式的特征与文类对于作品属性的包括形式和内容在内的诸多层面的策略把握还是有一些不同的。这些不同在带给文类启示的同时,构建型式自身也难免一些先天不足。

第一,在构建型式和文类的感知反映的先后上,福勒认为前者与文本距离更近、更具基础性地位,所以构建型式比文类更易引起最初的反应;而且还认为,文类如果可以完全摒弃,但是构建型式却不可摆脱。例如他在评论艾德里安·亨利时就曾说:"不论亨利抱着怎样的决心要摒弃完全的文学类型形式,他似乎也发觉构建型式的形式是摆脱不了的。"那么,带来的一个问题是,文类在福勒眼中是什么性质的呢?假如也包括形式层的策略,为什么此形式就不能和彼形式一起被感知反映呢?

第二,在范畴与文本关系上,构建型式作为修辞结构和文本基本要素,是构成具体文本的方式和手段,但这种形式性质的方式和手段未必能够保证文本具有传统文本中传达出来的意义。换言之,构建型式的所谓文本是广义上的或是后现代主义、文化研究视野中的文本。这种文本与意义或传达之间并无必然联系,甚至有时文本恰恰是为了意义的不可传达和无法传达。构建型式本身成为目的。文本由意义载体蜕变为游戏或规则的机械演绎。而文类则不同,它从文本的诞生到接受无不施加影响力,保证具体文本的有意义和有意义的具体文本。虽然它的作用和功能非如构建型式那样直接,却是必要的。它为文本的诞生和接受划定了一个必要的可能性活动区域,发挥创作主体能动性和创造性，形成特定的个性文本。

第三，我们由第二点不禁联想到范畴与创作主体的关系上，构建型式由于其纯然的形式性特征，必然是可以重复模仿的，而这也正是福勒指出过去文本构成要素及其功能研究忽略"类"之不足的关键所在。强烈的形式性就使得构建型式产生对内容的巨大压力，形式的急剧膨胀极易导致的一个结果是，创作主体创造性的扼制和萎缩，创作主体最终成为形式、手法、规则等形式范畴的仆从和信徒。申言之，文学价值的观念在构建型式这样的修辞结构范畴那里是疏于理会的，而就文类来说则情况恰恰相反。文类是坚决反对创作上的这种去主体化倾向的，而且极力贬低丧失创作主体个性色彩的类型写作。个中原因在于："文学作品内部的变化通常比相似更受看重。有时，一部文学作品的价值似乎完全可以从其与他人的区别和对期望的反抗来判断"；"最具价值的文学作品在某种程度上是典型地根据其'创造性'，'新颖性'来进行评价的"。[①] 值得一提的是，在这种状况下，构建型式和文类常常会产生交叉重合现象，例如一些小说情节中的暗示法、悬念制造法，或者我国古典戏曲中的团圆结构之类。所以，从这个角度讲，如果说构建型式也存在创作主体的个性色彩，那么这种个性色彩是浅层和表面的，它难以支撑文类写作真正走出那些味同嚼蜡、兴致索然的窠臼与程式。

第四节 余论

综上所述，我们对以"互文性"、"文本类型性"和"构建型式"为代表的替代文类的范畴运动的考察和分析，为我们客观科学地评价、审视范畴替代运动提供了坚实的认识基础，同时也提供了一个难得的机遇，让我们冷静而全面地反思文类范畴的优长与不足，扬长补短，

[①] Amy J. Devitt, "Integrating Rhetorical and Literary Theories of Genre," *College English*, 62.6 (July 2000): 706.

不断完善，为推进 21 世纪文类理论的发展创造良好的理论生长环境。种种考察结果无不表明：诸范畴与文类之间并不存在谁替代谁的生死存亡问题。前者于后者的关系，与其说是替代，毋宁说是一种补充或提示。文类必将在借鉴吸收中永存，它们也必将在和文类的积极参照中常在。

当然，这三个替代范畴的产生绝非无缘无故，而是有其历史必然性的。随着语言学在 19 世纪末 20 世纪初获得的飞速发展，从俄国形式主义、英美新批评到结构主义、解构主义，文学理论批评界形式主义风气甚浓，从而就使得作品或文本占据了文学研究的主要阵地，成为文学研究的集中焦点。尤其是 20 世纪中叶以降，随着文化研究、韩礼德（M. A. K. Halliday）的系统功能语言学（the systemic functional linguistics）、坎贝尔（B. G. Campbell）等人为代表的交往理论以及写作研究等诸多方面的进展与突破，类型概念启动了从文学研究领域转向修辞研究领域的重新概念化的历史进程。类型概念"不仅仅研究文本种类和分类系统，而且还研究暗示和构成这些文本种类的语言学，社会学和心理学方面的假设。类型不再像诺思罗普·弗莱（《批评的剖析》）和其他文学研究者传统上认为的主要用来构造和划分文学作品世界的范畴，已经被定义成一种交流者在文学和非文学的各种语境下意识到并实践的代表性的修辞方式"[①]。所以当解构主义等后现代主义风潮打出反文类口号时，当文类理论再次陷入自我反思时，这两股具有内在关联的理论力量在寻找填补文类之后空白的替身时不无巧合地走到了一起。于是我们看到互文性、文本类型性和构建型式之类范畴无不强调文本的核心位置，从中无不可以窥见语言学研究、文化研究、后现代主义等时代潮流的活性因子。构建型式更是以修辞结构自居。所以我们说，三个替代范畴被打上了深深的时代烙印，也是亲身体验文类理论历史发展的最佳见证者。颇有意味的是，三个范畴之间或许因为替代行动自身的缺陷使然，出现了相互否定、自我抵消的情形，如我们上面提及的构建型式和互文性两个范畴之间即是如此，这

[①] Anis Bawarshi, "The Genre Function," *College English* 62.3 (January 2000): 335.

至少从一个微观侧面反映出这场替代行动的脆弱性。

在此,作为余论的一部分,我们想最后稍作一点引申,把我们研究和关注的眼光进一步回溯至19、20世纪之交的克罗齐时代。克罗齐作为表现主义美学和诗学代表人物,其反对文类的坚定立场为治文论史者所熟知,亦为文类理论发展史上标志性事件。克罗齐在其心灵哲学的基础上,提出"艺术即直觉","直觉即表现"的主观唯心主义美学、诗学理论。这种诗学理论认为,真正的文学艺术只是存在于创作者飘忽冥杳的心灵意象之中;心灵意象的外射与传递已经走出直觉疆域,迈向意志作用的实践空间,不再属于文学艺术的范畴了。而直觉的特性是特别、个性和独创,正如克罗齐多次予以强调的那样:"直觉在一个艺术作品中所见出的不是时间和空间,而是性格,个别的相貌";"知识有两种形式:不是直觉的,就是逻辑的;不是从想像得来的,就是从理智得来的;不是关于个体的,就是关于共相的;不是关于诸个别事物的,就是关于它们中间关系的。"① 因此,作为直觉的文学艺术而言,"每一部艺术作品表现心灵的一种状态,而心灵的状态是独特的,而且总是新的,所以直觉就有无数个,不可能把它们放进体裁种类那样的鸽棚里去,除非有无数个鸽棚,可这样一来,就不是体裁种类的鸽棚,而是直觉的鸽棚了"。"每部作品是独特的,不可比拟的"。② 克罗齐在此理论背景之下郑重提出了"表现品不能分类"的口号,认为"就各种艺术作美学的分类那一切企图都是荒谬的";"讨论艺术分类与系统的书籍若是完全付之一炬,并不是什么损失"。③

然而在克罗齐诗学体系中,直觉却是扮演着双刃剑的角色。在克罗齐对古典主义的权力主义作出极端反动之际,在其史无前例地高举反文类旗帜的那一刻,在文类刚刚被心灵直觉驱逐出正门之时,始料未及的一幕戏剧性地出现了:文类又被心灵从偏门悄悄地延请进来。这是因为:克罗齐以心灵活动代替了社会实践作为文学艺术的根本来

---

① [意]克罗齐:《美学原理》,朱光潜译,《美学原理·美学纲要》,朱光潜、韩邦凯等译,北京:外国文学出版社1983年版,第11、7页。

② [意]克罗齐:《美学纲要》,《美学原理·美学纲要》,朱光潜、韩邦凯等译,第247—248页。

③ 同上书,第151、124—125页。

源，因为在他看来，"表现本身是一种基元的认识活动，所以它先于实践的活动以及为实践活动服务的理性认识，而不依存于它们。它也可以帮助决定实践的活动，但是它自己不为实践的活动所决定"①。既然如此，一个人的心灵活动随着时间推移，就会产生数目众多的文学艺术，那么这些众多作品体现出的连续的唯一性动力何在？连续的唯一性之间的更迭怎样发生？心灵活动的历史性因素又来自何处呢？为此克罗齐抛出了"记忆"的概念，即：

> 诸表现品或表象前后承续，后者起来，前者消逝，后者逐出前者。这种消逝，这种被逐出，实非毁灭或完全消除：没有一件东西既生出来，可以完全死去，完全死去就无异未曾生出。虽然一切事物都消逝，却没有事物能死亡。连我们所已忘记的表现品仍以某种方式留存于心灵中，否则我们就无法解释后天得来的习惯和才能。生命的力量其实就在这种表面的遗忘中见出：我们遗忘的就是已经吸收了的而生命已经找到替物的。②

直觉"记忆"说的提出，一方面再次掩盖了社会实践的源头本相，揭露其主观唯心主义面目；一方面则是克罗齐"艺术即直觉"说的自我消解，直觉"记忆"实质上是承认了文学传统存在的必要性，那么这无疑是宣告克罗齐坚持作品高度个性和独特性努力的失败。因为由唯一性组成的文学传统之于后生作品而言是一种善意的虚设。换言之，烙上独特性的作品之间是不存在任何公约性的。于是，独特性墙基崩塌的直接后果就构成了对其极端反文类主张的科学性、合理性的致命一击。

或许克罗齐自己也觉得"记忆"说的回答差强人意，因为记忆的偶然性、随意性以及主观差异性过强，为此，克罗齐又提出了两个补救措施来保证和支撑直觉"记忆"说：一是心灵活动之意志，"意志总是常醒着，照管这种保留工作，把我们的心灵财产中较重大的部分保留住"。二是借助于文类范畴这样的"物理的刺激物"和"备忘的工

---

① ［意］克罗齐：《美学原理》，《美学原理·美学纲要》，朱光潜、韩邦凯等译，北京：外国文学出版社 1983 年版，第 122 页。
② 同上书，第 106 页。

具"。因为"意志的照管有时不够。记忆常以种种方式背叛我们或欺骗我们。因为这个缘故,人们心灵想出一些方法来补救记忆的弱点",如诗、散文、小说、传奇、悲剧和喜剧等文类名称是也。于是,"记忆的心灵的力量,加上上述那些物理的事实的助力,使人们创造的直觉品可以留存,可以再造成回想"。① 由此可见,克罗齐尽管极力排斥文类范畴且影响甚巨,但终因其诗学和美学理论自身无法弥补的缺陷,其仍然难以如愿地彻底超越和完全摆脱"文类"。历史后来也证明,文类是文学理论批评不可或缺的基本概念之一,任何冒昧的或极端的反文类做法都是有悖文学发展规律的,都是反文学的。

---

① [意] 克罗齐:《美学原理》,《美学原理·美学纲要》,朱光潜、韩邦凯等译,北京:外国文学出版社 1983 年版,第 106—107 页。

第七章　文类意识论

　　除了我们列举的"互文性"、"构建型式"、"文本类型性"为代表的三个试图替代文类的范畴之外，20世纪下半叶以降，伴随着文化研究热潮的兴起，还有另外一个对文类产生较大冲击的理论范畴："文学性"。在众多学者眼中，它横跨文学与非文学疆域，摆脱了曾经的文学"文本"的束缚，以其与日常生活的共舞，日益挤压、缩减文类范畴在文学研究中的生存空间。"文学性"的如日中天，似乎映照着人们意识里文类范畴逐渐淡退的背影。本章将围绕当前文学性研究的困局和分歧，以文类视角切入思考，试图探寻出文学性研究的一条新路，借以倡导在文学研究中大力加强文类意识。

第一节　文类意识与文学性内涵

　　"文学性"（literariness）范畴最早由俄国形式主义主将之一的罗曼·雅各布森（Roman Jakobson）在《现代俄国诗歌》（1921）一书中提出。他说："文学科学的对象不是文学，而是'文学性'，即那个使一部作品成为文学作品的东西"。① 后在其《语言学与诗学》（1958）一书中再次强调指出："我认为，诗学涉及的首要问题是：究竟是什么

---

① 转引自 Carvin Paull, *A Prague School Reader on Aesthetics, Literary Structure and Style*, Washington DC: Georgetown University Press, 1964, p. 104.

东西使一段语言表达成为艺术品?"① 然而这个实质上从古希腊"诗与哲学之争"起就开始一直追问的问题,至今仍旧言人人殊,莫衷一是,成为文学理论和批评界的一大千古难题。例如,史忠义曾把西方学者的"文学性"定义归纳为形式主义的、功用主义的、结构主义的、文学本体论的、文学叙述文化语境的等五大类定义,并提出了自己的一家之见:"普遍升华说。"② 周小仪也在"文学性"专题中概述了范畴三方面的主要内容:作为文学的客观本质属性和特征的文学性、作为人的一种存在方式的文学性、作为一种意识形态实践活动和主体建构的文学性。③ 令人匪夷所思的是,学界撰文时对"文学性"概念的英译可谓五花八门:nature of literature、characteristics of literature、literary quality、the literature、being literary 等,甚至在一文中出现"literariness"和上述情形共生现象。诸如此类无不印证了乔纳森·卡勒(Jonathan Culler)所说的一句话:"尽管这一问题似乎是文学研究的核心问题,应当承认,关于文学性,我们尚未得到令人满意的定义。"④ 韦勒克、沃伦在合著的《文学理论》中也同样指出:"什么是文学?什么不是文学?什么是文学的本质?这些问题看似简单,可是难得有明晰的解答。"⑤ 基于此,我们拟从文类意识的角度,尝试为文学性内涵的探求提供一条思考的新路径。

一、文学性内涵研究中强调文类意识的必要性

在试图以文类意识切入思考文学性内涵时,我们首要回答的一个问题是:为什么要在文学性内涵研究中强调文类意识?文类意识之于文学性内涵研究的必要性何在?总而言之,这一必要性至少可以体现

---

① [俄]罗曼·雅各布森:《语言学与诗学》,滕守尧译,赵毅衡编选:《符号学文学论文集》,天津:百花文艺出版社 2004 年版,第 170—171 页。
② 参见史忠义《"文学性"定义之我见》,《中国比较文学》2000 年 3 期,第 122—128 页。
③ 参见周小仪《文学性》,《外国文学》2003 年 5 期,第 51—63 页。
④ [美]乔纳森·卡勒:《文学性》,[加]马克·昂热诺等:《问题与观点:20 世纪文学理论综论》,史忠义等译,天津:百花文艺出版社 2000 年版,第 27 页。
⑤ [美]雷·韦勒克、奥·沃伦:《文学理论》,刘象愚等译,北京:三联书店 1984 年版,第 7 页。

在下述几个方面：

第一，从文学性内涵研究指涉的对象而论，文类是基本对象。文学性根本上是一个区别性范畴，尽管文学性研究可能并非以此区别为根本旨归。因此，作为区分文学与非文学的标志性范畴，它追寻的是文学特有之物。而文学只是一个非常笼统的概念，它是一个由无数文学作品交汇而成的世界。然而，正如托多洛夫（Tzvetan Todorov）所说的那样："作品属于一种体裁是普遍的法则：任何一部作品都可以被看做是一种总的体裁中的一个具体范例，哪怕该体裁只包含这一部作品。"① 这样一来，尽管我们面对的是一部具体作品，但是它总是被归属于文类范畴之下。文学作品的这种性质使得我们在开展文学性内涵研究的过程中不得不凭借文类范畴调整和归化浩如烟海的文学作品群，以文类条理化纷繁复杂的文学世界，保证文学性内涵研究的有序进行。这时，与其说文学性内涵研究的对象是无限广阔的文学世界，不如说是各式各样的文类天地。

第二，从文学性内涵研究的具体策略而论，文类是基本切入点。任何学术研究皆非捕风捉影、信马由缰，必须得有切实可行的研究策略。就文学性内涵研究而言，我们不可能一下子穷尽所有文学作品，亦不能一下子总揽全部文类，因此，必须寻找一个个具体的切入口，循序渐进、由少到多地接近文学性内涵的结论终点。迄今为止的文学性内涵研究业已表明，它们都是在自觉或不自觉之中以一种或某几种文类作为研究基础材料的。对此，下节将有具体例证。虽然，文类数量之众，亦如文学作品之繁，文学性内涵研究从此角度思量，可能是一项遥无止境的工程，但是从文学性内涵研究的策略而论，具体文类作为起点却是不争的事实。由此产生的一个惯常现象是，众多文类在不同作品之间表现出来的通约性的不同，每每带来文学性内涵结论是否全面客观的质疑，受到以偏概全、名实不副的指责。而这至少说明这样一个道理：在文学性内涵研究中，必须保持清醒的文类意识，防止结论的无限性扩张。

---

① ［法］茨维坦·托多洛夫：《诗学》，沈一民、万小器译，赵毅衡编选：《符号学文学论文集》，天津：百花文艺出版社2004年版，第241页。

第三，从文学性内涵研究的最终目的而论，文类是基本的检验标准。科学的结论从实践中来，亦当能够经得起实践的检验。文学性内涵的取得不仅要基于文学世界当中纷繁的文类，这种内涵结论是否正确同样也要以各种文类为基本的检验标准。换言之，文学性内涵的结论必须具有文类适用的巨大包融度。这一方面是对文学性内涵结论取得过程中文类意识作用情况的检验，另一方面也说明文类意识必须贯穿在文学性内涵研究的始终。

二、文学性内涵研究现状与文类意识缺失

既然文类意识对于文学性内涵研究具有如此必要性，接下来，我们想通过回顾和反思以俄国形式主义、英美"新批评"以及结构主义诗学为主要代表的"文学性"内涵观来审察一下文类意识的实践显现情形。

俄国形式主义在以索绪尔（F. de Saussure）为代表的现代语言学的巨大影响下，为反对从作者和读者出发的自传式批评和心理学式批评等不良倾向，把文学批评集中关注于作品本身，积极主张文学批评的科学化，甚至把诗学简单、片面地归之于语言科学的成员之一。托马舍夫斯基认为："在一系列科学学科中，文学理论更为接近于研究语言的学科，即语言学。"① 雅各布森亦曾有言："既然语言学是一门关于语言结构的普遍性的科学，诗学就应该被视为语言学的不可分割的组成部分。"② "文学性"内涵在俄国形式主义者眼中侧重点在语言学之语用学领域。雅各布森认为语言传达具有六个必不可少的因素，即发送者（addresser）、语境（context）、信息（message）、接触（contact）、信码（code）、接收者（addressee），它们各对应有一种基本功能，其中"信息"对应的就是语言的"诗的功能"，特征是"指向信息本身和仅仅是为了获得信息的倾向"。③ 语言的这种"诗的功能"在诗

---

① ［俄］鲍里斯·托马舍夫斯基：《诗学的定义》，［俄］维克托·什克洛夫斯基等：《俄国形式主义文论选》，方珊等译，北京：三联书店1989年版，第76页。

② ［俄］罗曼·雅各布森：《语言学与诗学》，滕守尧译，赵毅衡编选：《符号学文学论文集》，天津：百花文艺出版社2004年版，第171页。

③ 同上书，第175、180页。

歌语言中占据主导位置。那么，它是如何保证诗歌之为诗歌而非实用类散文的呢？穆卡洛夫斯基、什克洛夫斯基、托马舍夫斯基等人为此提出了诸如"标准语言与诗歌语言"说、"前推"说、"陌生化"理论、"艺术语与实用语"理论等来界定"文学性"内涵。例如，穆卡洛夫斯基认为，对诗歌而言，"标准语言"（standard language）是"诗歌语言"（poetic language）的背景，诗歌之为诗歌的根因在于后者对于前者的"有意扭曲"和"有意违反"，亦即"诗歌语言"自身的"前推"（foregrounding）作用；没有这种扭曲或违反（即前推），也就没有诗歌的存在。他说："诗歌语言不是一种标准语言"，"对诗歌而言，标准语言是一种背景，用以反映因审美原因对作品语言成分的有意扭曲，也就是对标准语言规范的有意违反"。"正是这种对标准语言准则的违反，这种系统的违反，使诗歌式地使用语言成为可能；没有这种可能性也就没有诗歌可言。""剥夺诗歌作品违反标准规范的权利就不啻于否定诗歌"。所以他结论说："对标准规范的扭曲是诗歌的本质。"①"陌生化"理论是一种关于艺术手法的理论，又译作"反常化"，与"机械化"、"自动化"相对。在"陌生化"看来，"文学性"内涵在于文学作品采用了特别的艺术手法，通过"增加感受的难度和时延"，摆脱"机械化"，达到"陌生化"效果，从而使得文学艺术成之为文学艺术。什克洛夫斯基说："艺术是一种体验事物之创造的方式"，诗歌语言在包括语音和词汇构成、措词和由词组成的表义结构在内的诸多方面体现出来的"陌生化"手法的"目的就是要使作品尽可能被感受为艺术作品"。② 是否打上"陌生化"手法的烙印成为区分文学与非文学、诗歌与非诗歌即"文学性"内涵的决定性标志。

俄国形式主义的"文学性"内涵的长处在于，紧扣文学（诗歌）媒介语言特点，"前推"说也好，"陌生化"理论也罢，都比较精到地把握住了文学内容加载入诗歌语言形式之后所发生的客观变化。这一点在我国古典诗歌中不胜枚举，几乎触目皆是，例如"鸡声茅店月，

---

① ［捷］扬·穆卡洛夫斯基：《标准语言与诗歌语言》，竺稼译，赵毅衡编选：《符号学文学论文集》，天津：百花文艺出版社 2004 年版，第 17、23、27 页。

② ［俄］维克托·什克洛夫斯基：《作为手法的艺术》，维克多·什克洛夫斯基等：《俄国形式主义文论选》，方珊等译，北京：三联书店 1989 年版，第 3、6 页。

人迹板桥霜"①式的意象铺列、"盘飧市远无兼味，樽酒家贫只旧醅"②式的句法省略之类，都让我们明晰感受到与众不同的"前推"和"陌生化"的浓浓气息。

然而，问题在于，尽管语言是文学作品的材料，但并不意味着文学作品就简单地等同于语言；不仅如此，语言研究亦不可全部替代文学批评，这不仅是因为语言只是文学作品的一个重要侧面，而且语言研究亦只有在服务于如何达到审美效果时方才隶属于文学研究、文学批评。因此，俄国形式主义注定不能使其"文学性"内涵周延：他们提出的诗歌之为诗歌的语言特点最终并不拘守在文学作品之中，非文学场合中也可以发现同样的诗歌语言特点；而且这些语言特点亦不能涵括文学作品的全部情形。一方面我们从见惯的诸如日常口语、笑话、广告语、文字游戏甚至表达错误等情形之中都会发现有"前推"或"陌生化"的语言表达效果，而我们并不把上述情形当作文学作品来看待，因此，"可以说，没有确凿的证据证明存在着一种'专门'（peculiar）适合于文学的语言"③。另一方面则是，如果说"前推"、"陌生化"等手法会创造作品之所以为文学作品的可能性，但是一部文学作品却并不必须体现出这些手法。恰如卡勒所言："在语言领域，文学的效应不仅表现在奇特的形象和组合方面，还表现在高雅的语言方面，而高雅语言部分地表现为使用已经失去任何革新力量的形式……每种语言都有一些既古老又高雅的词汇和结构，属于文学语言，尽管同一语言的滑稽模仿或摧毁亦属于文学语言。"④

不止于此，俄国形式主义的"文学性"内涵之缺陷根本上还体现为另外一点，即过分的文类偏向导致一种完整文类意识的缺失。文类是联系文学研究与具体文学作品的中介，谈论"文学性"内涵过程中，

---

① （唐）温庭筠：《温飞卿诗集笺注》卷七《商山早行》，（清）曾益等笺注，上海：上海古籍出版社1980年版，第155页。

② （唐）杜甫：《客至》，《杜甫诗选注》，萧涤非选注，北京：人民文学出版社1979年版，第161页。

③ ［英］彼得·威德森：《现代西方文学观念简史》，钱竞、张欣译，北京：北京大学出版社2006年版，第94页。

④ ［美］乔纳森·卡勒：《文学性》，［加］马克·昂热诺等主编：《问题与观点：20世纪文学理论综论》，史忠义等译，天津：百花文艺出版社2000年版，第33页。

文类意识必不可少。林林总总的文类是我们追问"文学性"内涵不可回避的对象,反过来也是"文学性"内涵所最终适用的实践范围。然而,事实是,不仅文学理论批评者早已发现,而且就是俄国形式主义者自己也主动声称,他们的"文学性"内涵研究的对象基本上是停留于诗歌这一文类。托马舍夫斯基就说:"在材料的选择上,我们主要将面向我们最近的十九世纪文学。"① 而19世纪文学无疑是以抒情诗歌为主体的。日尔蒙斯基也从俄罗斯需要的正确文学批评方向出发,明确指出应当把抒情诗作为自己的研究对象:"俄罗斯的文艺学向来把抒情诗研究放在次要地位。……由于兴趣主要是作家传记、社会生活的历史问题、古代作品中'反映出的'作者和一些人的政治、宗教或者道德的世界观等方面,因此,俄罗斯科学与文学批评还没有找到适合自己任务的材料。在大多数情况下,抒情诗正是这样的纯艺术作品。"② 关于文学批评家们的一些叙述评论,我们在概述同样划归形式主义流派的"新批评"时再加以集中引述。

由此可见,希图以个别文类为基础界定"文学性"内涵是不切实际的,一旦从此文类推广开,一旦将障目之叶移离,既有的内涵结论就会顿时显露出种种致命的先天不足。文类意识健全与否是"文学性"内涵是否科学之根本。伊格尔顿的一段话可以在此作小结:"像形式主义者一样看待文学实际上就是把一切文学都看作诗","但是,一般的看法是,除了诗以外,文学还包括很多其他的东西——例如,包括现实主义和自然主义的作品,它们没有语言上的自我意识,也不以任何引人注目的方式自我炫耀。人们有时称某一作品为'优美'作品,正因为它并不过分引人注目:他们欣赏它的简洁平易或笔调稳健"。③

同为形式主义流派,如果说俄国形式主义是从语用学入手试图敲开解答"文学性"内涵的大门,那么,英美"新批评"派则是基于语言学另一分支——语义学。"文学性"在"新批评"派这里又被称作

---

① [俄]鲍里斯·托马舍夫斯基:《诗学的定义》,维克多·什克洛夫斯基等:《俄国形式主义文论选》,方珊等译,北京:三联书店1989年版,第82页。
② [俄]日尔蒙斯基:《诗的旋律构造》,维克多·什克洛夫斯基等:《俄国形式主义文论选》,第295页。
③ [英]特里·伊格尔顿:《二十世纪西方文学理论》,伍晓明译,西安:陕西师范大学出版社1987年版,第7—8页。

"文学特异性"(the differentia of literature)。该派"文学性"内涵的代表性观点有兰色姆的"构架—肌质"论、退特的"张力"论、布鲁克斯的"反讽"论等。

兰色姆(J. C. Ransom)认为,诗歌和科学之分不在是否需要感情,而是在于"构架"(structure)与"肌质"(texture)的关系、地位的差别。在诗歌中,"构架"作为"诗的表面上的实体"或"逻辑核心"、"逻辑内容",是可以用科学文体或散文来复述的部分,即"诗的可以意解而换为另一种说法的部分"。在"构架"的各部附丽有"肌质",又称"细节"、"兴趣"、"累加的成分"。它们是不可以散文来转述的,且阻碍"构架"的清晰性,和"构架"之间是独立关系。而在科学中,"肌质"是绝对服从"构架"功能的,缺少独立性。兰色姆说道:"科学论文里的细节,不论在客观方面,也不论在感受方面,永远也不会趋向于和论文的主旨分离,而是要尽其功能,为实现主旨而服务。"[①] 退特(Allen Tate)的"张力"(tension)论指出,诗歌与科学区别在于语言的"内涵"与"外延"之间的关系差异。诗歌语言可以划分为字面意义(外延)与含混意义(内涵)。"好诗就是内涵和外延的统一",换言之,就是"具有张力的诗"。"张力"是好诗公认的"共同的特点"和"单一性质"。而在科学中,这种语言的张力性质被打破,外延压倒内涵。[②] 布鲁克斯(C. Brooks)的"反讽"论提出"诗的语言是悖论语言"。科学与文学的区别在于尽量减少语言上的这种悖论或反讽色彩。布鲁克斯说:"悖论正合诗歌的用途,并且是诗歌不可避免的语言。科学家的真理要求其语言清除悖论的一切痕迹";"科学的趋势必须是使其用语稳定,把它们冻结在严格的外延之中;诗人的趋势恰好相反,是破坏性的,他用的词不断地在互相修饰,从而互相破坏彼此的词典意义"。[③]

[①] [美] 约翰·克娄·兰色姆:《纯属思考推理的文学批评》,张谷若译,赵毅衡编选:《"新批评"文集》,卞之琳等译,天津:百花文艺出版社 2001 年版,第 98、103、108 页。

[②] [美] 艾伦·退特:《论诗的张力》,姚奔译,赵毅衡编选:《"新批评"文集》,第 121、125、129 页。

[③] [美] 克利安思·布鲁克斯:《悖论语言》,赵毅衡译,赵毅衡编选:《"新批评"文集》,第 354—355、360—361 页。

"新批评"派的这几种代表性"文学性"内涵观,与俄国形式主义相似,亦着意于文学作品的媒介:语言。不过,与关注文学语言构成方式稍有不同的是,"新批评"派对文学语言的意义生成特征给予了高度重视,也的确揭示出了文学作品在意义传达过程中语言所具有的独立艺术性。例如"构架—肌质"论的"文学性"内涵观,就说明了文学作品不同于科学领域一味地追求认识功能,而是要美学地达到这种认识功能。"张力"论也是如此,文学语言一般要讲求给人以余味无穷、咀嚼不尽、言近意远等审美效果,往往这些作品才被评价为上乘之作。其实这里面就涉及语言意义中的内涵与外延之间的张力关系。"反讽"论则属于文学语言的典型艺术特征之一,以期收到特别的接受效应。尽管"新批评"派"文学性"内涵观有如许值得肯定之处,它的缺点同俄国形式主义一样,也是不容回避的。一是适用性方面的问题,即这些内涵特征能否概括尽一切文学以及一切文学是否都带有上述特征。这一方面在我们评价俄国形式主义的"文学性"内涵观时曾经论及,"新批评"派与之相似,这里不再重复。二则是"新批评"派与俄国形式主义一样,都存在一个更为根本性的不足,即健全文类意识的缺失。"新批评"派基本上是以诗歌作为文学的代名词来探寻"文学性"内涵的,这不能不从根本上带给其难免片面的弊端。或者说,"新批评"派的"文学性"内涵观的科学性更适合于诗歌这一文类,而难以推及除诗歌以外的广大文类家族。许多文学批评家都就此予以了批评。例如韦勒克就指出说:俄国形式主义与"新批评"运动有类似之处,即"都倾全力于诗歌的语言"[①]。卓尔科夫斯基和谢格洛夫在评点形式主义的缺点时也说:"适用范围仅限于相当初级的艺术表现形式。"[②] 古尔灵等人说得比较细致些:

> 显然,较短的抒情诗是形式主义分析所喜欢的文学体裁,其主要原因使我们联想到坡的偏爱。典型的例子,如克林斯·布鲁

[①] [美]雷纳·韦勒克:《二十世纪西方文学批评》,刘让言译,广州:花城出版社1989年版,第76页。

[②] [俄]卓尔科夫斯基、谢格洛夫:《结构诗学即生成诗学》,谢立新译,赵毅衡编选:《符号学文学论文集》,天津:百花文艺出版社2004年版,第67页。

克斯关于济慈的《希腊古瓮颂》的著名论述……，是新批评供人观摩的样品，正如布鲁克斯和华伦合著的《诗的理解》比后来问世的关于小说和戏剧的书影响大得多一样。一首短诗，能比一部长篇小说或三幕剧，甚至比一个短篇小说更容易在人们头脑中留下完整的印象。此外，在分析一首短诗时，人们尽可以反复重读。甚至短小抒情诗印在书页上的形状，以及诗中的精确正规的语言，都使得它特别适合于形式主义批评方法的分析。①

最后再来看一看结构主义诗学的文学性内涵观。结构主义诗学受功能语言学影响，认为不能像俄国形式主义或"新批评"派那样，直接在文学作品的语言层面寻找"文学性"内涵的奥秘；它主张深入到文学作品背后发现更加基本的结构或程式，是它们赋予了作品之所以成为文学作品即文学性的可能。由此看来，结构主义诗学是一门条件诗学，即"旨在确立产生意义的条件的诗学"，"致力于理解那些使文学之所以成为文学的程式"。结构主义诗学认为，读者在和包括文类在内的文学传统的接触过程中，内省地把握了诸文类的阅读程式，使自己获得了一种称之为"文学能力"（literary competence）的接受素质。正是这种"文学能力"能够指导我们开展文学接受，能够帮助我们把眼前的文字"读作"诗歌或小说。正如卡勒所言："文学的读者，通过与文学作品的接触，也内省地把握了各种符号程式，从而能够将一串串的句子读作具有形式和意义的一首一首的诗或一部一部的小说。"基于这种"文学能力"与文学传统之间的密切关联，结构主义诗学进一步明确指出："文学的本质乃是一种约定俗成的惯例"，文学与关于世界的其他形式的话语的差异"存在于产生意义的不同方法之中"。②

结构主义诗学的文学性内涵观强调对文学传统的继承，强调对阅读模式的重视，把文学性定位于阅读程式、"文学能力"之中，一方面异常清晰地突出了阅读行为对于文学性的反作用，"读作"一词对片面

---

① [美] 威尔弗雷德·L.古尔灵等：《文学批评方法手册》，姚锦清等译，沈阳：春风文艺出版社 1988 年版，第 108—109 页。
② [美] 乔纳森·卡勒：《结构主义诗学》，盛宁译，北京：中国社会科学出版社 1991 年版，第 16—17、194 页。

强调作品语言特征的文学性内涵观的确也起到了纠偏功效，说明无视"读者"在文学性研究中的独立性是不审慎的；另一方面，结构主义诗学从作品语言本身转到语言背后的程式，继而转到阅读行为的主导作用，似乎又有矫枉过正之弊。这是因为这种阅读模式或"文学能力"必须要做到有的放矢。这里所谓的"有的放矢"，是指它们不可能把任何文字作品都读作文学作品，亦即结构主义诗学作为一种条件诗学，必然内在地对最终被读作文学作品的文字作品提出基本的和必要的客观要求。正如英国文学理论家威德森（P. Widdowson）所说："读者'外在的'修养在事实上使文本的阅读成为可能，但是文本自身'内在的'文本策略召唤和确认这种修养。"① 设若无此"召唤"和"确认"的客观欲求，离开了读者和文本自身这内外两方面的积极呼应和配合，仅仅指望阅读行为单方面产生文学性结果，那无异于痴人呓语！这里就牵涉到结构主义诗学中另一种健全文类意识的缺失问题。文类传统作为文学传统的一部分，是结构主义诗学的重要内容。在结构主义诗学看来，每一种文类都代表着或预示着一种具体的阅读模式，从而构成文学性的重要标准之一。但是，强调文类传统重要性的合理性，并不能够证明以传统简单代替具体现实这种企图的科学性。文类传统在文学性中只是提供了一种可能性，所有文字作品并不必然都可以被文类传统"归化"（naturalized），产生文学交流功能；而是说，这里必然会存在一个选拣存剔的过程。那种以为文类意识可以囊括一切文字作品、可以使我们在任何文字作品中发现文学性的冲动，是对文类意识、文类传统的片面认识和错误定位，最终都不可能带来科学结论。

  同时，我们还必须指出的是，结构主义诗学在一味夸大和抬高文类意识传统作用之余，也还存在一个与上述两派相同之处，即文类偏向问题。不过，这里的文类偏向对象不是诗歌，而是小说这一文类。小说比诗歌更有利于构建和证明结构主义诗学的理想体系。卡勒自己就承认，"结构主义者将自己的注意力倾注在小说上。正是在这一领

---

① ［英］彼得·威德森：《现代西方文学观念简史》，钱竞、张欣译，北京：北京大学出版社2006年版，第97页。

域，他们能够从容自如地对符号学的过程进行最充分的研究"①。阿伯拉姆也说："相对来说，法国结构主义者不太注意研究诗歌，而侧重于小说。"② 赵毅衡也指出说："从结构主义开始，小说稳稳地取代了诗歌在文学理论中的中心地位，结构主义的'诗学'实际上谈到的是小说。"③

三、文类意识对文学性内涵的启示

通过上述对于以俄国形式主义、英美"新批评"以及结构主义诗学为主要代表的文学性内涵观的检视，不难发现：首先，文学性研究与文类密不可分，在任何一种文学性内涵研究过程中都自然而然地要涉及研究主体的文类意识。没有具体文类意识的文学性研究无疑是苍白无力、不切实际的。表面结论的偏颇往往是由于诗学体系自身文类意识的缺失这一深层次原因。其次，文学性内涵不是一元的，语言媒介以及语言背后的阅读"语法"等之于文学性内涵都有一定的合理性。但是，最后我们必须看到，当前文学性内涵研究中的文类意识尚存在不少问题，如文学性内涵结论的文类普遍适用的问题、过分夸大文类意识作用的问题，诸如此类的健全文类意识的缺失现象不得不激励我们思考：既然在文学性内涵研究中存在这些文类意识上的不足，从而带来文学性内涵自身的缺陷，那么我们究竟该如何在文学性内涵研究中科学而合理地贯彻文类意识呢？

对此，本书以为，健全的文类意识带给文学性内涵研究的启示表现为一种多维性。这种多维性中介引导我们在文学性内涵研究中提出新的文学性内涵观，即文学性在于由新"层次论"产生的新"张力论"。

所谓"多维性"是指，正如我们把文类定义为把握作品种类归属的一种审美策略那样，一件作品往往位于多种文类属性的交叉点，文学作品置身的内外环境都存在我们命名文类的功能点，并且这些点在

---

① [美] 乔纳森·卡勒：《结构主义诗学》，盛宁译，北京：中国社会科学出版社1991年版，第284页。

② [美] M. H. 阿伯拉姆：《简明外国文学词典》，曾忠禄等译，长沙：湖南人民出版社1987年版，第351页。

③ 赵毅衡：《前言：符号学的一个世纪》，赵毅衡编选：《符号学文学论文集》，天津：百花文艺出版社2004年版，第38页。

我们命名过程中自然而然地可以缀以"文学"的中心语。这种命名文类的功能点的多维性特征也就启发我们：称之为文学作品的物什，处于多维审视的焦点，从而赋予我们命名文类的前提。因而，文学作品的多维性也就自然提供了考察文学性内涵的重要线索。同时加之以上我们对一些文学性内涵观的梳理和反思，这些事实无不告诉我们：文学性内涵不是一元论，某部作品是否归属于文学作品受诸多因素的制约和影响。这些因素有的在作品之内，有的在作品之外；详论之，有的体现在作品内部的语言、情节等方面，有的体现在作品之外的作者、读者以及作品与对象世界的关系等方面。所有这些多维性因素都是可以在决定一件作品是否属于文学作品，亦即显现文学性的过程中发挥它们作用的。

多维性作为文类意识带给文学性内涵特征的启示，学界已经给予关注且不乏共鸣之人。这一点我们可以从两方面见出：一是间接方面，即通过批判和否定一元论的文学性内涵观。如时下开展的对诸如俄国形式主义、"新批评"等文学流派的文学性内涵观的个案研究可为代表。① 二是直接方面，即明确点出文学性内涵的多维性特征。例如韦勒克、沃伦在分析了一系列区别文学与非文学的术语概念——"无为的观照"、"美感距离"、"框架"以及"创新"、"想象"、"创造"等——之后，得出结论说："其中每一术语都只能描述文学作品的一个方面，或表示它在语义上的一个特征；没有单独一个术语本身就能令人满意。由此至少可以得出一个结论：一部文学作品，不是一件简单的东西，而是交织着多层意义和关系的一个极其复杂的组合体。"② 热奈特也曾指出："文学性的诊断建立在经验标准的基础上……。这种标准可以是题材方面的（thématique），即与文本的内容相关（它谈论什么？）也可以是形式方面的，或者更广泛一些，即泛话语方面的（rhématique），与文本本身的特征以及文本所代表的言语类型相关。"

---

① 这方面的研究成果可参考：支宇《文本语义结构的朦胧之美：论新批评的"文学性"概念》，罗婷、王志勇《俄国形式主义的"文学性"概念》，以上两文载《中外文化与文论》第10辑"文学性问题讨论专辑"，成都：四川教育出版社 2003 年版；马生龙《俄国形式主义"文学性"概念之反思》，载《晋阳学刊》2005 年 1 期；等等。

② [美] 雷·韦勒克、奥·沃伦：《文学理论》，刘象愚等译，北京：三联书店 1984 年版，第 16 页。

所以他总结说:"文学性是一个多元现象,也要求一种能够涵盖语言摆脱并超越其实用功能并进而生产可能被作为美学对象而接受和评价之文本的各个方面的多元理论。"① 王岳川也曾指出:"在我看来,文学性的属性是多维的,并不是有虚构、修辞等的文体就是文学,所有的文体都有修辞。"②

那么这种多维性特征如何具体落实于文学性内涵的结论之中呢?这又不得不提及我们提出的新"层次论"和新"张力论"两个概念。所谓的新"层次论"是针对英伽登、韦勒克、沃伦曾经提出的文学作品的"层次论"而言的。英伽登基于人们对于文学作品认识的不足,认为文学作品并不是什么"实在的客体"、"观念的客体"或"想象的客体",进而提出文学作品属性作为"层次构造"说:"文学作品是一种由几个不同质的层次组成的构造。"那么,分属不同文类的文学作品究竟该分有多少层次呢?对于这个问题,英伽登认为,一部文学作品的必要层次有五个,即声音层面、意义层面、"世界"层面以及"观点"层面、"形而上性质"层面。③ 韦勒克、沃伦在批判因加尔登的现象学方法论指导下的文学作品层次论之不足的基础上,也提出了自己的关于单个作品的层次论,即:

(1)声音层面,谐音、节奏和格律;(2)意义单元,它决定文学作品形式上的语言结构、风格与文体的规则,并对之做系统的研讨;(3)意象和隐喻,即所有文体风格中可表现诗的最核心的部分,需要特别探讨,因为它们还几乎难以觉察地转换成(4)存在于象征和象征系统中的诗的特殊的"世界",我们称这些象征和象征系统为诗的"神话"。由叙述性的小说投射出的世界所提出的(5)有关形式与技巧的特殊问题。④

---

① [法]热拉尔·热奈特:《虚构与行文》,《热奈特论文集》,史忠义译,天津:百花文艺出版社 2001 年版,第 81—82、101 页。
② 王岳川:《"文学性"消解的后现代症候》,《浙江学刊》2004 年 3 期,第 17 页。
③ [波兰]因加尔登:《文学作品的存在方式问题》,伍蠡甫、胡经之主编:《西方文艺理论名著选编》,北京:北京大学出版社 1987 年版,第 547 页。
④ [美]雷·韦勒克、奥·沃伦:《文学理论》,刘象愚等译,北京:三联书店 1984 年版,第 165 页。

很明显，我们由多维性中介启示而出的文学作品的新"层次论"，其"新"即在于并不像英伽登或韦勒克等人固守于文学作品内部或本身，而是也把与文学作品产生、传播等方方面面相关的因素概括在内。换言之，新"层次论"实质是多维性特征的自然产物。尽管如此，相对于新"层次论"，英伽登等人的"层次论"仍然不乏其方法论意义和价值，从而坚定我们以新"层次论"敲开文学性内涵之核的信心。例如英伽登在总结其文学作品的"层次论"时指出，这些层次必须得到高度重视，对它们开展深入系统的研究，必将带动文学理论系列难题的破解。他如此说道：

> 从来没有人注意到这里所涉及的乃是一些互相制约并由多种关联结合起来的不同质的层次；也从来没有人照它们的总结构对它们进行清楚的区分并揭示它们之间由于有这种结构而产生的关联。只有对个别层次和层次之间的关联都进行详细分析才能显示文学作品结构的独特性。这种分析也能为解决人们迄今一直没有取得进展的专门属于文学以及文艺美学的问题提供可靠的基础。因为正是由于人们没有考虑文学作品的层次性质才使人们无法清楚地处理各种不同的问题。①

连续两个"从来没有"引导出的研究现状反映出人们对于文学作品层次的生疏，同时也就凸现了文学作品层次作为解决文学理论问题的工具论地位。这是对我们试图以新"层次论"揭开文学性内涵的重要暗示和技术支持。所以，无怪乎赵毅衡在评论英伽登和韦勒克等人的作品层次论时这样说道："不管如何分层次，分层次的观点总的来说是合理的：文学的特异性不能只表现在某个层次上。"②

而所谓的新"张力论"主要是相对于英美"新批评"的"张力论"而言的。"张力"在"新批评"那里是为语义学服务的，主要指语言的

---

① [波兰]因加尔登：《文学作品的存在方式问题》，伍蠡甫、胡经之主编：《西方文艺理论名著选编》，北京：北京大学出版社1987年版，第549页。
② 赵毅衡：《"新批评"文集·引言》，赵毅衡编选：《"新批评"文集》，卞之琳等译，天津：百花文艺出版社2001年版，第27页。

"内涵"和"外延"的统一或平衡,亦大致相当于语言的原义和比喻义之间的并存性。退特认为,具有张力是一切好诗的共同特点和单一性质,"好诗就是内涵和外延的统一"。当我们在多维性启发下提出新"层次论"之际,新"张力论"则是用来指这些多维层次之间围绕作品之所以成为文学作品,亦即文学性的实现而显示出的一种关系。这是对已有的诸多一元论文学性内涵观的有益补正。

至此,我们解释了提出的文学性内涵的主张,即文学性可以定义为一种新"张力论"。这里的"张力"是对作品存在其中的众多层次之间为实现作品之成为文学作品的状态要求和条件保证。文学性作为新"张力论"这一内涵观的提出具有如下几点价值和意义:

首先,新"张力论"作为文学性内涵有力扭转了自俄国形式主义以来诸多文学性内涵观的偏颇局面。"陌生化"、"前推"也好,"构架—肌质"论、"张力论"、"反讽"论也罢,还有感情说、意象说等,诸如此类文学性内涵观不是缺乏合理性部分,而是因为它们不能全然涵括尽文学性内涵。故而一旦采用至文学实践中,就会在文学作品与非文学作品之间丧失排他的权威性,从而使得刚刚确立的文学性概念面临被消解的命运。新"张力论"的提出就有效地摆脱了这样的尴尬:一方面它在肯定这些观点基础上势将兼容其他层次的特点和要求,另一方面它又从反面解答了这些观点在非文学作品中停驻之因,即非文学作品缺乏多层次之间的适当张力。仅仅限于语言或其他任何单一层次实难准确界定文学作品与非文学作品的身份区别。

其次,新"张力论"作为文学性内涵极好地呼应了文学世界是历史的和开放的本性。文学性内涵研究难点之一就是作为研究对象的文学世界不是凝固的,具有历史性和开放性。历史性是说,随着岁月流逝和社会变迁,有些曾经被当作文学作品的会被挡在文学大门之外,而那些曾经没有被视为文学作品的又会被认作文学作品。由此就带来文学世界的开放性,即文学作品的目录永远处于运动之中,它在任何时候都会尽可能地包纳和吸收可以被烙上"文学作品"标志的一切作品。文学世界的这两大特点客观上也就成为检验文学性内涵观的重要标准,而我们这里提出的新"张力论"恰恰能够很好地满足和印证文学世界的这两大特点。这主要体现为:新"张力论"作为文学性内涵,并不简单或机械地设定某一具体作品的层次,而是在可见的作品诸多层次中预设层次之间张力的要求,从而使得文学性内涵具有一种定而不定的辩证之魅。于是,在不变的张力效果下,变动不居的作品层次之间便尽情演绎着文学作品世界与非文学作品世界之间的对流与互动。

最后,新"张力论"作为文学性内涵再次突出了文学作品自身的有机性质。"有机"作为一个文学理论范畴和美学范畴,在两千多年前由亚里士多德自生物学移易到文学研究之中,影响至为深远。已有的一些文学性内涵观的另一个不足之处就表现为对文学作品作为一个有机整体的忽视。例如单纯从语言角度的立论,把文学作品一味从属于语言之物,用语言学代替整个纷繁复杂的文学研究,这些方法或观点都是一叶障目而不见泰山。因为,尽管文学作品的表达媒介是语言,语言对文学作品而言也确实重要;但是并非等于说文学作品就是语言,一切语言就是文学作品。在这方面我们可以英伽登对文学作品层次论的阐述为代表,虽然他的层次论稍异于我们这里提出的新"层次论",但是作为一种方法论,两者又是互通的。英伽登在提出自己的"层次论"的过程中,这样说明他对这些层次和文学作品之间关系的认识:

> 文学作品的基本结构依附于这件事实,即文学作品是一种由几个不同质的层次组成的构造。这些个别层次互不相同:(1)由于组成这些层次的特有素材不同而使每一层次具有特殊属性;(2)每一层次对于其它层次以及整个作品结构所起的作用也不同。不管个别层次的素材多么不同,文学作品并非一束松散的由各种成分碰巧拼凑起来的东西,而是一个有机的结构,其一致性恰好就是个别层次的独特性的基础。①

相对于这里的文学作品的层次而言,我们的新"层次论"增添了文学作品所置身的外在文化环境的众多层次因素,是对文学作品有机性的更高要求和更好认同。

---

① [波兰]因加尔登:《文学作品的存在方式问题》,伍蠡甫、胡经之主编:《西方文艺理论名著选编》,北京:北京大学出版社1987年版,第547页。

第二节　文类意识与文学性蔓延

在文学性研究当中，除了文学性内涵这个焦点之外，关于文学性蔓延或扩张的问题也非常值得注意。所谓"文学性蔓延"或"扩张"，按当下学界的流行说法，是指在商业气息弥漫的后现代社会，在文学生存空间被影视、网络、电子游戏等文化形式日益侵占、文学走向终结或死亡之际，"文学性"则在日常生活、思想学术、电子传媒、公共表演等一切政治、经济和文化活动中担当起统治角色。文学性蔓延或扩张与文学终结之间此起彼伏、此消彼长。

一、文学性蔓延问题的现状

当前，对于文学性蔓延问题，学术界尚存有诸多分歧和争议。以余虹、陶东风为代表的一派坚持后现代社会文学性蔓延说。余虹在批判分析文学研究领域"逃离文学"的普遍现象的基础上，指出了后现代总体文学状况的双重性：文学的终结与文学性统治并存；并着重描述了文学性在思想学术、消费社会诸领域的统治及表现，最后就文学研究的对象指出："由于文学性在后现代的公然招摇和对社会生活各个层面的渗透与支配，又由于作为门类艺术的文学的边缘化，后现代文学研究的重点当然应该转向跨学科门类的文学性研究。"① 陶东风也著文指出："我们在新世纪所见证的文学景观是：在严肃文学、精英文学、纯文学衰落、边缘化的同时，'文学性'在疯狂扩散。所谓'文学性'的扩散，可以从两个方面来理解（或者说有两个方面的表现），一是文学性在日常生活现实中的扩散，这是由于媒介社会或信息社会的出现、消费文化的巨大发展及其所导致的日常生活的审美化、现实的符号化与图像化等等造成的。二是文学性在文学以外的社会科学其它

---

① 参见余虹：《文学的终结与文学性蔓延》，《文艺研究》2002年6期，第15—24页。

领域渗透。"①

但是，与此同时，另有一批学者对文学性蔓延提出了质疑，如王岳川、吴子林、张开焱等人。王岳川针对美国后现代理论家大卫·辛普森（David Simpson）认为的"后现代文学性统治"的观点，梳理和评析了以德里达、利奥塔德、理查·罗蒂（R. M. Rorty）、哈桑、纽曼、戴维·洛奇（David Lodge）等为代表的后现代文学性问题史，驳斥了所谓的"后现代文学性统治"的观点，认为这"只是一种辛普森的时代误读罢了。后现代时代是一个感性肉身的时代，是一个强调肉身安顿大于精神安顿的时代，是一个图像取代文字文学的时代，是一个读图时代大于读文时代的图像学世纪"②。因此，文学性不是在后现代蔓延或扩张、统治了，而是面临着消解、飘散的问题。吴子林同样展开了对文学性蔓延说的质疑，他从学术研究的起点——基本范畴入手，指出："这些提出'文学性扩张'或'日常生活审美化'的学者，从来就不对'文学性'或'审美化'的内涵作出一个最为基本的限定，而在论述过程中含糊其词。"于是他紧扣文学性内涵的"语言"和"审美"这两个维度批判"文学性扩张"说，认为所谓的"文学性扩张"，从审美维度而言，其实只是一种"审美的世俗化"；而从语言维度来说，所谓的"文学性扩张"疏淡了语言之于文学的独特文化功能：文学语言"它并不直接诉诸人的官能"，"文学语言的诗性言说唤醒了生命，成了人们生存境况和生命体验的本真显现"。③

另有一些学者在上述两派之间做了调和，可以刘淮南为代表。刘淮南认为，虽然"文学性"既可以表现在文学自身，又可以表现为非文学之中，"但是，对于文学来说，对于文学研究而言，首要的还应该是文学自身，是文学本身的层次划分或者说价值定位，这才是符合文艺学研究任务的重要内容"。"这样说的意思并不是要否认后现代语境中文学性蔓延的事实，而是要强调说明，作为文艺学（文学理论）来

---

① 陶东风：《文学的祛魅·文学性的扩散和文学的"祛魅"》，《文艺争鸣》2006年1期，第12页。
② 王岳川：《"文学性"消解的后现代症候》，《浙江学刊》2004年3期，第19页。
③ 吴子林：《对于"文学性扩张"的质疑》，《文艺争鸣》2005年3期，第75—79页。

说，其最基本、最主要的对象毕竟还是文学而非非文学。"那么，如何在文学性、文学和非文学三者之间搭建一种平衡呢？刘淮南创造性地区分了两种"文学性"的含义，即"文学"性≠文学"性"。他这样解释说：

> 如果说，就文学自身的有关属性予以确认并进行层次划分和价值定位由于是着眼于文学本身及其发展，我们可以将这样的研究中的"文学性"称之为"文学"性的话，那么，着眼于其他领域中文学属性具体表现的"文学性"研究由于是关注在"文学性蔓延"，则可以称之为文学"性"。前者的对象是文学，后者的对象则是非文学。①

二、文学性蔓延问题现状的批判与反思

对于以上文学性蔓延问题的分歧，我们以为有如下几点必须予以澄清和注意：

首先，文学性是否具备蔓延的可能？按雅各布森的最初说法，文学性是使作品之所以成为文学作品的关键。换言之，文学性的功能在于使作品成为文学作品而非非文学作品。显然，文学性在这里充当了一种区别标准和标志。尽管卡勒在同样一篇文章中屡次三番地重申文学性定义之旨不在于这样的区别标准，诸如"文学性的定义之所以重要，不在于作为鉴定是否属于文学的标准，而是作为理论导向和方法论导向的工具，利用这些工具，阐明文学最基本的风貌，并最终指导文学研究"②，但是，对象研究的重心并不能改变研究对象的属性，文学性作为鉴定是否属于文学的标准这一基本前提是难以否认的。再就文学性这一范畴自俄国形式主义出现至今及使用语境而言，人们也都

---

① 刘淮南：《"文学"性≠文学"性"》，《文艺理论研究》2006年2期，第19—24页。
② [美] 乔纳森·卡勒：《文学性》，第29页。另在《理论的文学性成分》（2000）一文（载余虹、杨恒达、杨慧林主编《问题》第一辑，北京：中央编译出版社2003年版，第117—131页）再次表达了类似观点。

是在文学与科学、诗歌与散文、科学与艺术、诗歌语言与标准语言、艺术语与实用语之类的区别性对举中归纳出文学性内涵的答案的。这样的例子数不胜数，如俄国形式主义者所言的："诗歌语言的作用就在于为话语提供最大限度的前推"；"作为以公式化为目标的科学语言，是避免前推的"。①"新批评"也说："悖论正合诗歌的用途，并且是诗歌不可避免的语言。科学家的真理要求其语言清除悖论的一切痕迹；很明显，诗人要表达的真理只能用悖论语言。"②

既然如此，就必将带来这样一个问题：一个区别性范畴，如何又能越出区别性界阈？或者说，既然可以蔓延至非文学之中了，文学性还是雅各布森构造的那个"文学性"么？因此，不难见出，人们在讨论文学性蔓延或扩张这一命题之初，就犯了一个以讹传讹、将错就错、明知故犯的原则性错误，即包括俄国形式主义、"新批评"在内的一些文学性内涵观本身是不完善或不甚科学的，而蔓延现象正是他们在文学性定义问题上自我否定的理论漏洞所在。有趣的是，我们的学界却在保留对文学性内涵认识模糊的情况下，在清晰地知晓那些文学性内涵观之不足的情况下，高张起"文学性蔓延"、"文学性扩张"的大旗。此时我们不由会想到在文学性蔓延问题上调和派的良苦用心：其实，我们若是细察之，调和派和是否认可文学性蔓延的对立两派之间有些时候并不在同一层面上。这是因为，对立两派讨论的关键词是"是否存在"的问题，而调和派讨论的则是"如何存在"的问题。于是乎有"文学"性和文学"性"这样的对"文学性"含义的两层解读，其中的好处正是在于试图协调我们所讲的区别性范畴不能蔓延和热炒的"文学性蔓延"之间出现的裂痕。

其次，文学性蔓延是否仅仅为后现代的景观？在一些学者眼中，恰如我们归纳的那样，文学性蔓延是与文学的终结相伴而生的，且文学性在后现代条件下是疯狂蔓延以至确立了在诸多领域的统治性地位。余虹认为："'文学性'问题绝不单是形式美学的问题，它也是政治学、

---

① [捷]扬·穆卡洛夫斯基：《标准语言与诗歌语言》，赵毅衡编选：《符号学文学论文集》，天津：百花文艺出版社2004年版，第18页。
② [美]克利安思·布鲁克斯：《悖论语言》，赵毅衡译，赵毅衡编选：《"新批评"文集》，卞之琳等译，天津：百花文艺出版社2001年版，第354—355页。

社会学、历史学、经济学、哲学、神学和文化学问题，或者说它是后现代社会中最为基本和普遍的问题之一。后现代文学研究的视野只有扩展到这一度，才能找到最有意义和最值得研究的对象。"① 董馨也把这种文学性蔓延和统治视作一种"文学性对后现代状态的维护"②，等等。

这里我们需要发问的是：是否随着纯文学在后现代状态下的衰落，文学性蔓延才渐渐浮出水面？是否这种文学性蔓延的现象描述只是后现代条件下的专有物？我们的答案是：否。就当我们认可那种可以发生蔓延的文学性内涵来看，文学作品的属性从文学作品作为一种人类文化的存在形式而言，文化成果之间必然要发生积极的互动影响，让文学审美之美扩散到人类生活的一切维度，如日常讲话、文字作品等都会追求明白流畅、文质彬彬、恰到好处之类的表达效果，按理说，都是一种积极向文学靠拢的表现，都是一种文学性蔓延现象。中国有句古语说："言之无文，行而不远"③，正是指出了文学性蔓延、渗透之于文章、人生的重要益处。所以不论是中国先秦时期的大量文献古籍，如《论语》、《庄子》之类；或如西方文化世界中的《理想国》、《圣经》之属，虽不为专门性文学作品，却常常可以给人阵阵文学阅读之韵。因此我们不妨这么说，一切人性之物，总是可以找出文学性痕迹，因为它最终是为人而存在、而交流的。要说什么"维护"，文学性对人类生活方方面面的维护从未停止过，也不能停止，这是人类的一种文化天性使然。当人类不再视"美"为至高追求之时，也是人类万劫不复、自取灭亡之时。由此带来的另一个值得注意的现象就是：不光存在"文学性蔓延"，也存在"非文学性蔓延"，即非文学作品属性对于文学领域的蔓延或扩张。例如我们非常熟悉的史学著作《史记》，任何一部中国文学史无不充分肯定这一史学巨著的文学史地位和影响。例如：

---

① 余虹：《文学的终结与文学性蔓延》，《文艺研究》2002年6期，第24页。
② 董馨：《文学性：文化社会的意识形态特征》，《社会科学辑刊》2003年6期，第124页。
③ 孔子语，《春秋左传注·襄公二十五年》（修订本），杨伯峻编著，北京：中华书局1990年版，第1106页。

……《史记》无论是写人物、记场面都十分集中、完整；故事性强，结构谨严，匠心独具。而语言也平易简洁，生动传神。它不但对历史散文有影响，而对唐、宋以后的古文发展也有重大影响。唐、宋古文家在反对形式主义的繁缛和艰涩古奥的文风时，即曾标举《史记》为典范。著名的所谓"唐宋八大家"，以及明清的古文家，无不熟读《史记》，受到《史记》散文的熏陶。

　　小说和戏剧同样受《史记》影响。……①

　　无怪乎鲁迅赞之为"史家之绝唱，无韵之《离骚》"②！而这也正是文学与非文学之间互动影响以及文学性蔓延与非文学性蔓延并存现象的一个明证。我们并不否认后现代空间里，随着文化工业的兴盛，"消费"日渐成为社会、文化的代名词，日常生活中的文学性特征显现得也更为突出，但这不是文学性蔓延本身有无的问题，而是文学性在技术手段的辅佐之下的蔓延程度强弱、蔓延方式变化的问题，而在从传统、现代到后现代的发展过程中，所谓的文学性蔓延是一以贯之的。

　　这还可以反过来启发我们重新看待文学终结论的观点。人类以及社会发展是一个日新不息的过程，当文学走向终结、文学研究演绎为文学性研究之时，我们在开展文学性研究之前是否首先需要了解何谓文学？不了解文学，何来研究文学性？文学已经终结，文学性不是也将变成一个僵硬停滞的封闭概念了么？正如有学者指出的那样："不管俄国形式主义还是解构主义，虽然在关注'文学性'问题时都搁置了'什么是文学？'这一翻来覆去讨论已经令人厌倦的问题，但实际上他们终究不能绕过这一问题。因为'文学性'问题的提出看似另辟蹊径，但无论是试图将文学从非文学的钳制下剥离出来，还是刻意推动文学对非文学的扩张，都需要对文学与非文学之间的界限做出明确的界定，否则就根本无法确认'文学性'的适用范围和功能限度，讨论也就变

---

　　① 褚斌杰编著：《中国文学史纲要》（一），北京：北京大学出版社1986年版，第301—302页。

　　② 鲁迅：《汉文学史纲要》（外一种），上海：上海古籍出版社2005年版，第53页。

得毫无意义。"① 所以文学不会终结，文学研究也不会被什么文学性研究所替代。韦勒克在研究文学的本质时曾经指出："在不同的历史时期，美感作用的领域并不一样；它有时扩展了，有时则紧缩起来：个人信札和布道文曾经都被当作一种艺术形式，而今天出现了抗拒文体混乱的趋势……看来最好只把那些美感作用占主导地位的作品视为文学，同时也承认那些不以审美为目标的作品，如科学论文、哲学论文、政治性小册子、布道文等也可以具有诸如风格和章法等美学因素。但是，文学的本质最清楚地显现于文学所涉猎的范畴中。文学艺术的中心显然是在抒情诗、史诗和戏剧等传统的文学类型上。"② 他在承认文学与非文学之间难以清晰界别之际，考虑的就是文学作品的"美学要素"蔓延的问题，亦即所谓的"文学性蔓延"现象，不过他从文学研究自身职责出发，明确把文学研究的中心置放在文学作品构成的文类世界里。这是一个明智而清醒的认识。

最后，"文学性蔓延"概念的定位问题。概念是理论的支撑点，它们的使用必须严谨科学。故而，我们以为在文学性研究中，当务之急是对概念的界定。我们并非片面地敌视"文学性蔓延"这一概念，亦非片面地无视后现代条件下文学属性、特征的蔓延现象；而是说，既然运用了"文学性"这一概念，就要考虑到这一概念的产生背景，还其历史本来面目，这是最起码的学术态度。有些学者似乎也注意到了我们这里提出的问题：

> "文学性"曾经被俄国形式主义确立为文学研究的特殊对象，但在俄国形式主义那里，"文学性"只是一个形式美学概念，它只关涉具有某种特殊审美效果的语言结构和形式技巧，而与社会历史的生成变异以及精神文化的建构解构无关。这种贫乏且具有遮蔽性的文学性概念不仅短命，而且也限制和耽误了人们对文学性

---

① 姚文放：《"文学性"问题与文学本质再认识》，《中国社会科学》2006年5期，第165页。
② [美] 雷·韦勒克、奥·沃伦：《文学理论》，刘象愚等译，北京：三联书店1984年版，第13页。

的丰富内涵的发掘和领悟。①

这段文字的出发点不错。但问题在于,"文学性"概念自俄国形式主义首先提出,是不容争辩的历史事实;原意也并非仅仅从形式上找出使作品之所以成为文学作品的东西。但是碍于流派自身狭隘性,把这一概念的内涵片面地归之于形式美学。这可以从两点得到证实:一是此后的文论流派并非都是着眼于形式来探讨文学性内涵的。它们当然知道文学性绝非简单的形式美学范畴。二是正如前文已述,就是俄国形式主义流派成员本身,如雅各布森等人,在后期也已经意识到了把文学性内涵仅限于语言形式层是难以自圆其说的。这就说明,文学性这一概念在它诞生地,也非一个完全的形式美学范畴。因此,若学界再坚持采用这么一个连创始人对其内涵都感到踌躇不决的未定概念来讨论蔓延或扩张的问题,那么,从论题本身到内容无疑都是值得认真商榷的。

因此,这里可能存在一个概念重置的问题:要么仍然坚持文学性这一概念,适当微调当下使用的"文学性蔓延"一词。我们注意到,卡勒在关注文学性蔓延现象时,没有使用"理论的文学性"这一说法,而是称作"理论的文学性成分"②。"文学性成分"相对于"文学性"而言,就成了一个子概念,从而也就会显现出它在具体使用过程中"文学性"概念所不及的灵活性。另外如刘淮南提出的"文学"性和文学"性"的不同表达也值得重视。要么完全推倒重建,按照我们对于文学性内涵的新"张力论"的解释,不妨将"文学性蔓延"改称"文学层次的局部重现"。所谓文学性蔓延就是一种文学作品多维性的局部转移,是文学特征或属性局部性地在非文学作品中的重现。我们相信,如此一来,定会减少许多不必要的学术误会和理解歧义,避免学术前进道路上不必要的精力耗费,早日把焦点集中到问题或现象本身。这或许是文学性研究的当务之急、重中之重。

---

① 余虹:《文学的终结与文学性蔓延》,《文艺研究》2002 年 6 期,第 23 页。
② 此系卡勒一篇文章的题名,由余虹译为中文。原题在《问题》第一辑中出现了"the literary of theory"和"the literary in theory"两种不同说法,恐为技术之误,但是中译名"文学性成分"的对应词不变:"the literary"。

三、文类意识对文学性蔓延现象之一的一种诠释

以上，我们在文类意识的导引下，描述并讨论了文学性内涵、文学性蔓延方面的相关问题，提出了我们自己的一家之见。这里，我们还想就文学性蔓延问题略作延伸，探讨一下这样一个有趣现象：受文学性蔓延影响，非文学作品是如何被视作文学作品的？亦即一部作品通过什么方式被划归文学作品的呢？文学作品这一身份是怎样被披盖上一般作品的？简言之，非文学到文学之间到底是一个什么样的转化过程呢？毋庸置疑，对这一现象的诠释必将深化对文学性蔓延现象背后的工作机制的认识和理解。

这里，我们不妨首先回顾一下前人对此现象和问题的一些可贵探索以及他们提出的一些代表性看法和观点。

第一种观点是来自热奈特的文本"超越"理论。热奈特首先认为，文学性有两种对立的组构体制：一为构成式体制，一为条件式体制。由此形成两种文学性理论：文学性的构成式理论和条件式理论。在前者，"某些文本本质上、实质上永远属于文学文本，其它则不是文学文本"。而在后者，文本之所以称作文学文本，在于主观的、历史性的鉴赏和评价，是不确定的："我视任何引起我之审美满足的文本为文学文本。"这两种文学性理论又分别归属不同的诗学，即本质论诗学和条件论诗学。前者的对象是那些永远属于文学的文本；后者则是那些随着历史环境变迁而出入文学领域的文本。那么，条件论诗学的研究对象是怎样生成的呢？亦即那些文本是如何由文学之外进入文学之内的呢？这里，热奈特提出了他的"文本超越原始功能的能力"说。他这样指出：

> 假如一部文本的原始功能或原始的主导功能是训导或争辩等，与美学功能无关，那么这里的根本问题是文本超越原始功能的能力，或者借助个人或集体审美情趣把美学品质推向前台而湮没原始功能的能力问题。这样，史学的一页或回忆录的一页就可能超越其科学价值或资料价值；一封信札或一场报告也可能获得其原来目的之外和实践机会之外的欣赏者；一个谚语、一个格言或警

句有可能打动或吸引丝毫不承认它们的真理价值的读者群。①

由此可见，文本"超越"说其实就是文本原始的非文学功能与美学功能之间的历史地位问题，文本是否属于文学世界决定于在一定历史时空中，这两种功能孰占主导地位。当美学功能一越而为文本的主导性功能时，文本就会被赋予文学作品的身份。

与之神似的是一种符号学观点，代表人物是洛特曼和皮亚季戈尔斯基，他们提出一种"文本功能"说，与热奈特的文本"超越"说有异曲同工之处。实质上，热奈特的"超越"说也是基于其文本功能说，即原始功能与美学功能。符号学的"文本功能"说认为，"文化是诸文本的总和"，一切文本之上都会附有为陈述者固有的"文化的结构信码"。这样一来，在文本、文化、语言三者之间就会存在三种描述文化的水平层，即"在构成文化的文本的一般语言内容的水平上"、"在文本内容的水平上"、"在文本功能的水平上"；亦即亚文本的（一般语言学的）意义、文本意义、文本在该文化系统中的功能。② 除去第一层的一般语言学意义层，在文本意义和文本的文化功能这两层之间就会产生决定文本是否属于文学世界的变换可能，或一种文本的"超越"原始功能的情形。如果"文本功能"说与文本"超越"说两者之间可以进行某种系统对接的话，那么文本意义定位于文本实现的原始功能，而当我们探讨文本的文化功能之时，其中就存在着某种美学功能出场的可能。例如李密著名的《陈情表》，就文本意义而言，此"表"叙述的是李密为了照顾年迈病重的祖母而难以接受皇帝征召的矛盾情形；但是若就文本的文化意义而论，那么我们就不再拘囿于李密个人的这种矛盾或痛苦，而是中华传统文明之中的忠与孝两大美德之间因为碰撞而迸发出的巨大情感张力，此刻文本的美学功能就湮没了其原始的非文学功能。

这派观点的可贵之处在于紧紧抓住了非文学与文学之间转变的重

---

① 以上见［法］热拉尔·热奈特《虚构与行文》，史忠义译，《热奈特论文集》，天津：百花文艺出版社 2001 年版，第 81—82、87—88、99 页。
② ［俄］洛特曼、皮亚季戈尔斯基：《文本与功能》，沈治译，赵毅衡编选：《符号学文学论文集》，天津：百花文艺出版社 2004 年版，第 157、161 页。

要载体——作品。虽然作品不是决定这种转变发生的唯一因素,但绝对是至为关键的因素。作品自身不携带或不蕴藏基本的文学属性或特征,单靠外在因素来人为操作,最终只能是一种自欺。长处之二在于把握住了历史性视角,任何一部作品的存在都是一种历史性存在,也就必将处于变与不变的辩证运动之中。作品是一定的,但是作品的接受、传播则是起伏不定的。诚如接受美学代表人物姚斯(H. R. Jauss)所言:"一部文学作品并不是一个自身独立、向每一时代的每一读者均提供同样的观点的客体。它不是一尊纪念碑,形而上学地展示其超时代的本质。它更多地象一部管弦乐谱,在其演奏中不断获得读者新的反响,使本文从词的物质形态中解放出来,成为一种当代的存在。"① 正是这种历史性视界给予了非文学向文学转变的可能性。但是这派观点仍有待进一步深入完善之处,如:文本"超越"的具体操作细节以及最终去向问题;是否存在文本的原始功能与美学功能之间和谐共存,亦即一种隐性的美学功能与原始功能共同在场的去"超越"的可能,等等。

第二种观点可以称之为特征要素论,以雅各布森的"主导"(the Dominant)理论为代表。雅各布森认为,任何一件艺术品都有其核心成分,支配、决定和变更其他成分,从而保证艺术品结构的完整性。这种核心性质的成分就是主导成分。主导成分的功能之一就是在一定历史时空里决定作品是否被认作是文学作品。雅各布森这样解释说:"诗本身就是一个价值系统;正如任何价值系统的情况一样,它也具有自身的高级价值和低级价值,同时还具有一个最主要的价值,即主导成分,要是没有它,(在某个文学时期和某种艺术倾向的框架内)诗就不会被想象和估价为诗。"他还进一步以捷克诗歌举例说:在 14 世纪,诗歌的认定标志是押韵,19 世纪后期则变作音节安排,而到 20 世纪初的时候,是否被当作诗歌的特征要素又变成了语调。② 可见,正是这种主导成分、这种特征要素主宰着非文学向文学的转变。

---

① [联邦德国] H. R. 姚斯:《走向接受美学》,H. R. 姚斯、[美] R. C. 霍拉勃:《接受美学与接受理论》,周宁、金元浦译,沈阳:辽宁人民出版社 1987 年版,第 26 页。
② [俄] 罗曼·雅各布森:《主导》,任生名译,赵毅衡编选:《符号学文学论文集》,天津:百花文艺出版社 2004 年版,第 8—9 页。

特征要素论的优点在于：一是肯定了文学作品层次的多维性以及多维性层次对文学作品的不同反作用。尽管这里仅限于文学语言形式层面，但是对于层次多维性仍是一种理论上的支持。二是揭示出了文学世界的历史性和开放性特征。每一时代的文学作品集都会不同程度地打上这个时代的文化烙印。这种特征要素论同时带来的问题是：正像形式主义流派给定的文学性内涵一般，仅仅着眼于语言形式层面来解释转变之全部，显然是不够严谨全面的，更多时候会表现出一种特例性和个别性，普遍性和说服力有待加强。

第三种观点属于一种阅读理论，可以结构主义诗学为代表，它认为，非文学向文学的转变根由在于接受者阅读模式的选择，当我们选择文学作品的阅读模式进入一部作品时，哪怕该作品并非文学作品，也会在这种模式作用下转变作文学作品。关于此派观点的优长与不足，前已有专门论述，不再重复。

综上所述，非文学与文学之间的转化机制，本书以为，其关键在于一种"类型内转"现象，即非文学作品在接受传播过程中发生了经由非文类向文类属性的潜在性转变，从而实现了非文学作品向文学作品的身份变异。或言之，一件非文学作品是否能够顺利实现"类型内转"是其能否实现向文学转变的关键所在。之所以如此强调文本由非文学类型向文学类型内转的重要性，是因为，每一个文类自身都会显现出一种文学性的凝定，这种"凝定"在文本接受过程中具有明确的文学性的自我暗示功能。正所谓"一首诗自我定义为属于'有文学性的'诗歌文类，它的'诗性特征'（poem-ness）有助于决定它被如何阅读。同样，一部小说作为'有文学性的'小说文类的自我呈现，是它和一部没有这种自觉的作品相区别的组成特征"[①]。复以《陈情表》为例，"表"是古代奏章的一种，《释名·释书契》里说："下言于上曰表。"属于典型的应用性文章类型。一般情形而言，人们不会把"表"此类文章视为文学作品，但是我们在阅读过程中，在文章主题、语言表述、作者情感等诸多力量的共同作用下，作为"表"的文章功能、

[①] ［英］彼得·威德森：《现代西方文学观念简史》，钱竞、张欣译，北京：北京大学出版社2006年版，第96页。

物质属性等方面日益被忽略淡忘,"陈情"类的叙事散文、抒情散文的感觉和印象逐渐占据接受者脑际,至此,"类型内转"目的实现,而《陈情表》被置于文学作品世界亦水到渠成。

相对于以上诸种观点,"类型内转"说有以下几点优点或长处:

首先,和上述诸说一样,"类型内转"说也注意到了文学作品世界的历史性特征。这点体现在"类型内转"发生的时机上。之所以发生内转,并不是毫无条件和前提的,它是一定社会、历史和文化条件的集中反映。换言之,它需要有一个静候作品原始功能不再那么凸现也不需要那么凸现、作品意义逐渐上升到文化意义的时间长度。作品能够发生内转、社会能够接受内转、人们需要进行内转这三点聚集在一起时,作品的"类型内转"才会全面发生和顺利完成。

其次,"类型内转"说显现出较强的理论包涵力。非文学之所以能够转变为文学,原因在于所谓的文学性蔓延。我们把文学性内涵定义为基于文学层次的新"张力论",而作为非文学的"类型内转"自然需要一个内转的驱动力,这个驱动力正是来自于文学层次之间的张力。那么,"类型内转"说的巨大理论包涵力就体现在,它不繁琐地追问每一个作品细节,而是在文类意识作用下,以文学层次统摄那些可以提供内转驱动力的方方面面,以文类来凝集起诸层次可以发挥出的驱动力,从而最终推动非文学作品"类型内转"的发生。

最后,"类型内转"说具有较好的实践可操作性。这一点和第二点所说的理论包涵力有关。无论是文本"超越"说,还是文本功能说,在坚持文学世界的历史活动性之际,它们自身也都显现出一种理解和把握上的活动性,比如如何超越、何时超越为结束、文本意义到文化意义之间的尺度如何把握,等等,诸如此类的问题,都不及"类型内转"说以人们无比熟悉的文类范畴、以文类范畴本身多维性特点来囊括和统筹这些细节性问题来得简洁、方便、易行。于此不难昭示出"类型内转"说作为一个理论观点所蕴含的实践生命力。

第三节　文类意识与策略选择

"类型内转"说作为非文学向文学转变的关键工作机制的提出,自然又会带来这样一个问题:"内转"究竟向何处转呢?若再推而广之,我们在首章里就将"文类"定义为把握作品种类归属的一种审美策略,那么在面对具体文学作品时,策略是如何最终选定的呢?将一部文学作品归属于某种文类究竟受制于哪些因素呢?这就是我们下面要谈论的文类意识与作品策略选择的问题。

在文学作品的类型归属上,亦即作品归类的策略选择上,主要有以下三个方面的影响因素值得注意:

首先,从文类角度来说,文类世界的开放性决定了策略选择的历史性。这是制约作品归类中策略选择的客观因素和源头因素。文类世界不是一成不变的,不同时代总会诞生一些以往时代不曾提及或出现的新文类,最简单的如诗歌语言形式上的不同,可有二言、三言、四言、五言、七言等类型;大而言之,莫如唐诗、宋词、元曲、明清小说之属,不同文类随着各自在不同时代的成熟这样一个纵向的发展历程充实了文类世界的共时空间。存在决定意识,文类世界的这种开放性本色也就从根本上圈定了我们在面对一部作品时进行策略选择的大致范围,使我们对作品的归类打上深深的历史印记。最典型的莫若我国的近代和"五四"时期,在改良维新大潮中,西风东渐,一大批西方文学著作、文学术语等也随之而来,其中就包括文类名称的借鉴与输入。如梁启超等资产阶级维新派高度评价文学对西人社会革新发挥的巨大作用,也积极主张文学为其政治思想服务,营造社会革新的良好舆论环境,因而相继提出"诗界革命"、"文界革命"、"小说界革命"。梁启超于此情境之下第一次在我国提出了"政治小说"的概念。

他解释说:"政治小说之体,自泰西人始也。"① "政治小说者,著者欲借以吐露其所怀抱之政治思想也。"② 并且梁启超还亲自实践新型文类,创作了《新中国未来记》这样的政治小说。同时,他还受西方现实主义和浪漫主义的影响,第一次在我国提出了"理想派小说"和"写实派小说"的文类名称。③ 受此时代潮流波及,一批中国古典文学著作在文类属性上也一时增添上了不少特别的时代色彩。例如侠人评论《红楼梦》时就说:"吾国之小说,莫奇于《红楼梦》,可谓之政治小说,可谓之伦理小说,可谓之社会小说,可谓之哲学小说、道德小说。"④ 除了这里提及的政治小说、伦理小说、社会小说等新型文类名称之外,引入的还有诸如侦探小说、科学小说、冒险小说、悲剧以及报告文学、特写等,都丰富我们的策略选择,从而在文类属性确定上显示出不同于以往的时代色彩。

其次,从接受角度来说,接受个体的差异性决定了策略选择的丰富性。文学作品都是作者以个人之眼对自我和世界的一次探秘,同样,对作品的接受也都会体现出接受者的个体差异。在由年龄、阶层、阅历、性格、气质、性别、环境等众多因素导致的个体差异中,作品归类过程中策略的不同选择自然包括在内,而差异就会带来选择上的多样性。同样的一首"结庐在人境,而无车马喧",有人会着眼于字数,把它归之为五言诗;有人则会聚焦于内容,把它定位为田园诗。同样是一部小说《红楼梦》,有人会从我国小说传统体制入手,归之于章回体小说这一类型;有人则基于情节内容,见仁见智,分别给出诸如政治小说、爱情小说、社会小说、悲剧等不同的文类答案。又如吴沃尧认为:"吾人生于今日,当世界交通之会,所见所闻,自较前人为广",这就使得他在对中国古典小说文类归属的认识上有了更多选择的历史契机,如他提出:"《镜花缘》一书,可谓之理想小说,亦可谓之科学

---

① 梁启超:《译印政治小说序》,《饮冰室合集(1)·饮冰室文集之三》,北京:中华书局 1989 年版,第 34 页。
② 徐中玉主编:《中国近代文学大系·文学理论集二》,上海:上海书店 1995 年版,第 332 页。
③ 梁启超:《论小说与群治之关系》,《饮冰室合集(2)·饮冰室文集之十》,北京:中华书局 1989 年版,第 7 页。
④ 徐中玉主编:《中国近代文学大系·文学理论集二》,第 314 页。

小说。"① 金圣叹在评点《西厢记》时曾经说过：对于《西厢记》，"文者见之谓之文，淫者见之谓之淫耳"②。"文"、"淫"的不同归类也正素朴地反映了接受个体差异对于策略选择的影响。

　　最后，从作品角度来说，作品存在的对象性决定了策略选择的侧重性。文学作品存在的对象性体现在，它是阅读审美对象，也是文学批评、文学理论、文学史等文学研究的对象。这种种对象性也会对作品归类过程中的策略选择上施加一定影响，从中凸显某些策略的优先位置。例如，我国古体诗由四言到五言的演进过程中，经历了一个正变、主辅的更替，以四言创作为主导的局面逐渐被五言诗所取代，正如刘勰勾勒的那样：汉初"辞人遗翰，莫见五言"；"暨建安之初，五言腾踊。文帝、陈思，纵辔以骋节；王、徐、应、刘，望路而争驱"。③ 在这样一个文学史发展变迁的关键环节，对于此间出现的像无名氏《古诗十九首》、班固《咏史》、张衡《同声歌》、秦嘉《赠妇诗》等诗歌作品，我们首先要强调的策略选择不在于它们的情节、主旨等方面，而是字数这一端：五言创作形式此刻主导了它们在文学史视阈中的文类归属。再从文学作品作为文学批评对象来说，文学作品众多维面的选择确定取决于不同的文学批评目的，不同的批评目的也就会影响作品的文类归属。例如，《香囊记》、《彩毫记》、《玉合记》等古典戏曲作品，从语言风格上论，皆属藻缋之作的类型，而非本色之作；若从戏曲作为一门表演艺术而言，它们又都被划入案头曲一类，而非场上曲。④

　　通过上述三个方面的叙述，不难发现，文类意识在具体作品中的显现是一个非常复杂多变的现象，它们的策略选择受多重因素的制约和影响，而所有这些又无不再次印证了"文类是策略"说主张的科学性、有效性。

---

　　① （清）吴沃尧：《说小说》，郭绍虞主编：《中国历代文论选》（第四册），上海：上海古籍出版社1980年版，第220页。
　　② （清）金圣叹：《贯华堂第六才子书西厢记》卷二，《金圣叹全集》（三），曹方人等标点，南京：江苏古籍出版社1985年版，第10页。
　　③ （梁）刘勰著，陆侃如、牟世金译注：《文心雕龙译注（上）·明诗》，济南：齐鲁书社1981年版，第62、65页。
　　④ 关于此类现象的详尽说明，可参见拙文《中国古典曲论中的分类现象研究》，《扬州大学学报》（社科版）2005年5期，第45—49页。

结　语

　　前面已有的七章文字，我们从文类范畴的探析入手，首先明确了使用文类范畴的必要性，并通过提出"文类是审美策略"说总领全书。立足此理论基点，着眼于文类与文类之间、作为文学理论基本范畴的文类与其他文学理论范畴之间以及文类作为基础研究对象与文学研究之间等关系层面，我们循序渐进地逐一考察分析了文类等级、文类界限、文类替代、文学经典与文类、缺类现象、文类意识等专题。在此过程中，文类像一根红线，广泛牵涉了包括文学创作、文学批评、文学接受以及文学传统、文学性、互文性等在内的集传统与现代、后现代于一炉的文学理论话语，让我们深感文类研究作为文学理论基本问题所彰显出来的切入点小、辐射力广、渗透力强的突出特征。

　　本书选用"文类"一词作为关键词，而非传统的"体裁"、"文体"等范畴，主要是因为，长期以来，学术界在关于这方面的学术规范上亟待改善，概念使用严重混乱不一，从第一章的举例中即可窥见一斑。同时，我们也注意到，近年来"文类"一词越来越获得国内文学研究者的认同和采用，但是现状仍然不容过于乐观，例如在"文类"与我们在本书中界定的作为全称的"文学类型"之间的关系上，分歧目前还较显著。由此亦可见，新世纪里我国文学理论建设要想获得质的飞跃和长足进步，在基本范畴的核准和规范工作上还有较长一段路要走，任重而道远。

　　除了范畴本身之外，通过这里寥寥数章的阐述，我们还不难发现，文类问题决非当前文艺学和文学理论类教材、著作中那种鸡肋式的多少年来无甚明显变化的存在状态。文类问题的这一不利现状有必要在新世纪里得到彻底改观。因为文类问题不仅仅是以往那种二分法、三分法或四分法介绍，也不仅仅是关于各种文类特征的诠解，更关系到创作、批评、作品之间关系、文学论争等众多层面。而且，过去那种以文学功能、特征为纽结的文学理论编写方法，也从客观框架上扼杀和淡化了文学研究中的文类意识。因此，我们尽管在这里强调的只是文类这一细节方面的改变，实质上，要完成这样的细节工程，却关乎文学理论建设的全局，可谓牵一发而动全身。这里提供的研究文字，其初衷也正是希望通过它能够引起学界同仁对文类问题的重视，从而能够看到有越来越多的同道投入到像文类问题一般的基本问题研究之中，切实推进文学理论的新发展。

当然，我们也清醒地认识到：文类研究在这里呈现出来的部分，仅为一个起点，文类问题作为基本问题所具有的辐射力广、渗透力强的特点才初见端倪。在今后的文类研究上，我们务必要进一步增强运用文类工具解决和重释文学现象和实际问题的自觉性。这方面已有部分成果面世，如复古思潮与文类意识、作家创作上的文类选择与人生理想、文类与古今之争等，角度独特新颖，结论新人耳目；但成果明显偏少，今后仍有较大挖掘和开拓的空间，值得期待。例如文学史上的许多文学论争，其实都是基于一定的文类进行的，最终又都是服务于该文类的本质观。从这个意义上说，文学论争反倒失去了文学史中的主体地位而成为文类问题的外在表象。又如可以关注一下文类与作家分布的地理关系，在文学社会学之中有开辟文类地理学这一新方向的可能。诸如此类，不一而足。戴维·高曼曾在新世纪初总结文类研究现状时这样说道："在文类理论方面，尽管已经做出了一些非常重要的工作，但并不稳定：对任何一位重要的理论家或批评运动而言，文类理论并没有成为持续不变的优先选择对象。结果，当前的文学理论家发现他们自身对于文学研究最基础的部分还知之甚少。"[①] 可见，文类研究方兴未艾，前景广阔。我们有理由相信，只要我们树立信心，坚定目标，文类研究必将在不远的将来迈上一个新台阶。

[①] David Gorman," Modern Genre Theory," In *Poetics Today* 22：4（Winter 2001），p. 853.

附 录

文学分类常用范畴使用状况举隅

序号	作者	书名	出版社	使用情形
1	马仲殊	《文学概论》	现代书局,1930	"形式"(form)是"文学的要素"之一。"文学的形式",不外两种:散文、韵文的形式,所谓的文体(style)则又有:简洁体、蔓衍体、刚健体、优柔体等。
2	王森然	《文学新论》	上海光华书局,1930	"文学的要素"之一是"形式"(form);"为传达思想感情的手段、方法的形式",分为:散文、韵文。
3	李幼泉、洪北平	《文学概念》	民智书局,1930	广义的形式,与内容相对,表达内容的形式。狭义的形式,指语言;"文学的形式",即"风格"(style)。
4	薛凤昌	《文体论》	商务印书馆,1931	要晓得文体的重要,先要明瞭文章的效用;……倘使有些不合,就是不能适用;不能适用,就是不合体裁。(different literary forms)
5	林语堂	《新的文评序言》(《中国新文学大系·散文二集》)	上海良友,1935	"文评学将文章分为多少体类,再替各类定下某种体裁,都是自欺欺人的玩意。"
6	[苏] 维诺格拉多夫	《新文学教程》	新文艺,1953	"文学底种类"——叙事诗,抒情诗和戏曲等。二级术语:叙事诗的作品底形式——"形式"。
7	[苏] 季摩菲耶夫	《文学发展过程》(《文学原理》第三部)	平明,1954	西方三分法为"类";再分为"型"、"型";以下的区分似乎是太细琐而且是不必要的。"

（续表）

序号	作者	书名	出版社	使用情形
8	霍松林	《文艺学概论》	陕西人民，1957	"文学的种类"：诗歌、散文、戏剧、小说、人民口头创作；"诗歌是最初的文学样式"。小说的"文体的区分或分类：白话小说、文言小说、诗体小说等等；就体裁的区别分类，有日记体小说、传记体小说、书信体小说、回忆录小说、笔记小说、童话小说、章回小说等等"。
9	李树谦、李景隆	《文学概论》	吉林人民，1957	"文学的体裁"一章中：中西传统的三分或四分法皆称作"文学的种类"。"在体裁基础上的再分类，称为文学的种类。""在体裁基础上的再分类，最具体的，最细致的分类叫做文学的样式。"
10	刘衍文	《文学概论》	新文艺，1957	"文学的种类的划分，研究的就是文学的式样（体裁），……"
11	蒋孔阳	《文学的基本知识》	中国青年，1957	西方三分法或韵文散文二分法，称为"种类"；其下区分为如我国传统四分法之类的不同"样式"；再下就是小说中的长中短篇小说之类的"体裁"。
12	[苏]谢皮洛娃	《文艺学概论》	人民文学，1958	"体裁"这个术语没有统一的解释。有时，它指文学作品的类。有时用它来表示型的各种差异（如抒情的体裁、喜剧）。有时指再现生活的某种方法，又指与具体的创作有关的文学创作的形式（如长篇小说、历史的、心理的、哲理的等）。而文学的类的概念既使得这一术语用来说明作品的类的特征，而把最通用的术语文学创作形式这一术语用来表示型的问题复杂化了。为了区分它们，我们将把文学体裁用来说明作品的类的特征，而把最通用的术语文学创作形式这一术语用来表示型。
13	[苏]维·波·柯尔尊等	《文艺学概论》	高等教育，1959	显然，在这方面最为合理的是规定出三个基本术语——文学种类（叙事的、抒情的、戏剧的）、形式（在这里有着这样的意义，例如，长诗是叙事类的一种形式）及体裁（某一种形式的具体样式，例如浪漫主义的长诗、英雄长诗或者讽刺长诗）。

附　录　文学分类常用范畴使用状况举隅　309

（续表）

序号	作者	书名	出版社	使用情形
14	巴人	《文学论稿》（下）	上海文艺，1959	文学的形态是文学的内部特征（作品的性质）与外部特征（作品的体裁）的结合。文学作品的性质说，有抒情性的、叙事性的和戏剧性的分别。就文学的体裁说，则有小说，戏曲，诗歌，杂文及其他等等的分别。而文学作品中那种抒情的、叙事的和戏剧的性质并非和诗歌、戏曲等等体裁完全同一的……
15	以群	《文学的基本原理》（修订本）（上下）	上海文艺，1964	"文学体裁是指文学作品的具体样式，它是文学形式的因素之一。"中西方传统的三或四分法皆称为文学体裁。
16	[日]盐谷温	《中国文学概论》	台北开明，1976	"文体"一章："把古今文体大概分别起来，不过其中还有几种的小区分。以此等的体裁说都是胚胎于《五经》的"。
17	颜元叔	《文学经验》	台北志文，1977	"文学有不同的类别或型式，每种不同的类别的文学，有本身的一些条件；这些条件使得某一类别的文学成为某一类别的型式，而且跟其他类别的文学有别，都使用"文学类型"指称。"从第一层次区分到第三层次区分，类型的观念。
18	尹思敏	《现代文学体裁知识》	北京，1980	"了解和掌握上述几种主要文体的基本知识"。"诗歌，是一种历史悠久的文学样式。"
19	艾青	《诗论》	人民文学，1980	"在文学上，所谓形式，里面包含着体裁、格式、结构、手法、风格、韵律等等。而所谓这一切，都是通过语言文字表现出来的。"
20	湖南师院中文系文艺理论教研室	《文学理论基础》	湖南人民，1980	"文学作品的体裁"指称传统四分法。

（续表）

序号	作者	书名	出版社	使用情形
21	十四院校《文学理论基础》编写组	《文学理论基础》	上海文艺，1981	"文学体裁是文学形式的具体表现形式之一，是一定文学作品的具体表现形式。"小说，"就题材的时代分类，有历史小说、现代小说、文言小说，诗体小说；就文体的区别分类，有白话小说、文言小说、诗体小说；就体裁的区别分类，有书信体小说、章回体小说等等。"
22	郑国铨、周文柏、陈传才	《文学理论》	中国人民大学，1981	"文学体裁是文学形式的因素之一。文学作品由于在形象塑造、结构安排、语言运用等方面呈现出不同的外表形态，便形成了不同的类别，即诗歌、散文、小说、戏剧文学、电影文学等，这就是体裁。"
23	吉林大学中文系文艺理论教研室	《文学概论》	吉林人民，1981	"体裁是文学作品表达思想内容的具体样式，是作品的外在形态。"
24	[苏]奥夫相尼柯夫·拉祖姆尼依	《简明美学辞典》	知识，1981	[体裁]（法文 genre——种类，样式）：指艺术作品的结构组织在历史上稳定的形式……"体裁"这个术语有两种意义：（1）是诗体（见诗体、话剧、抒情诗、史诗各条），而体裁的基本变种，就是体裁的形式或样式。从这种含意上说，"体裁"这个术语有两种意义：（1）是诗体（见诗体、话剧、抒情诗、史诗各条），而体裁的基本变种，就是体裁的大、中、小形式）；（2）从比较狭隘的含意上说，指体裁式的各种不同的方案。例如，说长篇小说是艺术文学的史诗体裁式的样式之一，那末，它又可分为各种不同的小说体裁：历史小说、传记小说、心理小说、风物小说、惊险小说、哲学小说、科学幻想小说、生产小说，等等。
25	吴立昌、蒋国忠、黄霖等.	《文艺小百科》	学林，1982	散文是与诗歌、小说、戏剧构成的四类"文学体裁"之一；包括了除上三者之外的所有"文体"。指称小说为一种"文学样式"。

附　录　文学分类常用范畴使用状况举隅　311

（续表）

序号	作者	书名	出版社	使用情形
26	王元化	《文学沉思录》	上海文艺，1983	风格包括：一是作家创作个性，即风格的主观因素；二是文学体裁／文体的本身要求，即风格的客观因素。
27	刘叔成	《文学概论四十讲》	中央广播电视大学，1983	第三十讲《文学体裁的形成与分类》："一个时代的作家，如果不能以前人创造的文学体裁、文学样式为材料……就不可能创造出新的文学体裁和样式。"
28	张健	《文学概论》	台北五南，1983	"文学的类型"一讲："文学的类型或简称‘文类’（genre），其实就相当于我国传统的‘文体’，或称‘体裁’。"
29	中国人民大学中国语言文学系文艺理论教研室	《文学理论教学大纲》（周文柏执笔）	中国人民大学，1984	"文学作品"编中有"文学体裁及其分类"，指称四分法等。
30	唐正序	《文艺基础》	陕西人民，1984	"文学体裁是构成文学形式的要素之一。"总称三分和四分法。
31	福建师大中文系文艺理论教研室	《文学概论》	福建人民，1984	作品"从性质上划分。根据塑造形象、反映生活的不同方式，可以把文学作品分成三个种类，即抒情类、叙事类、戏剧类。这是三分法"。"从形态上划分。根据作品结构外观、语言特点以及篇幅容量等因素所形成的外表形态，可以把文学作品分成小说、诗歌、散文、戏剧四种体裁。这是四分法。"
32	冉欲达、李承烈等	《文艺概论》（修订本）	辽宁人民，1984	"从亚里斯多德时代起，就确定抒情诗的、叙事的、戏剧的为文学的三种基本类型"。我国四分法称为"文学种类"，再分即为"文学体裁"。

（续表）

序号	作 者	书 名	出版社	使用情形
33	罗根泽	《中国文学批评史》	上海古籍，1984	"中国所谓文体，有两种不同的意义：一是体派之体，指文学的格（风格）而言，如元和体，西昆体，李长吉体，李义山体，李义……皆是也。一是体类之体，指文学的类别而言，如诗体、赋体、论体、序体……皆是也。"
34	蔡 仪	《文学概论》	人民文学，1984	"文学作品的种类要从性质上来区分，而文学作品的体裁却要从形态上来区分。"（前者如叙事的、抒情诗的、戏剧的）（后者如诗歌、散文、戏剧、小说等）"体裁是文学作品的属于形式方面的一个因素。"
35	卢康华、孙景尧	《比较文学导论》	黑龙江人民，1984	文类学（Genologie），旧译体类学，港台现译为文志学或文学类型学。文类学专门研究某种文学体如何从一国流传到他国及流传过程中的种种变异。文体学——是无影响关系的文类研究，为了与前者区别开来，我们称它为文体学（是否恰当，可以讨论），也有人称之为形态学。
36	夏之放	《文学理论百题》	山东文艺，1985	"文学体裁是文学作品形式方面的一个要素。更具体一些说，是关于语言、结构以及篇幅等外表方面的形态，是作品的具体样式。
37	[苏]格·尼·波斯彼洛夫	《文学原理》	三联书店，1985	在我们译术界，"体裁"这个术语至少用于两种不同的含义。现在人们常把传统上一向称为文学的"类"（叙事类、抒情类、戏剧类）叫做体裁，这是对的，体裁这个术语的法文"genre"（源于拉丁文 genus）就是"类"的意思。但是这却破坏了久已形成的传统。"体裁"这个词传统上并不用来指文学的种类，而是用于表示各类文学中都存在的更具体的构成因素，例如：长篇史诗、短篇故事、传写；或颂诗、哀歌、题诗；或悲剧、喜剧、轻松喜剧等。我们在这里谈是从这种传统的意义上来谈文学体裁的。

附　录　文学分类常用范畴使用状况举隅　313

（续表）

序号	作者	书名	出版社	使用情形
38	吴调公	《文学分类的基本知识》	长江文艺，1985	叙事／抒情／戏剧类型；各种类型中包括各种体裁：如抒情类型中有抒情诗、抒情散文等。四分法称之为"文学种类"；又说："四分法中，小说、戏剧两种文体恰恰相当于三分法中的叙事类型和戏剧类型。"
39	[日]浜田正秀	《文艺学概论》	中国戏剧，1985	"体裁"（genre）一词是法语，拉丁语和英语体系中的"属"的含义，在德语中叫做Gattung。这一词语虽然被用作表示生物分类体系时的名词，但因该词具有"种类"的含义，所以成了文学分类时的专用名词。文学体裁，一般分为抒情诗、叙事诗（包括小说）、戏剧、散文。"这儿想专门谈谈抒情诗、叙事诗反戏剧这三种文体。"
40	黄世瑜	《文学理论新编》	华东师大，1986	不同体裁区别时："不同文学体裁的语言特点"；"各种不同的文体，在语言上还有特殊的要求。"
41	林焕平	《文学概论新编》	广东教育，1986	"文学的体裁就是文学作品的具体样式，它是文学作品形式方面的要素之一。"
42	闵开德、黄书雄、陈德礼等	《文学概论》	光明日报，1986	"文学体裁是文学作品的形式因素。关于文学的种类和体裁有各种各样的分法，其中影响最大的是三分法和四分法两种。"
43	中国青年报文化生活部	《文学百题》	上海文艺，1986	把结构、语言、体裁等看作是"形式因素"。对于四分法："按文学作品外在表现形态来分类，也就是按体裁来分类的，而体裁是属于文学作品形式的因素。"对于三分法："这种分类就不只是形式的问题。"

(续表)

序号	作者	书名	出版社	使用情形
44	许南明	《电影艺术词典》	中国电影，1986	"电影文学"是"继抒情文学、叙事文学、戏剧文学等传统文学类型之后出现的又一种文学类型"。
45	马新国	《文学概论助学》	北京语言学院，1986	"文学作品的形式包括体裁、结构、语言等因素。""文学作品的体裁，是文学作品形式构成的重要因素。体裁就是作品存在的具体样式。"
46	[苏]莫·卡冈	《艺术形态学》	三联书店，1986	如果"种类"表明一种艺术样式在另一种艺术样式的影响下结构发生的变化，那么"体裁"表明一种艺术样式由于内在的原因所引起的结构变化。
47	[美]M.H.阿伯拉姆	《简明外国文学词典》	湖南人民，1987	"文类 Genre)"：这是一个法语词。在文学批评中指文学的类型，种类或表现在常说的"文学形式"。文学作品的类型划分向来为数众多，划分的标准也各自悬殊。……"
48	王钦韶、王振铎等	《新编文学概论》	河南大学，1987	"所谓文学作品形式的构成要素，主要就是指'结构'、'语言'、'体裁'这三个方面。""文学作品的体裁，是文学作品内容的具体表现形式，它是文学作品特定内容与特定形式的统一所构成的一种体例。"
49	[乌]乌尔里希·韦斯坦因	《比较文学与文学理论》	辽宁人民，1987	文类学是"对文学类型所作的理论和历史的研究"。"文类学（体裁学）"句："为了避免术语上的混淆，'种类'（kind）只在说明主要的类别（戏剧、史诗、抒情诗）时使用，而'体裁'（genre）'形式'（form）或'类型'（type）则用于文学的其他类型。"
50	张孝评	《文学概论新编》	西北大学，1987	"所谓体裁，简单地说，就是不同的情感和形象在不同语言形式中的显现，即文学作品的外部形态。""不应仅仅从一形式方面入手，而必须同时从内容与形式两方面，首先和主要地从内容方面入手。"

附 录 文学分类常用范畴使用状况举隅 315

（续表）

序号	作者	书名	出版社	使用情形
51	张怀瑾	《文学导论》	天津教育，1987	文学种类"是根据文学作品反映的对象、方式、手段这三者的不同进行区分"。（西方三分法）文学体裁"是根据文学作品的外部形态的不同进行区分"。（我国四分法）
52	王振铎、鲁枢元	《新编文学概论》	河南大学，1987	"文学作品的体裁，是文学作品内容的具体表现形式，是形式的统一所构成的一种体例。""诗歌，是最早出现的文学形态之一。""散文是一种有别于诗歌、小说、戏剧的一种文学样式。"
53	周红兴	《简明文学辞典》	作家，1987	"文学体裁指文学作品的具体样式，所以也称文学'样式'。"
54	王向峰	《文艺学新编》	辽宁大学，1987	文学是艺术种类之一，包括四分法等主要体裁，其中戏剧文学的类型或种类有悲剧等。
55	鲍昌	《文学艺术新术语词典》	百花文艺，1987	文学类型研究——当代苏联文艺研究对象有：文学流派类型、体裁类型、风格类型、文学历史发展类型、民族文学发展类型、世界文学发展类型等。文类学——文艺学的分支之一，在比较文学研究中形成，故也是比较文学研究的一个概念和研究方法。"文类学"（Genrologie）又称"体类学"、"文志学"或"文学类型学"。在比较文学中，它是专门研究一种文体向他国的流传情况以及流传过程中的历史中的各种变异。关于"文类"的解释，存在着许多分歧看法。法国著名比较文学家梵·第根比较文论文类家梵，第根在谈论文体时，大多数学者把它理解为文学的体裁，指的都是古代悲剧、浪漫戏剧、十四行诗、田园小说等文学体裁。因此，文类学从本质上说是文学体裁学，把它泛称为"文学类型"或"文学类型学"是不准确的。

(续表)

序号	作者	书名	出版社	使用情形
56	吴调公	《文学学》	百花文艺，1987	小说、戏曲："新兴的文体"；"我国古代文艺理论家早就认识了文学的语言形式类型——即不同体裁——同作品审美特性的关系。" 分类序列：类（再现性/表现性）——型（文学形态的具体划分，诗歌、小说等）——亚型（小说文分中长短篇）——…… 文学体裁的划分：偏向再现性/表现性文学； "文学类型的划分大部分只能是相对的。""各种类型和样式的文学作品在发展过程中又是相互影响的，有的体裁往往吸收了其他体裁的某些因素。例如诗剧就兼有诗歌和剧本的特点。""我们要看到文学种类划分这种相对性的特点。"
57	张乃彬、谢常青、陈德义	《中国古代文论概论》	重庆，1988	"文体"一章：主要讲文学体裁的划分。
58	梁仲华、童庆炳	《文学理论基本读本》	北京广播学院，1988	"从文学作品的构成来说，体裁是表现作品的主体的文学样式，从文学作品的分类来说，体裁具文学作品的特定内容与特定形式的统一所构成的一种类型。"
59	朱子南	《中国文体学辞典》	湖南教育，1988	文章体裁——简称文体。
60	林骧华	《西方文学批评术语辞典》	上海社会科学院，1989	类型（Type）——译"典型"。在文艺批评中，有两种不同的用法。一是指具有一定特点的文学体裁，或称种类。二是用来指一类或一种人的代表人物，或称典型人物。 类型论（Genre-Theory）——"类型"这一术语在文学批评中含指文学作品的"类"或"种"，或按通常的说法这叫做"文学作品形式"。……教普遍地当作固定的文学类型来研究……

附　录　文学分类常用范畴使用状况举隅　317

（续表）

序号	作者	书名	出版社	使用情形
61	钱中文	《文学原理：发展论》	社会科学文献，1989	"在欧洲，最早的文学形态，不仅有抒情诗，还有史诗和戏剧；……在西方历来被认为是文学的三大类型"，"在我们看来，除了从文学的性质进行分类研究外，还应从文学的体裁、风格、流派、思潮、创作原则和假定性与创作原则的选择等方面进行分类的研究"。"所谓文体的风格，指的是文学作品体制的特征与格调。各种文学作品的体裁，自有它们的各自风格特征"。
62	[日]本间久雄	《文学概论》	台北开明，1989	"文体"（style）是文学"形式"。"所谓文体便是文的体制，而文的体制，是以措辞为基础的，所以文体论同时便是措辞论了"。
63	赵建中	《文章体裁学》	南京大学，1990	"文体这一概念，有各种各样的理解。在文章家看来，它指的是文章体裁，即文章的体制、样式。"（序言：裴显生）
64	白云涛	《酒神的欢歌与日神的沉咏：中西文学传统比较》	辽宁人民，1990	"所谓'类型'，就是文学作品的体裁、体制或样式。"
65	吕智敏	《文艺新概念辞典》	文化艺术，1990	"文类学"——亦称体类学，文学类型学，比较文学影响研究的一个方面。它研究一种文学体裁如何流传到他国以及在流传过程中发生的变异。"文体学"——亦称形态学，比较文学平行研究的一个方面。它研究不同文学体系中的差异和不同发展过程，亦包括对一国文学中为什么没有某一文学体裁的研究。它不同于类型学，不包括对一种文学体裁如何流传到他国和在流传中发生的变异的研究。

（续表）

序号	作者	书名	出版社	使用情形
66	易健	《文艺学原理》	陕西人民教育，1990	"文学作品的体裁，简称文学体裁，它是文学作品的各种样式。通常是根据文学作品在内容和形式方面的不同特点进行分类的。""文学作品的特定内容与特定形式所构成的统一种具体样式。"
67	樊篱	《文学理论教程》	湖南师范大学，1990	文学体裁"是一定作品群由于内容和形式上的特征所构成的统一样式"。指称三分、四分法。
68	褚斌杰	《中国古代文体概论》（增订本）	北京大学，1990	"文体，指文学的体裁、体制或样式。""文体虽然属于文学形式方面的一个因素，但它反过来也影响着文学思想内容的表达，对于作品的思想内容、题材、风格有制约性。""现代西方所谓文类学（genre）的兴起，文类学所研究的是如何按照文学本身的特点来对文学分类，以及各种文学的特点和在发展中的互相影响。"
69	胡敬署、陈有进、王富仁、程郁缀	《文学百科大辞典》	华龄，1991	文学体裁——又称文学样式，指各种文学作品形式上的类别。它是作品思想内容的外部表现形态，属于作品的形式范畴。
70	孙耀煜、郁沅、陆学明	《文学理论教程》	人民文学，1991	"文学体裁是各种文学表现形式的总称，是文学作品分类的抽象形式，通常归入文学形式范畴，视为外部表现形式，离内容的层次较远。""但文学体裁并非是纯形式的因素，它联结着作品内容和形式的各个方面。""古代文学体裁称作文体，风格则称为体性。"
71	[日]度边护	《艺术学》（改订版）	日本东京大学出版会，1991	所谓艺术的种类，指的是诸如造型艺术、文艺、音乐、舞蹈等，是由于实现的表现手段和表现形式等的不同而各异种类，即所谓的"体裁"。因而它指的不是罗马式、文艺复兴式、古典的、浪漫的等等艺术风格的不同，以及像阿波罗型与狄奥尼斯型、素朴型与感伤型那样的由艺术一般的精神原理所形成的类型的不同。

附　录　文学分类常用范畴使用状况举隅　319

（续表）

序号	作　者	书　名	出版社	使用情形
72	钱仓水	《文体分类学》	江苏教育，1992	"本文所说的文体指的是文章的体裁，即现代以来称谓的类型、类别、种类、品种、样式、和新近称呼的形态（这是一个输入不久的称谓，例如诗歌形态、长篇小说形态、童话形态等）。""它和西语'文体'（style）并不是一回事。""在许多情况下，它是不需要这样层层说明的，可以用体裁、类型、文体、体式等泛指它们。"
73	童庆炳	《文学理论教程》	高等教育，1992	建立了一个分类命名系统表：文学—类—型—体—式——项——目。"文学产品的外在型态"包括"文学产品的类型"：现实型文学/理想型文学/直接抒情、象征型文学/暗示，文学产品的样式：诗、小说、散文与报告文学等。文学产品的样式，"或称体裁"，"是由文学产品话语系统的不同结构形式所决定"。
74	徐　岱	《小说形态学》	杭州大学，1992	称"小说"为"文学样式"。"体裁"，法文为 genre，来源于拉丁文 genus，意是"类"。
75	曹明海	《文体鉴赏艺术论》	山东文艺，1992	"文体，指的是文学本文的营构体制及其体裁或样式。它作为某种内容特征长久积淀的生成物，是具有稳恒个性而一定的品格与形态特征的。"
76	裴　斐	《文学概论》	高雄复文，1992	"古希腊罗马文学的主要体裁是史诗（神话史诗和英雄史诗）和戏剧（悲剧和喜剧）"。目录中：创作方法与艺术类别，文学体裁，作家个性的关系。
77	王纪人、徐缉熙、杨文虎、凌珑等	《文艺学教程》	上海文艺，1993	"在诸种文学体裁中，诗歌是最早出现的文学样式。""叙事诗等是'诗歌体裁之一'。"

（续表）

序号	作者	书名	出版社	使用情形
78	乐黛云、叶朗、倪培耕	《世界诗学大辞典》	春风文艺，1993	文学形式（Sahityarupa）——印度诗学术语。从本质或哲学意义上讲，形式是相对内容而言，是文学内容的载体，是给文学材料以样式、形式指向体裁、类别，从而提供文学的意义；……从实践意义来说，形式指向体裁、类别、类型等意义。 类型（Type）——在文学批评中，类型有两种不同的用法。一种用法是指一个文学品种——文类，具有可以限定辨识的特征。另一种用法是指代表某个阶级或某种性质的人的人物。 文类（Genre）——亦译"体裁"、"样式"。 文学体裁（俄文）——形式派认为，当文学作品中的结构程序都聚合于某些可感程序的周围时，就形成了一些特殊的类别，这就是文学体裁。
79	张毅	《文学文体概说》	中国人民大学，1993	中国古代"文体"之"体"二义：指文章类别。此时与现代汉语的"体裁"相合，即体式；作家个性风格，流派或时代风格特征。
80	简政珍	《当代台湾文学评论大系（1）：文学理论卷》	台北正中，1993	称"词"为一种"文学型类"（genre），"文类"。
81	童庆炳	《文体与文体的创造》	云南人民，1994	"本文研究的文体不单是指那种被狭隘化了的文类，也不单是指文学的风格，我们试图从更丰富的意义上来探讨它。"从文体的呈现层面看，文本的话语秩序、规范和特征，要通过三个相互联系又相互区别的三个范畴体现出来，这就是（一）体裁，（二）语体，（三）风格。" "体裁就是文学的类型"。

（续表）

序号	作者	书名	出版社	使用情形
82	陶东风	《文体演变及其文化意味》	云南人民，1994	"文类文体则是对某一文学类型（如诗歌）区别于其他文学类型（如小说）的文体特征的概括。""西方 style 既可以译为'文体'，也可以译为'风格'，在我国后者更为流行，本书把这两者当成同义词使用。"
83	彭吉象	《艺术学概论》	北京大学，1994	"文学类型是文学理论（诗学）、文学批评和文学史诸学科的一个基本术语。但这一术语与其他许多基本术语一样，众说纷纭，充满歧义。在英语国家中，常用 kind（类别）、sort（种类）、class（种类，等级，等）、style（风格）、type（类型）、form（形式）等来解释语法结语词 genre（文类）。"
84	唐正序、冯宪光	《文艺学基础理论》（修订本）	四川大学，1994	"所谓语言艺术，就是指人们常说的文学，包括诗歌、散文、小说、剧本等各种体裁。"
85	何镇邦	《文体的自觉与抉择》	人民文学，1995	"文学作品的类型，就是指根据文学反映现实、表现思想感情的方式，在几种基本样式之下，再根据作品的语言、结构及表现手法等外部形态的不同特点，划分为若干体裁。"
86	刘仲亨、陆象淦	《社会科学新术语词典》	社会科学文献，1995	"在我国古代文论中，使用'文体'这个词时，大都指的是'体裁'和'风格'。"Genre——（文）体裁；stylistics——（语）修辞学；（文）风格学。

（续表）

序号	作者	书名	出版社	使用情形
87	罗中起、李万武	《文学理论新编》	内蒙古科学技术，1995	"文学作品的文体形态亦即文学作品体裁，是文学作品在形式结构方面具有范式意义的那些体式类型。""何谓文学的文化形态？文学的文化形态也就是对文学的文化归类。一直被人们以创作方法、创作原则相称呼的象征主义、古典主义、浪漫主义、现实主义、现代主义等，就是对文学作品进行文化归类分析所产生的文学的文化形态概念。"
88	王守元、张德禄	《文体学词典》	山东教育，1996	"体裁"意为"种类"或"类别"，在文学批评中被门广泛运用，且近来在话语分析和语篇语言学中也十分流行。
89	毕桂发	《文学原理教程》	中国书籍，1996	"体裁是指文学作品内容存在的具体表现样式。它是文学作品的形式因素之一，是文学作品特定内容与特定形式有机统一所构成的一种体式，是由塑造形象的方式、语言运用及组织安排诸因素有机统一而呈现的表现文学作品内容的外部形态。"诗歌、小说、散文，下分"不同的类型"。下分"诸多文体"。
90	张同道	《艺术理论教程》	北京师范大学，1997	"文学是人类最早的艺术类型之一，也是人类重要的艺术样式之一。根据作品的语言表达方式，文学可分为诗歌、散文、小说、戏剧四种。"
91	詹福瑞	《中古文学理论范畴》	河北大学，1997	"所谓'文体'，非指文学作品的体裁，而是指风格。"
92	陈惇、孙景尧、谢天振	《比较文学》	高等教育，1997	文类学对象范围：文学的分类，文学体裁，文类理论批评，文类使用批评，文学风格研究。

附　录　文学分类常用范畴使用状况举隅　323

（续表）

序号	作 者	书 名	出版社	使用情形
93	周发祥	《西方文论与中国文学》	江苏教育，1997	西方普遍使用的"genre"（文类）一词系法文，源自拉丁文"genus"。它本来是指事物的品种或种类，而在文艺学中，除了偶尔使用原义项外，多半指文学作品的种类或类型，也就是说，它可视为"文学类型"（literary genre）的简称。但它具体指代时任不分主次，不辨等级，或者包含较大的主要类型，如戏剧、史诗、小说，或者指涵盖较窄的细小类型，如十四行诗、民谣。现代所谓的"文类"，在古代一般称作"文体"、"体裁"或"文体"。
94	黄忠慎	《概论文学》	台北骆驼，1997	"散文就是散行之文，它是用来与'韵文'对称的一种文体。""从前郁达夫曾将散文视为独立于诗歌、戏剧、小说三大文类之外的一种文类。"
95	南　帆	《文学的维度》	上海三联书店，1998	"叙事话语类型"、"抒情话语类型"等；散文与骈文："文体"；全书四章之一为"文类"。"根据统计，《文心雕龙》所涉及的文类已经达到 178 种。"
96	乐黛云	《中西比较文学教程》	高等教育，1998	在中文里，"文类"这个词很容易被误解为"文学类型"的缩写，从而使人们对文类学的理解趋于狭隘。其实，文类学除了研究文学类型之外，还要研究文学体裁和文学风格，研究各国和各民族文学中的文学类型、体裁、风格的异同及其相互关系。文学类型（三、四分法）；文学体裁（大类下的小类）。
97	李心峰	《艺术类型学》	文化艺术，1998	"文学类型学研究实际上也主要由文学种类或曰文学体裁与文学风格类型两个基本部门构成。""广义上的'文体'等于此书中所讲的文学类型学范围"；狭义上的'文体'等于西方的 style，指文学风格。

（续表）

序号	作者	书名	出版社	使用情形
98	曾庆元	《文艺学原理》	武汉大学，1998	文艺作品的"类型"有：对象说、主体说、综合说、载体说；分造型艺术、语言艺术、综合艺术。文艺作品的主要"样式"：三分法、四分法。诗歌是"最早的文学体裁之一"。
99		《中国大百科全书》（简明版）（9）	中国大百科全书，1998	体裁——文学各种不同的体裁和种类。中国古代有所谓文、即分为韵文和散文两类。中国现代美学把文学通常分为诗歌、散文、笔之分，小说、戏剧文学四种体裁。在西方美学中，也有人把文学分为诗歌与散文两个基本类型，还有人从内在性质上把文学分为叙事的、抒情的、戏剧的三大类。
100		《辞海》（彩图本）（1）（3）	上海辞书，1999	体裁：（1）指文章的风格。西方文论中，相应概念有"文体"，指散文或韵文中话和表达方式，属修辞学范畴。（2）又称"样式"。指文学的类别，如诗、散文、小说、戏剧文学等。每一类别又可按作品规模、性质、内容来划分，如长篇、中篇、短篇小说；杂文、小品文；叙事诗、抒情诗、史诗等。"文体"：（1）文章的风格；（2）文章的体裁。也有用以指语体的。
101	冯光廉	《中国近百年文学体式流变史》	人民文学，1999	"对文体风貌影响最大的是体裁、语体和风格。""体裁是指不同文学类型的体式规范。""体裁作为一种形式，是在内容中展开的形式。文体需要依托于体裁；而体裁作为文体的一个范畴，主要靠不同的语体来体现。"

附　录　文学分类常用范畴使用状况举隅　　325

（续表）

序号	作者	书名	出版社	使用情形
102	刘安海、孙文宪	《文学理论》	华中师范大学，1999	"文学作品的种类和体裁属于文学文本形式的构成因素，是文学文本存在的基本形态。"种类：叙事类作品，抒情类，戏剧类；体裁：诗歌体裁，小说体裁等。"体裁又称样式，其本义用作表示生物分类体系中'属'的涵义，所以也用作表示文学分类的术语。中国古代文论所称的'文之体'或'体'，就狭义来说即是文学体裁。文学种类与文学体裁并列关系。种类是根据研究对象的性质或特点划分的关于研究对象的门类。""文学类型"指现实主义文学，浪漫主义，现代主义文学。
103	陈传才、周文柏	《文学理论新编》（修订本）	中国人民大学，1999	"科学的分类应执'三分法'的原则，而在叙事类、抒情类、戏剧类的文体、体裁的具体划分上，则可参照'四分法'的标尺。"
104	姜亮夫	《文学概论讲述》	云南人民，2000	"文体分类""指文底形式上的区分种类言"。
105	顾祖钊	《文学原理新释》	人民文学，2000	"文学的类型"：从文学表现方式呈现的类型分为：象征型文学，写实型文学，抒情型文学。"文体分类"：四分法。"文学体裁是文学呈现的基本样式，又称文体。它实际上也是对文学作品呈现式样的形式归类。"
106	郑振铎	《郑振铎说俗文学》	上海古籍，2000	"一种文学形式或种别的产生，其原动力不外两点：一是外来的影响，一是民间的创始。"
107	陈惇、刘象愚	《比较文学概论》	北京师范大学，2000	"比较文学的'文类学'，指的是对于文学形式的各个种类（kind）和类型（genre）以及对文学风格的比较研究。""什么是文类，或者说文学体裁呢？"

（续表）

序号	作者	书名	出版社	使用情形
108	吴承学	《中国古代文体形态研究》	中山大学，2000	"在中国古代，'文体'一词，内容相当丰富，既指文学体裁，也指不同体制、样式的作品所具有的某种相对稳定的独特风貌，是文学体裁自身的一种规定性。"
109	朱志荣	《中国文学艺术论》	山西教育，2000	"我们现在更多地以文体指体裁，其中自然也不乏对不同体裁的风格研究。但总体上讲，文体专著大多研究文学的体裁分类。"
110	姚文放	《文学理论》（修订本）	江苏教育，2000	"体裁也是文学作品的形式因素之一，它是指文学作品的具体样式。"
111	彭克巽	《欧洲文学史》（第二卷）	商务印书馆，2001	"可以说欧洲文学的各种文学类型（genre）和体裁，无不溯源于古代希腊文学。"
112	任翔	《文学的另一道风景：侦探小说史论》	中国青年，2001	"从文类类型学意义上说，侦探小说属于第一级分类。通常第一级分类被称为'类型'（genre），如小说、诗歌、散文、戏剧；第二级分类则被称为'类型'（type），如小说、侦探小说、武侠小说、科幻小说等。"
113	袁鼎生	《文学理论基础》	广西师范大学，2001	"诗歌是历史上最悠久的一种文体。""诗歌是一种话词精练、情绪跳跃、音律优美、抒情性强的文学类型。""诗歌、散文和小说是纯粹、基本的文学体裁。"
114	王臻中	《文学学原理》	江苏古籍，2001	"体裁是指表达作品内容的具体文学样式。体裁的概念包含两方面的意义：一是就作品自身的形式与内容的关系而言，任何文学作品都有一定的形式因素，是作品形式的最外层，自从有了文学作品，就有了文学体裁。从这个意义上说，体裁属于一定的体裁，是作为不同文学作品形态的分类概念，体裁是划分文学种类的划分，它不是一个纯形式的概念。第二种是作为划分文学种类的第一级概念。在这个意义上体裁概念产生于种类的最早对文学种类的统一体，而是特定种类文学内容与形式的统一体。"

（续表）

序号	作者	书名	出版社	使用情形
115	黄丽贞	《中国文学概论》	台北三民，2001	把诗歌、散文、小说、词等称为"中国文学的体类"。"现代的散文观念，是和诗歌、戏剧、比起其他文体，小说表现的手法更见灵活。"
116	沈 谦	《文学概论》	台北五南，2002	"文体之风格"一节："各种文学体裁有其不同的特点与作用，有其风格特质"。"文学类型"包括文学体裁、文学派别、文学语调、文学风格等类型
117	张双英	《文学概论》	台北文史哲，2002	"文类"（literary genre）实可说是'文学的类型'的简称。"文体"这一名词要比"类"更为普遍一些。"文体"的分类标准常包括了文学作品的'形式'和'风格'，而这里的'风格'，则包括了作品的'语言风格'和其创作者的'个人风格'在内；但我们现代的'文体'，则多以文学作品的'形式'为主，它比较偏重客观性的标准，同时多不包含作者的'个人风格'在内。"把西方三分法称为"三类文学体裁"
118	傅道彬、于 弗	《文学是什么》	北京大学，2002	"到目前为止，人们常用的概念有'类型'、'体裁'、'样式'、'文体'、'种类'等。"
119	李洁非	《中国当代小说文体史论》	陕西人民教育，2002	"文体"这个字眼，粗疏地说，是指文学的表现和采取的形式规律和形式特征。倘若细说起来，那么，大至那些基本的固定不变的结构、形式，小至一种语言风格或者某一作品里面出现的特定技巧，尽在其内。
120	南 帆	《文学理论》（新读本）	浙江文艺，2002	"文本的分类问题——即文类的问题——就是文学研究中非常重要的组成部分。许多时候，人们将文学类别称之为'体裁'。"文类是文学理论中最为古老的范畴之一。文体学可以看作文类研究的一种分支。

（续表）

序号	作者	书名	出版社	使用情形
121	吴中杰	《文艺学导论》	复旦大学，2002	"文学作品的体裁"一章："文学作品总是通过一定的体裁而表现出来的。文体的多样是由于文学表现不同内容的需要而创设衍生的，而不同的文体一旦出现，又会影响作品的风格笔调……古希腊亚里斯多德的《诗学》就论述到文学的几种类型……"对于文体的分类，各家颇不相同。亚里斯多德三分法，他根据文学模仿现实的不同方式，将文体分为三类。
122	吴中杰	《文艺学导论》（修订本）	复旦大学，1998	文学作品的类型：写实性文学，抒情性文学，象征性文学；文学作品的体裁——四分法加影视文学；"文学体裁是文学呈现的基本样式，又称文体。文学体裁是对文学作品实际存在的形式的归类"。
123	钱建平	《文学原理导论》	华东理工大学，2002	"文学作品的体裁及其类型"一章："文学作品虽然是内容与形式的统一体，但由于作家所要表达的具体内容和采取的具体形态，这决定了这种统一的体裁一的形态是千差万别，面貌各异的。这种统一的具体形态，就是我们所说的文学作品的体裁，亦称之为样式。"类型指三分法；其下再分称为体裁。
124	王元骧	《文学原理》	广西师范大学，2002	"文学体裁是文学发展过程中形成的作品的种类和类型。""文学体裁指文学作品的具体样式，即作品外在表现形态上呈现出来的特点。"三，四分法指种类划分，其下再分称为种类。
125	陈文忠	《文学理论》	安徽大学，2002	"文类（genre，'文学类型'的简称）文体'。我国历史上常称为'文体'。人们也经常使用诸如类型（type），模式（mode），种类（kind）等术语，这些术语具有相近含义，但在使用中，或者被视为文类的替代词，或者用来指'基础文类'下属的亚文类（sous-genres）。"
126	曹顺庆等	《比较文学论》	四川教育，2002	"文类（genre，'文学类型'的简称）'文体'。我国历史上常称为'文体'。人们也经常使用诸如类型（type），模式（mode），种类（kind），等术语，这些术语具有相近含义，但在使用中，或者被视为文类的替代词，或者用来指'基础文类'下属的亚文类（sous-genres）。"

（续表）

序号	作者	书名	出版社	使用情形
127	杨春时、俞兆平、黄鸣奋	《文学概论》	人民文学，2002	第八章"文学的类型和体裁"第一节"文学类型的划分"；第二、三节为"文学体裁的划分"。"文学的类型有多种分法，可以从功能上、也可以从表现手段上划分为若干种类别。""如果不是单纯地从功能或表现手段上划分，而是把二者结合起来，确定较为具体的形式规范，就出现了文学体裁的概念。""每一种体裁又可以进一步细分为具体的文学样式，如小说还可以划分为长篇小说、中篇小说和短篇小说等。""散文的范围很广，只要不属于诗歌、小说、剧本等体裁而又有文学性的文体都可以归入散文范畴。"
128	黎跃进	《文化批评与比较文学》	东方，2002	"文学类型的考察：颂诗与史传文学"一节："从文类角度看，东方古代文学中民族意识最突出的是颂诗和史传文学。"
129	王确	《文学概论》	人民教育，2003	"文学类型"一章之第一节"叙事性作品"，"抒情性作品"二章。
130	葛红兵	《文学概论通用教程》	上海大学，2003	表现型文学、现实型文学、隐喻型文学三种"文学类型"；分别对应三种基本体裁——小说/叙事，诗歌/抒情，散文/写意。
131	王一川	《文学理论》	四川人民，2003	文类（genre）原是一个法语词，在文学批评中指文学的类型或种类（type or species of literature），也就是现在常说的"文学形式"（literature form）。三分、四分法称为"文类"。
132	杨文虎	《文学：从元素到观念》	学林，2003	四分法称为"体裁"。诗歌：网络文学："文学样式"、"文学类型"；"剧本和其他文体区别之一，就是故事和人物只能用自己的言语来表现。"
133	汪洪章	《比较文学与欧美文学研究》	学林，2004	"最具影响力的文学体裁，除了它后来从史诗发展而来的小说外，当属戏剧。""最具影响力的文体——戏剧（主要是悲剧）。"文体：genre。

（续表）

序号	作者	书名	出版社	使用情形
134	叶绪民、朱宝荣、王锡明	《比较文学理论与实践》	武汉大学，2004	"中国古代的文论中所称'文体'，即指文学的风格，亦兼指文章或文学的体裁、体制或样式，文风。有人认为，西方的文类学即中国的文体学。这种说法大体上是正确的，不过，各有不同的侧重。中国的文类学比西方的文类学似乎更为庞杂、细致。文类学研究五个范围和对象：文类，文学的分类，文学体裁的研究，文学风格的研究，文类理论批评。
135	赵宪章	《文体与形式》	人民文学，2004	"中国古代的'文体'概念主要是指文章和文学的类别、体式，而这一意义实际上是西方的 genre 或 style，即'文类'或'体裁'概念。西方关于文体的研究，即'文体学'（stylistics），源于古希腊的修辞学，主要是指文章和文学的语言风格。
136	朱维之等	《外国文学简编：欧美部分》	中国人民大学，2004	中世纪"四种主要文学类型"之一的"教会文学"（其他的是世俗的骑士文学，英雄史诗，市民阶级的城市文学）；"教会文学的体裁种类繁多，有圣经故事、圣徒传、祷告文、圣者言行录、梦幻故事、奇迹故事、宗教剧等"。
137	朱光潜	《谈文学》	广西师范大学，2004	"……一般人谈形式，往往把它看作传统的类型，例如'诗'、'骈文'、'散文'、'戏剧'、'小说'……之类也被称为形式，其实这是法国人所谓 genres，英国人所谓 kinds，只宜称为'种类'或'体裁'。
138	周庆华	《文学概论》	台北五南，2004	"文体类型"、"风格类型"、"文类区分"等词；"文体是概括一系列具有相似特征的文章而成"。
139	洪炎秋	《文学概论》	台北中国文化大学，2004	称诗歌为"文学体裁"、"文学形式"、"文学样式"；近代小说是一种"文学形式"、"文学形态"的一种型。"满清一代，则是中国以往各种文体回光返照的时期，诗词赋曲、戏曲"成为独立的一种型态"，都呈现出百花齐开的盛况"。

附　录　文学分类常用范畴使用状况举隅

（续表）

序号	作者	书名	出版社	使用情形
140	尹雪曼	《中国文学概论》	台北东大，2004	论曲的产生："文体本身的演变"句。"事实上也没有一种文学体裁，是毫无根由，凭空而成的。"
141	涂公遂	《文学概论》	台北五洲，2004	"文学形式是由文字组织而成的；在文字的组织上，又是有组织法式、体制、格律、风格派别……等等多种多样的表现的。""体制——也叫作体裁，这是文学形式的结构的各别表现。""文学的类型"指道德型文学、浪漫型文学、艺术型文学、经世型文学。
142	朱国能	《文学概论》	台北里仁，2005	《文心雕龙》把文体分为二〇类；"在文学体类方面，产生了新的观念与看法，最明显的是小说与戏剧"。"萧以表达的最好的文类，就是诗歌与散文。"小说"长期以来也没有列为独立的体裁"。
143	王梦鸥	《文学概论》	台北艺文，2005	语言的"许多音声形式上的和语意上的新变化。这种变化，旧的任在为新的取代，而表现于作品上，便诞生了新文体或新风格的文学。"
144	郭英德	《中国古代文体学论稿》	北京大学，2005	"本书所说的'文体'，指文学体裁或文学类型"。"文体在中国古代文论中：或指体裁，或指风格；或指语体。"
145	曹顺庆	《比较文学学》	四川大学，2005	"文学类型"缩称为"文类"。"有学者认为，西方的文学类学即指中国的文体学，这种说法在一定程度上来说是正确的。"
146	李建中	《古代文论的诗性空间》	湖北人民，2005	文体的类型特征说到底是由该文体的语言风格（包括词汇、语法、音韵等）所构成，所以"style"和"genre"也常常被译为"文体"。在这个意义上的"体"，略同于中国古代文论的"体貌"。文体和体貌都有风格学的内涵，也都是从语言形态去分辨文类的意旨。

（续表）

序号	作 者	书 名	出版社	使用情形
147	欧阳友权	《文学理论》	北京大学，2006	"文学体裁"章——"体裁"（genre），是一个法语词，"文学体裁"就是文学文本具体存在的形式"。文学体裁划分有二分法、三分法、四分法等。"文学类型"章——"文学类型指的是文学作品的种类和样式。"包括作品性质类型（叙事、抒情）、文学品质类型（纯文学、通俗文学）、文学历史类型（现实主义/浪漫主义/现代主义文学）。
148	杨春时	《文学理论新编》	北京大学，2007	"文学的形态"：严肃/通俗/纯文学。"文学类型"：功能分类——表现性的抒情文学、再现性的叙事文学；或表现手段分类——读本文学、剧本文学。"如果不是单纯地从功能或表现手段上划分，而是把二者结合起来，确定较为具体的形式规范，就出现了文学体裁的概念。文学体裁比具体的文学类型的划分要具体，另一方面更侧重于形式特征"，"同时，"体裁"是共同的形式规范。每一种体裁又可以进一步细分为具体的文学样式，如小说可以划分为长篇小说、中篇小说和短篇小说等"。
149	狄其骢、王汶成、凌晨光	《文艺学通论》	高等教育，2009	"文学作品的种类和体裁"一章：种类指三分法，体裁指四分法。体裁就是文学作品内容实际存在的具体样式"，"体裁是"文学作品的外表形态。简单说，体裁就是文学作品内容与形式辩证统一关系的一个具体体现"。

（续表）

序号	作者	书名	出版社	使用情形
150	本书编写组	《文学理论》	高等教育、人民，2009	"文学作品的体裁，简称文学体裁，是指在内容和形式上具有明显特征的文学作品类型。"指称：三分法、四分法
151	曹廷华	《文学概论》（第3版）	高等教育，2010	"文学作品的体裁分类"章节名："文学作品的体裁又称文学样式，它是文学作品形式的要素之一，指由形象塑造的不同方式，语言运用及结构布局等因素有机综合而呈现出的作品外部形态。"指称：三分法、四分法。"如果说语言、结构、表现手法作为形式要素是个体要素的具体化，那么体裁作为形式要素则是上述诸个体要素的总和。"
152	赵慧平	《文学概论》	高等教育，2010	章节："文学作品的体裁"；"所谓体裁，是指文学作品的具体样式，是文本的基本要素在相互作用中形成的相对稳定的特质关系的体系。"指称：三分法、四分法章节："文学作品的类型"，包括：言志与载道、现实型文学、浪漫型文学、象征型文学；文人文学与民间文学、高雅文学与通俗文学、成人文学与儿童文学"文学类型和文学体裁一样，都是对文学作品进行区分的方式。不过，文学体裁主要按照文学作品的惯有形式对其进行分类，而文学类型则是从文学作品与社会生活的关系这一宏观的角度，即根据文学作品的功能效果的不同，对其进行分类。"
153	王朝元	《文艺学概论》	广西师范大学，2011	章节名："文学体裁"；"文学体裁是指文学作品特定的形式范畴。"指称："属于作品的形式上的类别"。指称：三分法、四分法。

（续表）

序号	作者	书名	出版社	使用情形
154	尹建民	《比较文学术语汇释》	北京师范大学，2011	"体裁 Genre"："指文本的话语系统和结构体系，它既包括文本外在的体制表现和语言修辞风格，也包括内在的体裁表现方式和审美精神。这一术语在任何语种中的体裁研究的对象任在与文类相对的，即某一文学类型更为具体的分类。"比较文学类型可以划分为长中短篇小说等体裁；按题材划分为历史、田园、爱情小说等体裁。"体裁研究 Study on Genre"："研究文学的种类或类型特点及其相互关系，以及不同国家、不同民族文学风格的学问。体裁（Genre）在任与文类、种类相混用。"文类 Literary Genre"："文学类型的简称，……；（2）指体裁或体类范畴的类别，……"指文学作风、风格与西方文体学之"文体"合并，对应英文的 style。"文体 Style"："指独立成篇的文体体（或样式）、一译风格学、一译文体学。……文体学研究的课题既包括文体本身性质、特点的研究，也包括某种体裁的产生、发展、定型、流变、衍变、袭传和消亡的历史，同时还包括文学体裁在国外的变异及变异的环境、条件以及某种体裁在文学史上的地位等。文体学与文类学有很多方面的一致，但只是在文学体裁、样式分类方面的一致。"
155	杨守森、周波	《文学理论实用教程》	中国人民大学，2013	"文学形态，也就是文学作品的种类，类型，……依次对诗歌、小说、散文、剧本四类文学形态，从文本源流、具体类别以及创作规律等方面予以分析探讨。"
156	畅广元、李西建	《文学理论研读》	陕西师范大学，2013	"诗与其他文学体裁，如散文、小说、戏剧等相比有何特征？诗是一种最古老也最具有文学特质的文学样式。""诗文体的美学风貌何在？"

参考文献

(一) 外文论著

Alex Preminger and T. V. F. Brogen, *New Princeton Encyclopedia of Poetry And Poetics*, Princeton University Press, 1993.

Alcta J. Crocket, "*Nonfiction and Fiction: Does Genre Influence Reader Response?*" (Dissertation for degree of Doctor of education: 1998).

Amy J. Devitt, "*Integrating rhetorical and literary theories of genre*," College English, Vol 62, No. 6 (Jul., 2000). pp. 696-718.

Anis Bawarshi, "The Genre Function," *College English*, Vol. 62, No. 3 (Jan., 2000), pp. 335-360.

Clements, Peter, "Genre and the Invention of Writer," *Composition Studies*, (Spring 2005).

Clare Baghtol, "The Concept of Genre and Its Characteristics," *Bulletin of The American Society for Information Science and Technology* 27. 2 (December/January, 2001).

Cohen, Ralph, "Genre Theory, Literature History, and Historical Change," In *Theoretical Issues in Literature History*, Ed. David Perkins, Chambridge (MA): Harvard UP, 1991. pp. 85-113.

Derrida, Jacques, "The Law of Genre," *Glyph* 7 (Spring 1980), Rpt. Critical Inquiry 7 (Autumn 1980): pp. 55-81.

Duff, David, ed. *Modern Genre Theory* (Longman Critical Readers), Harlow: Pearson Education-Longman, 2000.

Fowler, Alistair, "*Genre and the Literary Canon*," New Literary History 11. 1 (1979): 97-118.

Hernadi, Paul, "*Beyond Genre: New Directions in Literary Classification*," London: Cornell University Press, 1972.

Lacey, Nick, "Theory of Genre (1 and 2)," In Lacey, *Narrative and Genre*. Houndmills: Macmillan, 2000. 132-248.

Margaret Mullett, "The Madness of Genre," *Dumbarton Oaks Papers*, Vol. 46, Homo Byzantinus: Papers in Honor of Alexander Kazhdan (1992), pp. 233-243.

Perkins, David, "Literature Classifications: How Have They Been Made?" In *Theoretical Issues in Literature History.*, Ed. David Perkins, Chambridge (MA): Harvard UP, 1991, pp. 248-267.

Roger Fowler, *A Dictionary of Modern Critical Terms*, UK: Routledge Press, 1987.

Rolf A. Zwaan, "Effect of Genre Expectations on Text Comprehension," Journal of *experimental psychology*: *Learning, momery, and cognition*, Vol. 20, No. 4 (1994). pp. 920-933.

Schaeffer, Jean-Marie, "Literature Genres and Textual Genreicity," In *The Future of Literature Theory*, Ed. Raiph Cohen, New York: Routledge, 1989. 167-187.

Thomas O. Beebee, "*The Ideology of Genre: A Comparative Study of Generic Instabiity*," Pennsylvania State UP, 1994.

Todorov, Tzvetan, "The Origin of Genres," *New Literary History* 8. 1 (1976): 159-170.

(二) 中外美学、文论资料辑集

中国戏曲研究院编:《中国古典戏曲论著集成》(全十册),北京:中国戏剧出版社1957、1959年版。

伍蠡甫等编:《西方文论选》(上下卷),上海:上海译文出版社1979年版。

郭绍虞等主编:《中国历代文论选》(全四册),上海:上海古籍出版社1979、1980年版。

北京大学哲学系美学教研室编:《中国美学史资料选编》(上下册),北京:中华书局1980、1981年版。

北京大学中文系文艺理论教研室编:《文学理论学习资料》(上下册),北京:北京大学出版社1981年版。

(清)何文焕辑:《历代诗话》(全二册),北京:中华书局1981年版。

朱自清:《朱自清古典文学论文集》(全二册),上海:上海古籍出版社1981

年版。

(清)丁福保辑:《历代诗话续编》(全三册),北京:中华书局1983年版。

伍蠡甫等编:《现代西方文论选》,上海:上海译文出版社1983年版。

《狄德罗美学论文选》,北京:人民文学出版社1984年版。

秦学人、侯作卿编著:《中国古典编剧理论资料汇辑》,北京:中国戏剧出版社1984年版。

伍蠡甫、胡经之主编:《西方文艺理论名著选编》(全三册),北京:北京大学出版社1985、1986、1987年版。

唐圭璋编:《词话丛编》(全六册),北京:中华书局1986年版。

《十九世纪英国文论选》,北京:人民文学出版社1986年版。

《四库全书》,上海:上海古籍出版社1987年版。

陈多、叶长海选注:《中国历代剧论选注》,长沙:湖南文艺出版社1987年版。

胡经之编:《中国现代美学丛编(1919—1949)》,北京:北京大学出版社1987年版。

贾文昭主编:《中国古代文论类编》,福州:海峡文艺出版社1988年版。

杨匡汉、刘福春编:《西方现代诗论》,广州:花城出版社1988年版。

《中国少数民族古代美学思想资料初编》,成都:四川民族出版社1989年版。

[俄]维克多·什克洛夫斯基等:《俄国形式主义文论选》,方珊等译,北京:三联书店1989年版。

[法]茨维坦·托多罗夫编选:《俄苏形式主义文论选》,蔡鸿滨译,北京:中国社会科学出版社1989年版。

刘小枫选编:《接受美学译文集》,北京:三联书店1989年版。

吴毓华编著:《中国古代戏曲序跋集》,北京:中国戏剧出版社1990年版。

王岳川、尚水编:《后现代主义文化与美学》,北京:北京大学出版社1992年版。

[美]拉尔夫·科恩主编:《文学理论的未来》,程锡麟等译,北京:中国社会科学出版社1993年版。

[美]戴维·洛奇编:《二十世纪文学评论》(上下册),葛林等译,上海:上海译文出版社1987、1993年版。

赵毅衡编选:《"新批评"文集》,卞之琳等译,天津:百花文艺出版社2001年版。

周靖波主编:《西方剧论选》(上下册),北京:北京广播学院出版社2003年版。

赵毅衡编选:《符号学文学论文集》,天津:百花文艺出版社2004年版。

张错:《西洋文学术语手册:文学诠释举隅》,台北:书林出版有限公司 2005年版。

[法]热拉尔·热奈特等:《文学理论精粹读本》,阎嘉主编,北京:中国人民大学出版社 2006 年版。

赵一凡等主编:《西方文论关键词》,北京:外语教学与研究出版社 2006 年版。

廖炳惠编著:《关键词 200:文学与批评研究的通用词汇编》,南京:江苏教育出版社 2006 年版。

(三) 中外文学、美学研究著作

薛凤昌:《文体论》,上海:商务印书馆 1931 年版。

蒋孔阳:《文学的基本知识》,北京:中国青年出版社 1957 年版。

(梁) 刘勰著,范文澜注:《文心雕龙注》(全二册),北京:人民文学出版社 1958 年版。

[古希腊]亚里士多德、贺拉斯:《诗学·诗艺》,罗念生、杨周翰译,北京:人民文学出版社 1962 年版。

[古希腊]柏拉图:《文艺对话录》,朱光潜译,北京:人民出版社 1963 年版。

[德]爱克曼辑录:《歌德谈话录》,朱光潜译,北京:人民文学出版社 1978 年版。

[苏]别林斯基:《别林斯基选集》(第三卷),满涛译,上海:上海译文出版社 1980 年版。

[法]雨果:《雨果论文学》,柳鸣九译,上海:上海译文出版社 1980 年版。

(梁) 刘勰:《文心雕龙注释》,周振甫注,北京:人民文学出版社 1981 年版。

沈谦:《文心雕龙之文学理论与批评》,台北:华正书局 1981 年版。

(梁) 刘勰:《文心雕龙译注》(全二册),陆侃如、牟世金注,济南:齐鲁书社 1982 年版。

朱光潜:《悲剧心理学》,张隆溪译,北京:人民文学出版社 1983 年版。

[意]克罗齐:《美学原理·美学纲要》,朱光潜等译,北京:外国文学出版社 1983 年版。

钱锺书:《谈艺录》(补订本),北京:中华书局 1984 年版。

[瑞士]沃尔夫冈·凯塞尔:《语言的艺术作品——文艺学引论》,陈铨译,上海:上海译文出版社 1984 年版。

[美]雷·韦勒克、奥·沃伦:《文学理论》,刘象愚等译,北京:三联书店,1984 年版。

吴调公：《文学分类的基础知识》，武汉：长江文艺出版社1985年版。

[苏] 莫·卡冈：《艺术形态学》，凌继尧、金雅娜译，北京：三联书店1986年版。

[联邦德国] H. R. 姚斯、[美] R. C. 霍拉勃：《接受美学与接受理论》，周宁、金元浦译，沈阳：辽宁人民出版社1987年版。

[美] M·H·阿伯拉姆斯：《简明外国文学词典》，曾忠禄等译，长沙：湖南人民出版社1987年版。

[美] 理查德·泰勒：《理解文学要素》，黎风、李杰等译，成都：四川大学出版社1987年版。

[英] 特里·伊格尔顿：《文学原理引论》，北京：文化艺术出版社1987年版。

[英] 特里·伊格尔顿：《二十世纪西方文学理论》，伍晓明译，西安：陕西师范大学出版社1987年版。

[英] 特伦斯·霍克斯：《结构主义和符号学》，瞿铁鹏译，上海：上海译文出版社1987年版。

[美] 罗伯特·肖尔斯：《结构主义与文学》，孙秋秋等译，沈阳：春风文艺出版社1988年版。

[美] 威尔弗雷德·L. 古尔灵，厄尔·雷伯尔，李·莫根，约翰·R. 威灵厄姆：《文学批评方法手册》，姚锦清、黄虹炜等译，沈阳：春风文艺出版社1988年版。

[荷兰] D·W. 佛克马、E. 贡内－易布思：《二十世纪文学理论》，北京：三联书店1988年版。

褚斌杰：《中国古代文体概论》（增订本），北京：北京大学出版社1990年版。

赵建中编著：《文章体裁学》，南京：南京大学出版社1990年版。

[波] 符·塔达基维奇：《西方美学概念史》，褚朔维译，北京：学苑出版社1990年版。

[波] 沃拉德斯拉维·塔塔科维兹：《古代美学》，杨力等译，北京：中国社会科学出版社1990年版。

舒济编：《老舍讲演录》，北京：三联书店1991年版。

[美] 乔纳森·卡勒：《结构主义诗学》，盛宁译，北京：中国社会科学出版社1991年版。

[美] E·D. 赫施：《解释的有效性》，王才勇译，北京：三联书店1991年版。

钱仓水：《文体分类学》，南京：江苏教育出版社1992年版。

王元化：《文心雕龙讲疏》，上海：上海古籍出版社1992年版。

［苏］巴赫金：《文艺学中的形式方法》，邓勇等译，北京：中国文联出版公司1992年版。

［瑞士］埃米尔·施塔格尔：《诗学的基本概念》，胡其鼎译，北京：中国社会科学出版社1992年版。

张毅：《文学文体概说》，北京：中国人民大学出版社1993年版。

童庆炳：《文体与文体的创造》，昆明：云南人民出版社1994年版。

陶东风：《文体演变及其文化意味》，昆明：云南人民出版社1994年版。

刘桂生、张步洲编：《陈寅恪学术文化随笔》，北京：中国青年出版社1996年版。

［古希腊］亚里士多德：《诗学》，陈中梅译注，北京：商务印书馆1996年版。

［德］黑格尔：《美学》（全三卷），朱光潜译，北京：商务印书馆1997年版。

詹福瑞：《中古文学理论范畴》，保定：河北大学出版社1997年版。

周发祥：《西方文论与中国文学》，南京：江苏教育出版社1997年版。

朱立元主编：《当代西方文艺理论》，上海：华东师范大学出版社1997年版。

［美］乔纳森·卡勒：《当代学术入门：文学理论》，李平译，沈阳：辽宁教育出版社1998年版。

［苏］巴赫金：《陀思妥耶夫斯基诗学问题》，《巴赫金全集》（第五卷），白春仁、顾亚铃译，石家庄：河北教育出版社1998年版。

［苏］巴赫金：《文本问题》，《巴赫金全集》（第四卷），白春仁、晓河等译，石家庄：河北教育出版社1998年版。

［苏］巴赫金：《言语体裁问题》，《巴赫金全集》（第四卷），白春仁、顾亚铃译，石家庄：河北教育出版社1998年版。

［法］罗兰·巴特：《批评与真实》，温晋仪译，台北：桂冠图书股份有限公司1998年版。

［加］诺思罗普·弗莱：《批评的剖析》，陈慧等译，天津：百花文艺出版社1998年版。

［美］厄尔·迈纳：《比较诗学：文学理论的跨文化研究札记》，王宇根等译，北京：中央编译出版社1998年版。

［法］雅克·德里达：《文学行动》，赵兴国等译，北京：中国社会科学出版社1998年版。

张方：《中国诗学的基本观念》，北京：东方出版社1999年版。

［美］雷内·韦勒克：《批评的概念》，张金言译，杭州：中国美术学院出版社，1999年版。

吴承学：《中国古代文体形态研究》，广州：中山大学出版社 2000 年版。

[加] 马克·昂热诺等：《问题与观点：20 世纪文学理论综论》，史忠义等译，天津：百花文艺出版社 2000 年版。

[法] 托多罗夫：《巴赫金、对话理论及其他》，蒋子华、张萍译，天津：百花文艺出版社 2001 年版。

[法] 热拉尔·热奈特：《热奈特论文集》，史忠义译，天津：百花文艺出版社 2001 年版。

钱穆：《中国文学论丛》，北京：三联书店 2002 年版。

姚文放：《当代性与文学传统的重建》北京：人民文学出版社 2003 年版。

[法] 蒂费纳·萨莫瓦约：《互文性研究》，邵炜译，天津：天津人民出版社 2003 年版。

[法] 达维德·方丹：《诗学：文学形式通论》，陈静译，天津：天津人民出版社 2003 年版。

朱光潜：《谈文学》，桂林：广西师范大学出版社 2004 年版。

赵宪章：《文体与形式》，北京：人民文学出版社 2004 年版。

罗婷：《克里斯特瓦的诗学研究》，北京：中国社会科学出版社 2004 年版。

[德] 歌德：《论文学艺术》，范大灿等译，上海：上海人民出版社 2004 年版。

[美] M. H. 艾布拉姆斯：《镜与灯——浪漫主义文论及批评传统》，郦稚牛等译，北京：北京大学出版社 2004 年版。

唐君毅：《中国文化之精神价值》，桂林：广西师范大学出版社 2005 年版。

郭英德：《中国古代文体学论稿》，北京：北京大学出版社 2005 年版。

徐复观：《中国文学精神》，上海：上海书店出版社 2006 年版。

王运熙：《中国古代文论管窥》（增补本），上海：上海古籍出版社 2006 年版。

[德] 汉斯·罗伯特·耀斯：《审美经验与文学解释学》，顾建光等译，上海：上海译文出版社 2006 年版。

[英] 彼得·威德森：《现代西方文学观念简史》，钱竞、张欣译，北京：北京大学出版社 2006 年版。

吴承学：《中国古代文体学研究》，北京：人民出版社 2011 年版。

吴承学、何诗海编：《中国文体学与文体史研究》，南京：凤凰出版社 2011 年版。

姚爱斌：《中国古代文体论思辨》，北京：北京大学出版社 2012 年版。

（四）文学概论、文学史、文学批评史

［苏］维诺格拉多夫：《新文学教程》，以群译，上海：新文艺出版社1953年版。

［苏］季摩菲耶夫：《文学原理第三部：文学发展过程》，查良铮译，上海：平明出版社1954年版。

［苏］谢皮洛娃：《文艺学概论》，罗叶等译，北京：人民文学出版社1958年版。

［苏］维·波·柯尔尊：《文艺学概论》，北师大中文系外国文学教研组译，北京：高等教育出版社1959年版。

［日］盐谷温：《中国文学概论》，孙俍工译，台北：台湾开明书店，1976年版。

郭绍虞：《中国文学批评史》，上海：上海古籍出版社1979年版。

王运熙、顾易生主编：《中国文学批评史》（全三册），上海：上海古籍出版社1981、1985年版。

罗根泽：《中国文学批评史》（全三册），上海：上海古籍出版社1984年版。

余秋雨：《中国戏剧文化史述》，长沙：湖南人民出版社1985年版。

褚斌杰、袁行霈、李修生编著：《中国文学史纲要》（全四册），北京：北京大学出版社1986、1990年版。

［苏］格·尼·波斯彼洛夫：《文学原理》，王忠琪等译，北京：三联书店1985年版。

［日］滨田正秀：《文艺学概论》，陈秋峰、杨国华译，北京：中国戏剧出版社1985年版。

［美］刘若愚：《中国的文学理论》，田守真等译，成都：四川人民出版社1987年版。

［日］本间久雄：《文学概论》，台北：台湾开明书店，1989年版。

王国维：《宋元戏曲史》，北京：东方出版社1996年版。

张少康：《中国文学理论批评史教程》，北京：北京大学出版社1999年版。

胡适：《白话文学史》，上海：上海古籍出版社1999年版。

［日］吉川幸次郎：《中国诗史》，章培恒等译，上海：复旦大学出版社2001年版。

《朱自清中国文学批评研究讲义》，刘晶雯整理，天津：天津古籍出版社2004年版。

朱东润：《中国文学批评史大纲》，上海：上海古籍出版社2005年版。

哈兰德（Harland, R.）：《从柏拉图到巴特的文学理论＝Literary Theory from Plato to Barthes》（英文版），北京：外语教学与研究出版社2005年版。

龚鹏程：《文学散步》，北京：世界图书出版公司北京公司2006年版。

［俄］瓦·叶·哈利泽夫：《文学学导论》，周启超等译，北京：北京大学出版社

2006 年版。

（五）比较文学

张隆溪选编：《比较文学译文集》，北京：北京大学出版社 1982 年版。

卢康华、孙景尧：《比较文学导论》，哈尔滨：黑龙江人民出版社 1984 年版。

张清良：《比较文学理论与实践》，台湾：东大图书公司 1986 年版。

[美] 乌尔利希·韦斯坦因：《比较文学与文学理论》，刘象愚译，沈阳：辽宁人民出版社 1987 年版。

乐黛云主编：《中西比较文学教程》，北京：高等教育出版社 1988 年版。

[法] 布吕奈尔等：《什么是比较文学》，葛雷、张连奎译，北京：北京大学出版社 1989 年版。

陈惇、孙景尧、谢天振主编：《比较文学》，北京：高等教育出版社 1997 年版。

陈惇、刘象愚：《比较文学概论》，北京：北京师范大学出版社 2000 年版。

王晓路：《中西诗学对话》，成都：巴蜀书社 2000 年版。

曹顺庆等：《比较文学论》，成都：四川教育出版社 2002 年版。

黎跃进：《文化批评与比较文学》，北京：东方出版社 2002 年版。

汪洪章：《比较文学与欧美文学研究》，上海：学林出版社 2004 年版。

叶绪民、朱宝荣、王锡明：《比较文学理论与实践》，武汉：武汉大学出版社 2004 年版。

曹顺庆主编：《比较文学学》，成都：四川大学出版社 2005 年版。

尹建民主编：《比较文学术语汇释》，北京：北京师范大学出版社 2011 年版。

（六）哲学、心理学、人类学及其他

[德] 马克思：《1844 年经济学—哲学手稿》，刘丕坤译，北京：人民文学出版社 1979 年版。

[德] 黑格尔：《小逻辑》，贺麟译，北京：商务印书馆 1980 年版。

王利器辑录：《元明清三代禁毁小说戏曲史料》，上海：上海古籍出版社 1981 年版。

[德] 马克思、恩格斯：《马克思恩格斯论文学与艺术》（上下册），陆梅林辑注，北京：人民文学出版社 1982 年版。

张岱年：《中国哲学大纲》，北京：中国社会科学出版社 1982 年版。

沈子丞编：《历代论画名著汇编》，北京：文物出版社 1982 年版。

[德] 恩斯特·卡西尔：《人论》，甘阳译，上海：上海译文出版社 1985 年版。

张岱年：《文化与哲学》，北京：教育科学出版社 1988 年版。

［苏］列宁：《哲学笔记》，中共中央马克思恩格斯列宁斯大林著作编译局译，北京：人民出版社 1993 年版。

彭吉象：《艺术学概论》，北京：北京大学出版社 1994 年版。

李心峰主编：《艺术类型学》，北京：文化艺术出版社 1998 年版。

张同道：《艺术理论教程》，北京：北京师范大学出版社 1997 年版。

李泽厚：《中国思想史论》（上中下卷），合肥：安徽文艺出版社 1999 年版。

［英］罗素：《西方哲学史》（上下卷），何兆武等译，北京：商务印书馆 2001 年版。

※单篇论文从略

后　记

　　此书是本人在博士学位论文基础上完成的，屈指算来，从缘起到定稿，也有十年时间了。至今仍清晰记得当初受业恩师姚文放教授确定"文类研究"这一选题的情景：2006年年初，一如平常，是各博硕士研究生学位论文送审的季节，也是我这一届——文艺学博士点第一届——博士研究生确定方向、准备开题的紧张时分。翻阅着手中他校论文的题目，姚老师十分想找到一个表达简练而又令人耳目一新的好题目。就在彼此为之殚精竭虑之际，或许是硕博连读的我在硕士阶段发表的《中国古典曲论中的分类现象研究》《"一代有一代之文学"观与戏曲身份认同》两文的提醒，或许是业师新著《当代性与文学传统的重建》中"文学传统与文类学辩证法"专章的启发，姚老师在他的办公室里郑重对我说："你就做'文类研究'吧，题目简练，四个字，也有东西写，而且你之前也写过这方面的文章。"就这样，十年如一日，"文类"成为我学术研究无法撼动的关键词，而此书就是多年努力的结晶之一。

　　不知道是遗憾还是抱歉，题目确定后，我就按部就班开始了重新阅读相关文献、重新做读书笔记、逐个思考章节内容以及撰写的工程，直至初稿完成，也是顺利大于紧张，没有令人难忘、值得称说的写作故事和细节。这或许得益于家人一直以来无比周到细致的后勤保障，使我至今都能心无旁骛地集中精力阅读、思考和写作；也或许得益于硕博连读的模式让我可以集中精力，充分吸收和利用硕士阶段的积累，毕其功于一役；也或许与工作之后再度选择在职攻读学位时，对学术的那份虔诚与敬畏之心不无关联，因为只有经历了繁杂琐碎的工作之后，你才能真正体会到学术研究的超然、纯粹与自由。

十年来，"文类"俨然是我学术道路上的一位亲密战友，虽有孤陋寡闻、坐井观天之虞，但是着实让我开阔视野，获益良多。于我，即便是跬步，只要坚实，亦足矣！当我面对皇皇学术大厦茫茫然不知所措之际，"文类"如同一叶扁舟度我近前，由浅入深，寝食于斯，亦忧乐所系。"文类"这支千年木杖导引我一步步走向富有生命的文学深处，走向鲜活的作家个体的灵魂，走向琳琅满目的理论广场。她有时像一面明镜，警示我存真去伪，文学研究任重道远；有时像一位知己，与作家惺惺相惜，患难与共；有时像一位史官，秉笔直书，忠实记录文学风云递变。文类研究让初涉学界的我触摸到了文学研究的体温。

回首往昔，中师毕业的我有幸被保送进大学继续深造，一步一步顺利地从中专、本科，直至博士，一路走来，总是道不尽、说不完的谢忱！它们教育我领悟知足，珍惜拥有，怀抱感恩，宁静生活。忘不了 2002 年报考硕士研究生时，业师和佴荣本教授所给予的无私关怀！忘不了 1995 年至今，扬州大学诸多领导、老师的教诲、关心与呵护！忘不了学界诸位专家教授的关怀与抬爱！真诚感谢参加我博士学位论文答辩会的诸位前辈：赵宪章教授、朱立元教授、佴荣本教授、徐德明教授等，他们精到的点评给了我信心，给了我修改完善的动力。真诚感谢国家社科基金项目各位评委专家的肯定与厚爱！真诚感谢众多学术期刊认真尽职的编辑老师们长期以来给予的莫大支持与热情提携！

包莉秋、陈亚平、陈金刚、刘文良、刘满华诸君是我攻读博士学位期间的同学，我们有幸一同度过、经历、见证了充满欢笑与快乐、焦虑与痛苦、紧张与迷惘的一千多个日夜！于我们每个人的人生，这都是一段难以忘怀的回忆，一笔无比珍视的财富！我也相信，这段永恒的同窗情谊必将在未来时间的沃土上盛开美丽的希望之花！

自 2002 年求学于姚文放教授门下，师恩似海，父爱如山。十余年来，业师时而像茂树，为弟子遮风挡雨；时而像寒霜，历练弟子筋骨体肤；时而像夫子，谆谆教导，不愤不启，不悱不发；时而像将军，身先士卒，左冲右突，攻城拔寨……其胆识才学，永为弟子楷模！古训有"一日为师，终身为父"，岂不然哉?！

某日在读书时，萨特的两句话突然闪入我的眼帘："对我来说，阅读和写作是一种娱乐。""我生活的唯一目的是写作。"迄今为止，我的生活又何尝不是如此呢？平凡而善良的岳父母任劳任怨、无私无我地承担了生活上的全部重务；对于女儿的学习，妻子也是尽量不打扰我，结束了白天繁杂的工作，每天晚上还不辞辛劳地督促女儿的作业。或许是久而久之的习惯使然，已经十岁的女儿，每当我看书或写作时，从不踏入书房半步。女儿的懂事，让身为人父的我每每既无比感动，又顿生不尽的自责！我唯有好好珍惜生活的赐予，踏实工作，勤奋学习，也算是一种回报方式吧。

　　是为记。

陈　军

癸巳年秋于广储门博一斋

　　又及：就在拙稿即将付梓之际，我又无比荣幸地收到了童庆炳教授——我的博士后合作导师，从北京邮寄而来的书名题签。尚在身体休养中的童老师一连书写了十多条，横纵式兼有，笔力遒劲，清秀俊逸，供参考选择，令我受宠若惊，感动不已，轻盈的宣纸上承载着童老师厚重的提携与关怀之情。虽处初冬时节，寒风习习，我心中却春意浓浓……真诚祝福童老师身体康健，吉祥平安！借此机会，我还要真诚感谢北京大学出版社张凤珠副总编辑和责任编辑张文礼兄，没有他们周到、细致、热情的帮助，拙著也不会如此顺利地面世。

再记于岁末